KB112946

나의 부모 최형우, 유태정 님께

Return To The Motherland

Written by Ken Kookjoo Choi.
Published by Sallim Publishing Co., 2019.

삶은 고통과 사랑 사이로 흘러간다

삶은
고통과 사랑 사이로
흘러간다

최국주

살림

책머리에

인생이 무엇인지 배우고 싶은가?

삶에 전력을 다하고 의미 있게 살아온 너희 어른들에게 귀를
기울여라.

── 나의 어머니, 유태정, 1985

가족들과 친구들의 격려에 힘입어 나의 생애에 대한 이야기를
쓰려고 책상 앞에 앉았지만 어디부터 시작해야 할지 막막하기
만 하다. 아무래도 망설임이 앞선다. 이제까지 책이란 것을 전혀
써본 적이 없기 때문이다. 평생 사업에만 전념해온 나는 사업계
획에 관한 글이나 일기를 써본 것 외에는 펜을 잡아본 적이 없
다. 게다가 비록 내 삶의 이야기를 남에게 들려줄 필요가 있다고
주변의 권고가 많았지만, 나 스스로 무슨 특별한 사람이거나 대
단한 사람이라고 생각해본 적도 없다.

나는 미국 오리건주 포틀랜드 한국교민 사회에서 아메리칸
드림을 이룬 성공한 사업가로 알려져 있다. 물론 사업에 성공하
여 미국에서 가족들이 안락한 삶을 누릴 수 있게 해주는 것도
쉬운 일은 아니다. 하지만 단지 성공한 사업가로서의 나의 삶을

보여주기 위한 것이라면 나는 이 글을 쓰지 않았을 것이다. 나의 부모님이 그 어려운 시절 나를 비롯해 여러 자식을 키우는 한편 대한민국의 독립과 자유를 위해 치른 희생에 비해볼 때 사업성공을 위한 나의 도전들은 하찮기 그지없다. 내가 이 글을 쓰기로 마음먹게 된 것은 오로지 나의 부모님 때문이며 그분들을 위해서이기도 하다.

중국에서 결혼한 나의 부모님은 중국에서의 4년, 한국에서의 6년 등 모두 10년밖에 결혼생활을 누리지 못했다. 아버지께서 1950년 어느 날, 북조선 인민군에게 체포되어 끌려간 뒤 더이상 가족과 만날 수 없었기 때문이다. 그렇게 아버지는 우리의 삶에서 사라졌다.

누구나 그렇듯 일제 강점기에 우리 부모님은 온갖 고초를 다 겪었다. 게다가 나의 아버지 최형우(최일천)는 독립운동가였으며 언론인이었다. 아버지는 내가 아직 글을 깨우치기 전에 독립운동에 관한 중요한 저술을 냈다. 『해외조선혁명운동소사(海外朝鮮革命運動小史)』라는 책이다. 이 책은 대한민국에서 오랫동안 금서였다. 나는 아버지의 저술이 금서인 까닭에 나의 아버지가 공산주의자인 줄 알고 살았다. 그런데 아버지는 인민군에게 끌려가서 그들에게 살해된 것으로 나는 또한 알고 있다. 그렇다면 과연 나의 아버지 최형우는 누구란 말인가? 아버지는 왜 그들에게 끌려갔단 말인가? 아버지는 과연 그들에게 왜 살해되었는가?

남한 삼남지방 홍수 피해를 돕기 위한 「동아일보」의 가두모금 캠페인에 나선 최형우(사진 왼쪽 모자 쓴 이). 1934년경 중국 신징(新京).

내가 이 회고록을 집필하게 된 주요 동기 중의 하나는 바로 이 궁금증을 푸는 데 있다. 거꾸로 말해서 이 회고록을 시작하지 않았다면 아버지의 죽음과 관련된 정황들을 자세히 조사하지 않았을 것이며 그 진실을 밝힐 수도 없었을 것이다. 아버지의 죽음과 관련된 진실을 풀기 위해서는 나의 유년기로 돌아가 내 기억을 되살리는 것이 필요했다. 다행스럽게도 나의 어머니 유태정 여사는 말년에 육필로 회고록을 써서 묶어놓았다. 그리고 신문에 몇 편의 글을 기고하기도 했다.

어머니는 글솜씨를 타고났으며 뛰어난 이야기꾼이기도 했다. 어렸을 때 어머니는 나와 누이들에게 당신의 소녀 시절 이야기, 아버지를 만나 결혼하기까지의 이야기를 자주 해주었다. 어머니는 "과거에 파묻혀 살 필요 있니? 게다가 내 과거는 온통 슬픈 이야기뿐이라서 다시 생각하고 싶지 않구나" 하며 과거에 겪은 시련과 고통 이야기를 꺼내기를 꺼려했다.

하지만 일단 이야기를 꺼내면 몇 시간이고 멈출 줄 몰랐다. 나와 누이들이 어머니의 이야기에 귀를 기울이며 빠져들었던 것은 물론이다. 어머니가 들려준 이야기는 내 어린 마음과 머리에 깊이 각인되었다. 나는 이야기를 들려주던 어머니의 눈을 회상하며, 그리고 내 기억을 더듬으며 나의 유년기 장면들을 되살린다.

어머니의 눈물겨운 노력으로 가족을 부양한 덕분에 나는 고려대학교 정치외교학과를 무사히 졸업했다. 대학 졸업 후 나는 서울의 한 무역회사에 취업할 수 있었으며 그 덕분에 미국에서 새 삶을 시작할 수 있는 길이 열렸다. 1969년 서울을 떠나 미국 오리건주의 포틀랜드에 도착했을 때 나는 겨우 3개월짜리 비자만 지녔을 뿐 땡전 한 푼 없는, 영어마저 더듬거리는 스물일곱 살의 청년이었다.

　나는 미국에서의 사업 성공과 시민권 획득에 전심전력을 다했다. 미국에 도착한 지 얼마 되지 않아 내 영혼의 동반자인 아내 한명기를 만났다. 그녀는 포틀랜드 주립대학 음대 대학원생이었다. 우리는 곧 결혼하여 하나님의 축복을 받아 아름다운 세 딸을 두었다. 세 딸은 '슈퍼맘'의 보살핌으로 학교를 무사히 졸업하고 음악적 재능을 발휘하는 길을 가고 있다. 나는 1976년에 재활용 고지(古紙, Recycled Paper Products)를 아시아·인도·남미 등 12개국 이상에 수출하는 'K-C 인터내셔널(K-C International Ltd.)'이라는 무역회사를 설립했다. 파트너들과 직원들의 노력과 도움 덕에 회사는 급속 성장해서 북아메리카 굴지의 고지 수출 회사가 되었다.

　얼마 뒤 나의 초청으로 어머니와 가족은 포틀랜드로 이민을 왔으며 모두 성공적인 삶을 살았다. 어려움이 없었던 것은 아니지만 우리 가족의 삶은 축복을 받았다고 해도 과언이 아니다. 또한 나와 내 아내는 교회와 오리건주 교민회를 통해 새로 이민 온 사람들을 돕기 위해 기꺼이 자원봉사를 했다. 살아가느라 바쁜 가운데 자원봉사 일을 한다는 것이 쉽지는 않았지만 그럴 만한 가치가 있는 일이었다.

그렇게 바쁘 살아가는 가운데 놀라운 일이 벌어졌다. 아버지와 나의 이복형들이 우리에게서 사라진 지 43년이 지난 어느 날, 어머니가 의붓아들로부터 편지를 받은 것이다. 우리는 그 편지를 통해 이복형들이 북한에 살고 있다는 사실을 알게 되었다.

이어서 더 놀라운 일이 벌어졌다. 어머니와 우리 가족이 평양 당국으로부터 정식 초청을 받은 것이다. 어머니와 나는 평양을 방문해서 환대를 받았으며 나의 이복형제들을 만났고, 이른바 '위대한 수령'인 김일성을 만났다. 김일성은 독립운동 시절 나의 아버지와 친하게 지내던 사이였다. 아버지와 김일성의 관계, 김일성이 왜 우리 모자를 초청했는가 하는 문제, 북한에서 환대를 받으면서 느낀 숨 막히는 분위기, 이복형들과의 만남을 통해 실감하게 된 북한의 실상 등에 대해서는 본문에서 자세히 소개할 것이므로 더 이상 거론하지 않겠다.

평양 방문 1년 뒤 그동안 평탄하던 우리 집안에 엄청난 풍파가 닥쳐왔다. 아내 명기가 끔찍한 교통사고로 뇌에 큰 손상을 입고 혼수상태에 빠진 것이다. 나와 딸들은 애간장을 태우며 몇 달을 고통 속에 지냈다. 비록 길고도 힘든 회복의 여정이었지만 하나님의 은총으로 아내는 깨어났다.

나는 아내를 간호하기 위해 1997년에 회사를 매각하고 아내의 회복에 온 정성을 다 쏟았다. 전문가들의 부정적인 진단에도 불구하고, 아내는 비록 인지 능력을 완전히 되찾은 것은 아니지만 모두를 놀라게 할 만큼 회복되었다. 아내는 유방암 3기도 극복했으며 나 자신도 임파선 암을 앓았다. 이 모든 역경에서도 우리는 진정한 동반자의 삶을 누리고 있다. 딸들이 명문 대학을 졸업하고 행복한 결혼생활을 누리는 모습, 각자 자기 분야에서 성공을 거두는 모습을 기쁜 마음으로 지켜보고 있다. 내 아내 명기와 나는 모든 난관과 시련을 극복하고 우리의 황금기로 만든 것이다.

내 회고록의 마지막 장(章)을 마무리하기 위해 나는 2018년 한국으로 돌아왔다. 그리고 도서관에서 이제는 해금(解禁)된 아버지의 두 권의 저술을 복사해서 손에 넣을 수 있었다. 앞서 말한 『해외조선혁명운동소사』다. 이 책을 찾은 것은 김일성과 아버지의 관계를 둘러싼 미스터리를 풀기 위해서다. 그리고 마침내 나는 아버지와 어머니에게 당당한 조사(弔辭)를 바칠 수 있게 되었다. 그 책에서 나는 그 미스터리를 풀 수 있는 열쇠를 찾은 것이다.

아버지를 둘러싼 진실을 찾아가는 과정은 결국 '나는 누구인가?'라는 질문에 대한 답을 찾아가는 여정 바로 그것이다. 그 과정에서 나는 이 세계의 유일신 종교들, 특히 한국 장로교회에 대해 의문점이 생겼고 하나님을 향한 나의 믿음에 대해 갈등을 겪고 있었다. 하지만 아내가 혼수상태에서 깨어나 눈을 뜨던 날, 내게는 마치 축복처럼 깨달음의 순간이 찾아왔다. 감히 말하지만 바로 그 순간 나는 하나님이 누구인지, 내가 누구인지 알게 되었다. 그날 이후 나는 이전과는 완전히 다른 방식의 삶으로 남을 섬기고 돌보게 되었다.

다시 말하지만 이 이야기의 주인공은 나의 부모님이다. 부모님은 내가 이기적이지 않은 삶을 살아야 함을, 내가 죽기 전에 모든 것을 하나님께 돌려야 함을 실제 본보기를 통해 내게 가르쳐주신 분들이다. 내 바람이 있다면 내 딸들과 한국계 미국인들이 내가 물려받은 이 중요한 유산을 이해하고 기렸으면 하는 것이다. 우리는 우리 이전에 이곳에 왔던 사람들을 잊으면 안 된다. 바로 그들이 지금 우리가 한껏 누리고 있는 자유를 안겨준 것이며 민주사회 시민의 꿈을 실현시켜준 것이다. 아직 공산주의의 멍에 아래서 신음하고 있는 북한 동포들이 맛보지 못한 그 자유와 꿈을! 우리는 자유를 누리고 있고 북한 동포들은 그렇지 못하지만 우리는 모두 인간이라는 이름하에서 하나의 가족이다. 그리고 우리가 인간이라는 이름하에 하나라는 진실은 국경을 초월한다.

우리가 세상을 살아가는 데는 우리가 소중히 여겨야 할 것들이 있다. 가족·사랑·희망·믿음·돈·명예 등이 바로 그것이다. 하지만 내가 가장 소중하게 여기는 것은 겸손한 태도이며 그 태도는 하나님의 영(靈)이 우리 모두의 안에 함께하고 있다는 자각에서 온다고 나는 믿는다. 나는 이 책을 읽는 분들이 나와 함께 그 영감을 받았으면 한다.

또한 이 책을 읽고 이 세상 어딘가에는 온갖 어려움을 겪고 있는 다른 사람들이 있다는 것, 그들이 찾게 될 행복은 바로 그 난관과 함께한다는 것을 여러분이 알고, 여러분의 마음에 평온이 찾아오기를 바란다.

감사의 말

나의 가족의 기도와 사랑, 도움이 없었다면 나는 결코 시련과 도전들을 이겨내지 못했을 것이고 내 삶에서 성공을 거두지도 못했을 것이다. 나는 나를 이 세상에 보내주신, 이제 고인이 되신 나의 어머니 유태정 여사에게 가장 큰 감사를 드린다. 그분의 무조건적인 사랑과 헌신이 없었다면 나는 지금의 내가 될 수도 없었을 것이며 아내의 비극적인 사고가 가져온 그 끔찍한 시련을 이겨내지도 못했을 것이다.

또한 나는 나의 멋진 세 딸, 혜선(제니퍼), 혜진(크리스틴), 혜조(디애나)에게도 고마움을 표하지 않을 수 없다. 나의 세 딸은 우리가 어려움에 처했던 몇 년 동안 그 애들의 슈퍼맘과 내 곁에 서서 우리들에게 사랑을 주었으며 우리들의 영혼을 고양시켜주었다.

나는 오십 년 동안 늘 내 곁에 있었던 나의 사랑하는 아내 명기에게 깊이깊이 감사한다. 그녀의 사랑과 헌신 그리고 병마와 싸워나가는 불굴의 의지력이 없었다면 나의 삶은 비참했을 것이며 내 딸들과 나는 결코 꿈을 실현할 수 없었을 것이다.

나의 사랑하는 누이동생 명주와 현주에게도 특별한 감사의 마음을 전한다. 현주는 잘나가던 자신의 사업을 팽개치고 수 년 동안 나의 아내 명기 곁을 떠나지 않은 채 정성을 다해 간호해 주었다. 그녀는 내가 절망을 딛고 다시 사업을 할 수 있게 해주 었으며 우리 집안 살림을 도맡아 처리해주었다. 매제인 마이크 캐러배타에게도 감사를 표한다. 그는 이 책 영어본 회고록의 초 고를 읽고 계속 집필할 수 있도록 나를 격려해주었다. 이어서 나 는 포틀랜드, 오리건, 새너제이, 캘리포니아에 있는 모든 교민가 족들, 친구들에게도 깊이 감사한다. 이들은 아낌없는 사랑과 도 움을 내게 베풀어주었다.

이 밖에도 감사를 표할 분들은 많다. 내 사업에서 동료가 되 었던 분들, 'K-C 인터내셔널'에서 함께 일한 모든 사람에게도 심심한 감사를 표한다. 또한 나의 아내가 회복되기까지 많은 도 움을 주신 분들에게 감사를 표하는 것도 당연하다.

또한 언제나 내게 멘토 역할을 해주신 '이건창호' 박영주 회 장님과 아름다운 부인 박인자 여사께도 특별한 감사의 말씀을 드린다. 회장님은 1971년에 내가 미국에서 번듯한 직업을 가질 수 있도록 도와주셨으며 이것이 내 사업 성공의 발판이 되었다.

또 한 분 특별히 감사를 드릴 분이 있다. 구세군 미국남부 총사령관이었던 프레드 루스(Col. Fred Ruth)라는 분이다. 마치 나 의 수호천사 같았던 이분의 도움이 없었다면 나는 한국에서 대 학을 마치지도 못했을 것이고 결코 오늘날의 내가 될 수 없었을 것이다.

내 삶을 수많은 천사들이 수놓고 있다. 나도 이제 그중의 하나가 되고 싶고, 너무 늦은 게 아니기만 바랄 뿐이다.

캘리포니아주 새너제이에서

최국주

미국 포틀랜드 일대의 지도.

차 례

제1부
나의 아버지, 나의 어머니

1. 위대한 수령 동지

1994년 7월 8일 저녁, 나는 친한 친구인 폴 김과 함께 LA의 한 한국 음식점에 마주 앉아 있었다. 15년째 LA에 살고 있는 폴은 재활용품 생산판매 사업으로 성공을 거둔 사업가다. 내가 LA를 방문할 때면 그를 자주 만났다. 그의 안내로 맛있는 한국 음식을 맛보고 또한 골프를 즐기기 위해서다. LA에는 한국 음식을 제대로 맛볼 수 있는 식당이 여럿 있어서, 폴은 늘 내 욕구를 제대로 충족시켜주곤 했다.

폴은 중간 정도 규모의 한국 음식점으로 나를 안내했다. 음식점은 화려하지는 않았지만 분위기는 좋았다. 세세한 부분에서 주인의 섬세한 취향과 배려가 돋보이는 음식점이었다. 음식점은 거의 만원이었지만 폴이 예약을 해놓아서 자리 걱정은 없었다. 식당에 들어설 때부터 불고기와 갈비구이 냄새에 군침이 돌았다. 언제나 향수(鄕愁)를 자극하는 기분 좋은 냄새다.

종업원이 폴을 알아보고 우리를 예약한 자리로 안내했다. 우리는 사람들이 붐비는 곳을 피해 한갓진 데에 자리를 잡았다. 내가 평소 즐겨 마시는 조니워커 블랙 대신에 소주를 반주로 시켰다. 한국 음식에는 소주가 제격이 아닌가. 음식이 나오기도 전에 나와 폴은 소주잔을 가득 채운 후 건배를 하고 단숨에 들이

켰다.

식당 안에는 두 대의 삼성 텔레비전이 벽에 걸려 있었고 한국의 음악 프로그램이 방영되고 있었다. 그런데 갑자기 방송이 끊기더니 심각한 표정의 남자 앵커의 얼굴이 화면에 나타났다. 정규 방송이 중단되고 임시 긴급 뉴스가 방영되기 시작한 것이었다.

> "긴급 뉴스를 말씀드리겠습니다. 북한 지도자인 김일성이 82세
> 를 일기로 사망했습니다. 사망 원인은 아직 정확히 밝혀지지 않았
> 지만 뇌졸중으로 추정됩니다. 그가 사망한 시각은 1994년 7월 8일
> 오전으로 알려지고 있습니다."

텔레비전 앵커는 약간 흥분한 표정으로 원고를 읽어 내려갔으며 한국과 북한의 미래에 대해 염려하는 멘트를 빼놓지 않았다. 앵커가 발표한 김일성의 사망 시각은 물론 한국 시각이었다. 김일성의 사망 소식이 그가 사망한 지 36시간이 지나서야 공표된 것은 북한에서는 늘 있는 일이니 별로 이상할 것도 없었다. 북한 정부에서 벌어지는 일은 늘 그런 식으로 비밀의 장막에 휩싸여 있다는 것을 우리는 누구나 잘 안다.

나와 폴을 비롯해 식당에 있던 손님들은 모두 그 뉴스에 엄청난 충격을 받았다. 식당 안은 잠시 동안 침묵에 휩싸였다. 그런데 잠시 후 모두들 약속이나 한 듯 자리에서 일어나 두 손을

높이 들고 "만세!"를 외쳤다. 우리는 모두 남북통일이 목전에 다가오기라도 한 듯 서로 손을 맞잡았다.

지난밤에 LA로 온 나는 이틀 정도 더 머물며 서던 캘리포니아에서 고지(古紙) 공급업자를 만나볼 예정이었다. 그런데 내 마음속 무언가가 그 약속들을 모두 취소하고 즉시 집으로 돌아가라고 재촉하고 있었다. 나는 스케줄의 반을 취소하고 나머지 일들을 급히 처리했다. 김일성의 죽음이 내 사업에 티끌만치도 영향을 끼칠 일은 없었다. 그럼에도 불구하고 그의 죽음은 내게 특별한 충격을 줄 수밖에 없었다. 김일성과 그 체제를 향한 개인적인 나쁜 감정들만 제쳐놓는다면 나는 북한과 사업을 할 수 있는 가능성에 대해서도 생각하고 있었다. 김일성의 도움을 받을 수 있다면 온갖 규제들을 피할 수 있으리라는 생각에서였다.

다음 날 오후 고지 공급업자들을 만나본 뒤에 포틀랜드로 돌아가는 비행기 창가에 앉아 나는 눈을 감고 생각에 잠겼다. 바로 1년 전, 어머니와 함께 방문했던 평양에 대한 생각이었다. 바로 1년 전에 이른바 그 '위대한 지도자'를 직접 만났다는 것이 실감 나지 않았다.

2. 평양으로부터의 초청장

1993년 1월 18일, 어머니에게 초청장이 날아왔다. 북한의 '해외동포원호위원회'에서 온 것으로 그해 4월 어머니와 우리 가족이 평양을 방문해줄 것을 요청하는 내용이었다. 사실 우리는 그 초청장을 받고도 그다지 놀라지 않았다. 이미 몇 달 전에 두 명의 이복형들이 직접 쓴 편지를 받고 그들이 북한에 살아 있다는 것을 알고 있었다. 편지에서 형들은 한국전쟁을 겪은 뒤 가족들 중 자기들만 살아남았으며 아버지를 비롯한 다른 가족은 살해되었거나 실종되었다고 적었다. 이 편지는 특히 어머니에게 거의 절망적인 충격을 주었다. 어머니는 남편이 살아 있으리라는 희망의 끈을 놓지 않고 있었던 것이다. 형들은 전에도 이미 여러 번 편지를 보낸 바 있었다. 편지에는 온통 위대한 수령 김일성 주석의 영도하에 온 인민이 낙원 같은 생활을 하고 있다는 입에 발린 말들로 채워져 있었다. 그리고 어머니와 가족이 한시라도 빨리 평양에 방문할 것을 재촉했다.

어머니와 내가 북한 당국으로부터 공식 초청 편지를 받고도 별로 놀라지 않은 것은 어머니가 두 의붓아들과의 서신 왕래에서 북한을 방문하고 싶다는 간절한 소망을 이미 피력한 때문이었다. 솔직히 말하자면 나는 초청장을 받고 은근히 우려되는 바가 있었다. 하지만 나를 제외한 나머지 가족들은 공식 초청장에 흥분했으며 기뻐했다.

어머니는 말했다.

"얘들아, 내가 말했잖니. 6·25 때 실종된 아버지와 의붓딸 한 명과 그 남편, 아들 세 명, 모두 여섯 명 중에 적어도 한두 명은 북한에 살아 있을 거라고."

이후 며칠에 걸쳐 어머니는 아버지가 아직 살아 있을 가능성을 증명할 수 있는 시나리오를 몇 번이고 우리에게 반복했다.

"편지에는 너희 아버지가 전쟁 중에 돌아가셨다고 쓰여 있지만 난 믿을 수 없어. 너희들도 안 믿지? 김일성이 아버지를 죽이라는 명령을 내렸을 리가 없어. 그렇지 않니? 둘은 만주에서 함께 일본군과 싸웠잖아. 너희 아버지는 김일성보다 일곱 살이나 연상이지만 둘은 좋은 친구였잖아."

어머니는 우리에게 묻고 있는 것이 아니었다. 어머니는 독백을 통해 남편이 살아 있다는 믿음을 되새기고 있었던 것이다. 모두들 어머니의 말에 귀를 기울이고 있었지만 아무 말도 하지 않았다. 나도 이렇다 저렇다 내 생각을 말할 수 없었다. 이어서 어머니는 혼잣말을 했다.

"그 양반이 북한에 없다면 남한 어디엔가 살아 있었다는 거 아니겠니? 그렇다면 왜 그렇게 오랫동안 가족들을 찾지 않은 거지? 어떻게 이 코딱지만 한 나라에서 한 사람이 흔적도 없이 사라질 수 있는 거지?"

어머니는 나의 이복형들이 편지에 쓴 말을 믿고 싶어하지 않았다. 어머니는 명백히 스스로를 부정하고 있었으며 충분히 그럴 수 있는 일이었다. 나 스스로도 형들이 말한 사실을 의심하지 않을 수 없었다. 북한 정부는 국민들에게 거짓말을 하는 것으로 악명이 높으니 나의 아버지 실종 이후 실제로 무슨 일이 벌어졌는지는 미스터리일 수밖에 없다고 생각한 것이다.

우리 자식들이 어머니의 보살핌으로 자라나면서 어머니가 마음속으로 겪고 있는 큰 고통을 함께할 수 없다는 것은 그 얼마나 슬픈 일인가! 누이들과 나는 아버지가 전쟁 중에 살해되었다는 가정하에 지내왔다. 나는 어머니가 남편 없는 외로움 속에서 상상할 수 없는 가난과 절망감을 어떻게 이겨낼 수 있었는지 어머니의 입장이 되어 진지하게 생각해본 적이 없다. 어머니에게는 남편이 살아 있으리라는 가능성과 희망 바로 그것이 이제까지 그녀를 지탱해준 버팀목이었다.

나의 이복형제들에 대한 이야기와 평양 방문에 대한 가족 간의 논의가 이어지면서 나는 북한 여행에 드는 엄청난 비용을 걱정하지 않을 수 없었다. 나는 최근에 북한의 친지들을 방문하고 돌아온 내 친구이자 의사인 닥터 왕으로부터 그가 얼마나 많은 돈을 썼는지 들은 바가 있었다. 북한에는 그의 형제들과 가족들이 많았고 그는 후한 사람이었다. 그는 한 재산 톡톡히 들었다고 내게 말했다.

나는 비싼 항공료, 빈곤에 시달리는 일가친척에게 줄 선물 비용, 기타 법이 허용되는 한도 내에서 지니고 갈 현금 등 비용이 어마어마했다. 닥터 왕은 북한 주민들이 상상을 초월할 정도로 가난하며 비참하게 지내고 있다고 내게 경고 비슷하게 말했다. 미국으로 돌아올 때가 되자 입고 있는 옷들도 모두 벗어주고 올 수밖에 없을 정도였다고 그는 말했다. 너무 실망스럽고 슬픈 이야기여서 나는 그의 말을 곧이곧대로 믿을 수 없었다.

나는 그 비용들을 감당할 수 있음을 알고 있었다. 그러자 그 비용 걱정이나 하고 있는 자신이 한심하다는 생각이 들었다. 1953년 한국전쟁이 끝난 지 40여 년 만에 형들과 그 가족을 만날 수 있게 되었는데 비용이 문제란 말인가? 나는 이번 여행이 가족들 간의 상봉일 뿐 그 이상도 이하도 아니라고 생각하고 있었다. 우리를 초청한 북한 당국이 관광 프로그램도 마련하고 있을지 모른다. 어머니와 내가 평양에서 누구를 만나게 될 것인지에 대해서는 나를 비롯해 그 누구도 알고 있지 못했다.

어머니가 당연하다는 말투로 내게 말했다.

"아범아, 4월에 평양으로 가서 그 애들을 만나자. 네 누이들도 함께 가는 게 좋겠지만 어떨지 모르겠다."

당연한 듯한 말투였지만 어머니의 어조는 느릿느릿했다. 아들이 감당하기에는 너무 큰 비용이 든다는 것을 알고 있었던 것이다. 이어서 어머니가 물었다.

"일을 잠시 쉬고 나와 함께 갈 수 있겠니?"

말투와 달리 어머니의 눈빛은 단호했다. 어머니는 남편이 북한에 살아 있는지 아닌지 당신이 직접 확인해보고 싶은 것이다. 나는 어머니의 눈빛을 보고 홀연 이 여행의 의미를 깨달았다. 아버지가 생존해 있느냐 아니냐가 문제가 아니었다. 나의 두 이복형으로부터 직접 사실을 듣고 확인하는 것이 문제였다.

이 초청 편지를 받기 전까지 나와 누이는 아버지가 돌아가셨다고 생각하고 있었으며 어머니도 그렇게 생각하고 있는 줄 알았다. 하지만 우리는 모르고 있었다. 어머니가 남편이 북한 땅에 살아 있으리라는 갈망과 희망을 남몰래 간직하고 있었음을.

어머니는 1950년 9월 21일, 아버지가 양식을 구하겠다며 나간 뒤 돌아오지 않았던 것을 생생하게 기억하고 있으며, 아버지에 대한 기억들을 여전히 간직하고 있었던 것이다. 그리고 한국전쟁이 발발하기 전까지 두 의붓아들을 키운 기억도 간직하고 있었다. 두 분이 결혼할 당시에 그들은 일곱 살과 다섯 살이었다.

그렇다. 그 생생한 기억과 희망, 그리고 하나님을 향한 믿음이 없었다면 어머니는 그토록 오랜 인고의 세월을 견뎌내지 못했을 것이다. 그 희망과 믿음으로 어머니는 세 어린 자식들을 오늘날의 모습까지 키워낼 수 있었다.

어머니는 아버지가 일본제국에 대항하여 얼마나 치열하게 싸웠는지, 조국의 독립을 위하여 어떻게 일생을 바쳤는지 잘 알고 있었다. 자신이 남편을 얼마나 사랑했는지, 남편을 얼마나 존경했는지 증명하는 길은 이렇게 잘 성장하여 어른이 된 자식들을 당당하게 그에게 보여주는 길밖에 없었다. 그녀는 무슨 일이 있어도 남편을 실망시키고 싶지 않았다.

나는 어머니에게 즉각 대답했다.

"물론이지요, 어머니. 제가 함께 가겠어요. 아무 걱정 마세요. 곧바로 필요한 서류 작업을 하겠어요."

3. 아버지를 그리며

나의 아버지와 이복형 최철주와 최동주에 대한 내 기억은 희미하다. 내가 1942년 베이징에서 태어났을 때 철주 형은 여덟 살이었고 동주 형은 여섯 살이었다. 아버지는 1944년 베이징으로부터 서울로 옮겨 와서 '동방문화사'에서 일을 했다. 그는 곧바로 『해외조선혁명운동소사(海外朝鮮革命運動小史)』라는 책을 쓰기 시작했고 1945년과 1946년에 두 권을 출간했다. 내 기억이 맞다면 동주 형은 아버지를 닮아 머리가 좋았던 것 같다. 집에서는 형을 '백과사전'이라고 불렀다.

1950년, 내가 여덟 살이었을 때 동주 형은 열네 살, 철주 형은 열여섯 살이었다. 나이 차가 많이 났기에 형들은 또래의 친구들과 어울리면서 나는 거의 거들떠보지 않았다. 언론인이자 정치인이었던 아버지는 저술 활동을 하는 한편 1950년 5월 30일에 열리게 될 국회의원 선거 출마 준비로 무척 바빴다. 당연히 온갖 집안일과 아이들 양육은 어머니 몫이었다. 어머니는 언제나 남편을 존경했고 대한민국의 자유를 위해 헌신하고 있는 그의 삶을 높이 평가했다. 아버지는 집안일은 등한시했는지 몰라도 조선의 역사와 독립운동에 관한 책과 글을 쓰는 데는 열정을 다했다. 어머니는 아버지가 아내와 자식들을 진정으로 사랑하면서도 조선 독립에 온 정열을 다 바치셨기에 그 애정을 표현할 기회가 없었을 뿐이라고 말하곤 했다.

일에 몰두해 있는 모습, 중요한 사람들과 집 안을 드나들던 모습과 함께 아버지는 어린 내 눈에 낭만적인 모습으로 비쳤던 것 같다. 하지만 나는 '아버지의 사랑'을 경험해보지 못했으며 통상적인 부자간의 다정한 관계는 아니었다. 어쨌든 아버지의 팔에 안겨서 귀여움을 받은 기억은 전혀 없다.

1950년 전쟁이 발발하고 아버지와 나의 두 형이 갑자기 우리의 삶에서 사라진 사건은 어머니와 나 그리고 두 누이에게는 너무나 큰 충격이었다. 그들이 도대체 어떻게 되었을까 하는 질문은 한시도 우리들의 뇌리에서 사라지지 않았다. 그들을 생각할 때마다 나는 무섭고 고통스러웠다. 내 기억에 빈 공간이 남게 된 것이며 내 가슴에는 그 무엇으로도 채워질 수 없는 공허가 남은 것이다.

나는 나와 어머니가 북한을 방문할 수 있게 되었다는 사실을 알았을 때 자식으로서 의당 느꼈어야 할 흥분을 느끼지 못하는, 그런 나의 모습이 적잖이 당혹스러웠다. 나는 분명 어머니보다 훨씬 덜 흥분해 있었다. 하지만 다시 이복형들을 만날 수 있다는 사실에는 흥분했으며 그들이 살아 있다는 사실에 감사했다. 아버지가 아직 북한 내에 생존해 계실지도 모른다는 생각은 왠지 내게 낯설었으며 거의 무덤덤하게 여겨지기까지 했다.

아버지가 생존해 계신다면 여든여덟 살이다. 어머니는 일흔다섯 살이었다. 내 마음속으로 온갖 질문들이 피어올랐다. 혹 살아 계신다면 건강은 좋으실까? 불구는 아니실까? 편찮으신 건 아닐까? 우리를 알아보긴 하실까?

나는 아버지가 전쟁 중에 살해되셨을 가능성이 크다는 사실을 상기해야 했는지도 몰랐다. 아마 나는 꿈을 꾸고 있는 것인지도 몰랐다. 하지만 43년 만에 처음으로 아버지를 다시 만날 수도 있으리라는 생각에 내 가슴은 뜨겁게 달아올랐다.

'그래, 내가 자라오면서 아버지로부터 사랑을 충분히 받고 가르침을 받았다면 다른 반응을 보였을지도 몰라'라고 나는 생각했다.

하지만 온갖 의혹에도 불구하고 나의 마음은 아버지를 향하여 외쳤다.

"아버지! 아버지가 정말 보고 싶습니다!"

4. 베이징, 오 베이징

나의 아버지 최형우(최일천)와 어머니 유태정은 일제 강점기인 1940년에 중국 베이징에서 만났다. 평안북도 정주가 고향인 아버지는 서른다섯 살이고 서울 태생인 어머니는 스물두 살이었다. 짧은 연애 끝에 둘은 결혼했고 베이징에서 새로운 살림을 시작했다. 아버지는 세 번째 결혼이었으며 어머니는 재혼이었다.

부모님 결혼 당시 아버지는 두 번의 결혼에서 낳은 네 명의 자식과 함께 지내고 있었다. 첫째 아내인 변 씨 소생으로는 석주와 철주 두 아들과 딸인 영주가 있었다. 아버지의 첫 번째 아내는 임신 합병증으로 젊은 나이에 세상을 떴다. 막내아들 동주는 두 번째 아내인 승소옥과의 사이에서 낳은 아들이었다. 승소옥도 두 번째 결혼이었다. 그녀의 전남편은 혁명가이자 시인이며 정치가였던, 독립운동가 김혁이었고 승소옥 자신도 열렬한 독립운동가였다.

언론인이었던 아버지는 독립운동을 하면서 김혁, 승소옥 두 사람과 잘 알고 지내던 사이였다. 불행히도 김혁은 일본 경찰에 체포되어 모진 고문을 받고 출소했으나 그 후유증으로 1936년 61세를 일기로 세상을 떠났다. 그러자 승소옥은 만주의 이퉁강(伊通河)에 투신자살하려 했으나 그녀의 친구들이 때맞춰 기적적으로 나타나 그녀를 구해냈다.

점차 고통에서 벗어난 그녀는 김혁이 아끼던 제자뻘 친구인 나의 아버지와 결혼했다. 하지만 그녀도 아버지에게 네 명의 아이들만 남긴 채 일찍 세상을 떴다. 일제 강점기에 만주와 중국에서 언론인으로, 독립운동가로 활동하면서 네 명의 아이를 키우는 일이 얼마나 힘들었을지는 상상조차 하기 힘들다.

어머니의 첫 결혼 역시 불행했고 결국 이혼으로 끝났다. 그녀의 첫 남편인 홍순영은 헌종의 어머니인 신정왕후와 인척관계인 양반 출신이며 부자였다. 나의 어머니 유태정의 부모는 비록 가난하긴 했지만 역시 양반 출신이었다. 홍순영은 일본 메이지(明治)대학을 졸업했다. 대학 졸업 후 의기양양하게 귀국한 그는 친지들의 중매로 어머니를 만났고 얼마 안 있어 결혼했다.

곧이어 부부 사이에서 아들 선식과 딸 운식이 태어났다. 그런데 불행히도 홍순영은 미남에 바람둥이였다. 그는 결혼 3년 후, 세 살 아들과 태어난 지 겨우 6개월이었던 딸을 데리고 새로 사귄 애인과 함께 중국 베이징으로 도망가버렸다.

당황하고 상심한 어머니는 몇 달 동안 수소문 끝에 그들이 어디 살고 있는지 알아냈고 그들을 찾아가기로 결심했다. 기차와 인력거와 도보로 며칠 여행한 끝에 어머니는 그들이 살고 있는 집에 도착했다. 어머니는 기진맥진한 채 그들이 살고 있는 집 앞에 섰다. 그녀는 잠시 호흡을 가다듬고 마음을 추스른 뒤 문을 두드렸다. 이윽고 "누구세요" 하는 목소리가 들리더니 양장

최형우–유태정 결혼사진, 1940년 베이징.

을 차려입은 젊은 여인이 아이 둘과 함께 문 뒤에 모습을 보였다. 홍순영은 집에 없었다. 여인은 예쁜 얼굴이었지만 짙은 화장은 어머니가 보기에 허영기가 있었고 천박해 보였다. 어머니가 금세 자신의 두 자식을 알아본 것은 물론이다.

젊은 여자는 놀란 눈으로 어머니를 쳐다보더니 집 안으로 들어가버리려는 듯 몸을 가볍게 뒤로 움찔했다. 그녀는 어머니의 모습을 보고 당황하는 기색이 역력했다. 전에 한 번도 만난 적이 없었지만 누구인지 물어볼 필요도 없었다. 그녀는 본능적으로 눈앞의 여인이 아이들의 친모임을 알 수 있었던 것이다.

젊은 여자의 얼굴에 죄책감이 떠올랐다. 그녀가 몇 마디 중얼거렸지만 어머니의 귀에는 들리지 않았다. 어머니의 뺨에는 눈물이 흘러내렸다. 어머니는 이제 한 살 반인 딸을 안으려고 무릎을 굽혔다. 하지만 딸은 친엄마를 알아보지 못했다. 아이는 놀라서 울기 시작했다.

"아가야, 내가 네 엄마란다. 왜 그래? 아가야, 일찍 오지 못해서 미안해. 자, 이제 걱정 마. 엄마가 이렇게 왔잖아."

그녀는 아이를 힘껏 끌어안았다. 그러자 딸아이는 울음을 그치지 않은 채 품에서 빠져나가려고 발버둥을 치며 젊은 여자를 향해 "엄마!"라고 소리쳤다. 놀라고 당황한 어머니는 이번에는 네 살 난 아들 선식을 향해 눈길을 돌렸다. 아들은 젊은 계모 등 뒤에 숨어 있었다. 엄마의 얼굴을 잊은 게 분명한 듯 어리둥절한 표정이었다. 어머니가 아들을 향해 손을 뻗자 아이는 등을 돌리고 집 안으로 들어가버렸다.

어머니는 너무 당혹스러웠고 비참했다. 이런 일이 일어나리라고는 꿈에도 생각하지 못했던 것이다. 순간 어머니의 머리에는 이런 생각들이 스치고 지나갔다.

'어떻게 단 1년 만에 자기 엄마를 잊어버린 거지? 어떻게 그럴 수가 있지? 딸이 그러는 것은 이해할 수 있어. 저 애가 아직 젖먹이였을 때 그들이 데리고 도망갔으니까. 하지만 선식이는? 그때 세 살이었잖아. 그래, 어렴풋이 나를 기억하긴 하지만 그냥 어쩔 줄 모르는 걸 거야. 어쩌면 이런 헐렁한 옷차림에 지치고 슬픈 표정의 친엄마보다 저 젊은 계모를 더 좋아하는지도 몰라.'

어머니는 입을 열지 못한 채 망연한 모습으로 잠시 서 있었다. 생각의 갈피를 잡을 수 없었다. 온몸에서 힘이 쫙 빠져나가는 것 같았다. 하늘이 무너져내리는 것만 같아 그녀는 바닥에 털썩 주저앉았다. 더 이상 살아야 할 목표가 없어진 것이다. 그녀는 바로 그 자리에서 죽어버리고 싶었다. 겨우 일 년간 헤어져 있었을 뿐인데 어떻게 아이들이 친엄마도 알아보지 못하는 일이 벌어졌단 말인가? 그녀는 너무 당황한 나머지 어찌해야 할 바를 몰랐다. 자신의 아이들을 멀쩡하게 도둑맞는다는 것만으로도 정말 견디기 어려울 정도로 고통스러운 일이었다. 하지만 자기 자식들이 어미를 못 알아본다는 것은 그보다 몇천 배, 아니 몇만 배 더 비참한 일이었다. 그녀는 가슴이 갈기갈기 찢어지는 것 같았다.

자기 눈앞에서 벌어지고 있는 사태의 심각성을 알아챈 젊은 여자는 어머니 곁으로 다가가 위로의 말을 몇 마디 건네려 했다. 그녀는 어머니 앞에 무릎을 꿇고 자기가 범한 잘못을 빌었다. 꽤 오랫동안 침묵이 흐른 뒤, 젊은 여자가 부끄러운 듯 어머니에게, 어머니도 그들 모두와 함께 살자고 제안했다. 어머니는 자신의 귀를 의심할 수밖에 없었다.

어머니는 화가 머리끝까지 치솟았지만 냉정을 잃지 않으려 애썼다. 게다가 같은 여자로서 이 젊은 여인이 안됐다는 생각도 들었다. 어머니는 자신도 얼마나 쉽게 남편의 외모에 넘어갔었는지 잘 알고 있었다. 또한 이 여자가 자신의 아이들을 잘 돌봐준 데 대해 고마운 마음까지 들었다. 딸 운식은 친엄마를 마치 남 보듯 바라보고 있었다. 어머니는 몇 번이고 아들의 이름을 불렀다. 하지만 아들 선식은 집 안에서 나오지 않았다. 어머니는 자존심을 삼켜버리고 눈물을 닦으며 결심했다.

'그래, 내가 포기해야 해. 이 젊은 여자가 나보다 더 좋은 엄마가 될 수도 있어.'

어머니는 천천히 몸을 일으킨 뒤 젊은 여인을 포옹했다.

"내 아이들을 잘 돌봐줄 수 있겠지요? 제발, 그럴 수 있다고 약속해줘요."

젊은 여인은 말없이 고개를 끄덕였다. 어머니는 기력이 다해서 움직일 수조차 없었다. 눈물도 말라버린 것 같았다. 그녀는 가까스로 기운을 추슬러 그 여자로부터 그리고 그 여자 품에 안

긴 자신의 딸 운식으로부터 등을 돌리고 발걸음을 옮겼다. 그녀는 뒤돌아보고 싶은 마음을 억누르며 좁고 어두운 골목길을 지나 바람 부는 시내로 발길을 옮겼다. 거리에는 지나는 사람이 별로 없었다. 그녀는 흐르는 눈물을 닦으려 하지도 않았다. 그녀는 해가 등 뒤로 지면서 점차 거리가 어두워질 때까지 무작정 걸었다. 몇 년 뒤 어머니는 자기 앞에 길게 뻗은 슬픈 그림자, 넋이 나간 그림자를 따라가면서 얼마나 비참한 기분에 사로잡혀 있었는지 기억이 생생하다고 말했다.

가슴이 찢어지는 고통 속에 어머니가 감행했던 베이징으로의 그 험난한 여행은 완전히 실패로 돌아갔다. 그녀는 아이들이 없는 세상에서 더 이상 살아가야 할 이유를 찾을 수 없었다. 그렇다고 해서 홍순영과 한 지붕 아래에서 그의 새 여자와 함께 살아갈 수도 없었다. 이 잔인하고 오만한 남자에게 그토록 오래 학대당하고 속아왔는데 더 이상 함께할 수는 없었다. 그녀는 심장도, 영혼도 없는 것 같은 황량한 도시 베이징에 더 이상 머물고 싶지도 않았다. 그녀는 망연자실한 상태였다. 하나님이 자신을 버렸다고 그녀는 확신했다.

훗날 나의 누이 현주는 어머니가 자살을 시도했었다고 내게 말해주었다. 어머니에게 들었다는 것이었다. 하지만 그뿐, 어머니는 누이에게 더 이상 자세한 이야기는 해주지 않았다. 아마 어머니의 생애 이야기에서 공백 페이지 중의 하나로 남아 있어야만 하리라.

누이 최영주의 결혼식 모습. 신익희 국회의장이 주례를 맡았다. 사진 뒷줄 왼쪽에서 다섯 번째가 신익희 의장, 그 옆으로 최형우(나의 아버지), 최승조(1950년 남산에서 탈출한 아버지의 친구). 앞줄 왼쪽에서 두 번째가 형 석주, 다음이 유태욱(저자의 삼촌). 가운데줄 오른쪽에서 네 번째가 유태정(검은 치마, 저자의 어머니), 맨앞의 작은 소년이 나 최국주, 그 옆이 형 동주 다. 1948년, 서울.

5. 숙명

1940년대 한국에서 여성이 남편에게 이혼을 요청하는 것은 생각할 수도 없는 일이었고 금기이기도 했다. 법적으로는 남편에게 묶인 채 혼자 지내거나, 첩을 집안으로 들여보내서 함께 아이를 기르는 길밖에 없었다. 하지만 나의 어머니 유태정은 그 두 길을 모두 거부하고 홍순영과 이혼하기로 결심했다.

당시 이혼을 할 경우 남자의 성격이나 사회적 지위와는 상관없이 자식들 양육권은 모두 남편이 갖게 되어 있었다. 여성에게는 아무런 권리도 없었다. 그럼에도 아직 스물한 살의 젊은 나이였던 어머니는 법적 이혼을 요구했다. 이혼으로 인해 견디기 어려운 사회적 낙인이 자신에게 찍힐 것임을 알면서도 어머니는 그 길을 택한 것이다.

어머니는 나이가 두 살 아래 남동생 유태욱의 도움으로 이혼을 성사시킬 수 있었다. 외숙부 유태욱은 당시 독립운동에 참여하기 위해 베이징에 머물고 있었다. 외숙부는 누이의 어려운 처지를 동정하여 서울 부모님 집으로 돌아가지 말고 잠시 베이징에 자신과 머물러 있으라고 권했다. 외숙부는 온갖 법적인 서류들을 준비해서 누이의 이혼을 도왔다. 근대화된 일본의 법률이 한국에도 적용되고 있었기에 이혼은 빠르게 법적으로 받아들여졌다.

어머니가 이혼한 지 몇 달이 지난 어느 일요일 날 외숙부는 베이징의 어느 허름한 중국 음식점으로 누이를 불러 함께 점심을 들고 있었다. 외숙부는 외향적 성격이었으며 어머니와 마찬가지로 진보적 생각의 소유자였다. 둘은 비슷한 이념을 공유하고 있었으며 일제의 한국 강점에 대해 크게 반발하고 있었다. 둘은 사이가 좋았고, 다섯 형제자매들 간에 논쟁이 벌어졌을 때도 둘 사이에 죽이 제일 잘 맞았다.

외숙부는 나의 아버지 최형우와 알고 지내는 사이였다. 당시 나의 아버지는 「동아일보」 베이징 지국에 근무하며 글을 쓰는 저명한 언론인이었다. 당시 「동아일보」의 모토는 "국민과 민주주의와 문화를 위하여"였다. 둘은 비밀 정치회합에서 몇 번인가 만났다. 외숙부는 아버지의 글은 물론이고 아시아 역사와 새로운 개혁운동에 대한 해박한 지식을 높이 평가하고 있었다. 하지만 무엇보다도 아버지의 친절한 성품, 조국의 백성들을 향한 아버지의 열정 때문에 아버지를 존경하고 있었다.

외숙부는 어머니와 아버지가 무엇보다 나이 차가 많은 것이 흠이긴 해도 둘이 성격이나 생각이나 지성 등 여러 면에 있어 아주 잘 어울릴 것이라고 생각했다. 외숙부는 점심 식사를 기회 삼아 자신의 생각을 누이에게 털어놓을 심산이었다.

식사 후 우롱차를 마시면서 외숙부는 어머니에게 멋진 신사 한 명을 소개해주겠다고 말했다. 외숙부는 조심스럽게 아버지의 경력에 대해 설명했다. 외숙부는 독립운동에서 그가 중요한 위치를 차지하고 있다고 말한 후 그가 두 번 결혼했다가 두 번 모두 상처(喪妻)했으며 혼자 네 명의 아이들을 키우고 있다고 말했다.

외숙부의 말이 끝나기 무섭게 어머니는 거의 의자에서 벌떡 일어날 기세였다.

"너, 지금 제정신이니?" 어머니가 소리쳤다. "이혼한 지 일 년밖에 안 됐는데 재혼하라고? 게다가 나보다 열세 살이나 많은 데다 아이가 넷이나 되는 남자하고? 너, 도대체 내 동생 맞니? 거의 아버지뻘은 되겠다. 게다가 너는 네 누나보고 다섯 사람의 노예가 되라는 거니? 너, 정말 미쳤구나!"

어머니는 정말 화가 났다. 사랑하는 남동생이 자신에게 그런 끔찍한 중매를 섰다고는 믿을 수 없었다. 게다가 어머니는 재혼할 생각이 없었다. 하지만 남동생이 그토록 높이 평가하는, 그렇게 중요하다는 사람을 한번 만나보고 싶다는 호기심이 이는 것 또한 어쩔 수 없었다. 겉으로는 남동생을 원망하면서도 은연중 남동생의 생각이 그녀에게 옮아간 것이다.

남매간의 대화가 있은 지 며칠 후 아버지가 베이징 외곽에 있는 자신의 집으로 어머니를 초대했다. 아버지 최형우가 어머니를 문간에서 맞이했다. 그는 둥근 검은 테 안경을 쓰고 있었다. 그의 검은 눈은 선하면서도 진지해 보였다. 아버지의 높은 이마와 막 숱이 엷어지기 시작한 머리가 그녀의 눈에 들어왔다.

집 안은 어수선했지만 넓은 2층집이었다. 10대인 아버지의 자식들은 허름한 옷차림에 영양실조를 겪고 있는 것 같았다. 순간 그녀에게, 기자 일과 독립운동을 하면서 남자 홀로 네 아이를 키운다는 게 얼마나 힘이 들까 하는 생각이 짧게 스쳐 지나갔다. 집안 가구들과 집기들은 빈약하기 짝이 없었다. 그중 가장 어머니의 눈길을 끈 것은 서재 책장을 빼곡히 채우고 있는 책들이었다.

아버지는 집이 너무 누추하다며 어머니에게 사과했다. 그녀는 아버지가 그녀를 실망시키지 않기 위해 딱할 정도로 최선을 다하고 있음을 분명히 알 수 있었다. 그리고 아버지는 더 이상 시간을 끌 필요가 없다는 듯 바로 그날 어머니에게 청혼을 한 셈이었다. 그는 물론 쉬운 일은 아니겠지만——말하자면 그녀가 자신의 청혼을 받아준다면——둘이 함께 안락한 가정을 꾸려나갈 수 있을 것이라고 은연중 그녀를 설득하려 애썼다.

아버지의 점잖고 조심스러운 말투와 어머니를 존중하는 태도는, 실제로는 욕설을 퍼붓고 심지어 손찌검도 마다하지 않으면서 겉으로만 상냥한 척하는 전남편의 태도와는 너무나 달랐다. 아버지는 어머니에게 따뜻하고 친절하며 정직하고 높은 지성을 갖춘 사람이라는 인상을 심어주었다. 게다가 그는 조선과 그 백성들을 깊이 걱정하는 열렬한 애국자였다. 자유를 향한 열정과 강한 의지력이 없었다면 선구적 지식에 대한 공부를 계속하지도 않았을 것이며, 기자 일과 독립운동을 병행하면서 동시에 네 아이를 기르는 일은 절대로 불가능했을 것이다.

아버지는 만주 대학에서 통신강의 코스를 마쳤을 뿐 아니라 일본 와세다 대학에서 서양사 과정을 이수했다. 서양사 공부를 통해 아버지는 서구에서 2차 산업혁명이 빠른 속도로 진행되고 있다는 것, 일본이 지구상에서 가장 산업화된 나라들 중의 하나가 되었다는 사실을 알게 되었다. 아버지는 조선이 한참 뒤처질 것을 걱정하고 있었다.

아버지는 어머니에게 그 어느 것도 감추려 하지 않았다. 그는 자신과 자신의 미래 앞에는 어렴풋한 불확실성만이 수없이 놓여 있음을 인정했다. 어머니와의 짧은 교제기간 아버지는 어머니와 결혼하려는 자신의 결정이 과연 옳은 일인가 심사숙고하며 청혼하기 전에 무척 망설였다. 결국 그는 용기를 내 정식으로 어머니에게 청혼했고 청혼과 동시에 장밋빛 미래를 그려 보이기보다는 자신이 현재 처하고 있는 상황에 대해 진심으로 사과했다.

그는 그토록 젊은 아내를 맞아들이는 것, 게다가 그녀에게 이미 10대에 이른 네 명의 자식 양육을 맡긴다는 것이 불공평한 처사임을 잘 알고 있었다. 가정생활을 영위해나가면서 요리와 세탁 등 주부로서의 일을 도맡아해야 하며 아이들 학교생활을 뒷바라지도 해야 하고, 외국 생활에서 부딪칠 수 있는 온갖 어려움에도 맞서야만 하는 일을 그는 그녀에게 제안하고 있는 것이었다. 그는 그녀에게 거의 초인적인 노력을 요구하고 있는 셈이었다.

어머니는 이런 바람직하지 않은 조건하에서 결혼을 하기 보다는 더 쉬운 다른 길을 택할 수도 있었을 것이다. 공부를 계속한 후 작가가 되는 길을 걸을 수도 있었을 것이다. 하지만 하나님은 어머니에게 친절을 베풀지 않으셨다. 하나님은 어머니가 쉬운 길을 택하도록 이끌지 않으셨다. 어머니는 당신이 아버지와의 결혼을 결심하게 된 것은 아버지를 사랑해서가 아니라 아버지와 네 자식을 향한 연민 때문이었다고 훗날 내게 고백한 적이 있다. 물론 어머니는 차츰 남편을 깊이 사랑하게 되었지만 그럴수록 더욱더 네 자식의 행복을 위하여 힘썼으며 그들을 돕기 위하여 자신의 자유를 희생했다. 그렇게 남편의 전처 자식들을 돌보면서 어머니는 마음속으로 남몰래 기도하는 것이 있었다.

'내가 이 아이들을 잘 돌보아준다면 내 두 아이의 계모도 그들을 사랑하면서 잘 돌보아주리라.'

어머니는 아버지가 독립운동을 위해 바치고 있는 정열에도 마음이 움직였다고 말했다. 두 아내와 비극적으로 사별한 후 홀로 네 아이를 키우는 독립운동가로서의 아버지의 인생사는 젊은 나이의 어머니의 여린 마음을 압도했을 것이다. 그와 동시에 어머니는 그를 향하여 동정심을 느꼈다. '그를 도와야 해'라고 그녀는 생각했다. 그녀도 아버지와 마찬가지로 한국의 독립을 열망했다. 어머니는 그의 아이들 양육을 도움으로써 독립운동에서 뭔가 역할을 하고 싶었다. 아버지의 청혼을 받는 순간 어머니는 자신의 모든 꿈과 열망들은 모두 잊어버리고 순진하게

"네"라고 대답했다.

확신할 수는 없지만 두 분이 사귀는 동안 아버지가 보여준 성품과 성실성이 어머니의 마음에 좋은 인상을 심어주었을 것이라고 나는 믿는다. 만일 그렇지 않았다면 어머니는 온갖 난관과 곤경으로 이어질 것이 뻔한 아버지와의 결혼을 망설였을 것이다. 하지만 그 좋은 인상이 그러한 망설임을 압도했다.

나는 아버지를 향한 어머니의 사랑의 살아있는 증인이다. 진정한 사랑은 그 어떤 것도 인내하고 극복할 수 있게 해준다. 특히 그 사랑이 상호신뢰, 깊은 감정이입, 겸손에 토대를 두고 있을 때 더욱 그러하다. 어머니는 하늘이 내린 운명에 몸을 맡긴 채 조금도 흔들림 없이 아내로서의 의무와 일곱 자식들 ─ 아버지와 사이에서 낳은 나와 내 두 누이를 포함해서 ─ 의 어머니로서의 의무를 수행했다.

나는 어머니가 아버지와 결혼하기로 결정한 것에 대해 불평이나 후회하는 말을 들어본 적이 없다. 결혼 생활 10년 만에 남편 없이 홀로 아이들을 키워야만 하게 되었을 때도 마찬가지였다. 어머니는 불평은커녕 아버지 같은 품성을 지닌 남자를 찾을 수만 있다면 기꺼이 다시 결혼할 준비가 되어 있다고 말하곤 했다. 하지만 어머니가 2009년 91세를 일기로 오리건에서 눈을 감을 때까지 그런 남자는 그녀 앞에 나타나지 않았다.

6. 조국의 부름

앞서도 말했지만 나의 아버지 최형우는 1905년 평안북도 정주에서 태어났다. 바로 그해에 일본이 쓰시마 전투에서 전에 '발틱 함대'라 불리던 러시아의 막강한 '제2 태평양함대'를 격파했다. 전투 결과 시어도어 루스벨트 미국 대통령의 중재로 일본과 러시아 사이에 '포츠머스 평화협약'이 맺어진다. 일본 같은 작은 나라가 러시아라는 거대한 곰을 물리쳤다는 사실은 서구 국가들에게는 충격적인 소식이었다.

그 조약이 맺어지기 전까지 러시아는 북위 39도 이북의 한국에 대해 지배력을 행사하고 있었다. 그때까지 일본은 러시아와 맞서기를 꺼렸다. 러시아가 프랑스·독일과 동맹을 맺을 것이 두려웠기 때문이다. 하지만 이제 일본은 한반도의 실질적인 주인이 되었다. 1910년 일본은 곧바로 한국을 공식적으로 합병한다. 미국을 비롯해 서구 열강들 중 그 어느 나라도 그에 대해 항의하지 않았다.

아버지가 어머니에게 해준 이야기에 따르면, 아버지가 여덟 살이던 1913년에 가족들은 일제 치하로부터 벗어나 만주로 이주했다. 당시 아버지에게는 형님과 누님이 있었다. 아버지의 가족처럼 일본을 증오하는 많은 농부와 애국 동포들이 조국을 등지고 머나먼 타향에 정착했다. 일본의 탄압을 견딜 수 없어서 그곳에서 자신 소유의 땅에서 농사를 지으며 조국독립을 위해 싸울 힘을 기르기 위해서였다.

아버지와 가족들은 만주의 펑톈(奉天)에 정착했고 아버지는 그곳에서 초등학교를 마쳤다. 학교를 마친 뒤 그는 1924년에 만주에 세워진 항일 독립군의 일원이 되었다. 아버지는 정의부의 오동진 장군 부대에서 오 장군의 참모가 되었다.

1932년 불행하게도 일본은 만주를 점령했고 중국은 더 이상 일본에 저항하지 않았다. 정의부 부대는 일본이 만주를 점령하기 전에 해체되었다. 아버지는 지린성(吉林省)의 오가자(五家子)에 머물면서 삼성 학교의 선생이 되었다. 또한 그는 월간 혁명 잡지 「농우(農友)」의 편집을 맡아 독립전쟁 승리소식과 제2차 세계대전에 대한 소식들을 실었다. 그와 함께 그는 교육을 받지 못한 농민과 동포를 위해 많은 계몽적 기사를 썼다.

아버지는 항일 독립투쟁을 하던 시기인 1926년에 열네 살의 한 똑똑한 독립군 젊은 지도자를 만난다. 훗날 북한의 지도자가 된 김일성이 바로 그 소년이다. 그보다 일곱 살 연상이었던 아버지는 그를 무척 귀여워했고, 그의 장래를 밝게 보았다. 아버지가 스물한 살이었고 김일성은 열네 살이었을 때였다. 당시 소년의 이름은 김성주였다. 아버지와 아버지의 장인 변대우는 김성주에게 김일성으로 개명할 것을 권했다. 태양처럼 큰 인물이 되라고 격려하는 뜻에서였다. 김일성은 훗날 그의 회고록 『세기

1935년경 동아일보 중국 신징 지사 건물 앞에서 동료 언론인과 함께한 아버지 최형우(앞 줄 왼쪽에서 두 번째).

와 더불어』에서 자신이 개명한 사실을 인정했다.

아버지와 김일성은 이종락이 만주에서 설립한 '조선혁명군 길강지휘부(朝鮮革命軍 吉江指揮部)' 휘하에서 활동했다. 그런데 김일성은 회고록『세기와 더불어』에서 이종락이 그 조직을 창설한 것이 아니라 자신이 그 조직의 창설 멤버라고 선전했다. 게다가 이종락이 자신의 휘하에 있었다고 날조했다. 당시 김일성은 열네 살이었고 이종락은 스물네 살이었으니 누가 보아도 황당한 일일 수밖에 없다.

김일성의 회고록『세기와 더불어』와『조선전사』가 나온 뒤 그 이전에 나온 아버지의 저술『해외조선혁명운동소사』원본은 북한 내에서 소각되었다고 전해진다. 역사를 날조한 사실이 명백하게 드러날 수 있는 불온서적이었던 셈이다.

어머니의 회상에 따르면 아버지는 독립운동을 함께 하던 시절의 김일성을 높이 평가했고 그에게 희망을 걸기도 했다. 하지만 아버지는 공산당과 손을 잡고 싶지 않았고 김일성은 점차 공산주의 이념에 빠져들었다. 한국이 일제로부터 독립하기 한 해 전인 1944년에 아버지가 가족과 함께 베이징으로부터 서울로 옮겨 온 것은 김일성을 비롯해 베이징의 독립운동가 사이에 공산주의가 급속히 번졌기 때문이다. 이어서 공산주의 추종자들과 이승만을 중심으로 하는 자유주의 진영 사이에는 끊임없이 게릴라식 교전이 벌어졌다. 그리고 김일성이 이끄는 노동당과 이승만이 이끄는 자유당의 둘로 나라가 쪼개졌다.

미국의 지원을 받는 남한도 소용돌이에 휩쓸려 있었다. 나라가 어느 방향을 향해야 할지 갈피를 잡을 수 없기 때문이었다. 하지만 결국 이승만의 자유민주주의 방향이 우세를 점했고 1948년 8월 15일 대한민국이 건국되었다. 김일성은 중국과 러시아의 지원하에 기회를 잡아 스탈린이 썼던 것과 같은 책략으로 북한에 전체주의 국가를 세웠다. 북한은 1948년 9월 9일 조선민주주의인민공화국이 설립되었음을 공표하고 김일성을 서기로 내세운다. 당시 김일성은 서른여섯 살이었다.

아버지는 비록 김일성의 공산주의 이념에는 동의하지 않았지만 김일성이 아주 빠른 시일 내에 한반도 반쪽을 정비해서 권력을 잡는 과정에 관심을 기울이지 않을 수 없었을 것이다. 솔직히 말하자면 인간적으로 대견하다는 생각이 들었을지도 모른다. 어렸을 때 똑똑하다고 생각하고 귀여워한 소년이 번듯하게 성장한 모습을 보고 대견해하는 어른의 심정 같다고나 할까? 다시 말하지만 그런 인간적 감정은 이념과는 아무 상관 없는 일이다.

하지만 나의 아버지 최형우는 그 무엇보다 일본으로부터 독립을 쟁취한 한반도가 둘로 찢어지는 것을 가슴 아파했다. 그는 김구·김규식·여운형·조봉암 같은 위대한 애국지사들과 함께 통일된 하나의 국가를 세우기 위해 노력했다. 그는 김일성과 이승만이 서울에서 회동할 것이라는 발표가 있자 자원해서 '김일성환영위원회'일을 맡기도 했다. 그 회동은 성사되지 않았다.

나는 그 시기의 아버지에 대한 기억이 거의 없다. 아버지는

아버지 최형우와 네 자녀. 왼쪽에서부터 철주, 석주, 동주, 영주. 1940년경.

국회의원 선거 준비로 자녀들과는 시간을 보내지 못했다. 다만 우리 집에 많은 사람들이 드나들던 것은 기억난다. 어머니는 가족을 돌보랴, 손님들을 접대하랴 정신이 없었다. 우리 집은 마치 동물원 같았다.

아버지는 1950년 5월 30일에 치러진 제2대 국회의원 선거에 출마했다. 210명의 의원을 뽑는 선거에 모두 2,209명이 출마해서 의석을 노렸다. 선거 결과 절대 다수당은 출현하지 않았다. 선출된 의원들의 60퍼센트는 한국 독립당 출신이었다. 아버지는 김규식이 대표하고 있는 한국 독립당 민족자주연맹으로 출마했다. 이른바 중도노선으로서 이들은 프롤레타리아 사회주의도 지지하지 않았고 자본주의 정부도 지지하지 않았다. 이들은 남과 북이 조속히 만나 협상을 벌이고 조국이 둘로 갈라지지 않는 길을 모색하라고 촉구했다. 하지만 이들의 노력은 수포로 돌아갔다.

어머니의 말에 따르면 아버지는 선거에서 뜨거운 접전을 벌였다. 그 접전에서 초기에는 앞서 나갔지만 결국 낙선했다. 아버지는 그가 김일성과 친분이 있다는 이유만으로 공산주의 간첩 혐의를 받았던 것이다. 1945년과 1946년에 발간된 아버지의 『해외조선혁명운동소사』에서 아버지는 독립운동가로서의 김일성의 업적에 대해서 어느 정도 칭찬하는 글을 쓰기도 했다. 하지만 그것은 사상적 편향과는 상관없는 항일 운동에 관한 기술일 뿐이었다.

1950년 6월 25일 한국전쟁이 발발했다. 이틀 후인 6월 27일 국회의원 총회가 열리고 국회는 "우리의 백만 시민들과 함께 우리는 우리의 수도인 서울을 사수할 것이다"라는 결의문을 발표한다. 210명의 의원들 중 절반만이 참석한 총회였다. 국회의장 신익희와 국회부의장 조봉암은 이승만 대통령에게 경무대에 남아 있으라는 결의문을 전달하려 했지만 대통령이 국회에 알리지도 않은 채 이미 서울을 빠져나갔다는 사실에 놀란다.

이어서 인민군은 서울을 점령했고 제2대 국회를 비롯해서 서울 시민들은 이루 말할 수 없는 혼란의 소용돌이에 휩싸인다. 약 20여 명의 국회의원들이 인민군에게 체포되어 끌려갔다. 대부분의 남한 정치인들은 이미 서울을 빠져나갔거나 가능한 한 빨리 빠져나가려고 애를 쓰고 있었다. 도시 전체가 혼란 그 자체였다. 대부분의 사람들은 어찌해야 할 바를 몰랐고 어디로 가야 할지도 몰랐다. 인민군은 재빠르게 도시 전체를 장악했다.

한국전쟁이 발발했을 때 어머니는 임신 6개월이었다. 나는 여덟 살이었고 명주는 다섯 살, 현주는 두 살이었다. 몇 주 지나지 않아 석주·철주·동주 형은 강제로 인민군에 징집되었다. 가장 맏이였던 영주 누이는 남편과 함께 인민군에게 끌려가 행방불명이 되었다. 멀쩡하게 두 눈 뜨고 있는 가운데, 밤새 다섯 자식을 잃어버리게 된 그 끔찍스런 재난을 아버지와 어머니가 어떻게 견뎌낼 수 있었는지 상상조차하기 힘들다.

어머니는 당연히 아버지에게 서울을 빠져나가라고 권했다. 당시 아버지에게는 어려운 일이 있었다. 선거운동으로 인해 많은 빚을 지고 있었던 것이다. 그 빚을 갚기 위해 그는 많은 손해를 감수하고 약수동의 멋진 집을 팔았고 우리는 충현동의 허름한 집으로 이사했다. 전쟁이 발발한 지 이틀 뒤의 일이었다.

아버지는 재정적인 어려움 때문에만 망설인 것이 아니었다. 아버지는 임신한 아내와 어린 세 자식들을 포기할 심성의 소유자가 아니었다. 그는 한시라도 빨리 도망가라는 아내의 간청을 물리쳤다. 그로서는 당연하고도 명백한 결정이었다. 그는 가족과 함께 서울에 남기로 결정하고 모든 것을 운명에 맡기기로 했다.

7. 남산

밝은 달은 우리 가슴 일편단심일세

—— 애국가

전쟁 발발 후 석 달이 지난 9월 21일, 한반도 전역은 전쟁의 소용돌이에 휩싸여 있었으며 서울은 인민군이 전면 장악하고 있었다. 아버지는 임신 중인 아내와 자식들의 식량과 생활필수품을 구하기 위해 위험을 무릅쓰고 외출했다. 어머니는 출산을 이 주일 정도 남기고 있었다. 그런데 그 외출을 마지막으로 아버지는 집으로 돌아오지 않았다. 외출했던 아버지는 길에서 인민군에 체포되어 아버지의 친한 친구 최승조가 갇혀 있는 감방에 함께 갇히고 말았던 것이다.

9월 27일, 연합군이 서울을 탈환하기 바로 하루 전날 밤, 아버지와 최승조는 다른 일행과 함께 남산으로 끌려가고 있었다. 그들은 그곳에서 처형될 예정이었다. 포로들은 느슨하게 포승줄로 묶인 채 빽빽한 관목 숲과 소나무 숲을 지나 산 위로 끌려 올라가고 있었다. 끌려가는 동안 아버지는 최승조에게 손으로 탈출하자는 신호를 보냈다. 한밤중이지만 맑은 하늘에 달빛이 밝게 빛나고 있었기에 위험한 일이었다.

포로들은 곧이어 처형장으로 안성맞춤처럼 보이는 외진 곳에 도착했다. 더 이상 시간을 미룰 수 없다고 생각한 최승조는 아버지에게 마지막으로 눈짓을 보낸 뒤에 밧줄을 풀고 언덕 아래로 뛰어 내려갔다. 그는 비틀거리면서 거의 넘어지다시피 하며 죽을힘을 다해 달렸다. 따발총(러시아제 ppsh-41) 총알이 귓전을 스쳐 지나갔다.

다음 날 아침 최승조는 작은 도랑 안에서 깨어났다. 밤새 기절해 있었던 것이다. 그는 가까스로 집에 도착한 뒤 너무 기진맥진해서 다시 정신을 잃었다. 몇 시간 후 그가 걱정스런 표정을 짓고 있는 아내 곁에서 깨어났을 때, 아내는 연합군이 서울을 탈환했다고 그에게 말했다. 그날 오후 최승조는 위험하다고 아내가 말리는데도 불구하고 우리 집을 방문했다. 아버지도 무사히 탈출해서 집에 돌아와 있는지 알아보기 위해서였다. 하지만 아버지는 없었다.

어머니는 최승조의 이야기를 듣고서야 일주일 전 아버지가 집을 나간 후에 무슨 일이 벌어졌는지 알게 되었다. 어머니는 가슴이 무너져내리는 것 같아서 아무 생각도 할 수 없었고, 움직일 수조차 없었다. 최승조는 그들이 그동안 얼마나 고초를 겪었는지 이야기해준 뒤에 아버지도 무사히 탈출했을 것이라고 어머니를 위로해주었다. 하지만 어머니에게는 그의 말이 귓등으로도 들어오지 않았다. 남편이 곁에 없는 이상 그 어떤 말도 아무 소용이 없었으며 그 어떤 위로의 말도 그녀의 고통스러운 마음과 영혼을 달래주지 못했다.

다음 날인 9월 29일 최승조와 어머니는 사람들을 구해서 남산을 샅샅이 뒤졌다. 처형의 흔적이나 시체들을 찾기 위해서였다. 하지만 허탕이었다. 어떤 흔적도 발견할 수 없었던 것이다. 어머니를 비롯해서 수색에 나섰던 사람들은 아버지가 북으로 끌려갔을 것이라고 생각했다. 그때부터, 아버지가 처형되었는지 아니면 여전히 살아 있는지 하는 궁금증은 한시도 우리 가족들 뇌리에서 떠나지 않았다. 그는 과연 북에 의해서 처형되었는가, 아니면 남에 의해서 처형되었는가? 그는 공산당 부역자인가, 아니면 애국자인가?

아버지가 가족들 식량을 구하러 나간 지 열이틀 뒤인 10월 3일, 이웃의 도움으로 막내아들 성주가 태어났다. 어머니가 기억하는 바로는 아버지는 체포당하기 전에 미리 무슨 예감이 들었는지 태어날 아이의 이름을 미리 지어놓았다. 성주는 정말 잘생긴 아이였다고 어머니는 훗날 자주 말하곤 했다.

어머니는 서울에 머물러 있다가는 더 이상 안전하지 않을 것이라고 판단하고는 가능한 한 빨리 피난을 가기로 결정했다. 어머니는 나와 세 어린 애들을 데리고 인천의 친정으로 피난 가기로 결심했다. 어머니는 친정 부모들이 아직 인천에 살고 있는지 아니면 피난을 갔는지 알 수 없었지만 어쨌든 그곳으로 가는 것이 서울에 있는 것보다는 안전하리라고 판단했다.

8. 달구지

1951년 1월 4일이었다. 눈이 소복이 쌓여 있는 서울~인천 간 국도는 처절할 정도로 아름다웠고 조용했다. 중공군이 압록강을 건너 북한 인민군과 함께 빠른 속도로 남하하고 있었다. 유엔군과 대한민국 국군은 이미 서울을 비우고 퇴각한 뒤였다.

갓난아기를 포함한 네 아이, 그것도 맏이인 내가 겨우 여덟 살에 불과한 아이들을 데리고 피난을 가려면 탈것이 필요했다. 그날 아침 일찍 시장으로 간 어머니는 어렵사리 소달구지를 하나 구할 수 있었다. 물론 소가 없는 소달구지였다. 우리는 볶은 통밀과 물을 포함한 최소한의 필수품들을 달구지에 싣고 다섯 살 난 명주와 두 살 난 현주를 짐들 위에 앉혔다. 태어난 지 석 달 된 성주는 어머니가 담요로 싸서 등에 들쳐 업었다.

어머니가 앞에서 달구지를 끌고 내가 뒤에서 밀었다. 서울로부터 인천 외조부모의 집까지는 대략 50킬로미터 거리다. 한국군이 퇴각하면서 중공군과 북한군의 빠른 남하를 막기 위해 한강 철교를 폭파한 뒤, 수백 척의 고무보트를 묶어 그 위에 나무다리를 임시로 만들어놓았다. 강폭은 약 600미터가 넘었다. 우리는 그 위태위태한 다리를 거의 기적적으로 건넌 뒤에 인천행 국도로 접어들었다. 이따금 서둘러 남쪽으로 내려가는 피난민들이 눈에 띄었을 뿐 도로는 한적했다.

그날 우리가 겨우 15킬로미터 정도 갔을 때 날이 저물었다. 어머니는 땀에 흠뻑 젖어 있었으며 거의 기진맥진해 있었다. 어머니가 달구지를 멈추자 나는 마치 구원을 받은 것 같았다. 내게는 더 이상 달구지를 밀 힘이 없었다. 나는 벌써 여러 번 뒤처졌고 그때마다 어머니는 달구지를 멈춘 채 내가 따라올 때까지 기다렸다. 다리가 납덩이처럼 무거웠고, 이대로 길에서 죽어버리고 싶다는 생각이 들 정도였다. 어머니와 나는 기진맥진해서 길가에 주저앉았다. 더 이상 한 발자국도 꼼짝할 수 없었다.

급속히 기온이 떨어져갔다. 한순간, 이대로 얼어 죽을지도 모른다는 생각이 들었다. 나는 어머니를 바라보았다. 어머니는 두려움이나 걱정의 기색이라곤 찾아볼 수 없이 차분한 표정이었다. 그때였다. 어머니가 갑자기 자리에서 벌떡 일어나더니 국도를 걸어오고 있는 두 젊은 청년에게 뛰어갔다. 둘 다 배낭을 메고 있었을 뿐 빈손이었다. 어머니와 그들 사이에 몇 마디 말이 오갔지만 내게는 들리지 않았다. 나는 무슨 이야기를 나누는지 궁금해서 자리에서 일어나 그쪽으로 걸어갔다. 어머니는 우리의 달구지를 끌어달라고 그 젊은이들과 협상 중이었다. 어머니는 당신이 지니고 있는 돈을 모두 주겠다고 제안했다. 하지만 그들은 어머니의 요청을 거절했다. 어머니가 제안한 돈이 너무 적다며 그들은 그대로 가던 길을 계속했다.

우리는 낙담해서 다시 달구지 있는 곳으로 돌아왔다. 어떻게 해야 할지 막막하기만 했다. 그런데 60대쯤 되어 보이는 하얀 턱수염의 노신사 한 명이 달구지 옆에 서 있었다. 노인이 우리에게 말했다.

"음, 어디 사람 나고 돈 났지, 돈 나고 사람이 났다던가. 자, 내가 도와주겠소."

그는 돈에 대해서는 한마디도 묻지 않았다. 그저 곧바로 달구지를 끌기 시작했을 뿐이었다. 그는 우리가 운이 좋은 사람들이라며 밤을 보낼 수 있는 빈 집을 가까운 곳에서 발견할 수 있을 것이라고 말했다. 정말로 그의 말이 맞았다. 얼마 가지 않아 우리는 집을 한 채 발견했다. 하지만 그 집은 이미 서울로부터 도망 온 피난민들로 붐비고 있었다. 그런데 갓난아기를 등에 업고 세 아이를 거느린 어머니의 모습을 보자 방에 앉아 있던 사람들은 두말 않고 우리들에게 자리를 내주었다. 방바닥은 따뜻했지만 너무 비좁아서 제대로 누울 공간도 없었다. 하지만 동포 피난민들이 우리 가족에게 보여준 따뜻한 마음씨에 어머니와 나는 더없이 마음이 편안해졌다.

다음 날, 노인이 앞에서 수레를 끌고 어머니와 내가 뒤에서 밀며 우리는 밤이 되기 전에 외갓집에 도착할 수 있었다. 다행히도 외조부모는 집에 계셨다. 외조부모는 피난을 떠나기 전에 혹시 당신들의 다섯 자식들 중에 하나라도 찾아올까 싶어 기다리고 있었다고 말했다. 외조부모는 배를 빌려서 80킬로미터 정도 남쪽에 있는 당진으로 피난 갈 작정이었다. 남쪽으로 갈수록 안전할 것이라는 계산에서다.

친정에 도착하자마자 어머니는 우리를 도와준 노인을 잘 대접해달라고 부모님께 당부한 후 그대로 쓰러져버리더니 이틀 동안 일어나지 못했다. 나는 그때 일을 생각하면 지금까지도 놀라울 뿐이다. 우리가 살아남은 것은 기적이었다. 나는 우리를 도와준 노인이 하나님이 보내주신 천사라고 굳게 믿는다.

어머니는 이틀간 내처 잠에 빠져 있다가 깨어났다. 하지만 부모와 함께 당진까지 여행할 정도의 기력은 회복되지 못했다. 외조부모는 어머니가 기력을 회복할 때까지 출발을 미루었다. 열흘 뒤 우리는 인천 부두로 가서 우리를 당진까지 데려다줄 작은 어선에 몸을 실었다. 당진에는 외할아버지의 형님이 살고 있었으며, 그의 집은 우리들이 모두 머물 수 있을 만큼 널찍했다.

외진 땅 당진에서의 생활은 서울이나 인천에서의 생활에 비해 평온했다. 이따금 인민군이 도시를 순찰하는 모습을 볼 수 있었지만 우리를 귀찮게 하지는 않았다.

그렇게 일곱 달이 빠르게 흘러갔다. 연합군이 승리를 거두고 인민군이 후퇴 중이라는 소식이 들리자 어머니는 서울 충현동으로 돌아갈 생각에 여행 준비를 했다. 그런데 우리가 한강변 영등포 나루에 도착했을 때 우리는 대한민국 국군의 저지로 강을 건널 수 없었다. 아직 전쟁이 끝나지 않아 서울로 들어가는 것은 위험하다는 것이었다.

9. 생존경쟁

우리는 서울에서 불과 10킬로미터 떨어진 곳에 있는 영등포에 붙잡혀 있을 수밖에 없었다. 어쨌든 어머니는 우리가 머물 수 있는 빈집을 찾아냈다. 집에는 마구간이 붙어 있었는데 어머니는 온종일 힘들여 마구간을 깨끗이 청소했다. 어머니가 생각해낸 일을 시작하기 위해서였다.

우리 집 오른쪽 건너편에는 미군 막사가 있었다. 어머니는 많은 아낙네들이 철조망 밖에서 기다리고 있다가 안쪽 미군들로부터 철조망 밑으로 빨랫감이 들어 있는 가방을 건네받는 것을 여러 번 목격했다. 막사 안에는 세탁시설이 없어서 병사들이 직접 빨래를 하거나 약간의 돈을 주고 아낙네에게 빨래를 부탁하는 것이 분명했다.

어머니는 금세 병사들과 거래를 트고 밤낮으로 열심히 일했다. 어머니가 병사들 사이에서 좋은 평판을 얻어 어머니의 수입이 점차 늘어갈 무렵 또 다른 불행이 닥쳐왔다. 여덟 달 된 내 남동생 성주가 천연두에 걸려 발병 며칠 뒤 세상을 떠난 것이다. 성주의 죽음은 어머니께는 청천벽력이었다. 전쟁의 혼란 통에 어머니는 성주에게 예방주사 맞히는 것을 깜빡했던 것이다. 어머니는 이 불행에 대해 하늘을 원망하지 않았다. 대신 극심한 자책에 시달렸다. 성주를 하늘나라로 보낸 뒤에 어머니는 나머지

영등포 어머니의 세탁소 앞에서 선 어린 시절의 나. 뒤로 고용한 아주머니 모습이 보인다. 왼쪽은 초콜릿 훔치는 법을 알려준 진수다.(1952년 서울)

강원도 양구 미군부대 막사 앞에서의 현주와 명주(저자의 누이). 오른쪽 소녀는 미상. 어머니는 여기서 수간호사의 보조 일을 했다.(1952년 양구)

세 자식을 더욱 극진히 돌보았다.

어머니의 세탁소 일은 놀랍게도 점차 인기를 끌었고 수입은 점차 증가했다. 어머니는 일을 도와줄 아낙네를 세 명 고용했다. 산더미 같은 빨랫감에서 놓여난 어머니가 밤새도록 다림질을 하던 모습을 나는 지금도 기억하고 있다. 또한 어머니는 미군 병사 고객들과 보다 원활한 소통을 위해 일영(日英) 사전을 펴놓고 사업에 필수적인 단어들을 외우는 일을 게을리 하지 않았다.

가족들을 충분히 부양할 만큼 수입이 늘었지만 문제가 생기기 시작했다. 집 주변에 윤락가가 들어선 것이다. 밤낮으로 양공주들이 반쯤 벗은 미군들과 거리를 오갔다. 어머니는 이곳이 아이들을 키우기에는 적합하지 않은 환경이라는 것을 금세 깨달았다. 어머니는 기도를 드리는 한편 곰곰 생각한 끝에 길 건너편에 있는 미군 막사 안에서 일자리를 구해봐야겠다고 결심했다.

마침 미군들은 군내 수간호사를 보조할 사람을 필요로 하고 있었다. 수간호사는 일선 부대가 있는 강원도 양구로 옮겨 가 근무할 예정이었다. 어쨌든 어머니는 그 어려운 시험에 통과해서 일자리를 얻을 수 있었다. 게다가 놀랍게도 수간호사는 당시 일곱 살과 네 살이었던 딸들을 일터로 데려와서 함께 지내도 된다고 말했다. 내 생각으로는 그 수간호원도 우리 가족에게 하나님이 보내주신 또 한 명의 천사였다. 어머니의 회고록에 따르면 그날은 1952년 2월 15일이었다.

어머니는 간호보조사의 자격으로 양구로 떠나면서 세 명의 세탁소 아낙네들에게 나를 맡겼다. 나도 가족들과 함께 양구로 가고 싶은 마음이 간절했지만 받아들여지지 않았다. 미국인 수간호사가 사령관에게 수차례에 걸쳐 어머니를 채용해달라고 부탁했고, 어머니의 형편에 대해서도 호소한 결과 두 명의 딸만 함께 올 수 있다는 답을 들은 것이었다.

나는 당시 열 살이었고 집 근처에 있는 국민학교에 다녔다. 내 집 이웃에는 나보다 두세 살 많은 진수라는 소년이 살고 있었다. 그는 전쟁 중에 부모를 잃어, 나의 어머니처럼 세탁소 일을 하는 이모 집에서 살고 있었다. 진수는 나를 아주 잘 대해주었고 우리는 함께 자주 어울려 놀았다.

그러던 어느 날이었다. 진수가 내게 "혹시 너 초콜릿 먹고 싶니?"라고 물었다. 나는 "그럼, 얼마나 먹고 싶은데!"라고 대답했다. 나는 혹시 그가 초콜릿을 갖고 있는 것은 아닌지 은근히 기대했다. 하지만 그에게 초콜릿은 없었다. 그는 초콜릿을 구하는 방법을 알고 있다며 나보고 따라오라고 했다. 1월 말경이어서 매섭게 추운 날씨였다.

우리는 작은 가게 앞에서 멈춰 섰다. 진수가 내게 말했다.

"너 먼저 안으로 들어가서 이것저것 살펴보는 척해. 그리고 초콜릿과 사탕이 어디 있는지 미리 눈여겨봐둬. 내가 뒤따라 들어가서 주인의 눈길을 끌게. 주인이 보지 않는 사이에 초콜릿을 주머니에 쑤셔 넣고 도망치면 되는 거야. 아주 쉬워. 너는 걱정할 것 하나도 없어. 만일 일이 잘못되더라도 넌 도망가고 대신 내가 잡혀줄 테니까."

가게 문을 열기도 전에 나의 심장이 벌렁벌렁 뛰었으며 다리가 후들거렸다. 진수가 나를 가게 안으로 밀어 넣어 나는 나도 모르는 새 가게 안에 들어와 있었다. 곧이어 그가 뒤따라 들어왔다. 다행히도 가게 안에는 주인도 없었고 손님도 없었다. 나는 조심스럽게 주위를 둘러보며 혹시 주인이 나타나지 않을까 기다렸다. 하지만 아무도 눈에 띄지 않았다.

진수는 손짓으로 얼른 집어넣으라는 신호를 보냈다. 나는 정신없이 초콜릿이 어디 있는지 둘러보았다. 초콜릿은 아마 바로 코앞에 있었을 것이다. 하지만 너무 긴장한 탓에 내 눈에는 초콜릿이 보이지 않았고 그 대신 작은 상자 안에 쌓여 있는 사탕들만 보였다. 나는 내 작은 손으로 사탕들을 몇 개 움켜쥐고 주머니에 넣었다. 바로 그 순간 계산대 뒤에 있는 문을 통해 주인이 급히 들어오더니 내게로 달려와 내 목덜미를 붙잡았다. 나는 그 자리에 얼어붙었고 진수는 재빨리 밖으로 도망쳤다. 주인은 나이가 들었지만 억센 사람이었다. 그는 내 주머니를 뒤져 사탕들을 꺼내놓더니 내 뺨을 몇 차례 후려쳤다.

나는 주인에게 어떻게 해서 그런 짓을 하게 되었는지 모든 것을 다 털어놓았다. 주인은 진수가 못된 좀도둑놈이라는 것을 이미 다 알고 있었다며 앞으로는 그런 놈과는 어울리지 말라고 내게 말했다. 이어서 그는 나의 부모님 이름과 살고 있는 곳을 물었다. 나의 어머니가 멀리 있는 것을 알게 된 주인은 나를 학교로 데려가서 교장 선생님에게 자초지종을 다 이야기했다. 나는 교장 선생님과 담임 선생님에게 호된 꾸지람을 들었다. 이 사실을 알게 된 급우들도 이후 두 달 이상 나를 도둑놈이라 부르며 놀렸다.

이후로도 진수는 내 집으로 몇 번이나 찾아와 다시 한번 일을 벌이자고 나를 꼬드겼다. 나는 절대로 넘어가지 않았다. 가게 주인과 교장 선생님, 그리고 담임 선생님의 꾸지람과 급우들의 놀림으로부터 받은 충격이 너무 컸기에 다시 남의 물건에 손을 댄다는 것은 꿈에서조차 생각할 수 없게 되어버린 것이다. 그리고 그것은 내 평생의 신조가 되었다. 세 개의 작은 사탕을 훔치려다 실패한 사건이 내 인생에 아주 중요한 교훈을 준 것이니 하나님께 감사할 뿐이다.

얼마 후 잠시 휴가를 얻어 집으로 돌아온 어머니는 그 사건에 대해 알게 되었다. 세탁소 일을 하는 아주머니가 소상히 들려준 것이다. 어머니는 조용한 목소리로 나를 꾸짖었을 뿐 매를 들지는 않았다. 어머니는 눈물을 흘렸다. 하나뿐인 아들을 어찌해야 할지 몰라 망연자실한 것이 분명했다. 나를 세 명의 아낙네들에게 맡겨놓을 수도 없었고 어머니의 일터로 데려갈 수도 없었다. 어머니는 나를 서울 용산에 있는 태욱 외숙부집에 의탁했고 나는 외숙부 가족들과 함께 10개월을 지냈다.

북쪽 강원도에서의 전쟁 상황이 악화되고 있는 마당에 딸들과 함께 양구에 있는 것도 더 이상 안전하지 못하다고 어머니는 생각하신 것 같았다. 어머니는 간호보조사 일을 그만두고 서울 충현동 집으로 돌아갈 준비를 해야겠다고 마음먹었다.

한편 전쟁은 전반적으로 소강상태에 접어들고 있었다. 연합군과 인민군 사이의 휴전 협정이 판문점에서 열릴 예정이었다.

어느 날 저녁 어머니와 누이동생들이 용산의 외숙부 댁으로 나를 데려가려고 찾아왔다. 바로 그날 어머니는 충현동 옛집으로 돌아가기로 결정한 것이다.

10. 국숫집

예상대로 충현동 집은 이웃집과 마찬가지로 반 이상 황폐해져 있었다. 문과 창문은 모두 부서지고 온통 먼지와 거미줄 천지였다. 게다가 어머니는 이 집에 대해 나쁜 기억을 갖고 있었다. 바로 이 집에 살면서 남편과 세 명의 의붓아들이 인민군에게 끌려간 것이다. 어머니는 이 집이 저주받은 집이 틀림없다고 생각했다. 어머니는 아무런 미련 없이 집을 팔았고 우리 가족은 청계천변의 허름한 2층 판잣집으로 이사했다.

집을 사고팔면서 남은 돈으로 어머니는 아래층에 국수와 빈

대떡을 파는 식당을 열어 우리 가족들은 2층에서 생활했다. 영등포에서 세탁소 일로 성공을 거둔 바 있던 어머니는 이 자그마한 음식점이 쉽게 성공할 줄 알았다. 하지만 어머니는 자신의 능력을 과신한 셈이었다. 6개월을 못 넘기고 국수 가게는 참담하게 실패했다.

어느 날 태욱 외숙부가 가게에 왔다가 어머니의 딱한 처지를 알게 되었다. 외숙부는 즉석에서 용산에 있는 외숙부 집으로 이사해서 그곳에서 가게를 열라고 제안했다. 외숙부는 당신 가족이 살고 있는 집 옆에 자기 소유의 두 칸짜리 집이 있으니 쉽게 음식점으로 개조할 수 있을 것이라고 말했다. 방 하나는 음식점으로 쓰고 다른 하나는 거주용으로 쓰면 된다는 것이었다.

어머니는 처음에는 망설였다. 남동생과 올케에게 그들의 다섯 명이나 되는 자식들만 해도 버거울 텐데, 그 위에 짐을 더 얹는 것이기 때문이었다. 하지만 외숙부는 너그러우면서도 강인했고 설득력을 갖춘 사람이었다. 외숙부는 장사도 장사거니와 어머니 곁에 남자가 있어야 한다고, 무슨 위급 상황이나 예기치 못한 일을 겪으면 보호해줄 사람이 필요하지 않느냐고 어머니를 설득했다. 어머니에게 보살펴줄 남동생이 있다는 것은 행운이었다. 별다른 대안이 없던 어머니는 비록 머뭇거리긴 했지만 결국 외숙부의 제안을 받아들여 우리는 곧 이삿짐을 꾸려 용산의 작은 집으로 이사했다.

장사에는 늘 따라다니는 말이지만 뭐니 뭐니 해도 역시 첫

째도 목, 둘째도 목이었다. 어머니가 연 음식점은 용산역에서 400미터 남짓 떨어져 있었다. 초기의 시행착오를 거치고 나서 어머니의 국숫집은 호황을 누렸다. 철도역에서 일하는 인부들과 인근 운송회사 사무실 직원들이 단골로 드나들었다. 어머니는 이제 남부럽지 않은 살림을 할 수 있다는 생각에 안도의 한숨을 내쉴 수 있었으며 이제는 자식들을 굶주리지 않게 할 수 있으리라는 자신감도 생겼다.

어머니는 금전적으로 여유가 생기자 내게 가정교사를 붙여서 다음 해 중학교 입학시험 준비를 시켰다. 어머니는 전쟁 통에 이리저리 옮겨 다니느라 내 초등학교 공부가 엉망이라는 것을 잘 알고 있었다.

이제 만사형통인 것 같았다. 그러던 어느 날이었다. 구청에서 우편으로 통고문 한 장이 날아왔다. 식당 문을 즉시 닫으라는 통고문이었다. 당국으로부터 허가를 받지 않은 채 영업을 하는 것은 불법이라는 것이었다. 고의였건 아니었건 어머니와 외숙부는 허가증 발급받는 것을 무시한 것이 분명했다. 결과적으로는 단견이었다. 허가를 받으려면 많은 뇌물을 주어야만 한다는 것을 알고 두 분은 분명 고의로 신고를 하지 않았을 것이다. 그 밖에 나로서는 알 수 없는 몇 가지 이유 때문에 어머니는 영원히 국숫집을 닫아버리기로 결정했다.

국숫집을 닫은 지 얼마 되지 않아 어머니는 제법 수입이 괜찮은 일자리를 얻었다. 미국 대사관에서 정무관(政務官)으로 근무하던 커티스 씨의 집에서 가정부 겸 요리사로 일하게 된 것이다. 그의 집은 안국동 미 대사관 직원 거주지에 있었다. 우리 가족은 다시 이사할 수밖에 없었다. 우리는 어머니의 새 일자리로부터 도보로 이십여 분 정도 떨어진 거리에 있는 사직동의 한 집에 세를 들었다. 마침내 우리 가족은 정착하게 된 것이다. 이후 나와 어머니, 누이 명주와 현주는 그 새 보금자리에서 몇 년 동안 살았다.

11. 오, 어머니!

1950년대 서울에서 자식들을 키우면서 어머니가 가장 중시한 것은 자식들 교육이었다. 어머니는 틈만 나면 공부를 해서 총명해져야 한다고, 꿈을 이루어야 한다고 우리들을 독려했다. 당신은 정말로 고등교육을 받고 싶었다고 어머니가 얼마나 자주 우리에게 말씀하셨는지 이루 헤아릴 수 없을 정도였다.

나는 배재중학교에 입학했다. 배재학당은 1886년에 미 감리교 선교사인 H.G. 아펜젤러 박사가 세운 한국 최초의 기독교 학당이다. 누이 명주는 이화여중에 입학했다. 우리는 모범생이었지만 고등교육을 받는 게 얼마나 감사한 일인지 어머니처럼 절절하게 느끼지는 못했다.

어머니의 부모님은 어머니의 정규교육에 대해서는 별로 신경 쓰지 않았고 공부 열심히 하라고 굳이 어머니를 독려하지도 않았다. 1920년대 한국의 부유한 가정의 일반적인 분위기였다. 어머니는 여느 양갓집 규수와 마찬가지로 좋은 곳에 시집가서 아내와 어머니로서의 역할을 잘하도록 집안 교육을 받았던 것이다.

그런 중에도 어머니는 배화여자중학교에서 중등교육을 받을 수 있었다. 배화여중은 1889년에 미국 감리교회 선교사 조세핀 캠벨이 세운 한국에서 두 번째로 오래된 여학교였다. 어머니가 학교에 처음 들어갔을 때 어머니는 학급에서 제일 나이가 많았고 어머니는 당연히 부끄럽고 어색했다. 하지만 어머니는 조금도 개의치 않았다. 선교사들과 한국인 보조 교사들에게서 새로운 지식을 전수받는 일은 신선한 도전이었다. 배화학교의 교훈은 "믿음, 소망, 사랑"이었다. 어머니는 예수 그리스도를 구세주로 받아들였고 하나님을 향한 깊은 믿음을 깊이 간직하게 되었다. 그녀는 마치 새로 태어난 것 같은 기분이었다.

어머니가 막 그렇게 변신을 하려고 하던 바로 그 순간, 어머니의 어머니, 그러니까 외할머니가 학교 정규 과정을 다 마치는 것을 허락하지 않았다. 시대에 뒤떨어진 외할머니 세대로서는 당연한 결정이었다.

"여자들에게 고등교육은 필요 없어. 그 정도면 충분해"라고 외할머니는 주장했다. 어머니가 크게 낙담했음은 물론이다.

어머니의 집안은 대가족이었다. 어머니는 5남매 중 장녀이고, 오빠가 한 분, 밑으로 두 남동생과 여동생이 있었다. 또한 수많은 손님들을 접대하기 위해 고용된 일꾼들도 대가족의 일부였다. 집안일이 너무 많았다. 외할머니는 어떤 식으로건 자신을 도와줄 수 있는 일손을 끌어모아야만 했다. 어머니는 맏딸이기에 이 전통적인 가정의 의무로부터 벗어날 수 없었다. 어머니는 마치 덫에 걸린 것과 같았다.

외할머니는 딸이 쫑알쫑알 불평을 하면서 공부를 더 하고 싶다는 소망을 드러낼 때마다 딸을 야단쳤다. 외할머니는 요지부동이었다. 몇 년 뒤 새로운 개방 개혁의 물결이 한국 사회에 번져나가자 외할머니의 마음도 바뀌었다. 하지만 그 혜택을 받은 것은 나의 어머니가 아니라 이모(유태신)였다. 이모는 진명여고에 입학해서 무사히 학업을 마칠 수가 있었다. 당시 어머니는 이미 때를 놓친 처지였다. 결혼해서 자식을 거느린 몸이었던 것이다.

나와 누이들은 어머니가 이모를 질투하는 소리를 시도 때도 없이 자주 들었다. 말끝에 어머니는 자주 이렇게 말하곤 했다.

"너희 이모가 고등학교는 다녔지만 문학작품을 나만큼 많이 읽지는 못했을걸."

그리고 한번은 이모를 만나고 와서 무심결에 불쑥 이렇게 내뱉은 적도 있었다.

"걘 정말 너무 무식해! 정말 멍청이야!"

하지만 자매 사이에 질투심이 있었다 할지라도 두 분은 아흔 살이 넘어 세상을 떠나실 때까지 이 세상에서 가장 친한 친구였다.

실제로 어머니는 문학적 소양이 풍부한 분이었다. 어머니는 일본어로 번역된 서양 소설들을 즐겨 읽었다. 그녀는 특히 톨스토이의 『전쟁과 평화』, 도스토옙스키의 『죄와 벌』을 좋아했으며 공자, 쑨원(孫文), 린위탕(林語堂)의 저술들도 좋아했고 나쓰메 소세키(夏目漱石)의 소설들을 즐겨 읽었다. 어머니는 클래식 음악도 즐겼다. 또한 세계정세와 인간관계를 파악하는 능력은 놀라울 정도로 뛰어났다. 나는 어머니가 중학교에서 잠깐 동안 받은 교육이 내가 긴 기간에 받은 고등교육보다 나은 것이 아닌가 하는 생각을 하곤 했다. 아마도 어머니께서 그토록 많은 문학작품을 읽은 덕이었을지도 모르며, 혹은 하나님께서 어머니께 그토록 뛰어난 지혜를 선물하신 덕분이었는지도 모른다.

우리를 키우면서 어머니는 어머니임과 동시에 아버지라는 1인 2역을 해야 했다. 어머니는 나와 내 누이들에게 매우 엄격한 규율을 부과했다. 어머니는 사소한 일로 우리를 야단친 일이 거의 없었다. 그렇다고 해서 우리가 저지른 잘못들을 모르거나 잊고 있는 것이 아니었다. 그 잘못들이 쌓여 위험수위에 도달하면 드디어 어머니는 폭발했다. 마치 화산이 동시에 폭발한 것만 같았다. 그럴 때면 목청이 솟구쳐 올라 거의 위협적일 정도였다.

그 어디로도 도망칠 구석은 없었다. 재빨리 용서를 비는 것 외에는 달리 방법이 없었다. 일단 폭풍우가 지나가고 나면 어머니는 담배를 찾아 불을 붙였다. 담배를 깊숙이 몇 모금 빨아들인 뒤 어머니는 다시 인자한 본래의 모습으로 돌아왔다. 이윽고 어머니가 점심 혹은 저녁 메뉴로 특식이나 별미를 준비하러 가는 것으로 사태는 마무리되었다.

내가 아들이라는 이유로 어머니는 나를 더 엄하게 대했다고 나는 생각한다. 어머니는 수시로 나에게 상기시켰다.

"네가 애비 없는 후레자식이라는 소리를 듣지 않으려면 언제나 조심하면서 올바르게 처신해야 한다."

어느 날이었다. 내가 학교에서 돌아오니 어머니가 문 앞에서 나를 기다리고 있었다. 어머니는 평소에 대사관에서 일을 하고 저녁 늦게야 집에 돌아왔기에 이렇게 일찍 퇴근한 것이 좀 이상했다. 하지만 나는 그다지 대수롭지 않게 생각했다. 오, 하지만 내가 영 잘못 생각한 것이었으니!

내가 책가방을 마루에 내려놓자마자 어머니가 나를 움켜잡고 물었다.

"너, 내가 장롱 안에 넣어둔 돈 가져갔지?"

어머니가 말한 장롱이란 이불과 요를 비롯해 잡동사니들을 넣어두는 커다란 궤를 가리키는 것이다. 그 궤는 우리들 넷이 함께 기거하는 단칸 방 한구석에 있었다.

나는 당황해서 대답했다.

"아뇨."

"감히 거짓말까지 하는구나! 당장 털어놓지 못해. 안 그러면······"

어머니 손에 긴 회초리가 들려 있는 것을 내가 미처 알아보기도 전에 나는 등에 격렬한 통증을 느꼈다. 어머니는 나를 때리고 또 때렸다. 나는 내가 왜 맞아야 하는지 영문도 모르는 채 날카로운 비명을 질렀다. 어머니가 내게 그렇게 정신없이 화를 내는 모습은 처음 보았다. 나는 내가 전에 뭔가 잘못한 게 있기 때문에 벌을 받는 것이라고 생각했다. 하지만 아무리 생각해도 그렇게 심하게 맞을 짓을 한 기억이 없었다. 또 이렇게 심하게 맞은 적이 없었다. 내게는 어머니가 미치지나 않았나 하는 생각이 들 정도였다.

마침내 아무런 아픔도 느끼지 못할 매질을 몇 번 더 한 다음 어머니는 회초리를 든 채로 마룻바닥에 털썩 주저앉았다. 어머니는 기진맥진해 있었다. 내 비명소리와 어머니의 고함소리가 이웃에까지 들렸는지 이웃집 아주머니 한 명이 우리 집으로 뛰어 들어오더니 어머니 팔을 붙잡고 회초리를 멀찌감치 치워버렸다.

"애기 엄마, 진정해요, 진정해. 하나밖에 없는 아들 죽이겠어. 대체 무슨 일이야? 쟤가 뭘 잘못했다고 이러는 거야?"

어머니는 대답하지 않았다. 말할 기운조차 남아 있지 않았던지 어머니는 흐느끼기만 했다.

다음 날 아침 어머니와 나는 아무도 말을 하지 않았다. 어머니는 무언가 깊은 생각에 잠겨 있는 것 같았다. 괴로운 일이 있는 것 같았지만 어머니는 말을 해주지 않았다. 누이들과 나는 어머니가 다시 폭발해서 나를 벌주지나 않을까 싶어 겁에 질려 있었다. 어머니는 말없이 우리들에게 아침밥으로 보리밥과 김치를 차려주고는 일터로 나갔다. 우리들은 평소대로 학교로 갔다. 나는 어머니가 다시 나에게 화를 내지 않아서 안도의 한숨을 내쉬었다.

학교로부터 집으로 돌아오면서 나는 여전히 어머니 때문에 걱정이었다. 나는 내가 아무 짓도 안 했는데 어머니가 왜 그렇게 화를 냈는지 여전히 영문을 알 수 없었다. 그때 갑자기 몸이 오싹해왔다. 잡화점에서 사탕을 훔쳤던 일이 홀연 생각났던 것이다. 나는 그제야 어머니가 왜 그렇게 내게 화가 났고, 아무 말도 하지 않은 채 그렇게 쉽사리 나를 의심하게 되었는지 깨달았던 것이다.

도둑이 들어와서 돈을 훔쳐갔을까? 나는 그 돈이 얼마인지도 모르고 있었다. 나는 어머니 주장대로 돈을 정말 도둑맞았는지 아니면 어머니가 어딘가 다른 곳에 둔 것은 아닌지 알아내려고 머리를 쥐어짰다. 자기 방어를 위해서라도 정말로 그럴듯한 답을 찾아내야만 했다. 만일 그러지 못한다면 또다시 곤경에 빠질 게 뻔했다. 하지만 아무리 머리를 쥐어짜내도 그저 머리만 멍해질 뿐이었다.

　놀랍게도 어머니는 또다시 일찍 집에 돌아와 있었다. 나의 가슴이 다시 두근거리기 시작했다. 어머니는 부엌 아궁이 앞에서 뭔가 음식을 준비하고 있었다. 문을 열고 마당으로부터 안으로 들어오자 맛있는 냄새가 풍겼다. 나는 저녁에 손님이 오실 모양이라고 생각했다. 나는 두려운 눈길로 쭈뼛쭈뼛하면서 어머니에게 건성 인사를 드렸다. 어머니는 겸연쩍은 웃음을 흘리며 고개만 까닥했을 뿐이었다.

　화로 위에서 지글지글 불고기 익어가는 냄새가 났다. '말도 안 돼!'라고 나는 생각했다. 나는 불고기 냄새가 이웃집이 아닌 바로 우리 집에서 난다는 사실을 믿을 수 없었다. 불고기를 맛보지 못한 지가 벌써 몇 달째란 말인가! 우리 집은 그럴 만한 여유가 없었다. 그 순간 나는 어제 있었던 일은 새까맣게 잊고 있었다. 등의 통증도 사라져버린 것만 같았다. 그런 말을 입 밖에 낼 엄두가 나지 않았지만 나는 정말 배가 고팠다.

　밥상을 흘낏 훔쳐보니 이미 밥상이 차려져 있는 것을 알 수 있었다. 상 위에는 달려드는 파리와 먼지를 막기 위해 보자기가 덮여 있었다. 어머니가 방으로 조용히 들어오더니 밥상 앞에 앉았다. 어머니는 당신 옆 자리에 방석을 놓고 나에게 앉으라고 말했다. 이어서 어머니는 온돌방에 깔려 있는 담요 밑에 넣어둔 밥그릇을 꺼내더니 내 앞 밥상 위에 놓았다. 아들을 위해 밥을 따뜻하게 보관해두었던 것이다. 어머니가 뚜껑을 열었다. 김이 모락모락 피어오르는 하얀 쌀밥이 밥그릇 안에서 반짝반짝 윤을 내고 있다. 나는 내 눈을 의심할 수밖에 없었다. 우리는 순 쌀밥을 먹어보지 못했던 것이다!

"국주야, 내가 네게 사과해야겠다." 어머니가 내게 말했다. "나는 장롱 속에 돈을 넣어둔 줄 알았어. 잘못 안 거란다. 찬장 밑에 넣어 둔 걸 깜빡하고… 얘야, 정말 미안하다."

나는 뭐라고 할 말이 없어 잠자코 있었다.

어머니가 다시 말을 이었다.

"애당초 너를 믿지 않은 나를 용서해주겠니? 네가 정직하다는 걸 잘 알고 있었으면서… 네 아버지처럼 정직하다는 걸…."

갑자기 울음이 터져 나올 것 같아 나는 눈물을 억제하느라 애써야만 했다.

"친척들에게서 빌려온 큰돈이란다. 너무 정신이 없어서 너를 의심한 거란다. 하지만 내가 너를 의심하다니…" 어머니의 목소리는 떨리고 있었다. "나를 용서해주겠니?"

나는 내 밥그릇 쪽으로 고개를 떨구었다. 말을 할 수도 없었고 어머니를 제대로 바라볼 수도 없었다. 하지만 나는 어머니와 나 사이에 무한한 사랑이 흘러넘치고 있음을 느낄 수 있었다. 나는 어머니가 누구에게도 쉽사리 사과를 하지 않는 강한 사람이라는 것을 잘 알고 있다. 하지만 어머니는 내게 계속 용서를 빌고 깊은 자책과 아들을 향한 사랑의 눈물을 하염없이 흘렸다. 나는 여전히 할 말을 잃고 있었다.

어머니는 사탕 절도 사건에 대해 그 사건 이후 한 마디도 없었고 나도 그 이야기는 꺼내지 않기로 작정하고 있었다. 그때 겪은 소란은 생각만 해도 속이 뒤집혀지는 것 같았기 때문이다. 다시 등에 통증이 느껴지기 시작했다. 그리고 나도 울기 시작했다. 등짝의 아픔 때문이 아니었다. 사랑하는 어머니가 그토록 가슴이 무너지도록 고통스러워하는 모습을 보는 것이 가슴 아팠기 때문이다.

나는 배가 아파오기 시작했다. 혐의를 벗었다는 사실이 기쁘지도 않았고 어머니가 내게 화를 내며 벌을 주었다는 사실에 화가 나지도 않았다. 다만 그토록 강인한 심성을 가진 어머니가 나의 용서를 받으려고 애쓰는 모습을 내 앞에서 보이고 있다는 사실이 슬플 뿐이었다. 나는 더 이상 배가 고프지 않았다. 식욕을 완전히 잃어버린 것이다. 내 마음속 깊은 곳에서는 어머니가 내게 내린 이 벌이 정당하다는 느낌마저 들었다. 내가 사탕을 훔쳤을 때 어머니는 내게 매를 들지 않으셨다. 그 벌을 지금 받는 것이다, 라고 나는 생각했다.

그 일이 있은 뒤에 나는 집에서 마치 왕 같은 대접을 받았다. 내가 무슨 짓을 하건 어머니는 나를 전폭적으로 지지해주었다. 밥상 위의 맛있는 음식은 언제나 내 몫이 다른 식구들 몫보다 많았다. 달걀 프라이 같은 귀한 음식은 언제나 내 차지다. 누이들은 나를 질투했으며 어머니가 나만 편애한다며 씩씩거렸다. 누이들은 지금도 엄마가 나만 편애했고 자기네들에게 불공평했다고 툴툴거리곤 한다.

훗날 나는 이 작은 사건이 내 삶에 얼마나 큰 영향을 미쳤는지 깨달았다. 누구든 그 누군가로부터 무조건적인 사랑과 신뢰를 받게 되면 그 믿음에 반하는 길을 가는 것은 쉽지 않다. 그 사랑과 신뢰가 별다른 노력 없이도 올바르고 정직하게 행동할 수 있도록 해준다. 그것은 제2의 천성이 되고 습관이 된다. 사람이 입은 정신적 외상은 아주 오래 지속된다. 육체적으로 입은 고통도 쉽게 잊히지 않는 기억으로 남을 수 있다. 그러나 그 고통으로 인해 받은 보상은 이루 헤아릴 수 없을 정도다. 나는 나의 정직함이 자랑스러웠다.

어머니의 신뢰의 힘이 언제나 나와 함께하고 있다는 것을 알고 있었기에 나는 자신감을 가질 수 있었고, 그 자신감은 내가 살아오는 동안 모든 면에서 내게 도움을 주었다. 어머니와 나의 관계는 세월이 흘러갈수록 점점 더 깊어지고 강해졌으며 한 번도 흔들린 적이 없다. 나는 어머니가 내게 보내주는 무한한 신뢰와 사랑에 걸맞은 존경과 사랑과 찬미를 어머니께 보내려고 항상 최선의 노력을 했다. 나는 그 어떤 것이건 간에 옳지 않은 행동으로 어머니를 실망시키지 않기로 굳게 마음먹었다. 실제로 나는 어머니가 세상을 떠나시기 전까지, 아무리 어렵거나 곤란한 상황에서라도 어머니의 말씀에 거역하거나 어머니 요구를 물리친 기억이 없다.

어른이 되면서 나와 내 누이들은 어머니가 우리를 필요 이상으로 질책한 것은 아버지 없이 자란 아이들이 불운의 희생이 되지 않게 하기 위해서였음을 깨달았다. 어머니는 그렇게 우리를 자주 야단치셨지만 우리는 우리 어머니가 이 세상 최고라고 여겼다. 어머니는 늘 우리에게 남에게 너그러운 사람이 되라고, 쩨쩨한 일에는 개입하지 말라고 강조했다. 어머니는 좋은 사람이 되는 일, 우리의 삶을 정직하고 성실하게 가꾸어가는 일이 그 무엇보다 중요하다는 것을 늘 우리에게 깨우쳤다.

실제로 어머니는 남에 대한 배려심이 많고 늘 선심을 베푸는 분이다. 거지가 우리 집에 찾아왔다가 빈손으로 돌아가는 적은 단 한 번도 없다. 외할머니는 어머니가 어렸을 때 거지들에게 너무 후해서 여러 번 야단을 쳤다고 말씀하시곤 했다. 한번은 어머니가 거지에게 너무 많은 쌀을 퍼주었다. 외할머니는 하도 기가 막혀 어머니를 집 밖으로 내쫓았을 정도였다고 한다. 몇 년 뒤 외할머니가 궁핍 속에서 세상을 떠날 때까지 외할머니를 돌본 것은 다른 자식들이 아니라 바로 어머니다.

내 머릿속에는 누이 유니(명주의 별명)가 어머니에게 마구 항의했던 기억이 남아 있다. 고기라든지 맛있는 것을 자식들에게 주지 않고 외할머니에게 드리기 위해 아껴둔 데 대한 항의였다. 어머니의 대답은 간단했다.

"얘들아, 너희들은 어리니까 나중에 고기랑 맛있는 것을 먹을 기회가 얼마든지 많아. 하지만 할머니는 나이가 드셨고 편찮으셔서 이 세상에 살아 계실 날이 얼마 남지 않으셨잖니."

하나님을 향한 어머님의 강한 믿음과 어머니의 베푸는 마음이 내게 영향을 주었음이 틀림없다. 내가 어려운 상황에 처했을 때마다 나는 늘 하나님께 답을 구해왔다. 그리고 하나님은 언제나 내 기도를 들어주셨다.

12. 평양 방문 준비

평양으로의 여행 준비는 순조롭게 진행되었다. 출발 일자는 1993년 4월 6일로 결정되었다.

내가 뉴욕의 북한대표부에 연락하니 담당자는 이미 나와 어머니의 평양 방문에 대해 알고 있었다. 그 누구이건 북한 정부로부터 특별 북한방문 초청을 받는다는 것은 예삿일이 아니었다.

담당자가 내게 말했다.

"당신과 당신 어머니가 됴국을 방문하기로 결정했다니 기쁩네다."

북한에 대해 조국이라고 하는 말을 들으니 왠지 기분이 떨떠름했다. 나의 조국은 분명 대한민국이라고 여겨왔기 때문이었다. 한편 그 말은 내 경우에 옳기도 했다. 조국이란 조상의 나라라는 뜻이고 더 좁히면 '아버지의 나라'라는 뜻이다. 북한은 분명 나의 아버지가 태어난 '아버지의 나라'인 것이다. 한국어로는 '어머니의 나라(모국)'와 '아버지의 나라(조국)'는 고국과 같은 뜻을 지니고 있다. 하지만 북한은 나의 '아버지의 나라'이면서 나의 고국은 아니었다. 북한대표부 담당자는 내게 베이징주재 북한대사관과 접촉해서 북한방문 비자를 신청하라고 말해주었다.

그사이 어머니는 흥분에 휩싸인 채 쇼핑을 하느라 바빴다. 어머니가 우선적으로 신경을 쓴 것은 의붓아들 동주·철주와 그 가족들에게 줄 선물을 장만하는 일이다. 이상하게도 어머니는 북한으로부터 초청장이 날아온 이래 몇 주 동안 아버지 이야기는 한마디도 하지 않았다. 마치 남편이 세상을 떠났다는 사실을 받아들인 것처럼 행동했다. 하지만 나는 모르고 있었다. 어머니는 아버지가 살아 있으리라는 희망에 한껏 부풀어 있었던 것이다. 어머니는 김일성이 자신을 특별초청한 것은 남편이 살아 있기 때문이라고 굳게 믿고 싶었으리라. 어머니로서는 다른 이유를 찾을 수 없던 것이 당연했다.

어머니는 수차례 코스트코를 찾아 어마어마한 양의 선물들을 사들였다. 두터운 겨울 옷, 온갖 종류의 비타민과 영양제, 육포, 소시지, 초콜릿 등을 사들이고 심지어 라면까지 샀다. 이미 거대한 세 개의 여행 가방이 두 의붓아들과 가족에게 줄 선물로 꽉 채워졌다. 바라보기만 해도 현기증이 날 정도였다.

내가 어머니에게 항의조로 말했다.

"아니, 이걸 다 평양으로 가져가려고요?"

"걱정할 거 없다. 네가 들고 가지 않아도 돼. 비행기가 평양까지 실어다줄 거야."

나는 어머니의 가벼운 농담에 알겠다는 듯 미소를 지었다. 하지만 어머니는 나를 더 설득할 필요가 있다고 생각한 듯 무거운 마음으로 덧붙였다.

"그 사람들이 얼마나 고마워할지 생각해봐라. 정말로 찢어지게 가난하다잖아."

"어머니, 북한은 자기네가 지상천국이라고 큰소리치고 있어요. 우리처럼 썩은 자본가들이 준 선물은 필요로 하지 않을걸요." 나는 약간 비꼬는 투로 농담을 했다. 물론 나는 어머니가 원하는 만큼 선물을 사는 것을 막을 생각이 없었고 그럴 수도 없다는 것을 잘 알고 있었다. 나는 어머니께 비용 같은 건 걱정 말고 필요한 건 얼마든지 구입하라고 말했다.

나는 어머니의 작고 연약한 몸을 바라보았다. 세월의 풍파를 겪어 온통 주름투성이다. 이 작은 여인이 한국전쟁이 터지기 전까지 중국과 한국에서 남편과 일곱 아이들을 돌보았단 말인가? 홀몸으로 그 참혹한 전쟁 중에 나와 내 누이들을 키웠단 말인가? 도대체 그런 일이 어떻게 가능했단 말인가?

어머니가 그동안 감내했던 세월, 온갖 난관, 시련을 생각하니 나는 잠시 감정을 억제할 수 없었다. 그렇다. 내 가슴에는 어머니에 대한 슬픈 추억들이 깊이 묻혀 있다. 어머니는 크나큰 마음과 영혼을 지닌 원더우먼이지만 결코 튼튼한 몸은 아니었다. 게다가 어머니가 겪어야만 했던 고난과 고통들의 대가로 어머니의 건강이 희생되어야만 했다.

어머니의 모습을 바라보며 내 기억은 다시 한국에서의 어려웠던 그 시절로 돌아갔다.

13. 격변의 소용돌이

1960년 4월 19일, 학생들과 노동자들이 주도하는 4·19혁명이 일어났다. 나는 당시 고등학교 3학년이었다. 이승만 대통령은 하야한 뒤 곧장 하와이로 망명했다. 윤보선이 임시 대통령으로 취임했다. 하지만 윤보선 대통령과 장면 국무총리는 나약했고 자신들의 임무를 수행하기에는 무능했다. 전국에서 매일 파업이 벌어지고 시위가 끊이지 않았다. 거리로 나선 국민들은 "우리는 배고프다!" "정부를 갈아보자!"라는 슬로건을 내세웠다.

1961년 5월 16일, 박정희 장군이 주도하는 군사쿠데타가 터졌다. 부패한 정치인들과 큰 회사 수장(首長)들이 체포되어 끌려갔고 수감되었다. 계엄령 선포와 함께 24시간 소등 명령이 내려졌으며 거리 시위는 잠잠해졌다. 대립 정당 간의 다툼도 그쳤다. 신문사와 출판사들도 문을 닫았다.

국민들은 스스로 지도자가 된 박정희 장군에 대해 여전히 의혹과 염려의 눈길을 거두지 않았다. 다만 지도자들의 거짓 약속에 오랫동안 이용당하고 현혹당해온 국민에게 그가 즉각 발표한 정치 경제 계획들은 인상적이었고 참신했다. 당시 한국은 국민소득이 69달러로서 세계에서 두 번째로 가난한 나라였다. 한국보다 가난한 나라는 콩고뿐이었다.

나는 그해에 고려대학교에 입학했다. 되돌아보면 나의 대학 신입생 생활이 어떻게 시작해서 어떻게 끝났는지 기억이 나지 않는다. 많은 학생들이 시위와 수업 거부에 동참했기에 수업은 폐강되거나 연기되었다. 군인들과 정보부원들이 대학교 안에 상주하면서 학생들의 동태를 감시했다.

나라 전체가 이렇게 혁명의 소용돌이에 빠져 있는 동안 나는 어머니와 누이동생들을 돌보느라 여념이 없었다. 내게는 나라 안에서 벌어지는 일에 눈을 돌릴 여력이 없었다. 나는 다른 학우들의 운동에 동참할 수 없다는 사실에 비애를 느꼈다. 여름이 되자 학교 캠퍼스는 겨우 평온을 되찾았다.

그해 여름 어느 날 아침 나는 2학기 등록에 필요한 서류를 펼쳐놓고 책상에 앉아 있었다. 어머니가 알뜰히 저축해서 등록금을 마련해놓았기에 나는 대학 공부를 계속할 수 있었다. 나는 정경대학에 적을 둔 학생이었다.

그때 어머니가 내게 말을 걸어왔다.

"국주야, 나랑 얘기 좀 하자." 어머니의 목소리는 마치 얼어붙은 것 같았으며 심각했다.

순간 나는 어머니가 눈에 띄게 야윈 것을 알았다. 얼굴이 창백했으며 기분이 가라앉아 있는 것 같았다. 뭔가 좋지 않은 일이 있구나, 예감했지만 정작 무슨 일인지는 짐작조차 되지 않았다.

어머니는 벌써 몇 년째 미국 대사관 집에서 가정부 일을 계속해오고 있었다. 정말 어렵게 얻은 일자리였다. 비록 정식 영어가 아니라 비속어에 가까웠지만 양구에서 일할 때 배운 영어 소통 능력 때문에 어머니는 그 일자리를 얻을 수 있었다.

"무슨 일이에요. 어머니?" 어머니께 물어보면서 나는 뭔가 서늘한 기운이 스치고 지나가는 것 같았다. 명주와 현주도 다가와서 우리 곁에 서 있었다.

"오늘 병원에 갔었다. 의사 말이 자궁암이란다."

어머니 말이 떨어지기가 무섭게 누이들이 훌쩍거리기 시작했다. 나도 울음이 나왔지만 억지로 눈물을 참았다.

"걱정할 거 없다." 어머니가 말을 이었다. "진찰이 잘못됐는지도 몰라. 2차 진료를 받아봐야겠다." 이어서 어머니가 내게 물었다. "다음 주에 나하고 병원에 함께 갈 수 있겠니? 벌써 서울대학병원에 예약해놓았다."

어머니는 마음이 산란한 빛이 역력했지만 걱정을 겉으로 드러내지 않으려 애쓰고 있었다.

나는 가슴이 철렁 내려앉았다. 당시 암은 사형선고와 마찬가지였다. 어머니가 돌아가신단 말인가? 그렇다면 나와 내 누이들은 어떻게 된단 말인가? 머릿속에 온갖 생각들이 난무했다. 마침내 어머니도 참지 못하고 눈물을 흘렸다. 우리는 한동안 함께 울었다.

이윽고 어머니가 울음을 멈추고 눈물을 닦았다. 그러고는 단호한 어조로 말했다.

"잘 들어라. 암은 무서운 병인 게 사실이고 치료할 수 없을지도 몰라. 하지만 그렇다고 내일 당장 죽거나 다음 주에 죽는 건 아니잖느냐? 최소한 몇 달은 더 살 수 있을 것이고 내가 조심하고, 게다가 재수까지 좋다면 몇 년을 더 살 수 있을지도 몰라. 그러니 지금 당장 너무 걱정은 하지 말자. 우선 2차 진료부터 받아보고 그다음에 어떻게 할 건지 의논해보자꾸나."

어머니의 말투는 자신감에 차 있었으며 그 어떤 두려움의 기색도 보이지 않았다. 어머니의 어조에 나와 누이들은 진정되었다. 나는 그런 어머니가 자랑스러웠다.

다음 주에 나는 원남동에 있는 서울대학병원으로 어머니를 모시고 갔다. 서울대학병원의 의사들이 실력이 좋고 치료에도 뛰어나다는 것은 널리 알려진 사실이었다. 검사 뒤에 의사가 나를 부르더니 어머니 곁에 앉혔다.

의사가 내게 말했다.

"모친께서는 자궁암 3기와 4기 사이입니다. 너무 넓게 퍼져서 수술을 할 수 없어요. 방사선 치료를 받는 수밖에 없는데 우리 병원에는 아직 방사선 치료 장비가 없습니다. 수술도 받지 않고 방사선 치료도 받지 못한다면 모친은 일 년 정도 더 사실 수 있을 겁니다. 모친이 집에서 눈을 감으실 때까지 잘 보살펴드리세요."

어머니와 나는 의사의 사형선고 앞에서 놀라 말문이 막힐 지경이었다. 어머니에게는 너무 잔인한 선고였다. 의사는 내가 어머니의 상태를 명확히 이해한 것인지 재차 확인했다. 그의 진단은 너무 확신에 차 있었고 명료했기에 더 이상 질문을 던져볼 구석이라고는 없었다. 어쨌든 그는 한국에서 가장 뛰어난 병원의 가장 훌륭한 의사였다.

어머니와 함께 병원 내리막길을 걸어 내려오면서 나는 온몸에 맥이 빠진 채 두려움에 사로잡혀 있었다. 하늘빛이 노랗게 보였다. 아니, 검은빛이었던가? 더 이상 기억나지 않는다. 내 나이 열아홉 살이었고 명주는 열여섯, 현주는 열세 살이었다. 우리의 앞날에 악운이 덮친 것 같았다. 어머니는 우리에게 영혼을 공급해주는 분이며 우리의 생계를 책임져주는 분이다. 나는 이제 더 이상 그런 사치를 누리고 있을 수 없다. 무슨 수를 쓰더라도 이제 내가 어머니 병 치료를 위해 힘써야만 한다.

'안 돼! 정말 안 돼! 어머니는 아직 돌아가시면 안 돼!' 나의 내면에서 고함소리가 들려왔다.

"어머니, 너무 걱정 마세요. 내가 어떻게든 방법을 찾아볼게요. 어머니를 치료해줄 좋은 의사를 만날 수 있을 거예요."

나는 내가 무슨 말을 하고 있는지도 몰랐다. 나는 내가 무모하다고 생각했다. 하지만 무슨 수를 쓰건 어머니를 안심시키는 것 외에 내가 할 수 있는 일이라고는 없었다. 나는 이렇게 어려운 일을 당했을 때 아버지가 살아 계셔서 우리를 도울 수 있었으면 하고 얼마나 바랐는지 모른다.

집으로 돌아오는 내내 어머니는 아무 말도 없었다. 두 손으로 내 팔에 꼭 매달린 채 걷고 있을 뿐이었다. 참아내기 힘들 정도로 무덥고 습한 여름날이었다. 병원으로부터 사직동의 우리 집까지 걸어오는 길은 정말 길고도 힘든 길이었다. '우리 집'이라고 말했지만 우리는 작은 단칸방에 세 들어 살고 있을 뿐이다. 집에 도착하자 누이들이 우리를 기다리고 있었다. 누이들은 우리들을 보자마자 결과가 좋지 않다는 것을 눈치 챘다. 나는 누이들에게 사실대로 말해주었다. 이어서 다음 학기부터 학교에 다니지 않을 계획이라고, 등록금을 어머니 치료에 쓸 것이라고 덧붙여 말했다. 나는 내 말을 듣고 어머니와 누이들의 마음이 조금이라도 편해지길 바랐다.

어머니는 즉각 내 생각에 반대하더니 나를 꾸짖으며,

"학교를 그만두겠다는 소리는 다시는 하지 마라!"

나는 한 학기만 휴학할 생각이라고 말했다. 어머니는 내 말을 믿지 않았지만 나는 이미 결심을 굳힌 뒤였다. 나는 무슨 수를 써서라도 내가 어머니를 돌봐야 한다는 것을 잘 알고 있었다. 어머니는 충분히 고통 받으셨고, 우리들을 위해 당신의 삶을 온통 다 희생하셨다. 이제 어머니가 주신 것을 내가 되돌려드릴 때가 된 것이다.

14. 연줄을 찾아

다음 날 나는 절망감을 떨쳐버리고 이리저리 궁리한 끝에 윤병 권이라는 이름을 생각해냈다. 병권은 수송동 동사무소 주사보 로 일하고 있었다. 나는 애당초 병권과 개인적으로 친분이 있는 것은 아니지만 무슨 인연에서인가 알고 지내게 된 우리 가족과 어머니를 그는 좋아했고 비슷한 나이의 나와 병권은 친구가 되 었다.

나는 물에 빠진 사람이 지푸라기라도 잡는 심정으로 그를 찾아갔다. 그를 만나 어머니의 건강 상황과 우리들의 어려운 처 지에 대해 설명해주었다. 그는 내 이야기에 주의 깊게 귀를 기울 이더니 집으로 돌아가서 며칠간 기다리라고 말했다. 그는 자신 이 자신의 상사와 친한 사이이니 그 사람과 상의해보겠다고 내 게 말했다.

그는 나의 유일한 희망이었다. 이튿날 그가 우리 집으로 찾 아왔다. 나는 그가 그토록 금세 찾아온 것을 보고 놀랐다. 그는 희망이 보인다고 말했다. 그의 말에 따르면 3년 전에 서울에 국립의료원이 설립되었다는 것이다. 한국전쟁에 참가했던 덴마크·노르웨이·스웨덴 세 나라가 출자해서 세운 기관이다. 서울대학교병원 시설보다 낫다고 할 수는 없더라도 최소한 그에 버금갈 만한 훌륭한 현대적 의료시설을 갖추고 있다고 병권은 말했다.

그런데 병권은 한 가지 문제가 있다면서, 대단한 부자이거나 극빈자가 아니면 그 시설을 이용할 수 없다는 것이었다. 우리는 그 둘 어디에도 해당되지 않았다. 우리가 부자가 아닌 것은 당연한 사실이었지만 정해진 규정에 따르면 극빈자도 아니었다. 그 기관의 규정에 따르면 극빈자란 거처도 없고 가진 것도 전혀 없는, 말 그대로 알거지를 뜻했다. 우리는 그 규정에 해당되지 않았다. 그는 그 자격을 얻으려면 적잖은 '뇌물'이 필요할 것이라고 내게 말했다.

나는 다음 날 국립 의료원으로 찾아갔다. 어쨌든 입원신청서를 얻기 위해서였다. 입원서 접수처 직원은 내게 그의 책상에 수북이 쌓여 있는 입원신청서 뭉치를 보여주더니 내 서류를 맨 밑에 놓으면 통상 1년이나 2년은 기다려야 한다고 말했다.

"어쩌면 호출되지 않을 수도 있습니다"라고 그가 덧붙였다. 내가 극빈자로 인정될 희망이 별로 없음을 내게 암시한 것이 틀림없었다. 그렇더라도 나는 가는 데까지 가보자고 작정하고 일단 입원신청서를 가지고 왔다.

병권은 어떻게 해서라도 연줄을 찾아 나의 신청서가 극빈자 자격을 얻어야 한다고 말했다. 그는 이미 말한 대로 자신의 상사나 다른 사람들을 돈으로 매수해서 내 신청서가 자격을 갖출 수 있게 해볼 작정이라고 말했다. 물론 불법이었지만 도리가 없었다. 나는 대학등록금의 일부를 음성거래 비용으로 내놓을 수밖에 없었다. 물론 어머니에게는 그 사실을 말할 수 없었으며 최소한 그때는 말할 때가 아니었다.

복잡한 서류들을 작성해서 입원신청서와 함께 병원에 제출한 뒤에 나는 대단한 성취감에 젖어 집으로 돌아왔다. '그래, 나는 내 생각처럼 그렇게 무능한 건 아니야.' 나의 작은 에고(ego)가 내 안에서 속삭였다. '장애물 하나는 넘은 셈이야. 하지만 앞으로 어떻게 해야 하지?'

나는 어머니께 병권을 만나서 국립의료원에 갔던 일에 대해 말씀드렸다. 어머니는 매우 놀란 표정을 지었다. 제 눈에 안경인지 모르지만 어머니는 내가 한 일에 대해 감동을 받은 것 같았다. 어머니의 안색은 창백하고 온몸에 기운이 없어 보였다. 병이 점점 악화되고 있음이 틀림없었다. 내 이야기를 들은 어머니가 내게 말했다.

"국주야, 한 가지 방법이 있을 것 같다. 우리의 마지막 희망일지도 몰라. 그 사람이 내 부탁을 들어줄지는 모르지만 부딪혀 봐야지."

어머니가 말한 사람은 서울주재 미국 대사관에서 문정관으로 근무하고 있는 그레고리 헨더슨 씨였다. 어머니는 헨더슨 씨 부부 집에서 가정부와 요리사로 3년간 일했었다. 하지만 헨더슨 씨와 갈등이 있어 그 일을 그만두고 직장을 옮긴 것이었다.

헨더슨 씨는 일본어와 한국어에도 능통하고 하버드 대학을 나온 뛰어난 인재였다. 그는 한국 골동품들, 특히 도자기를 수집하는 취미를 가져 값나가는 한국의 보물들을 엄청나게 사들였다. (그가 그때 수집한 도자기들 중 많은 양이 하버드 대학 내의 아서 M. 새클러 박물관에 '천하명품: 헨더슨의 한국 도자기 컬렉션'이라는 이름으로 전시되어 있다. 헨더슨 씨의 부인 마리아는 남편이 죽은 뒤에 수집품들을 새클러 박물관에 기증했다)

"헨더슨 부부를 찾아가서 내가 아프다는 사실을 말해보지 않겠니? 그리고 국립의료원 일도 설명해봐." 어머니가 말했다. "그는 한국 정부에 친구가 많고 영향력도 큰 사람이야. 우리 신청서가 빨리 접수되게 도와줄지도 몰라. 그 사람하고 나하고는 안 맞는 데가 많지만 자식들 교육을 위해서 자신을 희생하고 있는 나를 마음 한구석으로 존중하고 있을지도 몰라."

어머니가 헨더슨 씨를 머리에 떠올린 것은 하늘이 도운 셈이었지만 솔직히 말하자면 교육에 관한 그레고리 헨더슨의 생각은 어머니와는 달랐다. 그는 실용적인 사람이었다. 그의 생각으로는 경제적으로 대학에 갈 형편이 되어야 대학에 가는 것이 옳았다. 그는 자식 대학등록금을 마련하기 위해 등뼈가 휘도록 고생하는 어머니를 이해하지 못했다. 아니, 이해할 수 없는 정도가 아니라 명백히 반대했다. 나는 어머니가 헨더슨 씨에게 "내 눈에 흙이 들어가기 전까지는 아이들 교육을 도울 거예요"라고 말했다는 사실을 어머니에게 전해들은 적도 있다. 헨더슨 씨가 우리들을 도와주더라도 어머니의 자기 헌신에 감동해서는 아닐 것이 분명했다.

어쨌든 나는 어머니의 의견, 아니 의견이라기보다는 희망에 따라 곧바로 헨더슨 씨를 방문했다. 그는 매우 사무적인 태도로 어떻게 해야 할지 알아보겠다고 말했다. 그는 유창한 한국어로 아무것도 약속해줄 수는 없지만 다음 주에 다시 한번 찾아오라고 내게 말했다. 당시에는 전화기가 일반화되어 있지 않아 용건이 있으면 직접 만나야만 했다.

일이 그쯤에 이르렀을 때 내 대학 등록금에 얽힌 비밀도 드러났다. 어머니는 내가 어머니를 위하여 그런 일을 하려 했다는 것을 믿을 수 없었다. 어머니는 내게 절대로 대학을 포기하지 말라고 되풀이했다. 그리고 무슨 수를 쓰더라도 등록금에서 축난 돈을 마련하겠다고 힘주어 말했다.

하지만 내게 대학은 부차적인 문제다. 어머니를 무서운 암으로부터 구해내는 것이 그 무엇보다 우선이다. 또한 아직은 어린 나이인 누이들의 미래도 걱정해야 했다. 나는 우리들이 처해 있는 상황에 누이들이 무척이나 힘들어할 것이라고 생각했다. 나는 누이들이 그런 상황을 어떻게 그렇게 잘 견뎌내는지 그 속을 짐작하기 어려웠다. 어쨌든 나는 내 어머니와 누이들을 도울 수 있는 일이라면 내 힘이 닿는 한 무슨 일이라도 할 각오가 되어 있었다.

다음 주에 헨더슨 씨 집을 찾아갔을 때 그는 집에 없었고 대신 그의 아름다운 부인 마리아 폰 마그누스 헨더슨이 나를 맞아주었다. 그녀는 미소 지으며 어머니의 건강을 염려했다. 그녀는 어머니와 우리에게 늘 친절했고 다정했으며 우리를 좋아했다. 마리아는 서울대학교에서 교편을 잡고 있는 조각가였다. 그녀는 수많은 상을 받았는데, 그녀의 작품 제작을 어머니가 옆에서 도와주었던 것이다. 그중 하나가 성 베네딕트 혜화동 성당의 「십자가 행로」란 작품인데 그 작업을 완성하는 데는 2년이 걸렸다. 그 작업을 하는 동안 마리아와 어머니는 무척 친해졌다.

마리아는 독일계 미국인으로서 금융 귀족 가문 출신이었다. 그녀는 제2차 세계대전 중에 겪었던 비참한 경험에 대해 어머니와 자주 이야기를 나누었다. 그녀는 한국전쟁 중 우리가 겪었던 것만큼, 아니 어쩌면 그 이상의 고난과 역경을 겪었다.

나를 만나자 그녀가 말했다.

"국주 군, 좋은 소식이 있어요. 국립의료원의 콜러 박사를 찾아가도록 해요. 노르웨이 사람이에요. 그분이 당신 어머니를 도와줄 수 있을 거예요."

그녀는 콜러 박사에게 전할 편지가 든 봉투를 내밀었다. 나는 마리아에게 제대로 고맙다는 인사나 했는지 기억조차 나지 않는다. 집으로 돌아오는 동안 나는 오로지 어머니에게 기쁜 소식을 전하겠다는 마음에 사로잡혀 있었을 뿐이다. 어머니가 그 소식을 듣고 기뻐했음은 물론이다.

콜러 박사에게 전할 편지를 품에 넣긴 했지만 서울대학병원의 종양 전문 의사에게서 들은 선고는 여전히 내 귓가에 울리고 있었다. 그리고 콜러 박사가 우리를 정말로 도와줄 수 있을지 확신할 수도 없었다.

나는 조금도 시간을 지체하고 싶지 않아, 바로 그날 국립의료원으로 콜러 박사를 찾아갔다. 이미 늦은 저녁 시각이었다. 콜러 박사는 이미 퇴근한 뒤였다. 다행히 나는 그가 어디 살고 있는지 알아낼 수 있었다. 그의 집은 의료시설과 같은 거주지 안에 있었다.

거주지 수위가 콜러 박사에게 전화를 하더니 나를 안으로 들여보냈다. 나는 콜러 박사 집 문을 두드렸다. 곧이어 콜러 박사가 나타났다. 잿빛 머리에 키 크고 잘생긴, 아주 친절해 보이는 남자였다. 나는 더듬거리는 영어로 찾아온 용건을 설명한 뒤, 그레고리 헨더슨의 편지를 내보였다. 그는 이미 오전에 헨더슨 씨로부터 전화를 받았다고 내게 말했다.

"내일 아침에 모친을 병원으로 모시고 와요. 모친의 신청서를 가져오라고 이미 간호사에게 말해놨어요." 그는 미소를 지으며 내게 말했다.

나는 미국 사람들은 잘생겼다고 자주 생각하곤 했다. 헨리 폰다, 제임스 스튜어트, 알란 라드, 버트 랭커스터, 존 웨인 등등,

이 멋진 배우들은 그 시절 우리 한국 젊은이들의 우상이었다. 하지만 그 누구보다 콜러 박사가 제일 잘생겼다고 나는 확신했다.

15. 기도

어머니와 나는 김치와 콩나물국에 쌀과 보리가 섞인 아침밥을 간단히 먹고 국립의료원으로 갔다. 더운 여름날 아침이다. 매미들의 합창이 이미 시작되고 있었다. 어머니는 극도로 긴장하고 있음에 틀림없었지만 나와 함께 걸어가며 그런 모습을 보이지 않으려 애썼다. 나는 어머니께 목숨을 살릴 수 있는 기회를 드릴 수 있게 된 것이 기뻤고 자랑스럽기도 했다. 마치 꿈을 꾸고 있는 것 같았다. 어머니 병의 예후가 끔찍한 것임을 잘 알고 있음에도 불구하고 당시 내가 조금도 불안하지 않았다는 것은 지금 생각해도 이상한 일이다.

병원에 도착하자마자 우리는 곧장 콜러 박사의 진찰실로 안내되었다. 콜러 박사는 어머니를 진찰실 안으로 불러들이더니 나는 밖에서 기다리라고 했다. 얼마 지나지 않아 콜러 박사와 레지던트 스태프 들이 밖으로 나왔다. 콜러 박사가 내게 말했다.

"모친의 암이 많이 진행되었지만 최선을 다해볼 작정이오.

수술을 하겠소. 수술이 성공하리라는 보장은 없소. 어떻소, 동의 하겠소?”

나는 수술을 하겠다는 그의 말에 입도 뻥긋하지 못할 정도로 놀라서 고개만 끄덕였다.

그러자 콜러 박사가 다시 말했다.

“나는 의사로서 최선을 다하겠소. 하지만 하나님이 우리를 도와주셔야 하오.”

그 말을 하면서 그는 손가락으로 하늘을 가리켰다.

노르웨이에서 온 이 의사가 어떻게 우리 어머니를 수술한 단 말인가? 내가 제대로 듣기는 한 건가? 서울대학병원의 의사는 암이 너무 깊이 진행되었다며 수술을 거부하지 않았는가? 정말로 이상한 일이었지만, 아무런 보장이 없음에도, 또한 확률이 희박했음에도 불구하고 어머니가 살아날 수 있으리라는 느낌이 내게 들었던 것은 무슨 까닭일까?

그날 밤 나는 홀로 남산 꼭대기에 올라가 어머니가 입원해 있는 국립의료원 건물을 내려다보았다. 어머니는 다음 날 아침에 수술을 받을 예정이었다. 나는 어머니를 위하여, 그리고 의사를 위하여 기도하고 또 기도했다. 이제껏 그토록 길게, 그리고 그토록 간절히 기도해본 적은 없었다.

수술 예정 시각은 오전 9시였다. 콜러 박사는 수술실로 들어가기 전에 복도에서 나를 잠깐 만났다. 그는 최선을 다하겠다고, 하지만 나머지는 모두 하나님의 몫이라고 다시 한 번 내게 다짐하듯 말했다. 나는 그에게 거듭 감사한다고 말했다. 내게는 그가 하나님처럼 보였다.

수술은 거의 다섯 시간이 걸렸다. 드디어 콜러 박사가 지친 모습으로 수술실에서 나왔다. 하지만 그의 얼굴에 떠오른 미소를 나는 놓치지 않았다. 콜러 박사는 내가 알아들을 수 있도록 아주 쉬운 영어 단어를 사용해서 어머니의 자궁을 모두 들어냈다고 내게 설명했다.

암이 처음 검사했을 때 예상했던 것보다 심각하게 전이되지 않았다는 것이었다. 그는 어머니가 아무리 원하더라도 이제 더 이상 아이를 갖지 못할 것이라고 말했다. 나는 그가 농담을 하는지 진지하게 말하는 것인지 알 수 없었지만 수술이 성공이었다는 것만은 확신할 수 있었다. 재발만 하지 않는다면 어머니는 살아가실 수 있게 된 것이다! 박사는 어머니가 며칠 더 입원해서 조리를 하고 진찰을 받아야 한다고 말했다.

나는 빨리 집으로 돌아가 이 놀라운 소식을 누이들에게 전하고 싶었다. 하지만 걸음을 걸을 수 없었다. 너무 힘이 없어 다리가 말을 듣지 않는 것 같았다. 나는 사람들이 듬성듬성 앉아 있는 대기실 의자에 주저앉았다. 온몸에 기운이 하나도 없었다. 나는 눈을 감고 조용히 기도했다.

"하나님, 어머니를 살려주셔서 감사드립니다."

이어서 나는 콜러 박사와 의료진들에게도 감사의 기도를 드렸다. 마치 내 마음과 머리가 깨끗하게 비워진 것 같았다.

나는 배재중학교에 입학한 뒤에야 기독교인이 되었으니 기도는 내게 생소했다. 나는 이 몇 년 동안 우리 가족과 내게 주어진 축복에 대해 내가 도대체 얼마나 자주, 얼마나 진지하게 하나님께 기도를 드리고 감사했는지 속으로 따져보았다. 솔직히 말해 단 한 번도 그런 기억이 없었다.

어찌하여 나는 이 무서운 시련을 겪은 뒤에야 하나님께 감사를 드리는 것일까? 그것도 결과가 좋을 때에? 만일 어머니의 수술이 실패해서 어머니가 돌아가시게 되었다면? 그때도 하나님께 감사기도를 드렸을까? 아니면 원망했을까? 내가 하나님이 누구인지 정말로 알고는 있는 걸까?

나는 하나님을 향한 내 모순적인 태도에 대해 스스로 당황스러웠다. 나는 부끄러움을 느꼈다. 나는 내가 진정한 크리스천이라고 말할 수 없다고 느꼈다. 어머니처럼 하나님과 예수님을 진정으로 믿는 그런 크리스천이….

갑자기 나는 점심을 먹지 않았다는 것을 깨달았다. 하지만 조금도 배가 고프지 않았다. 설사 배가 고팠다 할지라도 음식다운 음식을 사 먹을 돈이 없었다. 나는 집으로 돌아가는 중에 호떡을 사서 누이들과 나눠 먹으리라 작정했다. 나는 병원에서 너무 오래 지체했다고 자책했다. 한시라도 빨리 집으로 돌아가 이 놀랍고 기쁜 소식을 누이들과 나눠야만 했다.

"어떻게 됐어? 엄마 수술 말이야!" 내 발걸음 소리가 들리자마자 현주가 방에서 뛰쳐나오며 소리쳤다.

"콜러 박사님 말씀이, 잘됐대. 박사님 말씀이 엄마가 이제 남자가 됐대. 자궁이 없어진 거야. 하지만 이제 엄마 암은 걱정할 필요가 없다고 하셨어. 박사님이 처방해주는 약을 규칙적으로 드시면서, 식사 잘하시고 푹 쉬시면 돼."

우리는 함께 기쁨의 탄성을 질렀다.

명주는 이화여고 신입생이었고 현주는 숭의여중에 다녔다. 명주는 우리 셋 중에 제일 똑똑했다. 학교에서는 언제나 모범생에 우등생이어서 어머니를 기쁘고 자랑스럽게 해주었다. 하지만 어머니가 제일 귀여워한 아이는 현주였다. 현주는 천사 같은 마음씨를 지닌 아이이며 어머니를 비롯해 남을 위해 언제나 마음을 쓰고 베푸는 아이였다. 현주는 오빠나 언니가 때때로 불공평한 짓을 해도 단 한 번도 대든 적이 없었다. 현주에 대한 유일한 걱정은 그 애가 몸이 약해서 자주 아프다는 것이었다. 게다가 현주는 잘 울어서 우리는 '울보'라고 놀렸다.

그날 저녁 나는 누이들을 일찍 잠자리에 들게 했다. 다음 날 함께 병원으로 어머니 병문안을 가기 위해서다. 나도 푹 잠을 자려고 자리에 누웠다. 하지만 머릿속에 오만가지 생각이 떠오르는 바람에 잠을 이룰 수 없었다.

'어머니가 더 이상 일을 하실 수 없다면 앞으로 우리 가족은 어떻게 먹고살 것인가? 내가 무엇을 할 수 있나? 내가 어떤 직업을 얻을 수 있을 것인가?'

이제까지 내가 해온 아르바이트 경험이라야 헨더슨 부부의 집에서 집 안 청소와 자주 열리는 파티에서 칵테일 서빙을 해본 것이 고작이었다.

'바텐더 보조 일을 할 수 있을지도 몰라. 나중에 정식 바텐더가 되면 수입이 늘어나겠지.'

나는 스스로 그런 생각까지 할 수 있는 자신이 대견했다. 나는 내 생각이 어머니와 큰 충돌을 일으키리라고는 미처 생각하지 못했던 것이다.

퇴원해서 집으로 돌아온 어머니는 내 의도를 알자 내게 불같이 화를 냈다.

"겨우 그따위를 무슨 대단한 생각이라고 한 거냐? 바텐더가 되겠다고? 네 미래에 도움이 될 만한 더 나은 꿈을 꾸지는 못하고!"

나는 바텐더 일은 일시적인 아르바이트일 뿐이고 직업으로 하려는 것은 아니라고 어머니께 말씀드렸다. 하지만 어머니는 아예 내 말을 들으려고도 하지 않았다.

"내가 곧 회복되어서 머지않아 일을 하게 될 거다. 그러니 당장 일을 찾으려 할 필요 없어. 학교에 등록할 일이나 신경 써라. 등록 마감까지는 아직 2주가 남은 거로 알고 있는데, 그렇지?"

어머니는 내게 준 등록금이 어머니 병치레와 다른 생활비로 써버려서 하나도 남지 않았다는 사실을 분명 모르고 있었다. 어머니가 어떻게 그 돈을 마련할 수 있단 말인가? 그럴 가능성은 없었다. 게다가 우리 가족 생활비는 어쩌란 말인가? 나는 내가 우리 집의 가장이 되었다는 것을 서서히 자각하기 시작했다. 엄청난 책임이 뒤따르는 그 타이틀이 내 어깨에 부과되려 한다는 것을….

하지만 당장은 행복했다. 어머니의 수술 경과가 좋아 비교적 빨리 회복되고 있었기 때문이다. 어머니의 몸무게도 늘기 시작했다. 우리는 생지옥으로부터 정상 생활로 되돌아온 것이다. 정말 오랜만에 처음으로 우리 가족들은 마음속으로 평화를 느꼈고, 어머니가 우리 곁을 떠나지 않고 우리와 함께할 수 있으리라고 믿게 되었으며, 그 믿음 속에서 행복했다.

16. 구세군 목사님

그해 여름은 유난히도 장마가 길었다. 8월 말이 되어 장마가 끝나자 모두들 기뻐했다. 한줄기 시원한 바람이 계절이 바뀌고 있음을 예고했다. 비록 조심스러운 발걸음이긴 했지만 어머니는 조금씩 움직일 수 있게 되었다. 심지어 어머니는 외할머니를 찾아뵈려고 외출하기도 했다. 당시 몸이 편찮으신 외할머니는 우리 집 근처에 살고 계셨다. 외삼촌들과 이모는 외할머니를 돌볼 처지가 되지 않았다. 그들 역시 찢어지게 가난했던 것이다. 몸이 불편한 우리 어머니가 외할머니 드실 음식과 생활필수품을 챙겨드렸다.

나는 정동 미국대사관 옆에 있는 서대문 구세군교회에 다니고 있었다. 하지만 벌써 몇 주 동안 나는 교회에 가지 못했다. 나의 고등학교 친구 이정일의 아버지는 그 교회의 목사였다.

그러던 어느 날 놀랍게도 정일이 나의 집을 찾아왔다. 내가 주일 예배에 오지 않는 것을 보고 궁금해서 들른 것이었다. 그는 어머니의 암 수술 소식과 우리 집의 딱한 형편을 듣고 무척 걱정스러운 표정을 지었다. 나는 정일에게 다음 학기 등록금을 어머니 병 치료를 위해 모두 써버려서 부득이 다음 학기 휴학을 할 수밖에 없다고 말했다.

정일은 매우 정이 많은 친구다. 그는 그렇게 쉽게 대학을 포기할 생각일랑 말라고 나를 격려해주었다. 나는 열심히 돈을 벌어 등록금이 마련되면 다시 복학할 것이라고 그에게 말해주었다. 하지만 나는 물론이고 그도 일단 한번 휴학한 다음 복학한다는 것이 얼마나 어려운 일인지 잘 알고 있다. 대학을 중퇴하고 돈을 번다는 것은 쉽지 않은 일임을 우리는 잘 알기 때문이다.

다음 날 정일이 다시 찾아왔다. 그는 자기 아버지와 우리 집 안일을 의논했다고 내게 말했다. 그런 후 그의 아버지 이환권 목사가 내가 다니고 있는 구세군교회 미국 선교사 프레드 루스 목사를 찾아갔다는 것이었다. 또한 루스 목사는 내게 관심을 기울이며 나를 도와줄 방법을 찾아보겠다고 했다는 것이었다. 정일은 루스 목사가 나를 만나보고 싶어한다고 말했다.

다음 날 나는 루스 목사를 찾아갔다. 내심 큰 기대는 하지 않고 있었다. 나를 만나자마자 그는 우선 나와 함께 기도부터 했다. 루스 목사는 아주 미남이었다. 나는 그가 미혼이며 한국에 온 지 얼마 되지 않았다는 것을 알 수 있었다. 그런데 놀랍게도 그는 아주 유창한 한국어를 구사하고 있었다. 나는 최선을 다해 우리 가정 형편을 그에게 설명했다. 내 이야기를 다 들은 후 그가 학교 등록금이 얼마인지 물었다. 한 학기 대충 200달러였다 (지금으로 환산하면 거의 2,000달러가 훨씬 넘는다). 그는 내 전공이 무엇인지, 대학 졸업 후의 계획은 어떤 것인지도 물어었다. 나는 외무부에 들어가서 외교관이 되는 것이 목표라고 말했다. 그러자 그가 내게 혹시 영국 런던에 있는 구세군 대학에 입학할 의향은 있는지 물어보았다. 기꺼이 후원을 해주겠다는 것이었다.

나는 그의 제안을 믿을 수 없었다. 나는 의아할 수밖에 없었다. 그가 나에 대해 얼마나 안다고? 대체 그가 내게 왜 이런 친절을 베푸는 것일까? 나는 정일의 아버지인 이환권 목사가 내 가족과 나에 대해 좋은 말을 해주었으리라고 짐작했다. 그분은 나에 대해 잘 알고 있었다.

당시 모든 한국 대학생에게 외국 유학을 한다는 것은 일종의 꿈이었다. 나도 한국에서 대학을 졸업한 후 미국으로 가서 공부하겠다는 막연한 희망을 품고 있었다. 그런데 지금 당장은 한국 대학 공부를 마칠 수 있는지조차 불투명한 상황이었다.

나는 당장 "좋습니다"라고 말하고 싶었다. 하지만 나는 안에서 치솟는 그 욕구를 간신히 억누르며 말했다.

"정말 고마운 말씀이지만 당장 받아들이기가 어렵습니다. 어머니와 두 누이동생 때문에 저는 당장 한국을 떠날 수가 없습니다."

나는 내가 앞으로 4년간 그들 곁을 떠나 있게 된다는 사실을 상상조차 할 수 없었다. 나는 거듭 그의 호의에 감사를 표한 다음 말을 이었다.

"게다가 구세군 목사가 되라는 하나님의 부름을 제가 받아들일 수 있는지도 확신할 수 없습니다."

나는 예수 그리스도를 향한 내 믿음이 허약하기 그지없다는 것을 잘 알고 있었다. 나는 하나님을 믿었다. 하지만 예수님만이 유일한 구원이라는 가르침을 손쉽게 받아들이지는 못하고 있었다. 어쨌든 나는 독실한 기독교 신자는 아니었다. 내가 교회에 나간 것은 사람들과 친분을 맺는 것이 좋아서였고 매주 주일마다 성가를 부르는 것이 즐거워서였다. 정일과 내가 조직한 교회 사중창단은 우리 교회에서 인기가 좋았고 이따금 이웃 교회에 초청을 받아 성가를 부르기도 했다.

"좋아요. 굳이 런던의 구세군 대학에 가라고는 권하지 않겠어요. 하지만 당신 가정 사정은 충분히 알겠어요. 당신은 생각이 깊은 사람이고, 어머니와 누이동생들을 돌보겠다는 생각은 참으로 칭찬하고 싶군요." 이어서 그가 말했다.

"런던 구세군 대학에 보내주는 대신 당신이 대학을 졸업할 때까지 등록금을 대주겠어요."

나는 어안이 벙벙했다. 내 귀를 의심할 수밖에 없었다. 그는 다시 한번 나와 내 가족을 도울 수 있게 되어서 기쁘다고 말했다. 나는 그가 내게 무슨 제안을 하고 있는 것인지 홀연 깨달았다. 그는 내게 대학교 등록금을 대주겠다고 말하고 있는 것이었다! 내게는 즉각 어머니 얼굴이 떠올랐다. 아아, 이 소식을 알면 어머니가 얼마나 기뻐하실 것인가!

교회에서 집으로 돌아오는 길은 마치 구름 위를 걷고 있는 것 같은 기분이었다. 두 어깨에 지고 있던 무거운 짐을 단번에 벗어버린 것 같았다. 나는 하나님께 물었다.

"오, 하나님! 제가 이런 황홀한 선물을 받을 만한 자격이 있습니까?"

나는 내가 좋은 신자가 아니라는 것도 스스로 인정했다. 하지만 하나님께서 그걸 모르고 계셨겠는가!

이어서 나는 속으로 물을 수밖에 없었다. 프레드 루스 목사가 대체 누구란 말인가? 나는 고작 그가 미국에서 온 선교사라는 사실만 알고 있을 뿐이다. 대부분의 구세군 목사들은 결혼을 한다. 그들은 모두 구세군 복장을 하며, 인상이 좋은 사람들이다. 나는 미소를 짓고 있지 않은 구세군 봉사자들을 본 적이 거의 없다. 그들은 거의 모두 음악에 재능이 있어서 악기 하나쯤은 다룰 줄 안다. 게다가 그들은 대개 다 훌륭한 가수다. 그들의 얼굴은 따스함으로 빛나며 그들과 함께 있으면 언제나 마음이 편안해진다. 나는 그들이야말로 모범적인 기독교인이라고 생각했다. 그리고 지금도 이 세상 헐벗고 굶주린 사람들을 도우려는 구세군의 이타(利他)적인 활동을 높이 존중하고 있다.

돌아오면서 내 생각은 다시 이어졌다. 나는 구세군 목사의 수입이 다른 교회의 목사들 수입보다 훨씬 적다는 것을 잘 알고 있었다. 나는 내 친구 정일이 집의 초라한 살림살이를 본 적 있었기에 그 사실을 잘 안다. 나는 정일의 초대로 그의 가족들과 점심이나 저녁 식사를 함께 한 적이 여러 번 있다. 식사는 이루 말할 수 없이 조촐했다. 식탁에는 김치와 채소뿐 고기는 없었다. 그들은 그렇게 검소하고 순수하게 생활했다.

루스 목사의 수입도 변변치 않은 건 마찬가지일 텐데 어떻게 일 년에 400달러나 되는 내 등록금을 내줄 수 있단 말인가? 남을 도울 만큼 수입이 넉넉하지 않은데도 그는 기꺼이 남을 돕겠다고 나선 것이다. 그는 천사임이 틀림없다고 나는 결론 내릴 수밖에 없었다. 그의 사무실에서 나오기 전에 나는 그에게 언젠가는 반드시 이 은혜에 보답하겠다고 말했다. 그가 베풀어준 너그러운 마음씨에 깊이 감명을 받은 내가 할 수 있는 말은 그것밖에 없었다. 그러자 그가 대답했다.

"그 돈을 갚겠다는 의무감을 가질 필요는 없어요. 하지만 당신이 남을 도와줄 수 있을 때면 언제든 도움의 손을 내밀도록 해요."

나는 가슴 깊은 곳까지 와닿는 그의 바람을 평생 간직하겠다고 그에게 약속했다.

집으로 돌아와 그 소식을 전하자 어머니와 누이들이 기뻐했음은 물론이다. 어머니와 누이들은 우리 가족에게 어떻게 이런 일이 일어날 수 있는 것인지 놀라워할 수밖에 없었다. 독실한 기독교 신자인 어머니는 즉각 하나님께 기도를 드리자고 말했고 우리는 모두 함께 경건한 기도를 드렸다.

나는 마감 하루 전에 2학기 등록을 했다. 정작 등록을 하고 나니 내가 학교를 거의 포기하려 했었다는 사실을 믿을 수 없을 정도였다. 도대체 한 인간의 운명이 어떻게 그렇게 급히 변할 수 있는 것일까? 누가 그런 결정을 내리는 것일까? 나는 내 힘, 내 결심, 내 의지로 그렇게 되는 것이 아님을 알고 있었다. 나는 하나님을 믿는다. 나는 하나님의 존재를 한시도 의심해본 적이 없다. 다만 그때나 지금이나 비 기독교도나 비 무슬림을 이교도나 악마 취급하는 독단적인 유일신 사상을 그대로 따를 수 없을 뿐이다. 하나님도 그런 독단을 용납하실 리 없다.

등록금 문제는 해결이 되었지만 책이나 공부에 필요한 것들은 내가 벌어서 해결해야만 했다. 또한 이제 내가 가장이라는 것, 집안 생계비도 내가 책임져야 한다는 사실을 되새겼다. 나는 급사나 웨이터 일을 닥치는 대로 했다. 또한 중고등학교 학생들

가정교사 일도 했다. 한동안 나는 내 삶에서 무슨 일이 가장 시급하고 중요한 일인지 생각해볼 겨를조차 없었다. 나는 가족을 위하여 보다 많은 돈을 벌어야만 했다. 일할 기회가 생기면 절대로 그냥 포기할 상황이 아니었으며 그 어떤 임시 일거리가 생겨도 받아들여야만 했다.

내 어깨에 가해진 강한 압박 때문에 나는 학교 수업에 집중할 수 없었다. 일과 학업을 동시에 충실히 수행하는 것은 불가능했다. 나는 몸도 건강하지 않았고 체력도 튼튼하지 않았다. 고등학교 2학년 때 나는 폐결핵을 앓아 1년 넘게 치료를 받아야만 했다. 처음 병에 걸렸을 때 나는 충격을 받아 거의 절망에 빠졌다. 나는 내가 몇 년 후에 죽을 것이라고 확신했다. 당시에는 선진 폐결핵 치료의술이 보편화되지 않았을 때였다. 하지만 나는 내 폐에 얼마간의 화석 상처만 남긴 채 그 병에서 기적적으로 회복되었다.

육체적으로도 그런 시련을 겪었지만 나는 내가 그다지 머리가 좋은 편이 아니라는 것을 잘 알고 있었다. 나는 그저 평범한 학생에 불과했다. 뭔가 특단의 조치가 필요했다.

나는 가정교사 일을 제외하고 모든 임시직 일자리를 그만두기로 결심했다. 내가 가정교사 일을 하던 집에서 내게 입주를 제안했다. 내가 가르치고 있는 아이는 고등학교 3학년으로서 다음해 대학입시를 준비하고 있었다. 나는 그 제의를 받아들였다. 어머니는 내 결정을 기꺼워했다. 내가 나를 허덕이게 만들었던 짐에서 벗어나 공부할 시간을 가질 수 있게 된 까닭이었다.

17. 드디어 평양으로!

나는 내가 어머니를 평양으로 모시고 갈 수 있게 된 것, 드디어 그녀의 소망을 풀어줄 수 있게 된 것이 기뻤다. 하지만 4월 6일, 막상 비행기에 오르게 되자 어머니의 건강이 걱정되었다. 과연 베이징과 평양으로의 긴 여행을 마치고 무사히 포틀랜드로 돌아오실 수 있을 만큼 어머니의 건강이 버텨줄 수 있을 것인가? 자궁 절제 수술 후 어머니의 암은 재발하지 않았다. 하지만 어머니는 자주 탈장 때문에 고생을 하고 자주 병원에 입원해야 했다. 나는 몇 년에 걸쳐 수도 없이 병원에서 지내야 했고 그 때문에 마치 병원이 제2의 집처럼 여겨지기도 했다. 나는 의사와 간호사들은 존경하지만 병원의 소독 냄새와 온갖 불쾌한 냄새에는 속이 메슥거릴 만큼 진력이 났다.

어머니는 수년 동안 만성 기관지염을 앓고 있었다. 어머니는 애연가였으며 의사가 아무리 경고를 해도 담배를 끊지 못했다. 담배 끊으라는 말을 하면 어머니는 말하곤 했다.

"담배가 내 유일한 취미이고 내 좋은 친구야. 담배 끊으라는 소리는 하지 마."

어머니는 폐가 좋지 않아 일단 한번 기침이 나오면 멈출 줄 몰랐다. 어머니의 기침 소리를 듣고 있자면 마치 창자를 뽑아내는 것 같았다. 의사들은 온갖 종류의 기침약을 어머니에게 처방해주었지만 아무 효력이 없었다. 게다가 어머니에게는 불면증이 있는데다 고혈압이었으며, 다리에 자주 경련이 왔다. 하지만 하늘이 도와주셨는지 당뇨병은 없었다. 분명히 건강에 문제가 있음에도 불구하고 나의 어머니 유태정은 북한 "홈"으로의 기나긴 여행을 서슴없이 결정했다.

우리는 4월 7일 베이징에 도착했다. 나는 베이징 시내에 있는 뉴 오타니 창푸공 호텔을 예약해놓았다. 일급 호텔이어서 나와 어머니는 안락하고 넓은 호텔 방 시설들을 즐길 수 있었다. 어머니는 내게, 비록 자주는 아니었지만 자식들에게서 잠시라도 벗어날 기회가 생기면 아버지는 어머니에게 최고급 식당에서 멋진 저녁을 사주곤 했다고 말했다.

베이징 도착 이튿날인 4월 8일 나는 비자를 받기 위해 북한 대사관을 찾아갔다. 담당자는 비자가 다음 날 오후에 발급될 것이라고 말했다. 그는 4월 10일 출발 예정인 고려항공 좌석도 확인해주었다. 별 성가신 일 없이 서류작업이 쉽게 마무리되어 나는 마음이 가벼워졌다.

출발 전까지 이틀 동안 나는 어머니와 함께 관광을 했다. 어머니와 함께 다시 북한 땅을 여행할 기회는 없으리라는 생각에, 또한 아버지를 대신한다는 마음으로 나는 이 여행을 어머니 생애 최고의 순간으로 만들어주고 싶었다. 베이징에는 높고 거대한 새로운 상업 빌딩들이 솟아 있는 등 옛날과 완전히 다른 모습이었는데도 어머니는 놀랍게도 이 도시의 여러 곳을 여전히 기억에 간직하고 있었다.

관광 첫째 날 우리는 자금성을 방문했다. 자금성은 명조부터 청조 말까지 황제의 궁전으로 사용되던 곳이다. 거의 500년 동안 자금성은 황제들과 황실 가족들의 거처임과 동시에 중국 정부의 온갖 의례(儀禮)와 정치의 중심지였다. 이제는 그 안에 궁정 박물관이 자리 잡고 있었다. 우리는 만리장성도 구경했다. 불행히도 우리는 그날 도중에 관광을 중단해야만 했다. 어머니의 기관지염이 다시 도진 것이다.

어머니는 밤새 기침을 했다. 어머니가 집에서 가져온 약은 별 효과가 없었다. 어머니는 심한 기침을 베이징의 대기 오염 탓으로 돌렸다. 맞는 말이었다. 베이징은 언제나 대기 오염이 심했고 바람이 심하게 불었으며 먼지투성이였다. 다음 날 아침 우리는 호텔에서 추천해준 중국 의사를 찾아갔다. 여의사는 기침 억제제를 처방해주었고 나는 여행 내내 그 약이 효과가 있기를 두 손 모아 빌었다.

밤새 거의 잠을 이루지 못한 채 아침을 맞은 우리는 호텔 조식을 들고 체크아웃을 한 다음 택시를 타고 공항으로 갔다. 우리는 별로 어렵지 않게 짐을 부쳤다. 물론 워낙 짐이 많았기에 적잖은 돈을 주고 짐꾼의 도움을 받아야 했다. 어디서나 돈이 모든 것을 지배하는 법이다.

드디어 우리가 타게 될 비행기 탑승 수속 시작을 알리는 방송이 들렸다. 우리는 이제 수많은 좋지 않은 이야기가 들려오는 나라, 전 세계와 거의 고립되어 지내는 나라를 향해 출발한다. '조선민주주의인민공화국(DPRK)'이라는 이름만으로도 나는 불안해지기 시작했다. 북한 공작원들이 무고한 사람들을 죽이거나 납치했다는 무서운 이야기들을 좀 많이 들었던가? 하지만 제아무리 거대한 괴물이라 할지라도 그곳 역시 나의 나라이며 나의 친척들의 고향이고 집이다. 나는 그들을 지금 있는 그대로 인정하는 수밖에 다른 도리가 없다. 연민과 동정의 감정이 나를 휩쓸고 지나간 뒤에야 겨우 마음의 평정을 되찾아 공포감이 사라졌다.

우리가 비행기 안으로 들어서자 키 크고 아름다운 북한 스튜어디스가 "어서 오십시오"라고 인사했다. 독특한 북한 억양이었는데 듣기에 좋은 상냥한 어조였다.

'그래, 그녀는 나와 같은 말을 쓰고 있어.'

나는 이내 마음이 편해졌다.

우리는 곧 지정된 좌석으로 안내되었다. 어머니와 나는 서로 얼굴을 마주 보며 비록 불안감이 완전히 가신 것은 아니었지만 비로소 안도의 한숨을 내쉬었다. 우리는 오리건주 포틀랜드 우리의 집으로부터 기나긴 여행 끝에 이제 이 비행기 안에 앉아 있게 된 것이다. 우리가 탄 비행기는 낡은 러시아제 일류신 제트 여객기였다. 기내 장식은 조금도 화려하지 않고 그저 평범하며 뭔가 권위적이고도 딱딱한 분위기를 풍겼다.

순전히 내 상상 때문인지 승객들의 얼굴 표정은 어딘가 험상궂고 긴장한 것처럼 보였다. 탑승객 중에는 드문드문 서양인도 있었다. 어머니와 나는 긴장을 풀려고 애써보았지만 아무 소용이 없었다. 우리는 공항에서 나의 이복형제 철주 형과 동주 형을 만날 수 있으리라는 생각에 이미 너무 흥분해 있었다.

나는 정말로 궁금했다.

'어떻게 변했을까? 우리가 서로 알아볼 수는 있을까?'

어머니를 바라보니 잠에 빠져 있었다. 간밤에는 밤새 그녀를 괴롭힌 기침 때문에 잠을 이루지 못했다. 어머니는 아마 오래전에 잃은 남편과의 상봉을 꿈꾸고 있는지도 몰랐다. 나는 그간 어머니가 한국에서 겪었던 그 힘든 고통들, 그녀가 극복해낸 이루 상상하기 어려운 고난들을 되새겨보았다. 어머니는 이 여행을 통해 하나님으로부터 특별한 선물을 받을 자격이 있다.

"전능하신 하나님이시여, 우리를 도와주소서!"

나는 속으로 조용히 기도하다가 깜빡 졸았다.

어머니와 나는 스튜어디스의 안내 방송에 잠에서 깨어났다. 비행기는 이미 북한의 평양 순안국제공항에 접근하고 있었다. 창밖을 내다보니 저 아래 공항터미널 건물이 눈에 들어왔다. 주변의 산들은 나무 한 그루 보이지 않는 민둥산이다. 농부들 몇몇이 들판에서 일을 하고 있었다. 놀랍게도 몇 대 안 되는 작은 비행기들만이 터미널과 비행장에 서 있었다. 활주로에는 알 수 없는 문장(紋章)을 한 두세 대의 대형 제트 여객기들이 있었다.

베이징에서 평양까지는 두 시간의 비행거리였다. 비행기가 완전히 멈춘 뒤 우리는 자리에서 일어나 비행기에서 내렸다. 비행기 옆 활주로 도로에서 대형 버스가 승객들을 기다리고 있었다. 북한 땅에 첫발을 내디딜 때의 내 심정을 어떻게 묘사할 수 있을까! 나는 북한에 가족들을 둔 채 대한민국에 살고 있는 수많은 사람들, 가족을 방문할 엄두도 내지 못하고 있는 사람들을 잠시 떠올렸다. 어머니도 분명히 나와 비슷한 생각을 하고 있었음이 틀림없었으리라.

우리는 마침내 '나의 아버지의 나라'의 심장인, '조선민주주의인민공화국'의 수도 평양에 도착한 것이다. 당연한 일이지만 나는 이전에 북한 땅에 와본 적이 없다. 하지만 이 나라도 나의 나라이며 나의 아버지가 태어난 곳이다. 아버지는 평생 조국의 독립을 위해, 또한 조국이 둘로 나뉘지 않고 하나가 되게 하려고 싸웠다. 그는 한국의 자유민주주의를 예견했으며 자유민주주의를 열망했다. 바로 그 때문에 그는 조국광복이 이룩되기 한 해 전인 1944년 베이징으로부터 서울로 거처를 옮겼다.

나는 남북한 정치인들이 오죽 무능했으면 둘로 쪼개진 이처럼 작은 나라를 통일할 방법을, 헤어진 국민들이 하나로 합칠 수 있는 해결책을 찾지 못했을까. 화가 났다. 나라를 둘로 쪼개고 수백만 가족들을 그들의 소망과는 달리 강제로 헤어지게 만든 다음, 남에게서 빌려온 설익은 이데올로기로 아무 죄 없는 백성을 통제해온 것을 어떻게 정당화할 수 있단 말인가? 내 가슴에는 남한과 북한 정부를 통치하고 있는 정치가들을 향한 분노가 치솟았다. 만일 나의 아버지 같은 분이 김구·김규식·여운형·조봉암 같은 정치인과 함께 한국전쟁이 발발하기 이전의 격변기에 한국의 분열을 막으려 한 노력이 성공했다면 어떻게 되었을까?

서울과 평양은 단지 200킬로미터 정도밖에 떨어지지 않은 가까운 거리에 있다. 하지만 정치 체제와 생활양식에는 그 물리적 거리와는 비교할 수조차 없는 엄청난 차이가 존재한다. 1953년 휴전 후 남한은 자유시장경제를 근간으로 하는 민주주의를 채택하여 산업화에 성공했고 세계에서 강력한 경제적 힘을 지닌 나라가 되었다.

그사이 북한은 다른 길을 걸어왔다. 낡은 스탈린식 공산주의를 채택하면서 출발한 북한은 김일성과 그 일가를 위한 의사(疑似) 사회주의 왕국으로 변모되었다. 이른바 주체사상이라는 미명하에 북한은 김일성 신격화 사상을 주민들에게 주입했다. 그리고 지금은 세계와 경쟁할 수 있는 수소폭탄, 원자폭탄과 대륙간 탄도미사일(ICBM)을 지니고 있다고 큰소리치고 있다.

주민들이 모두 굶어죽고 끊임없는 공포 속에 살고 있는데 이 무기들이 대체 무슨 소용이 있단 말인가? 게다가 북한은 아직 남한을 정복해서 대한민국의 5,000만 국민에게 북한의

2,500만 동포와 마찬가지의 멍에를 씌우고 족쇄를 채우겠다는 야욕을 포기하지 않고 있다. 미 제국주의라는 괴물로부터 남한의 형제자매들을 해방시키겠다고 선언하고 있는 것이다.

그렇다면 북한의 정치가와 장군들은 모두 미치광이란 말인가? 이들은 이 세계에서 산업 기술 혁명이 빠르게 이루어지고 있다는 사실을 모른단 말인가? 이들은 그 모든 것이 미국과 그 동맹국들이 정치·경제·외교적으로 제재(制裁)를 가하고 있기 때문이라고 그 탓을 돌린다. 이들은 공산국가인 중국과 베트남이 자유시장경제를 채택하면서 빠른 번영의 길로 접어들고 있다는 것을 간과하고 있음이 틀림없다.

나는 북한 사람들이 자기들 정치 체제의 한 부분이 정말로 그릇되었음을 알고 있다고 생각한다. 북한 정부는 주민들의 현실적인 일상의 삶보다는 공산당 체제에 대한 찬양에 훨씬 더 많은 힘을 기울이고 있으며 그것은 사교(邪敎)집단의 논리와 같은 것이다. 북한의 비극은 국민들이 스스로 어떤 형태의 정부를 택할 것인가 아무런 목소리도 낼 수 없다는 데, 그리고 계속 그럴 것이라는 데 있다. 그들은 그들의 독재자가 만들어낸 강철 덫에 걸린 채 외부를 향해 절망적인 도움의 손길을 내밀고 있다.

내 귀에는 북한 주민들의 숨죽인 비명소리가 들려오는 것만 같았다. 그들을 생각하면 할수록 가슴이 아파왔다.

1993년 어머니와 나(최국주)는 동주 형(왼쪽)과 철주 형(오른쪽 끝)을 43년 만에 평양 순안공항에서 만났다.

18. VIP 대접

커다란 평양공항 대합실에서 검은 얼굴빛을 한 중년의 두 사내가 우리를 기다리고 있었다. 실제 나이보다 훨씬 더 늙어 보였다. 나는 단번에 그들을 알아보았다. 나의 이복형제인 철주 형과 동주 형이었다. 나는 아버지가 곁에 서 있지 않았지만 놀라지 않았다. 나는 어머니를 쳐다보았다. 우리는 고개를 끄덕였다. 실망감을 함께 나눈 것이었다. 아버지를 다시 만날지도 모른다는 오랜 희망은 산산조각이 났다. 하지만 우리는 최선을 다해 우리의 슬픔을 억눌렀다.

형들이 카펫에 무릎을 꿇더니 어머니에게 절을 했다. 이어서 우리는 서로 껴안으며 눈물을 흘렸다. 아무런 말이 필요 없었다. 짧은 순간 나는 형들이 전쟁 후에 억지로 북으로 끌려간 것인지 아니면 자발적으로 북으로 간 것인지 궁금했다. 나는 형들에게 선택권이 있었다고 생각했다. 형들은 친어머니가 아니기에 어머니와 남동생, 그리고 여동생들을 버린 것이 아니었을까? 형들은 아버지와 함께 사는 것이 더 나을 것이라 생각하고, 북에서 아버지를 만나리라 기대했을 것이다.

그 질문은 내가 북한에 머무는 동안 내내 나의 뇌리에서 떠나지 않았다. 나는 철주 형이나 동주 형이 먼저 자발적으로 입을 열어 그들이 겪은 곤경과 역경에 대해 우리와 이야기를 나누기를 기대했다. 하지만 두 형은 그러지 않았다. 아마도 밤낮으로 우리의 일거수일투족을 감시하는 눈과 귀 때문이었을 것이다.

곧이어 두 명의 신사가 우리들 곁으로 다가왔고 동주 형이 그들을 소개했다. 그중 한 명은 '해외동포 원호위원회' 소속의 이 선생이었고 다른 한 명은 북한 '당역사연구소'에서 근무하는 윤 선생이었다. 이 두 사람은 우리가 북한에 머무는 내내 어머니와 내게 친절했다. 또한 이들 두 사람, 특히 윤 선생은 이후 우리가 어디를 가든지 그림자처럼 우리의 곁을 떠나지 않았다. 마치 우리의 보디가드 같았다.

공항의 입국 문을 나서니 녹색의 메르세데스 벤츠 승용차가 대기하고 있었다. 낡기는 했지만 깨끗한 차였다. 인상이 좋아 보이는 젊은 사람이 우리를 맞으며 말했다.

"됴국에 잘 오셨습네다."

그는 우리가 이곳에 머무는 동안 우리가 이용할 승용차의 운전 기사였다. 두 형은 어머니와 함께 뒷좌석에 앉고 나는 운전석 옆에 앉았다.

길거리 교통은 무척 한산했다. 평양은 한창 봄이었다. 상쾌한 날씨였고 대기도 베이징과는 달리 오염 없이 깨끗했다. 짧은 순간 나는 산업화를 이루지 못했기에 이 나라가 누릴 수 있는 맑은 공기 혜택에 대해 일종의 아이러니를 느꼈다. 거리는 온통 아름다운 꽃들과 늘어뜨린 식물들로 장식되어 있다. 기사는 토

1993년 평양 방문 때 2주간 머문 초대소와 벤츠 자동차. 뒷줄 왼쪽부터 동주 · 철주 형, 안내원 윤씨. 앞줄 왼쪽부터 안내원 이씨, 어머니 유태정, 나.

요일인 4월 15일이 위대한 수령 동지 김일성의 생일이라고 우리에게 설명해주었다.

　　우리는 우리의 숙소가 평양 시내에 있는 일반 호텔이리라 예상하고 있었다. 그런데 우리의 예상과는 달리 우리의 녹색 메르세데스는 어떤 주거단지 안으로 들어갔다. 담장 안에는 최소한 50여 개는 되어 보이는 널찍한 빌라들이 여기저기 흩어져 있었다. 나중에 알게 된 일이지만 외국 손님들을 접대하는 초대소 시설이었다. 곧이어 우리가 탄 승용차는 연분홍색의 멋진 2층 빌라 앞에 멈추었다. 그러자 중년의 인상 좋은 여성과 젊은 가정부가 안에서 나와 우리를 맞았다. 우리가 머무는 동안 우리의 식사를 마련하고 집 청소를 맡아줄 사람들이었다. 이런 식의 환대는 전혀 기대하지 않았던 어머니와 나는 놀랄 수밖에 없었다. 우리는 마치 VIP 대접을 받고 있는 것 같았다.

　　형들의 도움으로 우리는 무거운 짐을 빌라 안으로 옮겼다. 우리가 집 안에 자리를 잡자 정부 관리들은 우리 가족만 남겨놓은 채 떠났다. 나는 그제야 형들의 얼굴에서 긴장이 풀리면서 안도의 표정이 자리 잡는 것을 분명히 느꼈다. 형들은 어머니를 소파에 편하게 앉으시게 한 후 다시 한번 절을 올렸다. 나도 무릎을 꿇고 두 형에게 절을 했다.

　　전쟁이 끝난 지 43년이 지났다. 1950년 전쟁이 발발했을 때 두 형은 각각 열여섯 살과 열네 살이었다. 그들은 곧바로 인민군에 징집되어 강제로 전쟁에 투입되었다. 틀림없이 전쟁 중에 지옥 같은 경험을 했을 것이다. 또한 형들의 지치고 주름진 얼굴이 그동안 겪은 고생을 말없이 보여주고 있었다.

어머니가 의붓자식들을 껴안았다. 그 누구도 말한마디 없었다. 모두들 눈물을 펑펑 흘리고 있었다. 그 눈물은 모두의 가슴속에 오랫동안 억눌려왔던 우리들의 감정이 밖으로 그대로 표출된 것이다.

다음 날부터 며칠 동안 우리는 윤 선생과 이 선생의 안내를 받으며 평양을 처음 방문하는 사람이면 반드시 들르는 곳들, 예컨대 허름한 김일성의 생가 같은 곳을 방문했다. 이어서 평양 시내를 한 바퀴 돌며 많은 멋진 빌딩들과 기념물들을 보여주었다. 그들은 전쟁으로 폐허가 되었던 곳을 자신들이 얼마나 빨리 재건했는지 입에 침이 마르도록 자랑했다. 버스는 승객들로 만원이고 정거장마다 긴 줄이 이어져 있었다. 북한에서는 거의 대부분의 주민들이 대중교통을 이용하는 것 같았다. 최소한 지하 100미터 깊이에 건설된 지하철은 깨끗하고 훌륭했다. 미 제국주의자들의 침범과 공습에 대비해서 방공호로 사용되도록 설계되었다는 말을 나는 안내원들을 통해 들었다.

4월 14일, 윤 선생이 초청장을 가지고 우리를 찾아왔다. 다음 날에 있을 정부 주최 김일성 생일 축하연회 초청장이었다. 어머니와 나는 아직 그들이 왜 우리를 VIP 대접 하는 것인지 영문을 모르고 있었다. 형들은 물론이고 그 누구도 그런 정부의 주요 행사에 왜 우리를 초대하는 것인지 입도 뻥끗하지 않았다.

4월 15일 저녁, 우리는 금수산 궁에서 열린 김일성의 81세 생일 축하 만찬에 참석했다. 거대한 회관에 최소한 500명 이상이 참석한 성대한 만찬이었다. 캄보디아 국왕인 노로돔 시아누크 공도 파티에 참석했다. 그 외에 많은 외국인 고위급 인사들도 눈에 띄었는데, 대부분 사회주의 국가에서 온 것으로 짐작되었다. 어머니와 나는 VIP를 위해 마련된 좌석 중 하나에 앉았다.

이윽고 김일성이 검정색과 하얀색 개량 한복을 입은 여자들에게 둘러싸여 나타났다. 모두 이십 대 정도의 젊은 여자들이었으며 아름다웠다. 김일성은 활짝 웃으며 참석한 손님들에게 손을 흔들었다. 무서운 독재자의 모습이라고는 찾아보기 힘들었으며 매우 건강해 보였다. 나는 심지어 나의 아버지의 옛 친구를 보고 있다는 느낌에 사로잡혔다. 실제로 그는 나의 아버지의 친구였지 않은가? 하지만 그 질문은 내가 아직까지 명쾌한 답을 내릴 수 없는 질문이기도 했다. 과연 김일성은 진짜 나의 아버지의 친구인가 아닌가?

시아누크 공과 김일성 사이에서 공식적인 건배가 오가는 사이 열 명 정도의 사람들이 둘러앉은 우리의 테이블에서도 형식적인 건배가 이어졌다. 하지만 아무도 입을 열지는 않았다. 손님들 표정에서 활짝 열린 마음이라고는 찾아볼 수 없었다. 그날 저

넉 내내 우리 테이블에 함께 앉아 있던 사람들의 얼굴에는 뭔가 불편하고 어색한 듯 굳은 표정이 사라지지 않았다.

평양에 온 지 벌써 엿새가 지났지만 어머니와 나는 이런저런 곳을 방문만 했을 뿐 아직 형들과 제대로 이야기도 나누지 못하고 형들의 가족은 아직 만나지 못했다. 김일성 생일 축하 만찬이 있는 다음 날 어머니는 윤 선생에게 우리는 가족을 만나보기 위해 이곳에 온 것이지 관광을 위해 온 것이 아니라고 불평을 털어놓았다. 어머니는 즉시 가족들을 만나게 해달라고 요구했다.

우리는 형들의 말을 통해 가족들이 평양 시내에 살고 있는 것이 아니라 멀리 떨어진 시골에 살고 있으며 이들을 이리로 데려오는 데는 무척 시간이 걸린다는 것을 알고 있었다. 나는 도대체 북한의 교통체계가 어떤 식이기에 형들이 그런 말을 하는 것인지 나중에야 이해할 수 있었다. 나는 평양 시내 밖에 거주하는 사람들은 열등 시민 취급을 받으며 모두 비참한 생활을 누리고 있다는 것은 이미 알고 있었다.

형들의 가족이 평양에 살고 있지 않다는 사실을 알게 된 순간 내게는 나의 아버지가 전쟁 중에 북한 정부에 의해 살해되었으리라는 확신이 더욱 강해졌다. 바로 그 때문에 나의 형들은 엘리트층으로 분류되지 못하고 평양에 살 수 없게 된 것이리라. 그렇다면 북한 당국은 도대체 왜 어머니와 나를 이토록 특별히 환대하고 VIP 대접을 해주는 것일까?

19. 신(神)과의 점심 식사

4월 21일, 어머니와 나는 빌라에서 쉬고 있었다. 우리는 아직 형들의 가족을 만나지 못했다. 오후에 형들이 두 명의 관리와 함께 불쑥 우리의 방으로 찾아왔다. 그들이 우리의 방으로 들어온 지 얼마 되지 않아 검은색 치마와 흰색 저고리를 정식으로 차려입은 여자 한 명이 우리들 방으로 찾아왔다. 그녀가 나타나자 형들은 물론이고 두 명의 신사도 의자에서 스프링처럼 튀어 일어나더니 몸을 빳빳하게 세웠다.

그녀는 자신의 이름이 김정임이며 '당역사연구소' 부소장이라고 했다. 우리의 안내자인 윤 선생의 직장 상사였다. 그녀는 관용 봉투에서 편지를 꺼내더니 큰 소리로 읽기 시작했다.

친애하는 유태정 동무, 우리의 위대한 수령이신 김일성 동지께서 당신과 당신의 가족들을 4월 22일 주석궁에서 마련한 특별 오찬에 정중하게 초대하는 친절을 베풀어주셨습니다.

위대한 수령인 김일성이 우리들을 사적으로 만난다는 것이다. 우리들은 충격을 받았다. 그때까지 그 누구도 김일성과 우리의 만남이 계획되어 있다는 작은 암시도 우리에게 보여주지 않았다. 우리 가족에게는 정말로 역사적인 순간이 될 만한 사건이

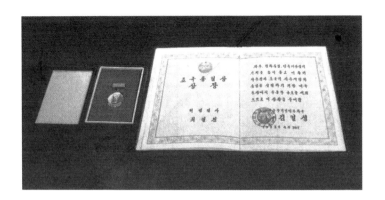

김일성이 최일천(최형우)에게 수여한 '조국통일상' 증서와 메달. 1993년 평양 만수대에서 수여식을 가지고 북한 박성철 부수상이 어머니 유태정에게 전달했다.

어머니가 아버지의 저서 『해외조선독립운동소사』 전시물을 보고 있다. 1993년 평양 조선 혁명기념관에서.

었다. 내가 들은 바에 따르면 김일성은 외국에서 온 사람을 개인적으로 거의 만나지 않는다. 그는 북한에게 수백만 달러를 증여할 의사가 있는 외국의 주요 정부 인사나 대부호만 만난다는 것이었다.

그러자 내게 의문의 생겼다.

'도대체 왜 지금까지 기다렸다가 우리를 초대하는 것일까?'

나는 그들이 나와 어머니를 면밀히 관찰해왔음을 알고 있었다. 그들은 가끔 수첩에 우리들이 하는 말을 적어 넣었으며 특히 아버지에 관한 이야기를 나눌 때면 어김이 없었다.

그러자 내게 이런 생각이 떠올랐다.

'그렇다. 우리들이 하는 말을 그들이 가지고 있는 정보와 대조해보았을 것이다. 모든 게 들어맞는다는 것을 확인했을 것이다. 어머니가 김일성의 친구이자 애국자인 최형우(최일천)의 부인임이 틀림없다는 것을 확인했을 것이다.'

어머니는 초대를 받고 무척 기뻐했다. 남편의 행방에 대해 보다 자세히 알 수 있으리라는 희망에서였다.

형들은 자신들도 함께 초대를 받았다는 사실에 흥분했다. 그런데 동주 형이 철주 형보다 더 흥분해서 기쁨을 감추지 못하고 있었다. 형은 우리에게 자신이 이제 평양의 새 아파트로 우리를 초대할 수 있게 되었다고, 그곳에서 자신의 가족들을 만나볼 수 있게 되었다고 말했다. 지난 며칠 사이에 이사를 한 것이 틀림없었다.

하지만 철주 형은 아무 말이 없었다. 동주 형의 말에 어머니와 나는 마냥 기뻐할 수 없었다. 우리는 왜 철주 형은 동주 형과 다른 대우를 받아 여전히 평안북도 시골에 살아야만 하는 것인지 당혹스러웠다. 정말 터무니없는 일이었다. 어떻게 자신이 원하는 곳에 살 수 있고 원하는 대로 옮겨 다닐 수 있는 거주이전의 자유가 없을 수 있단 말인가! 나는 정말 화가 났다. 하지만 지금으로서는 입을 다문 채 미리 조율되어 있는 우리의 방문 스케줄을 따라가는 것이 상책이라는 것을 나는 잘 알고 있었다.

　　동주 형이 새로 살게 된 아파트 건물은 깨끗한 외관과 도색 상태로 보아 비교적 새 건물인 것 같았다. 하지만 엘리베이터는 전기 부족으로 작동되지 않았다. 우리는 5층까지 걸어서 올라가야 했다. 어머니의 기관지염과 허약한 체질이 걱정되었다. 우리는 어머니를 부축해서 천천히 조심스럽게 계단을 올라갔다. 이윽고 우리는 동주 형의 아파트 문 앞에 이르렀다. 형의 가족들이 우리를 맞으려고 문 앞에 모여 있었다. 우리는 형의 아내, 딸 은정과 아들 태현, 손주들을 만났다. 동주 형의 두 아들은 떨어져 살고 있다고 했다. 형은 위대한 수령 김일성 동지의 보살핌 아래 그의 가족이 얼마나 멋진 삶을 살고 있는지 모른다고 자랑을 늘어놓았다.

　　동주 형은 토목기사인 자신의 직업에 만족한다고 말했다. 그는 평양 시내에 자신이 직접 설계하거나 건설에 참여한 건물들이 많다고 자랑했다. 이어서 북한은 정말 '낙원'이라고 그는 말했다. 정부가 인민 누구에게나 필요한 것을 다 마련해준다는 것이었다.

하지만 몇 분 후 화장실을 사용하자마자 형이 해준 말을 믿고 싶었던 마음은 산산이 깨져버렸다. 변기에 용변을 내릴 물이 없었다. 나는 용변을 씻어 내리기 위해 변기 옆 양동이에 채워놓은 물을 사용해야만 했다. 나는 전기와 물 공급이 제한된 상황에서 어떻게 이토록 높은 곳에서 하루하루 생활해나갈 수 있다는 것인지 의아할 수밖에 없었다. 평양이 이 정도이니 평양 밖에서의 삶이 더 비참하리라는 것은 불을 보듯 뻔했다. 기본 필수품이 아예 없거나 공급이 부족한 것이 분명했다. 매일매일 살아남는 것, 그것이 그들의 삶의 일차 목표였다.

아버지를 기리고 어머니를 위해 금수산 주석궁에 마련된 오찬에 위대한 영도자 김일성이 직접 참석해서 우리들―우리 일행은 어머니와 나 그리고 두 형, 모두 네 명이었다―을 따뜻하고 인자한 미소로 맞았다. 우리에게 알려진 것처럼 무자비한 독재자의 인상이라고는 조금도 없었다. 나는 여든한 살의 나이에 걸맞지 않게 건강한 그의 모습을 보고 놀랐다. 목 오른편에 달린 커다란 혹(나는 그것이 칼슘 종창이라는 것을 나중에 알았다)을 제외한다면 신체적인 쇠약의 징후는 없었다.

김일성은 식당으로 가서 아버지에 대한 회상을 하며 이야

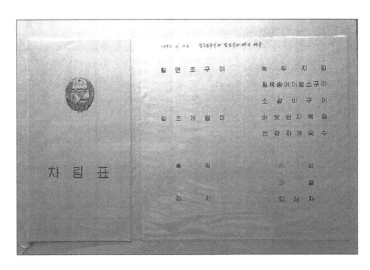

금수산 주석궁 차림표. 1993년 4월 22일, 우리 가족은 금수산 주석궁에서 김일성과 마주
앉아 오찬을 가졌다.

기를 나누자고 말했다. 우리가 자리에서 일어나자 그는 우선 아름다운 산과 폭포가 그려진 유화 앞에서 함께 사진을 찍자고 했다. 나는 그 산이 금강산 아니면 묘향산일 것이라고 짐작했다. 우리는 함께 사진을 찍은 뒤 커다란 반원형 테이블 주위에 함께 둘러앉았다. 어머니와 나를 비롯해 형들은 김일성과 마주 앉았다. 모두 자리를 잡고 앉자 김일성은 나의 아버지를 비롯해 만주에서의 초기 독립운동 시절 자신을 도왔던 많은 애국자들에 대해 이야기했다. 이어서 그는 나의 아버지와 나의 아버지의 장인 변대우가 김성주라는 자신의 이름을 김일성(金日成)으로 바꾸도록 권했다고 분명히 말했다. 이어서 그는 김일성(金一星)이라는 다른 이름은 그 전에 나의 아버지와 절친했던 김혁이 제안했었다고 말했다.

나는 김일성의 개명 사실에 대해 많은 사람들이 혼란스러워하고 있다는 사실을 알고 있다. 그런데 김일성이 자신이 쓴 책 『세기와 더불어』에서 아버지와 자신의 관계에 대해 확실히 밝힌 덕분에 나는 혼란에서 벗어날 수 있었다. 나는 김일성의 정체성에 관해 의심하는 소문들을 들은 적이 있다. 김일성은 일본에 항거해서 용감하게 싸운 인물과 동일인이 아니라는 것이다. 하지만 나의 아버지와 다른 애국자들과 함께 만주에서 지낸 시절에 대해 이야기하는 그의 모습은 자연스럽고 그럴듯해서 꾸며내거나 거짓말하는 기색은 찾을 수 없었다.

그렇다. 내 앞의 김일성은 당시의 김성주와 동일 인물이다.

나는 이제 그 사실에 대해서는 더 이상 의심하지 않는다.

　어머니는 김일성과 대화할 기회를 틈타서 아버지의 행방에 대해서 물었다. 김일성은 조금도 놀란 기색 없이 1950년 11월 5일 전투 중에 남조선 반동분자들이 남조선에서 아버지를 죽였다고 덤덤하게 말했다. 그가 너무도 망설임 없이 재빠르게 대답했기에 나와 어머니는 당황했다. 그의 말이 사실이 아니라는 것을 우리는 잘 알고 있었던 것이다.

　아버지를 체포한 것은 인민군이었으며 그들은 연합군이 서울을 탈환하기 이틀 전인 1950년 9월 26일 밤에 아버지를 남산으로 끌고 가 처형하려 했다. 어머니와 아버지의 친구인 최승조와 아버지를 수색했던 사람들이 다음날 허탕을 치고 돌아오자, 우리는 아버지가 포로가 되어 북으로 끌려갔다고 믿었다.

　김일성의 말이 사실이 아니라는 것을 알았지만 어머니와 나는 감히 그의 말에 반박하고 진실을 내세울 수 없었다. 우리는 쓰린 가슴으로 그의 말을 듣고 있을 수밖에 없었다.

　김일성은 거인의 풍모를 풍기는 카리스마가 있는 인물이었다. 그 자리에는 '당역사연구소' 소장인 강석숭과 부소장인 김정임이 동석하고 있었다. 식당은 크다기보다는 아담한 편이었으며 식당 2층 발코니는 마치 방처럼 개조되어 있고, 검은 유리로 가려져 있어 그 뒤에 무언가 감추어져 있는 것 같았다. 나는 그의 경호원들이 무시무시한 무기를 갖춘 채 손님들의 일거수일투족을 감시하고 있음을 직감했다. 나는 침착하려 애썼지만 무시무시한 기분을 떨쳐버릴 수 없었다. 점심 식사 내내 나는 등골이 서늘했다.

점심 메뉴는 어마어마했다. 웨이터는 계속 북한 특산 음식들을 내왔다. 언 감자국수, 버섯 튀김, 가리비 샐러드, 무지개송어 구이, 훈제 칠면조, 갈비구이, 빈대떡에 이어 신선한 과일과 인삼차가 나왔다. 김일성은 언 감자국수는 특별히 주문한 것이라며 자신과 나의 아버지가 만주에 있는 동안 즐겨 먹은 음식이라고 말했다. 나와 어머니는 음식들이 모두 맛있다며 이렇게 환대해주어서 정말 고맙다고 말했다.

형들은 신과도 같은 위대한 수령 동지와 함께 앉아 있다는 사실에 얼어붙어 있었다. 이들에게는 정말로 이들 삶의 일대 전환기였다. 이들은 남은 생애 동안 이 경험을 소중히 여기며 살아가리라. 위대한 수령과 한자리에 앉아 식사를 한다는 것은 고사하고 그와 얼굴을 마주친다는 것만 해도 북한 일반 주민들은 감히 상상도 할 수 없는 일이었다. 아마 형들의 사회적 위상은 극적으로 높아지고 단단해지리라. 그리고 이들의 생활방식이 이전과는 다르게 영원히 변하게 되리라.

식사 내내 김일성이 대화를 주도했다. 그는 오가자(五家子)에서 나의 아버지와 아버지의 장인 변대우를 만났던 일을 회상했다. 김일성은 그들이 만주의 소규모 단체들을 이끌며 김일성 같은 젊은이들이 조국의 독립을 위해 투쟁하는 것을 도왔다고 말했다. 김일성은 그곳을 방문할 때마다 변대우의 집에 머물렀다고 말했다.

'당역사연구소' 소장인 강석숭의 눈짓에 따라 동주 형이 자리에서 일어나더니 놀랍게도 나의 아버지의 저술인『해외조선혁명운동소사』2권의 발췌 복사본을 갖고 왔다. 이어서 형은 김일성이 일본군에게 빛나는 승리를 거둔 대목을 낭송했다. 형은 내게 책을 넘겨주며 나보고 계속 읽으라고 말했다. 김일성 바로 옆에 앉아 있었기에 신경이 쓰였지만 나는 크고 또렷한 목소리로 이어지는 글을 읽었다. 위대한 수령 동지는 잘 읽는다고 나를 칭찬해주었다.

식사가 끝날 무렵 김일성은 어머니에게 북한으로 들어와 살 생각은 없느냐고 물었다. 김일성은 집과 자동차 등 어머니가 원하는 것은 무엇이든 제공할 용의가 있다고 말했다. 이어서 미국 생활은 매우 고달플 것이다, 인종차별도 심하고 생활비도 많이 들며 언어 소통도 어렵고 미국 문화에 적응하는 것도 힘들지 않느냐고 말했다. 또한 그는 1991년에 일어난 로드니 킹 사건을 예로 들며 인종차별로 인한 폭력이 정말 심하지 않느냐고 말했다. 어머니는 조용히 경청한 후 너그러움과 배려에 감사한다고 조용히 말했다.

김일성은 북한에서는 신과 같은 존재다. 누구나 그를 존경하고 두려워한다. 그의 사진이 들어 있는 신문이나 포스터를 훼손하면 일급 범죄자 취급을 당하며 재판 절차도 없이 자동으로 즉각 강제수용소로 끌려간다. 그런 존재와 점심을 함께 했다는 것은 보통 일이 아니다. 김일성과 오찬을 나눈 후 이제까지 우리를 도와주던 사람들의 태도를 비롯해 모든 것이 바뀐 것 같았다. 나는 이제 VIP로서 북한에서의 우리의 위상을 더 이상 의심하지 않았다.

김일성이 회고록을 집필하며 '당역사연구소' 소장인 강석숭과 연구원들이 열심히 노력해서 김일성을 도와주었으리라는 것은 상상하기 어렵지 않다. 이들은 1945년과 1946년에 발간된 아버지의 두 권의 책에서 나의 아버지와 김일성에 관한 부분을 실제 역사적 사실과 열심히 크로스체크했을 것이다. 솔직히 말하자면 아버지가 쓴 책의 몇몇 페이지가 확대복사되어 액자에 담긴 채 평양의 조선혁명박물관에 전시되어 있다는 사실이 나는 자랑스럽기도 했다.

하지만 그날 '위대한 수령 동지'의 옆에 앉아 그의 말을 들으면서 『김일성 회고록』에는 독립운동에 관해 아버지가 서술한 내용과 모순되는 부분이 있다는 의심을 거둘 수 없었다. 1992년에 『김일성 회고록』이 나온 지 몇 달 만에 우리를 평양으로 초청했다는 사실은 그런 가능성을 무시하기에는 너무 타이밍이 절묘했다(『김일성 회고록』 첫 권은 1992년 4월에 출간되고 이어서 1995년과 1998년 사이에 나머지 일곱 권이 출간되었다).

나는 또한 이렇게 추측했다. 우선 북한 당국은 철주 형과 동주 형이 함경북도와 평안북도에 살고 있다는 사실을 알아냈을 것이다. 형들은 당국으로부터 우리 가족이 미국에 살고 있다는 사실을 통보받았을 것이며 우리에게 편지를 쓰라는 명령을 받았을 것이다. 그런 후 정부는 공식 초청장을 우리에게 보냈을 것이다.

갑자기 엉켜 있는 실타래가 풀리는 것 같았고, 눈앞을 가리고 있는 짙은 안개가 걷히는 것 같았다. 그들이 우리 가족을 초청했다는 그 사실로 인해, 북한에서 그 애국심을 칭송받고 있는 우리 아버지, 바로 그 아버지는 북한 도살자들의 희생물이 되었다는 사실이 더 확실해진 셈이다. 그들은 기반도 허약하고 부패한 북한 정권에 위협이 될 만한 남한의 정치적 지도자들을 제거한 것이다.

그러자 김일성이 우리 가족을 위하여 그의 주석궁에서 베풀어준 오찬이 정말로 잔인한 역설로 여겨졌다. 아버지의 불행한 죽음이 없었다면 우리는 이 위대한 수령을 만날 수 없었으리라는 그 역설! 하지만 나는 그 당시만 해도 그 모든 일의 숨겨진 의미를 제대로 자각하지 못했다. 그리고 아버지의 죽음에 대해 김일성 개인을 비난할 수 있다고 확신할 수 없었다. 아버지를 살해한 자들은 북조선 공산당이 고용한 사냥개 살인자들이라는 것이 내 생각이었다.

1993년 4월 21일 평양 애국열사릉에서 우리 가족이 참석한 가운데 아버지 최일천(형우)의 장례식을 거행했다. 김일성이 보낸 화환이 보인다.

20. 애국자의 죽음

4월 20일, 우리는 북한 당국의 주관하에 다음 날인 4월 21일에 아버지의 공식 장례 의식이 거행될 것이라는 통보를 받았다. 아버지는 평양 신미리의 저 유명한 애국열사릉에 뒤늦게 묻히게 될 것이라고 했다.

4월 21일 아침, 나와 어머니는 윤 선생과 함께 묘지로 향했다. 푸르고 청명한 날씨였다. 북한 당국은 아버지 묘소에 아버지의 출생일과 사망일이 적힌 묘석을 세워놓았다. 1905년 10월 11일생에 1950년 11월 5일 사망으로 되어 있다. 무덤 양쪽에는 김일성이 보낸 거대한 화환이 놓여 있고 묘석 아래 있는 묘지까지는 빨간 카펫이 깔려 있었다.

오, 그러나 정작 그 묘지에 묻힐 아버지의 시신은 없다. 대신 작은 상자 안에 들어 있는 아버지의 작은 흑백 사진이 묻히기를 기다리고 있을 뿐이다. 우리는 엄숙하게 묘지 주변에 모여서서 작은 상자가 땅속으로 내려가는 것을 바라보았다. 극소수의 정부 고위 인사들이 아버지에게 경의를 표하기 위해 행사에 참석했다. 나는 그들이 누구인지 알 수 없었지만 고개를 숙여 인사를 나누었다.

엄숙한 장례 예식이 끝나자 우리는 커다란 공회당 건물 안으로 안내되었다. 북한 당국에서 아버지에게 수여하는 '조국 통

일상'을 어머니가 대신 받기 위해서다. 우리는 그런 특별훈장을 받는 것이 기쁘지 않았지만 예정된 공식행사를 공손하게 뒤따랐다. 어머니와 나는 다수의 고위 공직자들과 악수를 나누었다.

다음 날 「로동신문」 제1면에는 어머니와 형들 그리고 나의 사진이 실렸다. 신문에는 나의 아버지가 일제 강점기에 조국 독립운동에 기여한 내용의 길고 공들여 쓴 글이 실려 있었다.

우리는 하룻밤 사이에 북한에서 유명인사가 되었다. 하지만 우리의 아버지가 우리의 삶에서 사라진 비극, 아버지가 살해되었는지 혹은 북한에서 살고 있는지 궁금해하며 어머니가 보낸 그 고통의 나날들에 대한 보상은 조금도 되지 못했다.

나는 이 기념행사가 어머니의 마음을 안정시키고 평온하게 해주는 데 일정 부분 이바지했다고 생각한다. 나 역시 아버지의 명예를 드높이는 일에 감사한 마음이 든 것도 사실이다. 하지만 나는 아버지의 과거에 대해 모든 것이 다 밝혀졌다고는 확신하지 않았다. 내게는 아직 끝내지 않은 일이 있으며 나는 그 진실을 반드시 밝혀내리라고 속으로 다짐했다.

"혁명렬사 최일천 동지에게 '조국통일상'을 수여하고 애국렬사릉에 안치"했다고 보도한
1993년 4월 22일자 「로동신문」 제1면.

21. 낙원에서의 삶

우리가 평양에 도착한 지도 열이틀이 지났다. 우리는 포틀랜드로 돌아갈 출발 일자를 대충 4월 26일로 잡아놓았다. 나는 윤 선생에게 우리의 출발 항공권 예약을 부탁했다. 나는 그에게 이제 그만 포틀랜드로 돌아가 가족과 회사 일을 돌보아야 한다고 말했다. 바로 전날 어머니가 조용한 목소리로 이제 그만 빨리 돌아가고 싶다고 내게 말한 것이다.

어머니의 만성 기관지염이 다시 도져서 어머니는 쉴 새 없이 기침을 했다. 어머니는 모든 일정과 여행은 물론 남편과 관련된 행사에 지쳐 있었다. 게다가 끊임없이 감시를 받고 있다는 사실을 힘들어했다.

어머니는 내게 낮은 목소리로 불평했다.

"이곳 사람들에게는 자유가 없어. 내가 네 아버지 이야기를 하려 할 때마다 동주가 손을 입으로 가져가는 것 보았지? 정말 말도 안 되는 것 아니니? 더 이상 이런 터무니없는 짓을 참아낼 수 없어. 내가 이곳에 살려고만 하면 잘살게 해주겠다고 김일성이 약속했지? 솔직히 난, 일없다. 이런 나라에서는 절대로 살 수 없어."

어머니는 정부에 대한 불평을 계속 늘어놓았다. 그녀가 보기에 국민을 이렇게 취급해서는 안 되는 것이었고, 그들이 이런 식의 삶을 누리는 것도 부당했다. 어머니는 의지가 강한 사람이었지만 자신도 어쩔 도리가 없다는 것을 잘 알고 있었다.

형들은 우리가 머물고 있는 방에 도청 장치가 되어 있다고 우리에게 경고했다. 우리는 북한에 대한 그 어떤 부정적인 이야기도 극히 조심해야 한다는 것을 알고 있었다. 물론 이곳에 오기 전에도 그런 사실을 알고는 있었다. 하지만 막상 이곳에서 며칠 지내다보니 너무나 피곤했고 이런 숨 막히는 분위기를 더 이상 견딜 수 없었다.

어떻게 그 어떤 종류의 자유도 없이 일상적 삶을 살아갈 수 있단 말인가? 내가 살고 있는 나라와 자유세계의 사람들은 자유민주주의를 지지하는 나라에서 살고 있다는 것을 감사하고 있을까? 언론과 종교와 기본 인권을 허용하는 그런 나라에 살고 있다는 것을? 이 세상에 완벽한 정치 체제는 없다. 하지만 나는 내가 미국과 대한민국에서 살고 있다는 것에 깊이 감사했다. 간단하게 줄여 말하자. 나는 이런 생각을 하면서 아직 북한식의 체제를 갈망하는 남한 내 좌익 세력을 염두에 두고 있었다. 나는 그들이 과연 이런 독재 체제하에 산다는 것이 어떤 것인지 제대로 이해나 하고 있을지 궁금했다.

이 밖에도 나는 아버지의 책과 죽음, 김일성과 아버지와의 친밀관계 등을 둘러싼 풀리지 않는 질문과 수수께끼·퍼즐이 뒤범벅이 되어 마음을 가라앉히기 쉽지 않았다. 앞으로 그 모든 것들을 밝혀야만 하리라. 내가 아버지에게 벌어진 일의 진실을 밝히기 전까지는 아버지가 편히 눈을 감을 수 없으리라고 나는 느꼈다.

어머니가 곁에 있는 이 선생과 윤 선생을 바라보며 철주 형에게 물었다. 꽤나 큰 목소리였다.

"그런데, 너희 집은 언제 방문할 수 있는 거니? 내가 벌써 여러 번 말했잖아. 내가 김일성 수령 동지에게 요구할 수도 있어. 국주야, 그렇지 않니?"

의자에 앉아 있던 두 명의 관리는 어머니의 입에서 위대한 수령 동지의 이름이 나오자 벌떡 자리에서 일어났다. 이 선생이 어머니에게 말했다.

"너무 걱정할 것 없습네다. 며칠 내로 다 잘될 거외다."

그는 잠시 망설이더니 덧붙였다.

"북쪽 지방에 살고 있어서리 거기까지 가기가 생각보다 쉽디 않습네다."

실제로는 형의 집은 평양에서 겨우 120킬로미터 정도 떨어진 평안북도 태천에 있었다. 그들은 무슨 이유에서인지 그 말을 하면서 진땀을 흘리고 있었다.

다음 날 예고도 없이 철주 형이 형수와 함께 빌라로 왔다. 형의 아내를 처음 본 우리는 그녀의 모습을 보고 놀랐다. 검은 얼굴빛이었으며 밤새 기차를 타고 와서 지친 모습이었다. 윤 선생은 어머니에게 먼 길 여행을 권하는 것보다는 형수를 이리로 데려오는 것이 나을 것이라고 판단했다고 말했다. 어머니는 곧바로 형수에게 다가가 오랫동안 따뜻하게 껴안았다. 둘 다 아무 말이 없었다.

윤 선생은 내가 다음 날 철주 형의 집을 방문하게 될 것이라고 말했다. 어머니도 함께 가겠다고 우겼지만 나는 어머니의 건강을 핑계로 어머니를 가지 못하도록 설득했다. 어머니를 설득하면서 나는 과연 내가 그곳에서 어떤 모습을 보게 될 것인지 은근히 걱정이 되었다.

태천까지 가는 길은 포장이 되지 않은 거친 길이었다. 그곳까지 가는 데 거의 세 시간이 걸렸다. 우리가 형의 집에 도착하자 철주 형과 형수, 형의 세 아들과 며느리들, 다섯 명의 손주들이 모두 밖으로 나와 내가 타고 온 메르세데스를 맞았다. 전형적인 붉은 기와집이었으며 집 앞에 하얀 나무 울타리가 쳐져 있었고 마당에는 돼지우리가 있었다.

형과 가족들은 그런 집에서 살고 있는 것을 기뻐하고 있는 것 같았다. 하지만 뭔가 잘못되었다는 이상한 느낌이 들었다. 집은 꽤 커 보이고 담장은 칠을 새로 해놓았다. 또한 형이 직접 돼지를 키우고 있는 것 같지 않다는 느낌이 들었다. 가축들을 키우기에는 형은 너무 허약했고 힘이 없었다. 나는 혹시 다른 사람의 집이 아닌지, 의심을 품었다.

당(黨)에서 형과 그의 가족을 이 집으로 옮기게 한 것이 아

평안북도 태천을 찾아 철주 형의 가족들을 만났다. 뒷줄 왼쪽에서 세 번째에 나를 중심으로
철주 형 내외와 세 아들, 앞줄에는 세 며느리와 손자손녀 다섯이 함께 기념사진을 찍었다.
1993년 방문 때 촬영한 태천의 철주 형의 집 모습. 담장은 새로 페인트 칠한 것 같았다.

닐까? 나의 형과 같은 평범한 사람들이 북한에서 이렇게 잘살고 있다고 내게 과시하기 위해서 한 짓이 아닐까? 철주 형은 허리에 부상을 입어 일찍 일을 그만두었다고 했다. 형과 형의 가족들은 오로지 정부의 배급에만 의존해서 살고 있었다.

몇몇 이웃들이 집에서 나와 호기심과 질투가 어린 눈으로 내가 타고 온 메르세데스를 구경했다. 형과 가족들은 형이 김일성 수령 동지를 만나 함께 점심 든 것을 자랑스러워하는 것 같았다. 이웃들은 이미 그 소식을 들었거나 「로동신문」을 보고 알았을 것이다. 나는 형이 김일성과 만났다는 사실이 얼마나 더 큰 영향력을 갖게 될 것인지 확실하게 말할 수는 없다. 아마도 이미 일상적인 삶에서 형의 위상은 변해 있었을 것이다.

저녁 밥상에는 단(개)고기를 비롯해 맛있는 음식이 잔뜩 차려져 있었다. 단고기는 북한에서 모두들 좋아하는 음식이지만 값이 무척 비싸서 쉽게 먹을 수 없다. 만일 형이 포틀랜드의 내 집을 방문한다면 나도 형을 제대로 대접하기 위해 최선을 다할 것이다. 하지만 단고기는 분명 형이 감당할 수 없는 고급 음식이다. 나는 형에게 너무 무리해서 대접하는 것 아니냐고 슬쩍 질책했다. 이어서 나는 형과 형 가족들이 평소에 먹는 음식을 함께 먹고 싶었을 뿐이라고 말했다. 그러자 놀랍게도 형은 이 지역의 당에서 우리들의 저녁 식사를 마련해주었다고 말했다. 저녁 식사는 당 고위 간부가 미리 준비해놓은 것이다. 우리 형의 위상이 달라졌음을 보여주는 것일까? 당 사람들은 이렇게 작은 집안일에 신경을 쓰기보다는 우선적으로 해야 할 중요한 일들이 있는 사람들이 아닌가?

저녁 식사 후 나는 형에게 이웃을 둘러보자고 말했다. 윤 선생은 떨떠름한 표정으로 마지못해 우리와 동행했다. 이웃은 조용했다. 거리에는 사람들이 거의 보이지 않았다. 나는 모두들 저녁 식사를 하고 있으리라고 생각했다. 남한 시골에서 볼 수 있는 작은 마을과 비슷한 느낌을 주었다.

문득 나는 내가 북한에 도착한 이래 형들과 마음을 터놓고 이야기를 나눈 적이 거의 없다는 사실을 상기했다. 동주 형은 어딘지 냉정한 태도로 말을 아꼈다. 형은 내게 거의 질문도 던지지 않았으며 자진해서 속마음을 털어놓지도 않았다. 형은 아버지와 연관된 이야기를 나눌 때 나와 어머니가 도를 넘어서는 이야기를 하지나 않을까 노심초사하면서 우리를 감시하는 것 같았다. 내가 보기에 형은 전형적인 공산주의자로서 행동했으며 나는 그 점이 섭섭했다.

물론 철주 형도 신중하기는 마찬가지였다. 하지만 형은 마음이 따뜻한 사람이었다. 윤 선생이 볼일을 보러 가고 주위에 아무도 없자 형은 내게 마음을 열고, 남쪽에 남아 어머니와 어린 동생들을 돌보지 않고 북한으로 오기로 결정한 데 대해 미안하다고 말했다. 그때 형은 겨우 열아홉 살이었다. 나는 형이 무슨 말을 하는지 다 알고 있었다.

한국전쟁이 발발하자 형은 곧바로 인민군에 체포되어 의용

군으로 끌려갔다. 우리 가족들이 서울을 탈출하기 전이었다. 형은 많은 전투를 치렀다고 말했다. 이어서 형은 남한 국군의 포로가 되어 거제 포로수용소에 갇혔다. 포로수용소는 인민군과 중공군 포로들을 가두기 위해 전쟁 발발 직후 세워졌다.

1953년 7월 27일, 유엔군 사령부와 중공군 사이에 휴전 협정이 맺어졌다. 남한 당국과 북한 당국, 중공, 미국이 협정 현장에 참석했지만 불행히도 남한 정부는 협정문에 서명을 하지 못했다.

거제 포로수용소에서는 수차례 포로들의 폭동이 있었다. 한번은 포로들이 포로수용소장인 프랜시스 더드 장군과 그의 참모인 윌버 레이븐 대령을 힘으로 체포하는 사건이 벌어졌다. 레이븐 대령은 수감되기 전에 간신히 탈출할 수 있었다. 하지만 더드 장군은 78시간 동안 수용소 안에 억류되어 있었다. 결국 그는 그곳을 지휘하기 위해 급파된 찰스 F. 콜슨 장군과 포로들의 협상 덕분에 풀려났다. 더드 장군을 구출하기 위해 포로들에게 수없이 많은 양보를 해주었음은 물론이다. 더드 장군은 석방 직후 대령으로 강등되었고, 다음해 군에서 조기 전역했다.

오랫동안 질질 끌던 휴전 협정 끝에 양측은 1953년 12월에 대략 7만 5,000명의 북한 인민군과 중공군을 석방하기로 합의를 보았다. 철주 형도 그중 한 명이었다. 그는 우리 어머니와 동생이 있는 남한에 남을 것이냐, 아니면 아버지와 두 명의 형제, 그리고 누나와 매형이 있을지도 모르는 북한으로 갈 것인가 갈

등을 느꼈다고 설명했다. 그는 북을 택했다. 그 말을 하면서 형은 눈물을 글썽였다.

몇 년 후 형은 역시 북을 택한 동생 동주를 만났다. 하지만 둘은 아버지도, 형들도 누이도 찾을 수 없었다. 나는 형이 계모와 어린 동생들을 버리는 길을 택한 것을 후회하고 있는지 궁금했다. 아마도 그는 북을 택해 그토록 고생의 길을 가게 된 것이 얼마나 큰 잘못이었는지 나중에 깨달았을 것이다. 하지만 나로서는 진실을 알 수 없다. 나는 형과 이야기를 나누면서 전쟁이 끝난 후 의붓아들의 도움이 있었다면 어머니가 보다 편하게 살수 있었을지 자문해보았다. 사실 그 질문은 그날 처음 던진 질문이 아니었다.

어느새 밤이 깊었다. 우리는 요 위에 나란히 누워 있었다. 온돌방 안에 누워 있자니 어머니와 누이동생들과 함께 지내던 서울의 옛 셋방집이 생각났다. 크기까지 거의 비슷했다. 43년 만에 사랑하는 형을 만나 이렇게 머리를 맞대고 누워 있다니 믿어지지 않았다. 우리가 이렇게 가까웠던 적은 일찍이 없었다. 그럼에도 불구하고 우리 사이에는 대양만큼 먼 거리가 존재하는 것만 같았다.

밤이 더 깊어지자 내가 속삭이듯 물었다.

"형님, 거제 수용소에서 있었던 일을 좀 더 자세히 이야기해 줄 수 있어요?"

그가 조용히 오른손 검지를 들더니 입가로 가져가면서 눈을 두 번 껌뻑거렸다. 이어서 그는 벽과 천장 몇 군데를 가리켰다. 나는 무슨 뜻인지 금방 알아차렸다. 도청기가 숨겨져 있다는 뜻이었다. 가슴 깊은 곳에서 더 큰 슬픔이 밀려왔다. 우리가 지금 감시당하고 있다는 기분은 정말 무시무시했다. 바로 자기 집 안에서 형제 사이에도 터놓고 이야기를 나눌 수 없다니! 나는 거의 숨이 막힐 것만 같았다. 이곳은 결코 천국이 아니다. 이곳은 생지옥이다!

1953년 휴전 협정 이후에 서방 국가들의 기나긴 경제제제와 정치적 제약에도 불구하고 북한 주민들이 살아남을 수 있었던 것은 인간에게 고유한 생존본능과 인간 영혼이 지닌 탄력 덕분이라고 나는 생각한다. 제2차 세계대전 패망 이후의 독일과 일본의 예가 그 사실을 잘 보여준다.

북한 정부가 1994년과 1998년 고난의 행군 기간에 200만 내지 300만의 국민들을 굶어죽게 만든 것도 정말로 미친 짓이다. 이 숫자는 한국전쟁으로 인한 피해자들의 수를 뛰어넘는다. 우리는 이러한 비극이 벌어질 수 있도록 끝까지 방관한 사실에 대해, 또한 인류 역사에 이런 지울 수 없는 오점을 남겼다는 사실에 대해, 인류 공동체의 이름으로 부끄러워해야만 한다.

북한에서의 물질적 결핍도 큰 문제다. 하지만 북한 사회의 최대의 적은 영원한 공포와 긴장이 지배하고 있다는 사실이다. 자신의 가족들조차 먹여 살릴 수 없다는 공포가 지배하고 보다 나은 기회를 얻기 위해 옮겨 다닐 자유가 없다는 사실 그것이 북한 사회의 적이다. 정말로 북한 주민들은 지옥 속에 살고 있다. 나는 지난 70년간 자유가 없이 지낸 북한 동포들의 영혼이 얼마나 큰 상처를 받았을지, 그 영혼이 그 얼마나 비정상적일지 생각해보았다. 끊임없이 정부의 위협과 감시하에 지내야 하는 국민들은 대체 얼마나 큰 심리적인 충격을 받았을까? 나는 지도급 인사의 가족들끼리도 서로를 믿지 않으며 자신의 속마음을 드러내지 않도록 조심해야 한다는 이야기를 들은 적이 있다.

형이 잠이 들더니 코를 골기 시작했다. 형과 가족들은 앞으로 별일 없이 지내게 될까? 알 수 없었다. 앞으로 북한 정부에서 이들을 더 잘 대우해줄까? 이들을 특별 계급 시민 대우를 해주고 보다 많은 식량과 보급품을 주는 것이 공정한 일일까? 수없이 떠오르는 질문들 때문에 나는 잠을 제대로 이룰 수 없었다.

그날 밤 나는 북한 정부에 커다란 라면 공장을 기증하는 꿈을 꾸었다. 꿈속에서 어머니는 나를 껴안으면서 "국주야, 네가 자랑스럽다. 하늘에 계신 네 아버지도 기뻐하실 거다"라고 말했다.

22. 결산

우리의 출발 예정일인 4월 26일까지는 이제 나흘 남았다. 어머니와 나는 형들과 가족들을 만남으로써 우리의 소기의 목적을 달성했다고 생각했다. 물론 위대한 수령 김일성과의 만남은 우리의 방문의 백미였다. 하지만 그와 만나서 몇 시간 지낸 후 우리는 그에게 별로 '위대한' 점은 없다고 느꼈다. 게다가 우리는 북한의 정치 체제로부터는 절대로 좋은 인상을 받을 수 없었다. 이렇게 자유 없는 생활을 어떻게 앞으로 며칠 더 해야 하나, 걱정될 정도였다.

그런데 정말 놀라운 사실이 하나 있다. 나 자신이 점점 그런 체제에 익숙해지기 시작한 것이다. 나는 팽팽한 긴장으로 가득한 분위기, 계급지향적인 행동에 대해 점점 덜 민감해졌다. 충분한 시간이 주어진다면 나 역시 공포와 억압이 지배하는 이 무시무시한 정치 체제에 대해 북한 주민들과 마찬가지로 면역성이 생길지도 모른다.

우리의 가이드들은 남은 기간 우리를 매우 바쁘게 만들었다. 우리는 아름다운 묘향산과 절들을 방문했고 평양 산부인과 병원, 만수대 예술스튜디오, 국립박물관과 김일성대학도 방문했다. 심지어 그들은 우리를 비무장지대로 데려가 동서를 가로지르고 있는 장벽을 보여주면서 남조선 정부가 세운 것이라고 주

평양 초대소 정원에서 북한을 떠나기 전날(1993년 4월 25일), 어머니와 의붓아들이 정을 나누며 즐거운 한때를 보냈다. 이들은 옛날 노래를 함께 부르기도 했다.

장했다.

4월 25일 우리는 애국열사릉의 아버지 묘소를 다시 찾아갔다. 아버지에게 마지막 인사를 드리기 위해서였다. 몇 가지 과일과 술을 상석에 올려놓은 후, 우리는 고개를 숙이고 기도했다. 기도 내내 나는 아버지에게 무슨 일이 일어났는지 끝까지 밝혀내리라고 맹세했다.

한 마디로 줄여서 말한다면 북한방문은 나의 어머니와 나에게 인생의 전환점이 된 경험이었다. 게다가 우리들을 위하여 북한 당국이 쓴 돈과 시간과 에너지도 믿을 수 없을 만큼 어마어마했다. 모든 것이 공짜였으며 우리에게 한 푼의 돈도 청구하지 않았고 그 어떤 형태의 보수도 요구하지 않았다.

어머니와 나는 4월 26일 평양을 떠나 같은 날 베이징에 도착했다. 북한과 비교해볼 때 중국은 적어도 표면상으로는 널리 개방된 자유 국가였다. 어머니와 나는 호텔에 투숙하기 전까지는 별로 이야기를 나누지 않았다. 우리는 둘 다 슬픈 마음이었고 의기소침해 있었다. 우리가 가장 충격을 받은 것은 그 실상을 목도한 북한의 가난 때문이었다. 우리가 가는 곳마다 주민들 간의 불신을 확인할 수 있었으며 그들이 씩씩하게 자신들의 정치 체제나 그들의 위대한 수령 동지인 김일성을 찬양할 때도 마찬가지였다. 그들은 우리에게 진실을 감추기 위해 처절할 정도로 온갖 노력을 다 했다. 심지어 버스나 지하철에서 만난 주민들도 의심이 가득 찬 눈초리로 우리를 쳐다보았다. 웃는 얼굴은 거의 볼 수 없었다. 그들의 혈색은 대부분 어두운 색이었으며 얼굴과 몸의 근육은 팽팽하게 긴장되어 있는 것 같았다. 그런 그들이 바로 엘리트 클래스로 알려진 평양 주민들이었다.

저녁 늦은 시각이 될 때까지 어머니와 나는 시장기를 느끼지 않았다. 어머니와 나는 심신 양면으로 기진맥진해 있었다. 우리는 잠깐 눈을 붙이기로 했다. 내가 눈을 뜬 것은 7시가 다 되었을 때였다. 어머니는 벌써 일어나 창밖을 통해 전에 그녀에게 익숙했던 거리를 내다보고 있었다. 관공서와 상업 빌딩들이 불을 밝히고 있었고 거리에는 차들이 흘러넘치고 있었다. 옛날 베이징의 모습은 찾으려야 찾을 수 없었다.

어머니는 의붓아들들과 그 가족들을 평양에서 만날 수 있는 기회를 주신 데 대해 하나님께 조용히 감사 기도를 드렸다. 어머니는 김일성이 남편에 대한 정부 차원의 공식 장례식을 열어주고 '애국열사릉'에 묻힐 수 있게 해준 데 대해서도 하나님께 감사의 기도를 드렸다.

나는 어머니의 기도하는 모습에 깊은 감명을 받았다. 어머니는 노령에도 불구하고, 또한 건강이 좋지 않음에도 평양의 가족을 방문하기 위해 포틀랜드로부터의 모든 일정을 모두 소화한 것이다. 그것은 오로지 어머니가 인정과 연민이 많은 한 인간 존재이기에 가능한 일이었다. 동시에 어머니는 그 어려운 일을 고인이 된 남편을 위해서, 저 하늘나라에서 그가 내려다보고 있음을 알고 행한 것이었다.

어머니는 천천히 고개를 돌려 당신을 바라보고 있는 내게로 눈길을 향했다. 이윽고 어머니가 입을 열었다.

"와보길 정말 잘했다. 너무 기쁘고 감사해. 이제 더 이상 내 삶에 소원은 없다."

"물론이지요, 어머니. 어머니가 그렇게 말씀하시면 저도 감사합니다." 내가 대답했다.

그러자 어머니가 말을 이었다.

"너는 10년 전에 내 아들 선식과 딸 운식 그리고 그 가족들을 포틀랜드로 초청하는 일도 도와주었지. 너는 내게 정말 많은 걸 해주었어. 재정보증도 해주었고 모든 서류작업도 네가 다 해주었지. 너는 네 이모와 가족들도 오리건에 초청해주었어. 정말 많은 사람들에게 도움을 주면서도 싫은 내색 한 번도 하지 않았고 불평도 하지 않았어. 내가 무슨 요구를 하건 다 들어주었지. 네가 금전적으로 지원해주지 않았거나, 베푸는 마음이 없었다면 이번 여행도 할 수 없었을 거야. 국주야, 넌 정말 훌륭한 아들이야. 정말 고맙다."

실제로 나는 나의 또 다른 형제자매인 선식 형과 운식 누이와 그 가족들을 미국으로 초청했고, 그들도 이민을 와서 잘 살고 있다. 하지만 그에 대한 이야기는 다음에 하기로 하자.

"어머니, 제게 감사하실 필요 없어요. 하나님이 이끄시는 대로 제 마음을 따랐을 뿐이에요."

내가 어찌 어머니를 돕지 않을 수 있단 말인가? 어머니는 그녀의 남편을 위하여, 하나님이 그녀의 보호하에 맡겨놓으신 자식들을 위하여 인간으로서 할 수 있는 모든 일을 다하신 분이다. 어머니의 생애는 자기 희생과 자기 부정이 보여줄 수 있는 궁극적 모습이라고 나는 자신 있게 말할 수 있다. 그런 후 어머니는 모든 것을 하나님께 되돌려주었다. 나는 나의 어머니라는 이 '인간존재'를 둘러싸고 있는 아우라에 압도되었다.

제2부
새로운 인생

1. 입대 실패와 첫 직장

1961년부터 1965년까지 대학에 재학하는 동안, 나는 어머니의 자궁암과 그 후유증을 보살피는 한편, 나 자신도 폐결핵과 싸워야 했고, 가족의 생계를 위해 온갖 종류의 아르바이트를 해야만 했다. 당연히 학교 성적이 우수할 수는 없었지만 그럭저럭 정치외교학과를 졸업하고 인문 학사학위를 받을 수 있었다. 나는 외교관이 되어 언젠가 UN에서 일하고 싶었다.

4학년 2학기 어느 날 나는 고려대학교 스타디움 관람석에 앉아 트랙과 축구장을 내려다보고 있었다. 나는 장차 내가 갖게 될 직업에 대해 생각에 잠겼다. 1961년 군사혁명 후 정부는 군 출신들이 완전히 장악하고 있었다. 나는 퇴역 장성들이 해외 대사관의 요직을 차지하고 있다는 사실을 알고 있었다. 전문 외교관은 드물었다. 게다가 외교관 자격을 얻으려면 외무고시라는 힘든 시험을 치러야 했다. 외무고시는 사법고시만큼 통과하기가 어려웠다. 시험 준비를 하려면 몇 년의 기간이 필요했다. 하지만 내게는 공부를 몇 년 더 연장할 여유가 전혀 없었다.

나는 그 자리에서 외교관이 되겠다는 희망을 던져버리고 곧바로 취직해서 돈을 벌기로 작정했다. 나는 국제무역 업무를 다루고 싶었다. 하지만 제대로 된 직장을 얻으려면 대학 졸업장만으로는 부족했고 3년간의 군복무를 의무적으로 마쳐야만 했다.

빈둥거릴 시간이 없었던 나는 당연히 군복무를 미룰 수 없었다. 나는 어머니와 상의한 뒤에 어머니의 축복을 받으며 군대에 지원했고 곧장 다른 장정들과 함께 충청남도 논산 훈련소로 실려 갔다.

훈련소에 도착하자마자 징집된 장정들은 입소식 후 각자 배정받은 막사에 수용되어 오리엔테이션을 받았다. 하사관이었던 내무반장이 일장 훈시를 했는데 나는 이상하게도 그가 강조한 엄격한 규율이 마음에 들었다. 게다가 이곳에 오기 전 그토록 악평이 자자했던 음식(이른바 짬밥)도 별로 나쁘지 않아서 놀랐다. 내가 집에서 먹던 음식보다도 오히려 나아 보였다.

오리엔테이션 기간이 끝나자 장정들은 모두 신체검사와 X-레이를 포함한 건강검진을 받았다. 3년 동안의 군복무가 가능한 몸인지 체크하기 위해서였다. 나는 폐결핵이 완치되었다는 진단을 서울의 의사로부터 받았지만 폐에는 화석화된 상처가 남아 있다는 것도 알고 있었다. 어쨌든 나는 정상이었고 군사훈련을 충분히 받을 수 있다고 믿어 의심치 않았다. X-레이 검사 결과는 일주일 후에 나왔다. 나는 부적격 판정을 받았다. 군복무 의무가 면제된 것이다. 나는 마치 추방당한 기분이었다. 나는 정신적인 타격을 받았으며 이 신성한 의무를 수행할 능력을 갖고 있지 못하다는 사실 앞에서 마치 내 인생 전체가 실패인 것처럼 느꼈다.

입대한 지 2주도 되지 않아 내가 집으로 돌아오자 어머니와 누이들은 충격을 받았다. 내 기분을 눈치 챈 어머니는 내 병은 완치되었으니 걱정할 필요가 없다며 나를 위로하고 안심시키려 애썼다. 사실 처음에는 어머니의 위로도, 병이 완치되었다는 의사의 검진 소견서도 믿고 싶지 않았다. 나는 군의관도 민간 의사만큼 유능하다고 굳게 믿고 있었다. 나는 군의관이 X-레이에서 뭔가 이상한 점을 발견하고 다른 사람들에게 전염될 것이 염려되어 훈련소로부터 되돌려 보낸 것은 아닌지 두려웠다.

입대 실패로 인한 충격에서 어느 정도 벗어나자 나는 원기를 회복하고 일상생활로 돌아오려고 애썼다. 나는 미국 오리건주에 본사가 있는 '에반스 프로덕트 컴퍼니'라는 미국회사가 서울에 지사를 두고 있다는 사실을 우연히 알았다. 그 회사에서는 프레드 젠킨스라는 미국인 매니저를 보좌할 사람을 구하고 있었다. '에반스 프로덕트'는 미국 내 최대 한국합판 수입회사였고 젠킨스는 한국의 공장들이 공급하는 합판의 품질검사 역할을 맡고 있었다. 내 보잘것없는 영어 실력에도 불구하고 나는 곧바로 취직이 되었다. 나는 미국의 최대 합판 수입회사의 정식 직원이 된 것이다.

나는 2년 동안 젠킨스와 함께 한국 전역에 흩어져 있는 합판공장을 두루 돌아다니며 열심히 일했다. 나는 사업에 대한 제반 지식은 물론이고 품질검사가 얼마나 중요한가 하는 사실에 대해서도 재빠르게 지식들을 습득했다. 젠킨스는 술을 좋아하는 호인이었다. 하지만 구입 물품의 품질에 관한 한 매우 엄격해서 공급 물품에 그 어떤 작은 하자가 있어도 절대로 용납하지 않았다.

1967년 늦가을이었다. 나는 김정한이라는 사람에게서 전화를 받았다. 서울에 본사를 두고 있는 '한국합판주식회사'의 서울사무소 소장이었던 그가 나를 만나자고 했다. 그 회사는 군산에 합판공장을 두고 있으며 나는 우리가 주문한 물품의 품질검사를 위해 젠킨스와 함께 여러 번 그곳을 방문한 적이 있어서 그 회사에 대해 비교적 잘 알고 있었다.

점심을 드는 동안 김 소장은 내게 자기 회사로 옮겨와 해외수출부 정일수 과장을 보좌하는 일을 해보지 않겠느냐고 물었다. 정일수 과장은 전에 업무차 만난 적이 있어 이미 알고 지내는 사이였다. 김 소장은 정 과장과 회사 사장인 고판남 씨가 외국 바이어들과 협상할 때 도움을 줄 수 있는 영어에 능통한 사람을 구한다고 말했다.

그 제안을 받는 즉시 나는 에반스 프로덕트 컴퍼니에서의 나의 미래를 그려보았다.

'지금 하고 있는 일이 마음에 들기는 하지만 이 회사는 외국회사다. 이 회사의 미래는 오로지 시장 상황에 달려 있다. 달리말한다면 한국지사를 두는 것이 더 이상 필요하지 않다고 생각하면 언제고 한국사무소를 닫을 가능성이 있다.'

비록 에반스 사의 봉급이 한국의 회사들에 비해 상당히 높기는 하지만 미래가 별로 밝은 것 같지 않았다. 하지만 당장 봉급이 줄어든다는 것도 가벼운 문제는 아니었다. 나는 망설일 수밖에 없었다.

　내가 망설인다는 것을 눈치챈 김 소장은 내가 지금 받고 있는 봉급을 보전해줄 것이며 내 업무 실적에 따라 승진·승급도 보장하겠다고 재빨리 말했다. 나는 숙고한 다음 이틀 안으로 답을 주겠다고 그에게 말했다.

　그날 저녁을 먹은 후 나는 어머니에게 김정한 소장과 있은 일을 이야기하고, 이직에 대한 어머니의 의견을 물었다. 어머니는 처음에는 회의적인 반응을 보였다. '한국합판'이 친인척끼리 촘촘하게 맺어진 회사라는 것이 그 이유였다. 실제로 한국합판은 한국의 다른 대형 합판제조회사들보다 친척 편중 현상이 심했다. 거의 모든 사람들이 오너와 인척관계로 맺어진 것 같았다. 심지어 김 소장이나 정 과장처럼 중요한 일을 맡아보고 있는 사람들도 아웃사이더로 간주되고 있었다. 물론 두 사람은 그런 사실에 대해 조금도 부정적인 언급을 하지는 않았다.

　다음 주 김 소장을 만나니 그는 내게 수출부 대리직을 제안했고 나는 기꺼이 받아들였다. 나는 곧장 나의 상사인 젠킨스 씨에게 사임 의사를 밝혔다. 그는 처음에는 놀란 눈치였지만 곧바로 나를 축하해주더니 앞으로 자신의 회사와 긴밀한 협조관계를 갖자고 말했다. 나의 '한국합판'으로의 이직은 '에반스 프로덕트 컴퍼니'나 '한국합판' 양측에 모두 이득이었다. 프레드 젠킨스 씨와 나의 개인적인 친분 덕분에 '에반스'는 '한국 합판'에 더 많은 양의 합판을 주문하게 될 것이고, 그 사실을 알게 된 고 판남 사장은 기뻐했다.

내 직함은 수출부 대리였지만 나는 해외 바이어 상담과 접대를 포함해 수출 관련 업무 전반을 관장할 수 있는 권한을 부여받았다. 일은 고되지만 즐거웠다. 나는 회사를 위해 밤이고 낮이고 열정적으로 일했다.

얼마 가지 않아 우리의 수출 물량이 두 배가 되었다. '한국 합판'은 뛰어난 수출 실적을 올려 한국 수출 성장에 이바지한 공로로 정부에서 수여하는 대통령 표창을 받았다. 박정희 장군이 지휘하는 군사정부는 수출 역군들의 사업 확장을 독려하기 위해 온 힘을 다 쏟고 있었다. 표창에 대한 부상(副賞)으로 정부는 고판남 사장에게 마음에 드는 외국 승용차를 구입할 수 있는 혜택을 주었다. 그때까지 이제 막 싹트기 시작한 '현대자동차'의 자동차산업 장려를 위해 외국산 차 수입은 엄격히 금지하고 있었다. 고 사장은 서울에 근무한 미군 장성이 타던 대형 고급 쉐보레 승용차를 구입했다. 그는 자신의 승용차를 무척 자랑스러워했으며 사무실 직원들은 누구나 그 차에 한번 시승해보고 싶어했다.

합판 사업이 빠르게 성장하자 고판남 사장은 재빨리 사업 분야를 확장했다. 동시에 그는 정치에도 관심을 갖고 국회의원에 입후보하기로 결심했다. 그가 국회의원에 당선되자 그의 아들 고병옥이 키를 물려받았고 '한국합판'은 젊은 리더십 아래 새로운 시대를 맞이했다.

'한국합판'이 이러한 전환기를 맞고 있을 때 고판남 사장은 내게 중요한 지시를 했다. 해외사업 확장을 위한 고병옥의 해외 출장길에 내가 동행하기를 요청한 것이다. 출장 여행의 최종 목적지는 미국의 서부 지역이었다. 나는 기꺼이 그의 요청을 받아들였다. 나는 내심 미국에서 공부를 계속할 수 있는 더없이 좋은 기회가 왔다고 생각한 것이다. 나는 며칠간 내 속마음을 어떻게 사장에게 털어놓을까 노심초사했다. 마침내 나는 결심했다.

'그래, 정직이 최선이야. 내 마음을 사장에게 솔직하게 털어놓는 거야.'

어느 날 아침 나는 사장실로 찾아갔다. 그리고 그에게, 내가 그의 아들 고병옥과 함께 임무를 마친 다음 미국에 그대로 남아도 좋겠느냐고 물었다. 그의 첫 반응이 놀라웠다.

"자네, 모친과 누이들은 어떻게 하려고 그러나? 누가 그들을 돌본단 말인가?"

당시 누이 유니(명주)는 홍콩의 '캐세이 퍼시픽 항공(CPA)'의 승무원으로 일하고 있었고 어머니는 한국의 외국인 거주자 모임에서 파티 셰프 일을 간간이 맡아 하고 있었다. 나는 사장에게 내 도움이 없어도 우리 가족들은 경제적 어려움 없이 지낼 수 있을 것이라고 말했다. 그러자 그가 나를 대신할 만한 유능한 사

1968년 김포공항에서 누이 유니(명주)와 어머니가 단란한 한때를 보내고 있다 . 유니는 케
세이 퍼시픽 항공의 스튜어디스로 일을 하게 되어 홍콩으로 떠났다. 딸을 자랑스러워한 어
머니의 행복한 미소는 매우 드물게 보는 것이다.

람을 추천해주면 회사를 떠나도 좋다고 허락해주었다. 나는 이토록 관대하고 사려 깊은 그의 모습을 보고 감명을 받았다. 그 자리에서 당장 나를 해고하고 자기 마음대로 내 후임을 뽑을 수도 있었지만 그는 그러지 않았다.

나는 '세방기업'의 책임자로 있는 권 선생을 찾아갔다. 가족끼리 친분이 있던 사람이었다. 그는 나를 부하인 조영진에게 소개했고 조영진은 자신의 친한 친구인 김희중을 소개해주었다. 김희중을 고판남 사장에게 소개하니 사장은 무척 기뻐했다. 김희중은 한국의 최고 명문대학 출신이었다. 게다가 그는 고 사장과 마찬가지로 호남 출신이었다. 한국에서는 학연·혈연과 더불어 지연이 큰 역할을 한다는 것은 예나 지금이나 마찬가지다. 나는 나의 커리어를 옮기면서 다시 한 번 양측에 윈-윈 상황을 마련해준 것이다.

2. 작별

1969년 2월 초, 나는 김포국제공항 활주로에 나의 상사인 고병옥과 함께 서 있었다. '한국합판'의 수출부 대리의 자격으로 나는 해외사업 확장을 위해 그와 동행한 것이다. 우리는 잠시 일본과 홍콩을 거쳐 필리핀의 마닐라에 있는 마호가니 원목 공급회사를 방문할 예정이었고, 그런 뒤에 하와이를 거쳐 미국 서부로 갈 예정이었다.

나는 고개를 돌려 대합실을 바라보았다. 어머니와 누이 현주 그리고 회사 동료들이 작별의 표시로 손을 흔들고 있었다. 씁쓸 달콤한 순간이었다. 나의 이번 여행의 최종 목적지가 미국임을 모두 알고 있었지만 나를 포함해서 그 누구도 내가 한국으로 얼마나 빨리 돌아올 수 있을지는 모르고 있었다.

비행기에 오르려니 뼛속까지 파고드는 추위가 견디기 힘들 정도였다. 한국의 겨울철 추위는 혹독하다. 비행기 트랩에 오르려는 순간 어린 누이동생들을 소달구지에 태우고 눈 내리는 인천행 국도를 어머니와 함께 걸어가던 일이 생각났다. 나는 달구지를 끌어주고 우리를 보금자리까지 안내해준 노신사를 절대로 잊을 수 없다. 그분은 우리들의 목숨을 구해주었다.

여행을 떠나기 전 나는 고판남 사장과 나의 미국 체류 계획에 대해 폭넓게 의견을 나누었다. 그는 정말로 너그러운 신사였고, 내게 축복을 해주었으며 내가 잘되기를 빌었다. 젊은이의 야망에 투자할 의지를 지닌 너그러운 분을 상사로 모시고 있었던 것은 내게는 행운이었다. 그가 나중에 군산에 있는 제지공장을 인수하고, 제지공장 원료 납품 일에서 내 도움을 요청하게 된 것도 전혀 우연이 아니다. 나는 그의 요청을 기꺼이 받아들였을 뿐

1969년 미국 출장길에 오르기 앞서 김포공항에서 함께한 가족들. 어머니(유태정), 나, 누이 현주. 첫 미국 방문길.

아니라 그가 1998년 작고할 때까지 수년 동안 충실한 원료공급 자로 있었다.

고병옥과 나는 짧은 시간 도쿄에 머물며 우리 회사에 기계를 공급하는 '마쓰시다 목재 공업주식회사' 관계자들을 만났다. 그들은 우리가 합판 생산 능력을 키우는 데 대해 조심스럽게 우려를 표명했다. 우리는 한국 합판산업이 곧 미국 내 일본 합판 시장을 잠식할까봐 그들이 두려워하고 있다고 느꼈다. 그들의 두려움은 현실이 되었다. 훗날 한국의 합판산업은 날로 성장을 지속하여 가장 거대한 대미 수출국이 되었던 것이다.

우리는 마닐라로 향하기 전 홍콩에서 이틀을 지냈다. 마침 그 주간에 누이동생 유니가 홍콩에 머물고 있었다. 유니는 스튜어디스가 되기 전에 「KBS」의 탤런트였다. 그녀는 어려운 오디션을 통과한 재능 있는 배우 중 한 명이었다. 그녀는 곧 유명해졌지만 연예계가 얼마나 부패하고 조야(粗野)한지를 금세 알게 되었다. 그녀는 방송 일을 그만두고 CPA로 직장을 옮겼다. 스튜어디스 유니폼을 입은 그녀의 모습은 정말 아름다웠다. 나는 그녀가 자랑스러웠다.

낯선 외국 땅에서 남매가 만나니 너무 반가웠다. 유니는 미국에서 공부를 계속하고 싶다는 내 뜻과 목표를 알더니 아껴 모아놓았던 돈 100달러를 기꺼이 내주었다. 누이동생의 마음이 놀라울 정도로 고마웠다. 당시 100달러는 정말 큰돈이었다. 이제 내 주머니에는 250달러가 들어 있었다. 나는 부자가 된 기분이었다.

마닐라를 방문한 뒤에 나의 상사 고병옥과 나는 2월 중순경 하와이 호놀룰루에 도착했다. 우리는 그곳에서 LA행 비행기에 몸을 실었다. 우리의 가장 큰 수출 고객인 '에반스 프로덕트 컴퍼니'는 LA에서 동쪽으로 80킬로미터 정도 떨어진 코로나에 있었다. 당시에 교통체증이 심해 언제 목적지에 도착할지 알 수 없을 지경이었다. 미국이 얼마나 큰 나라인지, 얼마나 축복받은 나라인지 내 눈으로 직접 확인한 것이다.

3. 다락방

1969년 3월, 내가 미국 오리건주 포틀랜드에 도착했을 때 나는 스물일곱 살의 독신이었으며 주머니에는 3개월짜리 상용비자와 250달러가 들어 있을 뿐이었다. 내 영어 실력은 가련할 정도였지만 그럭저럭 말은 통할 수 있었다. 내가 포틀랜드로 오기로 한 것은 그곳에 윌 본이라는 미국인 지인(知人)이 살고 있어서다. 그는 내가 '한국합판'에 근무할 때 알게 된 사람이었다. 그는 작은 수출 오퍼상을 경영하면서 여러 가지 공산품들을 아시아로 수출하고 있었다. 나는 그의 첫 번째 한국인 고객이었고 그는 내가 사업에 많은 도움을 주었다고 내게 고마워했었다. 윌 본은 내가 언제고 포틀랜드에 오게 되면 반드시 자신에게 연락을 하라고 내게 말했었다. 하지만 그를 찾아가기 전에 먼저 할 일이 있었다. 포틀랜드 주립 대학 MBA과정에 등록하는 일이었다.

나는 포틀랜드 시내에 있는 YMCA 호스텔에 며칠 머물렀다. 호스텔 숙박료는 비싸지 않았지만 돈을 절약하려면 가능한 한 빨리 더 싼 곳으로 거처를 옮겨야 한다는 것을 나는 잘 알고 있었다.

포틀랜드에 도착한 다음 날 나는 MBA과정 등록에 대해 알아보기 위해 포틀랜드 주립대학 입학처를 찾아갔다. 그런데 불행히도 이번 학기에 등록을 하겠다는 내 희망은 물거품이 되어버렸다. 등록 기한이 일주일이나 지나버린 것이었다. 또한 MBA과정에 등록하려면 경영 관련 선행 수업들을 들어야 한다는 사실도 알게 되었다.

학교에서는 유진에 있는 오리건 대학이나 코발리스에 있는 오리건 주립대학의 강의를 들으라고 추천했다. 하지만 그 학교들은 거리가 너무 멀어 내 재정 형편으로는 교통비를 감당하기 어려웠다. 어디 그뿐이랴. 나는 이 낯선 나라에서 어떻게 살아가야 할지 숨 막히게 만드는 경제문제를 당장 해결해야만 했다. '그래, 어쨌든 이곳 포틀랜드에는 미국에서의 나의 새로운 삶을

도와줄지도 모를 사람이 있다!'

나는 도움을 청하기 위해 윌 본에게 전화를 했다. 희망에 차 있었다기보다는 궁여지책이라고 하는 편이 옳았다. 내가 곤경에 처해 있는 것을 알게 된 그는 내게 정식 일자리를 알아보라고 충고했다.

나는 호놀룰루 이민국에서 발급해준 3개월 임시 비즈니스 비자로는 정식 취업이 불법임을 잘 알고 있었다. 하지만 비록 체포되어 추방당하는 한이 있더라도 기회가 주어진다면 받아들일 수밖에 없었다.

윌은 내가 정식 일자리를 찾는 동안 친절하게도 자기 집을 도색하는 일거리를 주었다. 얼마 후 그는 나를 포틀랜드에서 '커널리 인터내셔널 상사(Connolly International Sales)'를 경영하고 있는 팻 커널리라는 사람을 내게 소개해주었다. 나는 그에게 자기 소개서를 보냈고 그와 인터뷰를 할 수 있었다. 첫 번째 인터뷰를 하고 헤어지면서 그는 다음에 다시 한 번 만나자고 했다.

두 번째 인터뷰에서 그는 내 경력, 특히 합판 세일즈와 수출 업무에 종사했던 경력을 눈여겨보았다고 말했다. 그는 사업 확장의 일환으로 나왕합판을 한국으로부터 수입하는 일을 계획하고 있었다. 그는 그 일을 도와줄 나와 같은 경험을 가진 사람을 필요로 하고 있다고 말했다. 그의 회사는 이미 일본의 '유아사' 무역회사로부터 미장합판을 수입하고 있었다. 하지만 주택 경기가 좋지 않아 실적이 정체되어 있다고 그는 말했다. 그는 나에게 곧바로 일을 시작할 수 있겠느냐고 물었다.

당연히 나는 뛸 듯이 기뻤다. 하지만 나는 그에게 내가 3개월짜리 임시 비즈니스 비자만 갖고 있어서 미국 내에서 장기적인 정식 취업을 할 수 없는 처지라고 그에게 말했다. 그는 내게 잠시 기다리라고 말하더니 수화기를 집어 들고 회사 고문변호사에게 전화를 했다.

다음 날 아침 나는 변호사를 만났다. 그는 나의 취업 신청이 미국 노동부에서 받아들여지는 즉시 일을 시작할 수 있을 것이라고 말했다. 팻 커널리는 변호사의 말을 듣고 기뻐하며 나를 회사 내 모든 스태프들에게 소개했다. 나의 취업허가증은 일주일 내로 나오게 되어 있었다. 나는 그들이 어떻게 그렇게 일을 빨리 처리할 수 있었는지 믿을 수 없었다. 취업허가증을 손에 들게 된 이상, 그린카드(외국인 등록카드)를 받을 수 있게 된 것이다. 이제 더 이상 이 나라에서 추방당할 걱정은 하지 않게 된 것이다.

이제 YMCA 호스텔에서 나와 장기 거처를 정하는 일만 남았다. 나는 일요판 「오리거니안」 신문에서 방을 세놓는다는 광고를 하나 찾아냈다. 그 집은 러브조이 스트리트 21번가와 NW 모퉁이에 있었다. 나의 새 직장인 '커널리 인터내셔널 상사'로부터 도보로 30분밖에 걸리지 않는 곳이었다. 광고에 따르면 침대 하나, 냉장고, 작은 난로와 소파를 갖추고 있었고, 복도에 있는 욕실은 공용이었다. 무엇보다 중요한 것은 그 방에 흑백텔레비전이 있다는 사실이다. 집세는 한 달에 45달러였고 첫 달치와 마지막 달치 집세를 미리 예탁해놓는 조건이었다. 일주일을 호스텔에서 지낸 뒤라 내 수중에는 예탁금을 줄 만한 돈이 없었다. 어쨌든 나는 그 집으로 찾아가기로 마음먹었다.

찾아가보니 지은 지 최소 30년 이상 된 커다란 2층집이었다. 고상하게 생긴 나이 지긋한 여자가 문에서 나를 맞더니 세놓을 방을 내게 보여주겠다고 했다. 우리는 계단을 올라갔다. 눈 앞에 허름한 다락방이 나타났다. 학생들이나 독신 직장인들 거주용 숙소로 개조한 것이었다. 비록 다락방이었지만 여주인의 단정한 모습처럼 깨끗하고 깔끔하게 정돈된 방이었다.

나는 그녀에게 나의 재정 형편을 설명한 후 예탁금 없이 첫달 월세만 선불로 내면 안 되겠느냐고 물었다. 그녀는 잠시 생각에 잠겨 있더니 몇 달은 기다려줄 수 있으니 가능한 한 빨리 예탁금을 내주면 좋겠다고 말했다. 나는 그녀에게 아낌없이 감사를 표시한 다음 곧바로 그 아파트로 거처를 옮겼다. 나는 미국에서 내 첫 보금자리를 마련할 수 있게 된 것이 자랑스러웠다. 아직 내게는 차가 없었지만 사무실까지 걸어다니면 훌륭한 운동이 될 것이라고 생각했다.

내가 포틀랜드 주립대학 MBA과정에 즉각 등록하는 것이 불가능하다는 것을 알게 된 날, 나는 외국인 학생 담당자에게 현재 대학에 등록 중인 한국인 학생의 명단을 알려줄 수 없느냐고 물었다. 학교 사정과 등록 절차에 대해 조언을 구하고 싶어서였다. 포틀랜드 대학에 등록되어 있는 한국인 학생은 모두 여섯 명에 불과했으며 그중에 전화번호가 있는 학생은 둘뿐이었다. 그중 한 명의 이름은 백옥희였고 다른 한 명은 한명기였다. 옥희라는 이름이 여자 이름이라는 것은 분명했지만 명기라는 이름은 남자인지 여자인지 알 수 없었다. 나는 한명기가 남자일 가능성이 크다고 생각하고 그에게 전화하기로 결정했다. 아무래도 여학생보다는 남학생과 터놓고 이야기하는 게 쉬울 것 같다는 생각에서였다.

나는 전화 다이얼을 돌렸다. 수화기에서 음성이 들렸다.

"여보세요. 리튼 씨 집입니다. 누구시지요?"

순간 나는 다이얼을 잘못 돌린 줄 알았다. 수화기에서 들려온 음성은 분명 여자였던 것이다. 하지만 나는 그녀의 영어 발음이 한국인의 발음이라는 것을 재빨리 간파했다. 나는 그녀가 리튼이라는 사람의 아내라고 생각했다.

"한명기 씨 좀 바꿔주시겠습니까?"

그녀는 당황한 듯 잠시 망설이더니 한국어로 자신이 한명기이며 리튼 씨는 자신의 언니인 수의 남편, 즉 자신의 형부라고 말했다. 나는 재빨리 내가 전화한 이유를 설명했다. 그리고 그녀건 다른 누구건 포틀랜드 대학에 다니고 있는 학생을 만나 대학 입학과 관련된 정보를 알고 싶다고 말했다. 그녀는 다음 주에 나를 직접 만나주겠다고 약속했다.

그녀는 약속 장소인 대학 카페에 이무웅이라는 다른 대학원생 한 명과 함께 나타났다. 나는 그녀가 재치가 있고 영리하다는 것을 금세 알 수 있었다. 그녀는 한국에서 서울대학 음대 작곡과를 졸업하고 6개월 전에 포틀랜드로 와서 대학원에서 음악교육을 전공하고 있었다.

그녀와 대화를 나누면서 나는 놀랐다. 그녀는 나와 배재고등학교 동기 동창인 한성기의 누이동생이었던 것이다. 게다가 그들의 부친인 한병철 씨는 성균관대 체육학과 교수였으며 내가 배재중학교에 입학했을 때 체육 선생님이었다. 그녀를 보자마자 나는 그녀에게 끌렸다. 하지만 당시 내게는 어떻게 해야 포틀랜드 대학원에 들어갈 수 있을까 하는 생각 외에는 다른 생각을 할 겨를이 없었다. 실제로 그날 이후 두 달 동안 신입생과 졸업생을 위한 환영과 환송 파티에서 잠깐씩 그녀를 보았을 뿐 다시 만난 적은 없었다. 나는 직장생활을 하며 야간 과정을 밟을 작정이었고 실제로도 그렇게 했다.

'커널리 인터내셔널 상사'에서 꿈같은 일자리를 얻었겠다, 거처도 안정되었겠다, 이제 내게는 두려운 것이 아무것도 없었다. 근심걱정이라는 구름이 걷히자 나는 이제 이 기회의 땅에서 내가 마음껏 누릴 수 있는 거대한 자유를 제대로 만끽할 수 있게 되었다. 내가 포틀랜드에 도착한 지 겨우 몇 달 만이었다. 내 친한 지인 윌 본의 충고와 내 상사인 팻 커널리의 지도 덕분에 나는 벌써 이 위대한 나라의 훌륭한 시민이 된 것처럼 느꼈다. 물론 어머니와 누이동생들이 그 어느 때보다 보고 싶었지만⋯⋯.

4. 인연

직장에서 번 돈을 절약해서 내가 처음으로 구입한 차는 포드사의 1965년형 무스탕이었다. 이미 8만 킬로미터 이상을 주행한 코발트블루 색의 차였다. 겨우 운전할 수 있는 실력을 갖추자 나는 그 차를 누구에겐가 보여주고 싶어 안달이 났다. 나는 일에 바빠서 친구도 사귈 겨를이 없었고 게다가 포틀랜드 대학에는 한국인 학생이 별로 없었다. 나는 한명기 양이 생각나서 그녀에게 전화를 걸기로 했다.

비 내리는 4월의 토요일 아침이었다. 나는 명기 양에게 전화를 걸었다. 함께 드라이브를 해보지 않겠느냐고 제안할 작정이었다. 그런데 전화를 받은 그녀의 언니 수 리튼이 명기 양은 이사를 해서 포틀랜드 시내의 한 아파트에 살고 있다고 말해주었다. 명기 양에게는 전화가 없었지만 그녀의 언니는 친절하게도 내게 주소를 알려주었다.

주소를 알아내긴 했지만 예고도 없이 그녀를 찾아갈 용기가 내게는 없었다. 나는 그녀를 겨우 두세 번 보았을 뿐이고 게다가 데이트하자며 여자를 불러낼 마음의 준비도 전혀 되어 있지 않았다. 나는 포틀랜드에 온 지 몇 달 되었을 뿐이며 낮에 직장 근무하고 밤에 공부하면서 이제 겨우 새로운 삶의 터전을 마련하기 시작했을 뿐 아닌가? 내가 원했던 것은 데이트가 아니라, 그 누구에게건 내 예쁜 차를 보여주고 싶었던 것이 아니던가? 그럼에도 나는 차를 몰고 가서 그녀를 보고 싶다는 충동을 이기지 못했다.

그녀의 집은 대학 캠퍼스 다운타운 가까운 곳에 있었다. 아직 차를 제대로 주차할 용기가 없어서 나는 그녀 아파트 주변을 세 번 빙빙 돌았다. 그녀를 만나게 된다면 무슨 말을 하지? 차를 태워주기 위해서 왔다고 하면 비웃지 않을까? 나는 내가 그녀에게 데이트를 신청할 준비가 되어 있지 않았음을 잘 알고 있었다. 어쨌든 한국의 풍습으로 볼 때 여자에게 함께 드라이브를 하자고 요구하는 것은 많은 의미를 품고 있는 것이 아닌가?

주변 블록을 두 번 더 돈 다음 나는 차를 도로변에 세웠다. 나는 그녀의 아파트로 가서 로비로 들어갔다. 거주인의 이름과 방 번호가 적힌 주소 판이 눈에 띄었고 옆에 수화기가 있었다. 나는 그녀의 방 번호 옆에 또렷하게 적혀 있는 그녀의 이름을 찾아냈다. 나는 망설이다가 버튼을 눌렀다. 아무런 답이 없었다. 다시 한 번 눌렀다. 여전히 응답이 없었다. 내가 세 번째로 버튼을 누르려 했을 때 한 여자가 내 등 뒤에 서 있는 것을 발견했다. 그녀는 내게 한명기 양을 찾아왔느냐고 물었다. 그녀는 이 아파트의 관리인이었다. 그녀는 한명기 양이 약 일주일 전쯤에 이곳에서 나갔으며 어디로 이사 갔는지는 모른다고 내게 말했다.

나는 가슴이 철렁했으며 이루 말할 수 없을 만큼 실망했다. 또한 약간 당황할 수밖에 없었다. 나 자신이 한명기 양을 향해 뭔가 끌리는 감정을 느끼고 있는 것이나 아닌지 스스로도 묘한 의문이 들었던 것이다.

아침부터 내리는 비는 가랑비로 바뀌어 있었다. 낙담한 나는 풀이 죽은 채 차를 몰고 오리건 해변이나 가보기로 작정했다. 아침 내내 마음에 쌓여갔던 온갖 감정들을 모두 씻어낼 필요가 있었다.

나는 선셋 프리웨이를 향해 클레이 스트리트를 천천히 차를 몰아가고 있었다. 그때였다. 전형적인 동양 복장을 한 두 명의 여성이 검은 우산을 쓰고 완만한 언덕을 걸어 내려오고 있는 모습이 눈에 띄었다. 그녀들이 나로부터 약 50미터 정도 떨어진 곳, 역사의 때가 묻은 고풍의 교회가 있는 곳에 이르렀을 때 나는 그녀들 중의 한 명이 바로 한명기 양임을 알아볼 수 있었다. 다른 여자는 누구인지 알 수 없었다. 전혀 예기치 못했던 일이었다. 이제 그녀에게 우물쭈물 뭔가 둘러댈 필요도 없어진 셈이었고 내가 그녀를 찾아다녔다고 말할 필요도 없어진 셈이었다.

나는 천천히 그녀들 곁으로 다가가 바로 그녀들 옆에 차를 세우고 가볍게 경적을 울렸다. 그녀들은 화들짝 놀랐다. 나는 태연한 표정으로 차 창문을 내린 다음 어디로 가느냐고, 그곳까지 태워다주겠다고 말했다.

명기 양은 나를 친구에게 소개해주었다. 둘은 이화여고 동창생이었고 명기 양의 친구는 포틀랜드 대학에서 사회학을 전공하고 있었다. 명기 양의 친구는 눈치가 빨랐다. 그녀는 나와 명기 양에게 우아하게 작별 인사를 하고는 가버렸다.

예기치 않던 돌발 상황에 명기 양은 마치 그 무엇에 속은 것 같은 표정이었다. 하지만 그녀는 금세 평소의 표정을 되찾고는 혹시 노스웨스트 번사이드 스트리트 가까이에 있는 대형 마트까지 태워다줄 수 없느냐고 내게 물었다. 그녀는 최근에 새로운 아파트로 이사했는데 주변에는 물건 값이 너무 비싼 편의점밖에 없다고 내게 설명했다. 내가 그녀를 찾아 전에 살던 아파트로 찾아갔었다는 이야기를 하지 않았음은 물론이다. 나는 그녀의 청을 기쁘게 받아들였다.

마트에 도착하자 나는 그녀를 따라 안으로 들어가며 카트를 내가 끌어주겠다고 말했다. 내게는 사야 할 물건이 없었지만 친절한 신사처럼 보이고 싶었던 것이다. 나와는 달리 그녀는 사고 싶은 물건이 많았다. 그녀는 마치 이 세상 모든 시간을 독차지라도 한 듯 천천히 시간을 들여 쇼핑을 했다. 과일이나 다른 물건들을 고를 때도 매우 신중했다. 어느새 한 시간 이상이 훌쩍 흘러갔다. 나는 속으로 생각했다.

'흠, 이거 시간이 좀 너무 걸리는군.'

하지만 나는 감히 불평을 할 수 없었다.

명기 양은 시계를 들여다보는 내 모습을 보고는 너무 불편을 끼쳐드려서 미안하다고 사과했다. 그리고 덧붙여 말했다.

"프레드 마이어같이 큰 마트에서 쇼핑할 수 있는 호사를 누려보지 못했거든요. 이렇게 친절을 베풀어주시니, 그 기회를 잘

활용하고 싶어요."

그녀가 쇼핑을 마쳤을 때 카트 안에는 커다란 세 개의 쇼핑백이 수북이 쌓여 있었다. 거의 한 시간 반이 지났다. 점심시간을 훌쩍 넘긴 뒤였다. 나는 배가 고팠지만 그녀에게 점심 식사를 사주겠다고 말하고 싶지 않았다. 그보다는 그녀가 내게 점심을 사주겠다고 하길 기대했다.

그녀의 아파트 앞에 도착하자 나는 세 개의 쇼핑백을 그녀의 집 문 앞에까지 날라다 주었다. 하지만 그녀는 내게 점심 식사 초대를 하지 않았다. 그녀가 한 말이라고는 "정말 고마웠어요. 언젠가 갚아드릴 날이 있을 거예요"가 전부였다.

그녀는 예의가 바르지만 그와 동시에 냉정하기도 했다. 나는 은근히 화가 났다.

'최소한 들어와서 커피 한 잔 들고 가라는 말이라도 해야 하는 것 아닌가!'

아마도 나를 좋아하지 않는 모양이라고 나는 추측했다. 나는 정중하게 작별 인사를 한 후, 등을 돌리고 내 차를 향해 빠른 발걸음을 옮긴 다음 차에 올라타고 떠나버렸다.

나는 맥도널드 햄버거라도 하나 사서 먹을까 생각했지만 곧장 집으로 향하기로 했다. 이제 해변으로 가기도 너무 늦어버렸다. 나는 뭔가 속이 텅 비어버린 것 같은 기분으로 집으로 돌아왔다.

그날 겪은 일 중에서 유일하게 위안이 되는 게 있다면 내 속

마음을 명기 양에게 들키지 않았고 그녀도 눈치를 채지 못했다는 사실이다. 오, 얼마나 달콤 씁쓸한 날이었던가! 늦은 점심 대신 입에 넣은 시리얼은 마치 모래를 씹는 것 같았다.

5. 한마음

5월 말이었고 여름이 빠르게 다가오고 있었다. 어느 날 옛 직장 상사였던 고병옥의 사촌이면서 나와 친구로 지내는 고병욱이 텍사스 주의 샌안토니오에서 내게 전화를 했다. 그는 텍사스 대학에서 경영 대학원 과정을 밟고 있었다. 그는 학기가 끝나는 대로 내게 찾아오고 싶다고 했다. 그러면서 그는 혹시 내게 여자 친구가 있느냐고 물었다. 그는 이곳에 와서 오리건 해변을 구경하고 싶다며 나의 여자 친구가 친구를 한 명 데리고 오면 좋을 것 같다고 내게 말했다. 아주 좋은 생각이었다. 하지만 안타깝게도 아직 여자 친구가 없다고 나는 그에게 고백했다. 그는 좀 실망한 듯했지만 어쨌든 나를 보러 이곳으로 오겠다고 말했다.

어느 토요일 저녁 한국 교민 중 원로이자 성공한 사업가이신 백일성 사장님이 포틀랜드의 모든 한국인 학생들을 집으로 초대해 저녁을 대접했다. 부부가 모두 학생들에게 너그러운 분들이어서 자주 학생들에게 파티를 열어주었다. 학생들이 늘 배가 고프고 김치나 불고기 같은 한국 음식을 그리워한다는 것을 알고 있었던 것이다.

그날 저녁 내가 비버튼에 있는 그분의 집에 도착했을 때 나는 뒤쪽 마당 담장이 쳐진 코트에서 다른 학생들과 배구를 하고 있는 명기 양의 모습을 발견했다. 나도 경기에 합류했다. 얼마 되지 않아 나는 명기 양의 운동 신경이 대단하다는 것을 알 수 있었다. 게다가 외향적 성격이어서 다른 학생들과 아주 잘 어울렸다.

나는 내가 그날 프레드 마이어 마트에서 그녀에게 베푼 친절에 대해 그녀가 한마디라도 해주기를 은근히 기대했다. 하지만 그녀는 그때 일을 까맣게 잊었거나, 혹은 나를 아예 무시하는 듯 행동했다. 그런데 놀랍게도 그런 그녀에게 조금도 싫은 감정이 들지 않았다. 나는 나 자신이 그녀의 쌀쌀맞은 태도에 오히려 끌리고 있음을 알았다. 그때, 내 친구 병욱이 내게 했던 제안이 생각났다. 나는 그녀에게 혹시 7월에 친구 한 명을 데리고 우리와 함께 해변에 갈 수 있겠느냐고 기회를 봐서 물어보리라 마음먹었다.

파티가 끝나갈 무렵, 나는 그녀와 몇 마디 가벼운 이야기를 주고받았다. 당연한 일이지만 우리 둘 사이에는 공통의 화제가 있었다. 그녀의 아버지는 중학교 때 은사였고 그녀의 오빠와 나는 고등학교 동창이었다. 그녀와 함께 있자니 정말 마음이 편했다. 물론 나는 내가 4월에 그녀를 우연히 길에서 만났을 때 내 심장이 심하게 고동치던 것을 잊을 리 없었다.

내가 그녀에게 병욱과의 휴가 계획에 대해 말하자 그녀는 두말 않고 좋다고 했다. 우리는 전화번호를 주고받았다. 최소한 그녀가 나를 싫어하지는 않는다는 것을 나는 확인할 수 있었다.

포틀랜드의 6월은 마치 천국과 같다고 해도 과언이 아니다. 비 오는 날은 현저히 줄고 도처에 꽃들이 만발한다. 신선하고 맑은 공기는 나를 정말로 생기 나게 해준다. 포틀랜드 거리는 온통 내걸린 식물들로 장식되고 도시 전체와 주민들은 세계적으로 유명한 장미축제 준비에 들떠있다.

7월이 코앞에 다가와 있었다. 나는 백 사장님 집에서의 파티 이후로 명기 양을 만나지 못했다. 나는 그녀에게 전화를 걸기로 마음먹었다. 어느 토요일 날 나는 그녀에게 점심초대를 했다. 나는 포틀랜드에서 가장 훌륭한 일식당 중의 하나인 '베니하나 오브 도쿄'에 예약을 했다. 식당은 포틀랜드 다운타운에 있었다.

나는 늘 그렇듯이 약속 장소에 일찍 도착해서 예약석에 앉아 그녀를 기다렸다. 나는 언제나 약속보다 최소한 5분 정도 일찍 도착하는 편이다. 아주 오래된 습관이라서 바꾸려 해도 바뀌지지 않는다. 나는 습관적으로 약속 시간에 늦는 사람들을 이해할 수 없다. 도무지 예의가 없어 보이기 때문이다. 나는 명기 양이 그런 타입의 사람이 아니길 바랐다.

명기 양은 내가 기다린 지 15분 정도 되어 나타났다. 약속 시간보다 늦은 것이다. 하지만 이상하게도 그녀가 늦게 왔다는 사실이 조금도 신경 쓰이지 않았다. 식당으로 들어서는 그녀의 모습을 보니 드레스를 입고 하이힐을 신었으며 화장을 하고 있었다. 내가 이미 알고 있던 학생으로서의 명기 양과는 너무 다른 모습이었다. 그녀는 아름다웠다. 나는 출근할 때 늘 입고 다니던 양복에 넥타이를 매고 있었다.

그녀가 맞은편 자리에 앉자 우리는 곧바로 대화에 빠져들었다. 그녀는 우리가 길에서 만났을 때 내게 질투심을 느꼈다고 고백했다. 이곳에 도착한 지 얼마 되지도 않은 사람이 벌써 차를 갖게 되었다는 사실에 대한 질투였다. 그녀는 내가 어떻게 그렇게 빨리 미국 회사에 취직을 할 수 있었는지, 그러면서 동시에 야간 수업을 들을 수 있게 되었는지 내게 물었다. 그녀가 명확하게 밝히지는 않았지만 내게서 좋은 인상을 받은 것은 틀림없었다. 나는 그녀에게 내가 포틀랜드에 오기 전에 2년간 무역회사에서 수출 업무를 보았다는 사실을 굳이 밝히지 않았다. 어쨌든 중요한 것은 내가 지금 그녀처럼 학생이 아니라 합법적이고 제법 폼이 나는 비즈니스맨이라는 사실이 아닌가!

점심 식사 후 우리는 워싱턴 파크로 가서 평화로운 포틀랜드 다운타운을 내려다보았다. 어디나 장미꽃이 만발해 있는 일년 중 가장 아름다운 때였다. 우리는 공원 벤치에 앉아 산책하는 사람들, 손을 맞잡고 걸어가는 연인들을 바라보았다. 우리는 서로의 가족들에 대해, 우리의 미래에 대해 이야기를 나누었다. 나는 명기 양의 가족이 아들 넷에 딸 넷인 대가족이라는 것을 알게 되었다. 그녀의 부친은 성균관대 교수직에서 정년퇴직한 상태였다. 그녀의 두 명의 오빠 중 한 명은 오하이오 주립대학에서, 큰오빠는 리버사이드의 캘리포니아 대학에서 경영학과 경제학 박사 과정에 있었다. 나와 고등학교 동창생인 성기는 국민대학교 체육학과 교수로 있었다. 명기 양은 음악교육을 전공하고 있었으며 미국에서 음악 선생님이 되고 싶어했다. 그녀는 지금으로서는 한국으로 돌아갈 생각이 없다고 말했다.

나도 그녀에게 우리 가족에 대해 보다 자세히 말해주었으며 사업가로서 성공하고 싶다는 내 계획을 말해주었다. 나는 MBA 학위를 취득할 생각이지만 내가 무엇보다 우선시하는 것은 사업가로서 성공해서 가능한 한 빨리 재정적으로 자유로워지는 것이라고, 내가 미국에 온 것도 그 때문이라고 말해주었다.

나는 그녀가 나의 인생목표에 대해 시큰둥해하는 것만 같았다. 나는 그녀가 혹시 자신처럼 대학원생이거나 이미 박사학위를 받아 대학이나 연구소에서 안정적인 직업을 가진 남자와 사귀고 싶어하는 것은 아닌지 의심할 수밖에 없었다. 나는 이야기 주제를 바꾸기 위해 그녀에게 산책을 제안했다.

얼마 걷지 않아 잔디밭에 앉아 꼭 껴안은 채 키스를 나누고 있는 젊은 연인들의 모습이 눈에 들어왔다. 나는 그들이 부러웠다. 명기 양도 그 광경을 틀림없이 보았을 테지만 짐짓 못 본 체했다. 나는 천천히 손을 뻗어 그녀의 손을 잡았다. 그녀가 손을 뿌리치면 어떻게 할 것인지 아무런 생각도 없었다. 그냥 될 대로 되라, 하는 심정이었다. 그녀는 손을 빼내지 않았다. 그녀의 손은 작고 따뜻했다. 마치 커다란 산이라도 정복한 것 같은 기분이었다.

그녀와 손을 잡고 내려오면서 나는 노래를 흥얼거렸다. 음악을 전공하고 있으니 명기 양도 분명 그 노래를 알고 있으리라고 나는 확신했다. 나도 음악을 좋아했으며 나는 많은 찬송가들을 잘 알고 있었다. 그녀와 나는 함께 노래하기 시작했다. 그녀는 기막힌 알토 음성으로 노래했으며 우리의 하모니는 비길 데 없이 훌륭했다. 나는 바로 그 순간 그녀와 사랑에 빠졌다. 음악이 우리의 영혼과 정신을 건드린 것이다. 나는 우리가 하나라는 것을 마음으로 알았다.

그해 여름, 우리는 몇 번 더 만났다. 그녀와 나는 우리가 서로 사랑하고 있다는 것을 확신했다. 우리 둘 다 알고 지내던 친구의 송별 파티가 열리던 날, 파티가 끝나자 나는 그녀를 밖으로 불러내 프러포즈를 했다. 나는 내가 그녀의 이상적인 신랑감은 아닐지 모르지만 우리가 함께하는 한 그녀에게 그 어떤 곤경도 닥치지 않게 할 자신이 있다고 말했다. 그녀는 내게 미소를 보내며 내 프러포즈를 받아들였다. 하지만 그녀의 눈에서 내가 기대했던 눈물방울은 보이지 않았다.

이제 우리에게 남은 급선무는 한국의 부모들에게 편지를 써서 우리들의 결혼 승낙을 받는 일이었다. 형식에 불과한 것일지라도 우리에게는 꼭 필요한 절차라고 그녀와 나는 동의했다. 우리는 우리의 부모님을 통해 이 세상에 온 것이다. 부모님을 공경하고 존중하는 것은 하나님의 은총을 인정하고 그에 대해 감사하는 것과 같은 일이다. 부모님이 없었다면 우리는 이 세상에 태어날 수 없었을 것이다.

우리는 양가 부모님으로부터 곧 긍정적인 답변을 받았다. 이제는 명기 양의 언니인 수 리튼과 형부인 짐에게 우리의 계획을 통지할 차례였다. 둘 다 우리들의 결정을 반겼음은 물론이다. 모든 일이 전광석화처럼 빠르게 진행되었지만 우리는 학교와 직장에서의 일과에 소홀하면 안 된다는 것을 잘 알고 있었다. 또한 우리는 우리의 결혼을 미룰 이유도 없다고 생각했다. 우리는 9월에 약혼하고 11월에 결혼하기로 결정했다. 명기 양의 언니가 그녀가 다니는 교회의 목사를 통해 알아본 결과 11월 21일에 그 교회에서 결혼식을 올리는 것이 가능하다는 답변이 왔다. 우리는 그날로 날을 잡았다.

6. 결혼반지

앞서 잠깐 말했듯이 나는 '커널리 인터내셔널 상사'에서 일을 시작하자마자 MBA 등록을 위해 필요한 선행 수업을 포틀랜드 주립대학에서 야간에 받고 있었다. 회사에서 9시부터 5시까지 근무하고 저녁에 야간 수업을 들었으며 대개 자정이 지나서야 집에 돌아왔다. 하지만 무슨 수를 써서라도 파트 타임 일거리를 얻어 별도의 돈을 벌어야만 했다. 결혼반지 살 돈을 저축해야 하기 때문이다.

어느 날 「선데이 오리거니언」 신문 구인란을 읽다가 신문배달부를 구한다는 작은 광고가 내 눈에 띄었다.

오전 4시부터 오전 6시까지. 월 100달러 수입.

하루에 고작 두 시간만 일하고 한 달에 100달러를 지급한다는 것이었다. '이건 하늘이 내린 선물이야'라고 나는 생각했다. '석 달만 일하면 300달러를 벌 수 있잖아.'

그 돈이면 내 약혼녀에게 줄 반지를 사기에 충분했다. 내게는 이미 보석상에서 점찍어놓은 반지가 있었다. 작은 다이아몬드가 박힌 백금반지인데 가격은 275달러였다. 나는 신문 보급소에 전화를 걸고 다음 날 보급소장을 찾아갔다. 그는 반갑게 나를 채용했다.

오, 어리석도다! 참으로 어리석도다! 나는 신문배달 일을 완전히 잘못 생각한 것이다! 나는 새벽 3시에 일어나 그날 배달 분량을 받기 위해 중앙보급소로 가야 했다. 그런 후 약 80가정에 신문을 배달했다. 배달이 끝나면 거의 6시가 가까웠다. 나는 서둘러 집으로 가서 기운을 차린 후 허겁지겁 아침을 들고 포틀랜드 모리슨가 사우스 웨스트 12번가에 있는 사무실까지 30분간 걸어가야 했다. 너무 혹독한 일상이었다. 신문 배달에는 휴일이 없었기에 모자란 잠을 보충할 시간도 없었다. 도무지 이런 식으로 계속해나갈 수는 없을 것만 같았다.

게다가 혼쭐나는 일도 겪었다. 어느 비 내리는 일요일이었다. 어느 집에 신문을 넣으려는데 사나운 검은 개가 나를 향해 쫓아오며 맹렬하게 짖어댔다. 금세라도 울타리를 뛰어넘어 나를 공격할 기세였다. 나는 너무 무서워서 그 집 안에 신문을 넣지 않았다. 나는 보급소장이 나를 문책할 줄 알았다. 하지만 그는 아무 말이 없었다. 그 일을 겪은 뒤 나는 지금까지도 길거리에서 검은 개를 보면 겁에 질리곤 한다.

나는 그럭저럭 3개월을 버텼다. 그리고 반지를 사기에 충분한 300달러의 돈을 손에 쥐었다. 보급소장은 내가 이렇게 금세 일을 그만두려는 데 놀란 눈치였다. 나는 낮에 여덟 시간 일을 하고 밤에도 수업을 들어야만 하는 어려운 처지임을 그에게 알려주었다. 단 하루도 배달을 거른 적이 없는 나에 대해 그는 고마워했다. 신문 배달 소년들 중에는 믿을 수 없는 아이들이 있어 배달사고는 소장이 대신 해야만 했다. 그는 언제고 다시 일을 하고 싶으면 찾아오라고, 언제고 다시 일을 주겠다고 말했다. 마치 배경이라도 생긴 것 같아 기분이 든든했다.

이제 나는 포틀랜드를 좋아하게 되었다. 이 도시가 아름다운데, 특히 비가 올 때는 더욱 그러하다. 거리는 깨끗하고 사람들은 상냥하고 친근하다. 내가 포틀랜드에 도착한 이래 인종차별을 받아본 적도 없으며 그 누구로부터 험한 일을 겪은 일도 없었다. 하지만 비즈니스 관점에서 볼 때 딱 하나 불만이 있다. 이 도시가 너무 작다는 점이다. 포틀랜드의 인구는 교외까지 합쳐야 겨우 35만 명이다. 내가 성장한 서울 같은 거대 도시에 비하면 포틀랜드에서의 사업 성공 기대치는 매우 제한적일 수밖에 없다. 나는 이미 미래의 가족을 부양하기 위한 사업을 어떻게 시작해야 할 것인지 염두에 두고 있었다.

어느 날 나는, 밀워키에서 언니와 함께 지내고 있는 약혼녀 명기 양에게 전화를 걸고, 점심을 사겠다고 그녀를 초대했다. 우리는 '베니하나' 일식당에서 만났다. 우리가 6개월 전에 첫 데이트를 했던 장소였기에 그녀는 그 식당을 좋아했다.

그녀를 만나자 나는 의기양양하게 흰 봉투를 그녀 앞으로 내밀었다. 그녀는 얼른 봉투를 받아 열어보았다. 그녀는 그 안에 돈이 들어 있는 것을 보고 놀랐다.

"무슨 돈이에요?" 그녀가 물었다.

"명기 씨 결혼반지 살 돈이지." 내가 씩 웃으면서 말했다.

이상하게도 그녀는 답례 미소를 짓지 않았다. 대신 그녀가 말했다.

"내게는 국주 씨에게 반지 해줄 돈이 없으니 이거 어떻게 하지요?"

나는 그녀에게 그런 건 하나도 중요하지 않다고 힘주어 말했다. 우리는 이미 형식적인 약혼식을 생략하고 반지나 목걸이 같은 것은 교환하지 않기로 합의를 했다. 우리에게 그럴 만한 돈이 없다는 이유 때문이다. 그런 점에서 그녀나 나나 관습에 별로 얽매이지 않는 것은 마찬가지다. 우리에게 가장 중요한 것은 우리가 진정으로 사랑하고 있다는 사실, 상호 간의 신뢰와 애정을 가지고 있다는 사실이다.

"이럴 때 반지를 사는 데 이렇게 많은 돈을 써버리는 게 잘하는 일인지 모르겠어요." 그녀가 말했다. "결혼식에도 적잖은 돈이 들 것이고 함께 새살림을 시작하려면 생필품들을 사야 하잖아요."

그녀의 말이 옳았다. 하지만 나는 남자로서의 자존심으로, 돈 문제는 걱정 말라고 그녀에게 말했다. 나는 그녀를 보석상으로 데리고 가서 내가 점찍은 반지를 보여주었다. 그녀는 그 반지가 정말 마음에 든다고 말했다.

반지 값을 치르고 25달러가 남았기에 나는 가게 주인에게 25달러로 살 만한 결혼기념 금반지는 없느냐고 물어보았다. 그는 우리를 보고 미소 짓더니 제일 싼 것이 45달러라고 말했다. 그러자 그녀가 20달러를 보태주겠다고 재빨리 말했다. 이제 우리의 결혼 준비는 다 된 것이다. 우리는 우리의 관계에 방해가 될 그 어떤 물질적 걱정거리도 우리 사이에 끼어 들어올 여지가 없게 만든 것만 같았다. 서로 얼굴을 마주 보며 신뢰에 가득 찬 미소를 나누었다.

지난 몇 개월 동안 하도 일에 몰두해 있어서 나는 내가 그린카드를 신청해놓았다는 사실도 잊고 있었다. 그런데 어느 날 나는 메일 박스에 그린카드가 와 있는 것을 발견했다. 봉투를 열면서 나는 한없이 행복했다. 마치 내 꿈이 실현된 것만 같았다. 카드를 신청한 때부터 모든 일이 순조롭게 진행된 셈이었다. 나는 내 약혼녀 명기 씨에게 그 소식을 알렸다. 그녀는 너무 좋아하며 기뻐서 폴짝폴짝 뛰었다. 이제 그녀도 더 이상 자신의 법적 지위에 대해 걱정할 필요가 없어진 것이다.

7. 신혼여행

이제 우리의 결혼식이 일주일밖에 남지 않았다. 나는 차량정비소로 나의 무스탕 차를 찾으러 갔다. 샌디에이고로 긴 여행을 떠나기 전에 차량 점검을 위해 맡긴 것이었다.

우리는 신혼여행으로 아내의 큰오빠인 한영기의 집을 방문할 예정이었다. 그는 리버사이드에 있는 캘리포니아 대학에서 박사 과정을 밟고 있었다.

차를 찾아오면서 나는 밀워키의 언니 집에 살고 있는 내 약혼자를 만나기 위해 그쪽으로 차를 몰았다. 날이 흐려지더니 보슬비가 내리기 시작했다. 내가 파웰 스트리트의 마쿰 브리지 가까이 있는 굴곡진 작은 터널에 이르렀을 때다. 내 차가 빙그르 돌더니 그만 벽을 박아버렸다. 별로 속도를 낸 것 같지도 않았지만 변명의 여지가 없었다. 다행히 뒤따르는 차들은 없었다. 내 차는 충격으로 엉망이 되었지만 나는 부상을 입지 않았다. 곧 경찰차가 오고 경찰은 견인트럭을 불렀다.

나는 우리의 신혼여행은 끝장이 났다고 생각했다. 어쨌든 남부 캘리포니아로의 긴 여행은 하지 않는 것이 나을 것이라고 생각했다. 나는 약혼자에게 전화를 걸고 상황을 설명했다. 언제나 그렇듯이 그녀는 분별력 있는 말을 했다.

"당장 신혼여행을 못 간다 해도 아무 문제없어요. 나중에 얼마든지 시간을 내서 갈 수 있잖아요."

나도 그녀의 말에 동의했다.

다음 날 출근해서 내 이야기를 들은 팻 커널리 사장이 내게 말했다.

"켄, 걱정할 필요 없어. 내 차를 몰고 샌디에이고로 가면 되니까."

명기와의 결혼식을 1969년 11월, 오리건주 밀워키 오크힐스 장로교회에서 올렸다. 우리는 미국에서 미래에 대한 확신과 벅찬 기대감으로 새로운 출발을 했다.

팻은 내게 '켄'이라는 미국 이름을 지어준 사람이다. '국주'라는 내 본명이 영업에는 걸맞지 않고 발음도 쉽지 않다는 것이었다.

나는 그의 너그러운 제안에 어떻게 감사해야 할지 알 수 없을 지경이었다. 그의 차는 커다란 신형 셰비 임팔라였다.

우리의 결혼식은 1969년 11월 21일 밀워키에 있는 오크힐스 장로교회에서 올렸다. 명기의 언니인 수 리튼과 그녀의 남편이 다니는 교회다. 조촐하고 아담한 결혼식이었으며 알프레드 마쿰 목사님이 주례를 맡아주었다. 결혼식에는 리튼 부부 외에도 나의 누이동생 유니와 팻 커널리 사장 부부가 참석했다. 아내의 부모님과 나의 어머니와 누이 현주는 참석하지 못했다. 서울에 살고 있어 여행비용을 댈 수가 없었던 것이다.

그렇지만 그런 건 결코 큰 문제가 될 리 없었다. 내게는 이제 어엿한 직장이 있으며 합법적인 체류증을 지니고 있고 아내는 정식 대학원생이었다. 우리에게는 저축도 없고 집도 없지만 마치 부자인 것처럼 느꼈고 아무것도 겁이 나지 않았다. 우리에게는 젊음과 건강이 있었다. '기회의 땅'에서 우리의 새로운 삶이 시작된 것이다.

우리는 남부로 향하는 주간(州間) 고속도로 대신 경치가 좋은 101번 고속도로를 타기로 여정을 잡았다. 정작 길을 나서니 오리건 해변이 이토록 자연 그대로의 아름다움을 간직하고 있는 줄은 미처 몰랐다. 해안의 천연의 아름다움은 그야말로 압권이다. 샌프란시스코를 향해 내려가는 내내 나와 아내는 생각나는 대로 노래를 불렀다. 찬송가와 흑인영가, 심지어 한국동요도 불렀다. 우리는 마침내 소울 메이트를 만난 듯 행복했다. 나는 처음으로 음악 선생님이 꿈인 아내를 맞이하게 된 것에 무한히 감사했다.

태평양 해안을 껴안고 있는 몬테레이 반도를 따라 30킬로미터 정도 차를 몰고 내려가다 보니 정말로 숨 막힐 것 같은 절경이 펼쳐졌다. 우리는 여러 번에 걸쳐 차를 세우고 사진을 찍었다. 나는 그토록 행복하고 만족해하는 아내의 모습을 본 적이 없었다.

샌디에이고에 도착하니 아내의 큰오빠인 한영기 부부가 캘리포니아주 리버사이드의 조촐한 아파트에서 우리를 맞았다. 처남 영기는 박사학위 수여를 코앞에 두고 있었다. 나는 은근히 부러웠다. 그리고 나는 언제쯤 MBA학위를 받을 수 있을지 한숨이 나왔다.

처남과 나는 처음 만나는 사이이기에 그는 나의 부모와 가족에 대해 이것저것 물어보았다. 그는 어디선가 내가 한국에서 미곡상을 했다는 잘못된 소문을 듣고 있었다. 나는 그건 사실이 아니라 말하며 내 경력에 대해 자세하게 설명해주었다. 그는 내가 아직 경영대학원에 정식으로 적을 두고 있지 않다는 사실에 약간의 불만을 표한 뒤 무슨 수를 쓰더라도 공부를 계속하라고 격려했다. 나도 그의 생각에 동의한다고 간단히 말했다. 하지만 나는 지금 생존 여건이 급하며 가능한 한 빨리 재정적 자유를 얻고 싶다고는 말하지 않았다. 나는 교육자나 연구직에 종사하지 않는다면 더 높은 고등교육을 받는 것이 뭐 그리 필요할 것인가, 하고 생각했다. 그리고 그 길은 내 성향과는 맞지 않았다.

우리는 세계적으로 유명한 샌디에이고 동물원을 구경한 뒤에 포틀랜드로 무사히 돌아와 우리의 결혼 생활을 시작했다. 아내는 내가 살고 있던 오크 스트리트 노스웨스트 23번지로 옮겼다. 이사를 한 뒤에 그녀가 제일 먼저 원한 것은 작은 옛날 피아노였다. 음악 공부를 위해서는 당연한 것이었다. 그런데 아파트가 낡아서 복도 및 이웃 방과 방음이 되지 않았다. 집주인과 협상한 결과 아내는 하루에 몇 시간씩 연습을 할 수 있게 되었다. 우리는 협상이 이루어져 너무 기뻐하며 바로 중고 피아노 한 대를 사들였다.

아내는 석사를 마치기까지 1년을 남기지 않고 있었다. 보다 정확히 말하자면 1년 4학기 중 3학기가 남아 있었다. 우리가 데이트를 시작한 이래 지금까지 나는 학교 수업료와 다른 비용들을 지원해왔다. 그녀는 식당 설거지 같은 시간제 일을 해서 나름 도움이 되려 했다. 나는 그녀가 그런 거친 일을 하는 것을 참아내기 어려웠다. 일을 마치고 집으로 돌아오면 그녀의 옷은 땀에 절어 있었으며 음식 냄새가 진동했다. 그녀는 언제나 피곤해했으며 공부할 시간을 별로 내지 못했다.

그녀가 일주일 식당 일을 하고 났을 때 나는 아내에게 일을 그만두고 공부에 전념하라고 말했다. 그녀는 기꺼이 내 제안을 받아들였다. 그녀는 언제나 사태를 재빨리 파악했으며 부정적인 생각에 빠져 있는 것을 싫어했다. 집안의 금전문제를 모두 내가 떠안는 것이 공평해 보이지 않는 것 같다는 생각이 그녀에게 들었을지 모르지만 그녀는 그런 부정적인 생각에서는 금세 벗어났다. 그리고 밝은 목소리로 좋은 생각이라고 말했다. 그녀는 삶에 대해 언제나 긍정적이었으며 그 어떤 문제가 현실적으로 닥쳤을 때도 조금도 겁을 내지 않았다. 나는 그런 결정을 할 수 있도록 그녀가 나를 믿어준 데 대해 감사할 뿐이었다.

8. 파산

우리가 결혼한 지 1년이 지난 1970년 10월에 우리는 오리건의 스카푸스로 거처를 옮겼다. 그곳에서 아내가 초등학교 음악 교사로서 첫발을 내딛게 된 것이다. 당시만 해도 스카푸스는 2,000명 정도의 주민이 살고 있는 작은 마을이었으며 주민 대부분은 농사와 낙농과 벌목업으로 살아가고 있었다. 우리는 아내의 직장인 오토 피터슨 초등학교 가까운 곳에 있는 작은 투룸 아파트를 빌렸다. 내 직장으로부터는 30여 킬로미터 떨어진 곳으로, 통근에 대략 40분 정도 걸렸다.

11월 말 어느 날, 팻 커널리 사장이 자신의 방으로 나를 불렀다. 그의 방에 가니 그가 일본의 '유아사 트레이딩 컴퍼니'에서 온 무라타와 함께 워싱턴 롱뷰에 있는 창고로 가보라고 내게 말했다.

우리는 '유아사 트레이딩'으로부터 미장합판을 수입하면서 90일 기한 D/A(Documents against Acceptance) 방식의 거래를 하고 있었다. 어음기일 내에 수입화물을 매각하여 그 대금을 결제하는 방식이었다. 그런데 어음 만기일이 한 달이 지났지만 우리 회사는 아직 대금을 결제하지 못하고 있었다. 무라타 씨는 물품들이 아직 창고에 재고로 있는지 아니면 물품을 모두 판매하고도 대금 결제를 미루고 있는지 확인하기 위해 일본에서 건너온 것이다. 분명 뭔가 미심쩍다는 낌새를 눈치챈 것이다.

무라타와 나는 롱뷰로 차를 몰고 갔고 무라타 씨는 미장합판이 들어 있는 상자들의 수를 면밀히 헤아렸다. 불행히도 상자의 수는 장부상의 숫자보다 훨씬 적었다. 분명 심각한 문제가 생긴 것이다.

방 안에서 무라타와 커널리 사장이 열띤 언쟁을 했다. 무라타 씨는 모든 물품대금, 특히 이미 판매가 된 물품의 대금을 즉각 지불할 것을 요구했다. 우리 회사는 당장 현금도 없었고 어음

을 발행할 수도 없었다. 무라타 씨는 우리 회사를 상대로 소송을
제기하겠다며 분노에 휩싸여 도쿄로 돌아갔다.

내가 이 회사에 입사한 지 1년 반 만에 벌어진 일이었다. 나
는 이제 막 업무와 마케팅 물류에 대해 이해하고 있는 참이었
다. 하지만 나는 회사의 재정 상태에 대해서는 알 도리가 없었
다. 이런 사태 앞에서 수출 매니저로서 한국에서 지낸 경험은
아무런 소용이 없었다. 한국에서 일하던 회사에서는 주로 일람
불 신용장(At Sight L/C)거래를 했고 수출업자가 선하증권(Original
Bill of Lading)과 함께 선적서류를 은행에 제시하면 대금이 지불
되는 방식이었기에 수금에 대해서는 별 걱정이 없었다.

무라타가 일본으로 돌아간 뒤에 내게는 청천벽력 같은 일이
벌어졌다. '유아사 트레이딩'이 우리 회사를 상대로 연방정부에
소송을 걸기도 전에 커널리 사장이 파산을 선언한 것이다. 나는
일자리를 잃은 것이다. 실업자가 된 것이다!

커널리 사장은 사업을 이런 식으로 접게 되어서 유감이라고
말했다. 그는 모든 직원에게 사과한 뒤에 새 직장을 쉽게 찾을
수 있기를 바란다고 말했다. 나는 별로 챙길 짐도 없어 정오쯤
사무실을 나섰다. 집으로 곧바로 돌아갈 용기가 나지 않았다. 분
명 아내는 크게 당황하고 낙담하리라. 나는 그녀가 앞으로 우리
가 어떻게 살아가야 하나 걱정할 것이 분명하리라고 생각했다.

집으로 돌아오는 길에 나는 서부 30번 고속도로 근처에 있
는 소비아일랜드(Sauvie Island) 유원지에 차를 세웠다. 컬럼비아

강에 접해 있는 10만 5,200헥타르에 달하는 큰 섬이다. 호박도 따고 낚시도 하고 오리와 거위 사냥도 하는 위락단지다. 내게 낚싯대라도 있었으면 싶었다. 나는 강이 내려다보이는 벤치에 앉아 이제 앞으로 어떻게 하나, 앞으로 나의 운명은 어찌 될 것인가, 하는 생각에 잠겼다.

생전 처음 실직 경험을 하게 되니 불안하기 이를 데 없었다. 마치 내가 어리석은 짓을 해서 회사의 파산에 일조한 것은 아닌가 하는 터무니없는 생각까지 들었다. 팻 커널리 사장은 내가 법적 지위를 가질 수 있게 해주었으며 나를 훈련시켰고 수입물품의 마케팅에 관한 모든 일들을 가르쳐주었다. 이들 부부는 자주 나와 아내를 그의 집에 초대해서 맛있는 이탈리아 음식을 대접하곤 했다. 팻 커널리의 아내 조는 이탈리아계 미국인이었다. 그들은 우리를 가족처럼 대했다. 나는 팻과 그의 회사의 회생을 위해 내가 해줄 수 있는 일이 아무것도 없다는 사실에 절망했고 안타까웠다.

나는 저녁 6시쯤 아무 일도 없었던 것처럼 태연한 표정으로 귀가했다. 아내 명기는 집에 있었고 이미 저녁 밥상이 차려져 있었다. 애완견 토이 푸들 콩도리가 나를 보자 팔짝팔짝 뛰며 반겼다. 아내도 반가워하며 나를 포옹했다. 그녀는 초등학교 선생님 일을 좋아하고 있었다. 이렇게 어린아이들을 가르친다는 것은 그녀가 받은 석사학위에 걸맞지 않았지만 그녀에게는 아무런 문제가 되지 않았다. 그녀는 아이들과 함께 지낼 수 있게 되었다는 사실을 기뻐하고 있었다.

저녁식사 후 나는 아내에게 내가 실직했다고 말했다. 나는 일본 무역회사와의 사이에서 벌어진 일과 커널리가 왜 파산을 선언하게 되었는지 상황을 설명했다. 그런데 놀랍게도 그녀는 별로 걱정하지도 않았고 자세한 상황에 대해 더 이상 궁금해하지도 않았다. 그녀는 다만 이렇게 말했을 뿐이다.

"금세 다른 일을 구할 수 있잖아요. 영주권도 있는데다 별다른 문제도 없잖아요. 그렇지 않아요?"

그녀가 틀린 말을 하고 있는 것은 아니지만 나는 그렇게 쉽게 직장을 얻을 자신이 없었다. 미국 대학을 나온 것도 아니었고 아직 영어 실력이 한참 모자랐기 때문이다. 그렇지만 비록 마음의 짐을 완전히 벗어버리지는 못했더라도 아내의 순진할 정도로 낙관적 태도와 나에 대한 전적인 신뢰 덕분에 조금 마음이 가벼워졌다.

그녀가 말을 이었다.

"어쨌든 너무 걱정 말아요. 여유를 갖고 다음에 무슨 일을 할 건지 계획을 세워봐요. 내 봉급만으로도 우리 둘이 살아가기에는 넉넉해요. 다행히도 우리에게는 빚이 없잖아요."

그녀는 생각을 빨리 정리하는 스타일이라서 불확실한 것에 대한 두려움 따위는 느끼지 않는 것 같았다.

그때였다. 내가 사무실을 나오기 전 사무실 비서였던 샌디가 내게 은밀히 해준 말이 갑자기 생각났다. 내가 이 회사에서

18개월 이상 근무했으므로 오리건주에 실업보험급여를 신청할 권리가 내게 있다는 것이었다. 그 말을 듣는 순간 '아니야, 그런 건 신청하지 않는 게 나아'라는 생각이 내게 제일 먼저 떠올랐었다. 그건 너무 당혹스러운 일이었다.

'나는 한국과 포틀랜드에서 당당한 직업을 갖고 있었잖아.'

그런 자존심 때문에 나는 실업보험급여에 대해서는 아내에게 운도 떼지 않았다. 나는 가능한 한 빨리 직장을 구하리라 마음먹었다.

며칠 후 나는 아내에게는 어디 간다는 말 한마디 없이 포틀랜드 다운타운에 있는 오리건주 실업보험국으로 차를 몰았다. 건물 안으로 걸어 들어가니 사람들이 길게 줄지어 서 있었다. 당황한 나는 혹시 내가 아는 한국 사람이 그 줄 가운데 있는지 재빨리 살펴보았다. 고맙게도 아는 사람은 없었다. 곧 내 순서가 되었고 나는 신청서를 제출했다. 창구 안쪽의 여직원은 신청서를 찬찬히 읽어보더니 내 신분과 피고용 경험을 확인하기 위한 몇 가지 질문을 했다. 그녀는 내 신청이 승인되었다며 몇 주 내로 첫 번째 실업급여 수표가 전달될 것이라고 말했다. 일단 실업급여를 받은 다음에는 매달 보고서를 제출해서 내가 실제로 새로운 직장을 찾고 있음을 증명해야 한다고 그녀는 덧붙였다.

실업급여 신청은 전과 같은 직장을 얻을 가능성이 희박했기에 내가 택한 보완대책이었다. 나는 직접 수출입 업무에 뛰어

들고 싶었다. 다만 사업을 시작할 자금이 없다는게 문제였다. 우리가 가진 것이라고는 예금계좌에 들어 있는 비상금 1,000달러가 고작이었다. 일 년 반 이상 안정된 직장 생활을 했지만 우리에게는 저축할 여유가 없었다. 나는 아내가 교사직을 얻기 전까지 그녀의 대학 수업료와 다른 학교 비용을 대왔다. 게다가 매달 100달러씩 한국에 있는 어머니와 어린 동생 현주에게 보냈다.

내가 직장을 찾으면서 앞으로 무슨 일을 할까 골몰해 있는 동안 아내는 우리의 미래에 대해 조금도 걱정하는 빛을 내보이지 않았다. 그녀는 나를 계속 격려하면서 내가 희망을 잃지 말고 낙심하지 않게 해주었다. 그녀는 분명 내 능력에 대해 나 자신보다도 더 확신하고 있었다. 그녀 덕분에 나는 생전 처음으로 이 몇 년 동안 내가 스스로를 너무 과소평가해오지 않았나 하는 생각이 들 정도였다.

9. 모험

어느 날 정말 뜻밖의 일이 생겼다. LA에 살고 있는 대학시절 친구 한 명이 전화를 한 것이다. 그는 여자용 가발과 남자용 가발을 한국으로부터 수입 판매하는 사업으로 성공을 거둔 자신의 형을 돕고 있다고 했다.

나는 그에게 내가 최근에 실직한 사실을 설명한 뒤 개인 사업을 해볼 생각이라고 말했다. 그는 내가 한국에서 국제무역 일을 했다는 사실을 이미 알고 있다. 내 말을 듣더니 그는 주저 없이 자기 회사의 오리건주 대리점 일을 해볼 의향이 없느냐고 물었다. 나는 내게는 물품을 구입할 자금이 없다고 그에게 말했다.

그는 잠시 침묵을 지키더니 말했다.

"우선 형과 상의해볼게. 내일 다시 전화를 주겠네."

다음 날 그 친구가 약속대로 전화를 했다. '시즈 인터내셔널(See's International Inc.)'의 사장이자 오너인 자기 형 김시면 사장이 위탁판매 형식으로 내게 상품을 공급하겠다고 말했다는 것이었다. 친구의 말에 따르면 그의 형은 미국 내 그 어떤 개인이나 회사를 상대로도 이런 조건으로 물품판매 계약을 해본 적은 없었다. 그의 형은 그런 시도를 해보기 전에 딱 한 가지 조건이 있다고 했다. 우선 나를 만나보고 싶다는 것이었다.

다음 날 나는 김시면 사장을 만나기 위해 LA로 갔다. 허츠 렌터카 회사에서 작은 차를 빌려서 그의 집까지 차를 몰았다. 그의 집은 언덕 위에 세워진 스페인풍의 커다란 저택이었다. 거대한 저택은 온갖 화려한 가구로 장식되어 있었다. 집 뒤에 있는 정원으로 걸어 나가자 김 사장이 과실수에 물을 주고 있었다. 순간 언젠가 이런 저택을 소유한 나의 모습을 상상해보았다.

김 사장은 미국 내 굴지의 가발 수입업체 중의 하나를 경영하고 있었다. 그는 내게 자신도 처음 사업을 시작했을 때는 어려운 일을 많이 겪었다고 말했다. 그는 나도 100퍼센트의 노력을 기울인다면 성공할 수 있을 것이라고 나를 격려했다. 다만 오리곤 내에서 여성용 가발 수요가 그다지 많지 않을지 몰라서 걱정일 뿐이라고 덧붙였다.

우리는 보자마자 서로에 대해 호감을 가졌다. 그는 점잖은 외모에 말투도 부드러웠다. 하지만 그가 수많은 일을 겪었으며 강철 같은 의지력을 지닌 사람임에는 틀림이 없었다. 그는 위탁 판매 형식으로 2만 달러에 해당하는 여성용 가발을 내게 넘겨주는 데 동의했다. 그는 그 어떤 종류의 개런티나 담보도 요구하지 않았다. 그는 나를 믿었다.

다음 날 LA에서 돌아오자마자 나는 아내 명기에게 내가 이제 개인 회사를 설립하게 되었다고 말했다. 나는 이미 회사 이름을 생각하고 오리건주에 '글로벌 인터내셔널 세일즈(Global International Sales Co.)'를 등록해놓았었다. 아내는 내 계획에 대해 흥분했다. 그녀는 나를 이제부터 '최 사장님'이라 불러야겠다고 농담을 했다.

다음으로 내가 해야 할 일은 가발을 전시할 진열대와 창고로 사용할 뒤쪽 공간이 확보된 장소를 구하는 일이었다. 포틀랜드 다운타운에는 그런 장소를 구할 여력이 없어 나는 샌디 대로 북동가 52번지에 가게를 구했다.

이후 6개월 동안 나는 가발을 팔기 위해 온갖 노력을 다 했다. 우선 나는 온갖 도매상 및 소매상과 접촉했다. 하지만 대부분 이미 오래전부터 공급계약을 맺고 있어서 거래처를 바꾸려 하지 않았다. 나는 미용실들을 일일이 찾아다니며 방문 판매도 해보았지만 실적은 시원치 않았다. 대부분의 미용실 주인이 여자라서 상담하는 것부터 쉽지가 않았다. 절망에 빠진 나는 가발들을 주말에 도떼기시장에서 팔겠다는 어리석은 생각까지 해보았다. 하지만 당연히 성공을 거두지 못했다. 도무지 앞길이 보이지 않았다. 나는 오리건 시장이 너무 협소하거나 내 마케팅 전략에 문제가 있거나 둘 중 하나라고 결론지었다.

진퇴양난이었다. 나는 뒤늦게야 내가 치명적인 실수를 했음을 깨달았다. 나는 시장 노출 기회가 제한된 세일즈 품목을 선택한 것이며 이미 견고하게 확립된 마켓 체인에 침투하려면 많은 시간과 선행조사가 필요하다는 사실을 알지 못했던 것이다. 이제 아이디어도 고갈되었으며 다른 일을 시도해볼 돈도 남은 게 없었다.

어느 날 저녁이었다. 나는 한국으로부터 온 다소 예기치 못했던 손님을 맞았다. 키가 크고 인상이 좋은 남자였다. 어렴풋이 기억이 나는 것 같기도 했다. 그는 한국의 한 회사의 최고 경영자로서 그 회사 오너의 사위였다. 한국에 있을 때 누군가 그가 명성이 자자하고 성실한 최고 비즈니스맨이라고 말한 적이 있었다. 그 사람이 내게 말했다.

"나를 기억 못 해요? '광명목재'에서 온 박영주요."

나는 서울에서 미국 메이저 수입회사에서 주최하는 비즈니스 리셉션에서 그를 몇 번 만난 적이 있었음을 기억해냈다. 그는 그 회사 대표로서 참석한 것이었고 나는 '한국합판'을 대표해서 참석했었다.

인사를 나눈 후 그가 내게 말했다.

"도대체 여기서 뭘 하고 있는 겁니까? 아니, 요즘 가발을 판다고요?"

그는 내가 여자 가발을 팔고 있다는 사실이 믿기 어려운 듯했다. 그는 미국 내 고객들을 며칠에 걸쳐 만날 예정으로 포틀랜드에 왔다고 했다. 그는 내게 다음 날 아침 식사를 함께 할 수 있겠느냐고 물었다. 그는 우아한 유럽식 디자인으로 유명한 포틀랜드 다운타운의 유서 깊은 벤슨호텔에 묵고 있었다. 20세기 초에 세워진 벤슨호텔은 많은 미국 회사의 사장들과 CEO들이 마치 제집처럼 애용하고 있었다. 나는 이 호텔을 택한 박 사장의 안목이 대단하다고 생각했다.

다음 날 아침, 조반을 들면서 내가 포틀랜드에 온 이래 지금까지 해온 일에 대한 이야기를 듣더니 박 사장은 가발사업에 대해 정말 진지하게 생각하고 있느냐고 내게 물었다. 나는 이 사업에 별다른 미래가 보이지 않는다고, 또한 이런 종류의 사업은 체질에 맞지 않는 것 같아 더 이상 계속하고 싶지 않다고 솔직하게 말했다.

그러자 그가 내게 합판 사업으로 컴백할 생각은 없느냐고 물었다. 그는, 전에 포틀랜드에 있는 큰 미국회사에서 수입 매니저 일을 하던 빌 웝루드라는 미국 친구를 알고 있다며, 그가 '마크 토머스 인터내셔널(Mark Thomas International Inc.)'이라는 회사를 차렸고 한국으로부터 합판을 수입하는 사업에 관심을 갖고 있다고 내게 말했다. 그러더니 박 사장은 나를 기꺼이 빌 웝루드 씨에게 소개해주겠다고 했다.

망설일 필요도 없었다. 그의 말을 듣자마자 나는 국제무역 일에 컴백하고 싶다고, 내가 다시 하고 싶은 일은 바로 그런 종류의 일이라고 말했다. 그는 곧바로 빌 웝루드와의 인터뷰를 그 다음 날로 잡아주었다.

다음 날 박 사장은 친절하게도 인터뷰 자리에 나와 동행했고 나를 빌 웝루드 씨에게 사적으로 소개해주었다. 빌 웝루드 씨는 절대로 쉽게 남을 좋게 보는 사람이 아니었다. 그는 내 이력을 샅샅이 살펴보더니 내가 '커널리 인터내셔널 상사'에서 무슨 일을 했는지, 그 회사에게 무슨 일이 있었는지 물었다.

'마크 토머스 인터내셔널'은 일본 홋카이도에 있는 '마쓰시다목재회사'로부터 주방 캐비닛 도어를 수입하고 있었다. 그 회사는 수입한 도어를 메드포드 소재 주방 캐비닛 제조 회사 '다이아몬드 인더스트리(Diamond Industry)'에 팔았다. 그는 한국으로부터 합판을 수입하는 일에도 흥미를 느끼고 믿을 만한 공급자를 물색 중이었다. 한편 박영주 사장은 자신이 경영하는 회사에 선대지급 신용장(Red Clause L/C)을 개설해줄 바이어를 필요로 하고 있었다. 이런 종류의 신용장은 수입자 거래은행의 신용장이 개설되자마자 수출상이 일정 금액을 미리 지급받을 수 있는 형식의 신용장으로서 수출업자의 자금 운용을 원활하게 할 수 있는 장점이 있었다. 다른 나라에서 바이어들의 구매 에이전트로 활동하는 사람들은 일반적으로 이런 타입의 신용장을 이용한다.

나는 우리 세 명 모두에게 사업이 발전할 가능성이 있다는 걸 어렵지 않게 예견할 수 있었다. 나는 처음부터 끝까지 이 모든 업무 처리가 아무런 장애 없이 진행될 수 있도록 모든 과정과 서류작업들을 감독할 수 있는 사람으로서 안성맞춤이었다. 게다가 나는 이미 수출입 업무에 대한 완벽한 지식을 갖추고 있었다.

그제야 나는 박영주 사장이 역시 영민한 사업가인 빌 윕루드 씨에게 왜 나를 소개했는지 이해할 수 있었다. 윕루드 씨는 내게 곧바로 일자리를 제안했다. 두 번 생각하고 말고 할 필요도 없었다. 나는 그 자리에서 그의 제안을 받아들였다.

박 사장은 내가 새로운 일자리를 얻은 것을 축하했다. 그는 특히 '광명목재' 비즈니스와 연관되는 서류 작업에 주의를 기울여달라고 내게 부탁했다. 며칠 되지 않아 모든 일이 착착 정리되었다.

10. 기업가

아내 명기는 내가 '마크 토머스 인터내셔널'의 수입 매니저로서 새로운 일을 하게 되었다는 소식을 듣고 뛸 듯이 기뻐했다. 우리는 이제 더 이상 수입 보전을 위해 실업수당에 의존하지 않아도 되었다. 나는 즉각적으로 오리건주 실업보험국에 내가 취업했음을 통보했다.

비록 긴 기간은 아니었지만 실업자 생활은 내게 이루 말할 수 없이 소중한 경험이었다. 나는 실업수당 신청서를 제출하려고 긴 줄을 선 사람들 사이에 낀다는 게 얼마나 비참한 기분에 젖게 하는지 배웠다. 실업수당 수표를 봉투에서 꺼내면서 나는 패배자가 되었다는 느낌, 스스로 자립할 능력이 없어 정부의 보조에 의존할 수밖에 없는 그런 패배자가 되었다는 느낌에 사로잡혔다.

'나는 이 나라에 그런 패배자가 되려고 온 것이 아니다'라고 나는 되뇌었다. '앞으로 절대로 그런 처지에 빠지지 않으리라.'

이 고통스런 경험은 내 마음속 깊이 각인되었다.

내가 당장 처리해야 하는 일은 LA의 '시즈 인터내셔널'에 나의 '글로벌 인터내셔널 세일즈'가 문을 닫았다는 사실을 통보하는 일이었다. 그들은 그 소식을 듣고도 별로 놀라지 않았으며 내 결정에 동의해주었다. 그들은 내가 미국 회사에 취직하게 된 것을 축하해주었다. 나는 곧바로 미판매 물품들을 돌려보냈지만 그에게 지불해야 할 상당 금액을 당장 모두 갚을 수는 없는 상황이었다. 다행히 김 사장은 내 입장을 이해하고 잔금 완불시까지 상당 기간을 기다려주었다. 정말 감사하고, 내 일생 잊을 수 없는 분 중의 한분이다. '글로벌 인터내셔널 세일즈'는 이제 공식적으로 문을 닫은 것이다.

'마크 토머스 인터내셔널' 사무실은 비버튼 인근 쇼핑몰의 한 멋진 5층 콘크리트 건물 안에 있었다. 3층에 있는 우리 회사 사무실에는 네 개의 방과 넓은 응접실이 있었다. 책상과 의자를 겨우 놓을 수 있는 10제곱미터 정도의 작은 방이 내 집무실이었다. 사장인 빌 윔루드를 포함해 직원이 고작 네 명뿐인 작은 회사였다. 회계·접수 담당자와 이따금 일을 도와주는 빌의 부인 글로리아가 직원의 전부였다. 직원의 숫자로 보자면 이 회사는 내가 전에 다니던 '커널리 인터내셔널 상사'보다 작았다. 처음 회사에 들어섰을 때 그 규모가 너무 작아서 나는 깜짝 놀랐으며 이 회사의 재무가 건전한지, 사업 수익은 제대로 내고 있는지 걱정이 될 정도였다.

나는 '마크 토머스 인터내셔널'이 무슨 사업을 하고 있는지 금세 파악할 수 있었다. 빌 사장은 일본의 '마쓰시다목재회사'의 수입 독점 판매권을 가지고 있었다. 마쓰시다는 홋카이도 섬에서 자라는 물푸레나무로 주방 캐비닛 도어를 생산해서 포틀랜드의 '마크 토머스 인터내셔널'로 수출하고 있었다. 한편 이 회사의 고객으로는 오리건주 메드포드 소재의 '다이아몬드 인더스트리'가 유일했다. 그 회사는 미 서부 해안에서 가장 큰 주방 캐비닛 제조회사였다. 사업 물량은 크지 않았지만 이익은 괜찮았다. 사장은 이 정도 사업에 만족하고 있는 게 분명했다.

'광명목재'와의 사업은 곧바로 시작되었다. '마크 토머스 인터내셔널'로서는 대단히 유리한 사업이었다. 서류작업은 복잡하지 않았고 내 하루 일과를 완수하는 데도 별로 긴 시간이 필요하지 않았다.

어느 날 별로 할 일 없이 사무실에 혼자 우두커니 앉아 있자니 점점 따분해지기 시작했다. 이상한 일이었지만 사장은 사무실에 거의 붙어 있지 않았다. 그는 통상 오전 11시쯤 사무실을 나가서 종일 돌아오지 않았다. 얼마 지나지 않아 나는 그가 두 대의 경비행기를 소유하고 있다는 사실을 알게 되었다. 그는 비행기 면허를 갖고 있었으며 비행을 즐겼다. 또한 그는 중소형 비행기 구입과 판매일도 하고 있었다. 나는 목재와 비행기 사업은 별로 어울리지 않는다고 생각했다. 하지만 내가 좀 꺼림칙하게 생각한다고 해서 내 의견을 제시할 입장은 아니었다. 다만 사장의 미래 사업 플랜이 어떤 것인지도 모르는 상황에서 별로 바쁘지도 않은 일을 하고 있자니 이곳에서 내 능력이 충분히 발휘되고 있다는 생각이 들지 않았을 뿐이다.

어느 날 아침 나는 불시에 사장실로 들어갔다. 그는 「오리거니언」 신문을 읽고 있었다. 사장은 무슨 일인지 의아해하는 표정이었지만 어쨌든 내게 앉으라고 권했다. 그는 언제나 온화하고 다정했던 팻 커널리와는 달리 어딘가 냉담한 면이 있었다. 하지만 그것 때문에 기분이 나쁘다거나 할 일은 없었다. 어디까지나 공은 공이고 사는 사였다.

시간을 낭비하고 싶지 않아서 나는 곧바로 본론에 들어갔다. 나는 그에게 일이 별로 없어서, 특히 그가 나를 지도하거나 훈련을 시키지 않아서 좀 따분해졌다고 말했다. 그는 놀라는 눈치더니 능글맞은 미소를 가볍게 지으며 내게 물었다.

"무슨 좋은 아이디어라도 있소?"

내가 이 회사에 들어온 이래 나는 이 회사의 성공을 위해 최선을 다하리라고 결심하고 있었다. 나는 '절대로 아무 쓸모 없는 사람은 되지 않으리라, 내가 일하는 회사가 절대로 실패하거나 폐업하게 만들지는 않으리라' 하고 작심했다. 전에 다니던 직장이 파산했던 일은 여전히 아픈 기억으로 생생하게 남아 있었다. 나는 '마크 토마스' 회사의 강점과 약점을, 또한 예기치 않던 시장 상황과 경제 상황의 급변에도 흔들리지 않고 버티려면 어떻게 해야 하는가를 마음에 새기고 있었다.

나는 사장에게 우리에게는 비즈니스 플랜이 필요하다고 말했다. 이어서 나는 명확하게 단기, 중기, 장기 목표가 있어야 할 뿐 아니라 매년 우리가 다룰 수 있는 제품 라인을 점검해야 한다고 말했다.

'마크 토마스' 회사는 명목상으로는 수입회사였다. 하지만 실제로는 공급자와 고객의 변덕에 명운을 몽땅 걸고 있는 수많은 중간 도매상들 중의 하나일 뿐이었다. 이 회사의 아이템은 단 두 가지뿐이었다. 기존의 주방 캐비닛 도어와 '광명목재' 박영주 사장과의 아그레망 덕분에 취급하게 된 합판이 바로 그것이었다. 나는 사장에게 우리의 사업이 시장의 위험에 너무 크게 노출되어 있어 쉽게 타격을 받을 수 있다고 말했다.

사장이 잠자코 듣고 있자 나는 말을 계속했다. 나는 우리가 너무 수입에 의존하고 있다, 회사의 무역 불균형을 맞추려면 외국에 수출할 아이템도 개발해야 한다고 말했다. 이어서 나는 시급히 '마스터 비즈니스 플랜'을 작성하는 것이 무엇보다 중요하다고 힘주어 강조했다. 그리고 시장이 안정되어 있고 우리의 현재 비즈니스 모델이 순조롭게 돌아가고 있는 지금이 적기라고 덧붙였다.

사장은 아무 말이 없었다. 내 이야기가 계속 이어지기를 기다리고 있는 것 같았다. 나는 그에게 아직 염두에 두고 있는 비즈니스 플랜이 내게는 없다고 말한 뒤에, 내 말에 기분이 상했다면 미안하다고 말했다.

몇 분이 흐른 뒤 그는 미소를 지으며 내게 말했다.

"좋소. 당신은 이제 우리 회사 수출입 부서의 책임자요. 자유롭게 활동하면서 우리가 수출할 수 있는 아이템이 있는지 찾아보시오."

그와 함께 그는 회사의 '비즈니스 플랜'을 준비해보라고 내게 요구했다. 처음에는 그가 농담하는 줄 알았다. 나는 그가 내게 비즈니스 플랜 구상을 지시하리라고는 전혀 예상하지 않았다. 그 자신이 경험 많은 비즈니스맨이 아닌가? 당연히 오래전부터 그런 문제에 대해 고민을 했을 것 아닌가? 나는 그에게 진심이냐고 묻지 않을 수 없었다. 그는 짧게 "물론이오"라고 대답했을 뿐이다.

내가 이 회사에 들어온 이래 처음으로 그가 점심을 함께하자고 했다. 우리는 계단을 내려가 1층에 있는 유명한 '쇼 햄버거(Shaw's Hamburger)' 가게로 들어갔다. 이 지역에서 가장 맛있는 햄버거를 만들어 팔고 있는 곳이었다.

나는 이제까지 일을 하면서 '비즈니스 플랜'을 작성해본 경험이 없었다. 하지만 포틀랜드 주립대학의 마케팅에 관한 야간 수업에서 비즈니스 플랜의 중요성에 대한 강의를 들었던 것이 생각났다. 내가 이해한 바로는 회사 오너들은 컨설턴트나 회계사의 도움을 받아 '비즈니스 플랜'을 작성했다. '비즈니스 플랜' 작성에 대해 내가 알고 있는 것은 상식에 불과하며, 내게 그런 것이 있는지 스스로도 알 수 없는 내 개인의 통찰력에 의존하는 수밖에 없었다.

그날 이후 나는 며칠간 밤낮으로 끙끙거렸다. 그 결과 나는 다섯 페이지에 달하는 '비즈니스 플랜'을 작성할 수 있었다. 어엿한 '비즈니스 플랜'이라기보다는 속성 마케팅 플랜에 더 가까웠다.

내 플랜은 단순하고 직설적이었다. 회사의 수입 편중에 균형을 맞추기 위해서는 공격적으로 수출 상품을 개발해야 한다는 것이 요점이었다. 당시만 해도 미국은 수입국가로 알려져 있었고 미국 상품을 해외로 수출하는 데는 별로 열의를 기울이고 있지 않았다. 미국 국제 교역에 있어서 불균형을 낳은 중요 요인 중 하나는, 많은 회사들이 수출 쪽으로 관심을 기울이지 않고 있다는 점 바로 그것이었다. 모든 사람이 수입에만 몰두해 있었으며 모든 미국 바이어들은 보다 저렴한 외국 상품에 목을 매달고 있었다.

나는 우리에게 많은 기회가 있으리라고 자신했다. 비록 거칠긴 했지만 대담한 플랜이었고 나는 내가 작성한 플랜이 마음에 들었다. 나는 사장이 살펴보고 동의하기를 바라면서 내 플랜을 그의 책상에 놓았다. 며칠이 지나서야 사장의 승낙이 떨어졌다. 처음에 나는 그의 굼뜬 행동에 당황했다. 그가 내 플랜에 대해 불만인 모양이라고 생각했지만, 어쨌든 그는 나의 상사이니 기다려야만 했다.

내 플랜이 받아들여졌고 시행하라는 지시가 떨어졌으니 구체적 행동에 들어갈 차례였다. 곰곰 생각에 잠겨 있던 내게 한 가지 생각이 떠올랐다.

내가 전에 일했던 회사에서는 일본으로부터 미장(美裝)합판을 수입하고 있었으며 그 제품은 얇은 베니어로 만든 것이었다. 그리고 그 베니어는 흑호두나무(American Black Walnut)나 붉은참

나무(Red Oak), 화이트오크 같은 단단한 재질의 나무를 얇게 벗겨서 다음 나왕합판에 붙여서 만들었다. 질 좋은 합판은 주거지나 상업 빌딩의 인테리어 자재로 사용되었다. 당시 한국의 합판 산업이 번창해서 미국이 주요 수입국이었다. 하지만 한국의 합판은 미완성품인 채 미국에 수출되었으며 일본 미장합판 제품에 비해 부가가치가 낮았다.

순간 나의 머리에 퍼뜩 아이디어가 떠올랐다.

'그래, 바로 이거야! 미국의 활엽수(Hard Wood) 통나무들을 한국의 합판 회사에 수출하는 거다. 그들에게, 우리에게서 수입한 단단하고 질 좋은 통나무들을 미완성 합판에 압착시켜 미장합판을 만들게 하는 거다. 그리고 그 제품을 다시 미국으로 수출하게 하는 거다.'

나는 사장에게 내 아이디어를 말해준 다음 즉각 착수하기를 권했다. 사장은 내 아이디어를 마음에 들어하며 계속 진행하라고 말했다.

조사 끝에 나는 미국 내 활엽수 통나무 생산자들을 여럿 찾아냈다. 그 회사들은 주로 아이오와·캔자스·네브래스카 등 미국 중서부에 위치하고 있었다. 오리건에도 몇몇 회사가 있었지만 오리건의 화이트오크의 품질은 다른 데 비해 떨어졌다. 사장은 이제 새로운 사업의 전망이 밝다며 매우 흥분해 있었다. 사장과 나는 미국 중서부로 바람처럼 날아다녔다. 우리의 출장은 성공적이었다. 우리는 통나무를 어떻게 벌채·생산하는지 알게 되었으며, 고품질의 통나무 생산과 관리 시스템을 갖춘 대규모 생산자가 누구인지 직접 확인할 수 있었다.

이제 내가 한국의 고객을 찾을 차례였다. 내가 전에 알고 지내던 한국의 합판산업 종사자들은 이미 각자의 회사에서 핵심적인 자리를 차지하고 있었으며 그들은 기꺼이 내 손을 잡았다. 그들은 값싼 무늬인쇄 비닐 대신에 질 좋은 활엽수 통나무를 사용하여 미장합판을 생산한다는 내 아이디어를 반가워했다. 실제로 몇몇 합판 생산업자들은 이미 값싼 비닐을 사용한 미장합판을 만들고 있었다.

얼마 지나지 않아 부산의 '동명목재'로부터 흑호두나무 통나무를 수입하겠다는 첫 주문이 들어왔다. '동명목재'는 세계에서 가장 큰 합판 제조회사였다.

11. 성공

이제 '마크 토머스'의 수출입 매니저로서 내 생활은 보다 안정이 되었다. 그러자 나는 가능한 한 빨리 어머니와 막내 누이 현주를 오리건으로 이민 올 수 있게끔 초청장을 보내기로 했다. 아내 명기는 이들과 함께 지내게 되면 정말 행복할 것 같다며 찬성했다. 나는 어머니의 편지를 통해 어머니가 김포국제공항에 작은 선물가게를 열고 있다는 것을 알고 있었다. 하지만 하도 경쟁이 심한 장사라서 수입이 변변치 않았다. 나는 나의 가족들을 한국에서의 어려운 삶에서 영원히 벗어나게 해주고 싶었다.

나는 더 이상 지체하지 않고 나의 그린카드 발급 일을 도와주었던 변호사 아렌츠에게 전화를 걸었다. 나는 내가 아직 시민권자가 아닌데도 어머니와 누이를 초청하는 것이 가능한지 그에게 물었다. 며칠 뒤 그가 내게 전화를 했다. 가족을 초청하는 데 별문제가 없다는 것이었다. 최근에 미국의 이민 정책이 확 바뀌어서 많은 아시아 사람들의 미국 이민을 받아들이고 있다는 것이었다.

1972년 11월, 어머니와 누이 현주가 미국에 도착했다. 나는 이들을 포틀랜드 국제공항으로 마중 나가서 픽업했다. 내가 1969년 2월 한국을 떠난 뒤 거의 4년의 세월이 흐른 뒤였다. 정말 감격적인 재회였다. 우리는 오랫동안 부둥켜안은 채 떨어질 줄 몰랐다.

나와 아내 명기는 아직 아내의 일터인 초등학교 근처 투 베드룸 아파트에서 살고 있었다. 어머니와 누이까지 기거하기에는 충분한 크기가 아니었지만 아내와 나는 어머니와 누이를 내 집으로 반가이 맞아들였다. 어머니는 당연히 우리의 생활환경에 대해, 또한 우리 마을이 너무 작은 데 대해 실망했다. 어머니는 나와 아내가 큰 성공을 거두고 포틀랜드같이 큰 도시의 널찍한 집에서 살고 있는 모습을 상상했을 것이다. 어머니나 현주가 보기에, 서울처럼 거대한 도시에 비해 볼 때 스카푸스 같은 작은 도시에서 지내는 삶은 미래도 없고 기회도 없는 것처럼 보였을 것이다.

나는 어머니가 더 이상 일거리를 찾지 않을 충분한 이유가 있다고 생각했다. 그토록 고생을 했으며 평생 동안 고된 일을 해 오지 않았는가! 내 눈에 어머니가 늙고 연약해 보였다. 그리고 어머니도 내가 기꺼이 즐거운 마음으로 자신을 부양하고 싶어 하는 것을 잘 알고 있었다. 하지만 어머니는 아직 쉰네 살이었고 어머니에게는 아직 야망이 있었으며 독립적인 삶을 살고 싶어 하는 것이 분명했다.

어머니와 현주가 이곳에 도착한 지 한 달도 되지 않아 이들은 몸이 근질근질해서 못 견딜 지경이 되었다. 이들은 우리 집을 나가서 포틀랜드 다운타운에 살고 있는 유니의 집 근처로 옮기고 싶어했다. 유니는 6개월 전에 이민을 와서 '뮤지움 아트 스쿨'에서 미술을 전공하고 있었다. 그녀의 집은 학교 근처에 있었다. 훗날 유니는 미술 학사학위를 받은 다음 포틀랜드 주립대학에서 철학 석사학위를 받았으며 윌슨 중학교에서 미술 교사로 근무했다.

다운타운으로 이사하겠다는 어머니와 현주의 생각에 모두들 좋다고 찬성했다. 어머니와 현주는 유니와 같은 동(棟)의 아파트에 자리를 잡자마자 곧바로 일자리를 찾기 시작했다. 얼마 되지 않아 어머니는 비버튼에 있는 '텍트로닉스(Tektronix Inc.)' 회사의 조립라인 일자리를 얻었다. 그 회사는 수천 명의 직원을 거느린 전기제품 제조회사이며 어머니는 65세가 되어 은퇴할 때까지 그곳에서 일을 했다.

누이 현주는 노스퍼시픽 칼리지(North Pacific College)의 치과 과정에 등록했다. 졸업 후 11년 동안 치과 전문기술자로 일하고 후에 치과 기공소를 설립하고 직접 운영했다. 4년 후 그녀는 사업을 친구에게 매각하고 유명 햄버거 체인 사업을 했다. 현주 부부는 그 사업으로 크게 성공했다. 현주가 치과 기공소를 경영할 때 만난 그녀의 남편 마이크 카라바타는 '텍트로닉스' 회사 생산관리 컨설턴트다.

되돌아보자면 나의 어머니와 누이가 미국에서 새로운 삶을 시작하면서 부딪친 온갖 도전과 시련을 어떻게 이겨낼 수 있었는지 경이롭기만 하다. 이들의 성공은 우리 가족 전체에게 마치 기적처럼 보였다. 이들은 이 새로운 나라에 감사하는 마음으로 적응했다. 어머니는 한국계 미국인 친구에게 다음과 같은 편지를 쓴 적이 있다.

우리가 이민자로서 이 나라에서 나이를 먹고 늙어가지만 새로운 문화, 새로운 사회적 관습에 적응하기 위해 최선을 다해야 해. 그리고 이 나라를 위대하고 아름답게 만든 미국인을 존경해야 해.

12. 이중의 축복

세월이 흘렀다. 하지만 나는 내가 전형적인 '일 중독자'가 되어가고 있음을 자각하지 못했다. 나는 매일 아침 제일 먼저 출근해서 제일 늦게 퇴근했다. 한국과 일본으로 가는 출장횟수도 잦아졌다. 마치 내내 여행만 다니며 사는 것 같았다. 아시아행 비행기 안이 아니면 늘 도로 위에 있었다. 미국 내에 있을 때도 활엽수 통나무의 품질검사와 물품 공급처 탐색 차 빈번히 미국 중서부로 여행해야 했다. 그 때문에 집을 비우는 일이 거의 일상사가 되었다.

나는 젊었고 의욕에 충만해 있었다. 나는 마치 내가 회사의 주인인 것처럼 일했다. 나는 이전의 회사가 파산했던 쓰린 기억을 잊지 않고 있었다. 심지어 나는 내가 어느 정도의 봉급을 받는지도 신경 쓰지 않았다. 나는 급료를 몽땅 아내 명기에게 주고 집안 살림은 모두 아내에게 일임했다. 나는 회사의 성공을 위해 100퍼센트의 에너지와 노력을 퍼붓고 있었던 것이다. 나는 회사와 함께 성장해서 이 회사에서 은퇴할 작정이었다.

우리의 맏딸 혜선(제니퍼)이가 1974년 7월 2일에 태어났다. 아내는 1969년에 유산을 한 이후 5년 동안 임신을 할 수 없었다. 우리 부부는 별로 걱정하지 않았지만 양가 부모는 줄곧 아이를 낳으라고 압력을 가했다. 이 아이는 우리에게 커다란 축복이었다. 그와 동시에 내가 수출 매니저의 신분에서 부사장으로 승진하는 이중 축복을 받았다. 바로 그날 아침 나는 내 새로운 직함이 찍힌 명함 상자를 발견하고 놀랐던 것이다.

빌은 내 면전에서 승진에 대해 일언반구도 한 적이 없으며 내가 일을 마치고 사무실에 도착하면 이미 그는 퇴근하고 없었다. 그의 행동은 그렇게 상식에서 벗어나 보이고 돌발적으로 보이는 면이 있었지만 나는 그가 눈치 빠른 비즈니스맨이라는 것을 알고 있었다. 그는 디테일에 매우 철저해서 직원의 사소한 실수도 절대로 그냥 넘어가지 않았다. 그를 처음 보았을 때 나는 그가 터프한 유대인 사장 같다는 인상을 받았다. 하지만 그는 노르웨이계라는 것을 곧 알게 되었다.

나는 그가 터프한 것이 좋았다. 그런 그에게 많은 것을 배울 수 있으며 동시에 내가 지닌 유연성 강화 훈련에 도움이 되리라는 생각에서였다. 나의 가족들, 특히 어머니는 내가 너무 부드러우며 유약하다는 생각을 갖고 있었다. 나는 이 승진이 나의 담력과 진취성을 키우는데 도움이 될 것임을 알았다.

이제 회사의 업무량이 급속도로 늘어났다. 우리는 수출입 서류를 다루는 사원과 합판 세일을 담당하는 영업사원을 한 명씩 더 채용하기로 했다.

사장은 내게 또 다른 책임을 부여했다. 일본을 방문해서 두 회사 간의 모든 업무를 도맡아 처리하라는 것이었다. 일본을 방문할 때마다 나는 주방 캐비닛 도어 제작 공장이 있는 홋카이도의 '기타미' 공장을 수시로 방문해야 했다. 키친 캐비닛 도어의 품질검사를 위해서였다. '마쓰시다 기타미' 공장은 삿포로에서 북쪽으로 450킬로미터 정도 떨어져 있어 기차로 네 시간 이상 걸렸다. 긴 여정이지만 나는 늘 그곳을 방문하는 것이 즐거웠다. '기타미' 공장은 나무랄 데 없이 잘 돌아가고 관리도 1등급이었다. 그 공장 사람들은 소박하며 언제나 친절했다. 우리의 소비자들은 그들의 우수한 제품을 거절한 적이 거의 없었다.

'기타미'를 방문하면서 얻을 수 있는 또 다른 즐거움이 있었다. 홋카이도에서 잡아 올린 신선한 생선으로 만든 초밥과 생선회를 맛보는 즐거움이었다. 생선회는 신선했으며 말 그대로 입에서 살살 녹았다. 나의 일본인 상대역은 진짜 생선회와 초밥을 즐기려면 미소 된장국도 입에 넣지 말고 겨자를 비롯한 다른 양념 없이 먹으라고 충고했다. 또한 그는 생선회를 젓가락 대신 직접 손가락으로 집어서 먹으라고, 정 뭔가 아쉬우면 간장만 찍어 먹으라고, 또한 물 대신 녹차를 마시라고 충고했다. 그 자리에서 나는 그의 권유를 따랐다. 하지만 나는 초밥을 여전히 겨자를 넣은 간장소스에 찍어 먹는 것이 맛있다.

일본을 몇 차례 방문한 뒤 '마쓰시다 도쿄'의 매니저들은 나를 마치 그들 가족의 일원처럼 대했다. 나는 토니라는 일본인 매니저와 곧 친해졌다. 그는 영어를 썩 잘했다. 그는 여러 다양한 레스토랑을 내게 소개했으며 우리는 가끔 취하도록 정종을 마셨다.

어느 날 그와 함께 이런저런 이야기 끝에 나는 그들의 제품을 우리에게 판매하는 것 외에 그의 회사나 그가 우리를 도울 수 있는 다른 일은 없겠느냐고, 과감하게 물었다. 그는 내 질문에 놀란 것 같았다. 나는 미리 준비해두었던 이야기를 꺼냈다. 나는 일본 경제가 살아난 것은 무엇보다 미국으로의 수출을 한 덕분이라는 점을 지적했다. 이어서 미국의 수출입 불균형이 미국 내에서 아주 심각한 문제가 되고 있다며 두 나라 사이의 갈등이 해가 갈수록 커지고 있다고 말했다.

나는 그에게 본격적인 용건을 꺼냈다. 혹시 시간을 내서 그의 회사가 미국에서 수입할 수 있는 물품이 어떤 것이 있을지 조사해볼 수 있겠느냐고 물은 것이다. 토니는 나의 말을 경청하더니 대단히 흥미로워했다. 그는 내 말에 전적으로 동의했다. 심지어 그는 자신들이 단견(短見)이었다고 인정했으며 언제나 상급자의 말을 따르는 훈련만 받아서 자기가 지금 하고 있는 일 밖으로는 눈을 돌리지 않고 지냈다고 말했다.

다음 해 도쿄에서 토니를 다시 만나자 그는 나를 도쿄 외곽의 어느 스포츠 용품점으로 데리고 갔다. 규모가 매우 작았을 뿐 미국에서 흔히 볼 수 있는 전형적인 스포츠 용품점과 다를 바가 없었다. 가게 뒷마당에는 조촐한 활터가 있었고 짚으로 만든 표적들이 몇 개 세워져 있었다. 한 젊은 부부가 활쏘기를 즐기고 있었다. 토니는 내게 활을 한번 쏘아보지 않겠느냐고 물었다. 우리는 활과 화살을 집어 들고 반시간 정도 활쏘기를 즐겼다. 처음

해보는 것이라 쉽지는 않았지만 무척 재미있었다.

활쏘기를 끝낸 후 우리는 가게 안에 앉아 냉커피를 주문했다. 너무 달았으나 맛있었다.

토니가 나를 바라보며 말했다.

"켄 상, 미국에서 활을 수입하고 싶습니다. 우리를 도와주실 수 있겠습니까? 우리가 미국으로부터 수입할 물품을 찾아보라고 요청하셨지요? 내 생각에는 활이 좋을 것 같습니다."

나는 독려의 뜻으로 그에게 미소를 지어 보였다. 그가 말을 이었다.

"아시다시피 일본은 미국에 비해 아주 작은 나라입니다. 캘리포니아보다 작은 네 개의 섬에 1억 명 정도가 살고 있을 뿐이지요. 국토가 좁아서 대부분의 일본인들은 골프나 테니스 같은 야외 운동을 미국인처럼 마음 놓고 즐기지 못합니다. 시장 조사를 해보았더니 실내와 실외 활쏘기를 타깃으로 한 사업은 잠재력이 아주 풍부합니다. 이미 여러 스포츠 용품점들과 접촉해보았고 매우 긍정적인 반응을 얻었습니다."

나는 매우 훌륭한 아이디어라고 생각했다. 우리가 일본에 팔 수 있는 목제 활의 수량이 상당하리라고 생각되었다. 하지만 동시에 나는 미국산 활의 가격경쟁력을 생각해보아야 했다. 미국의 노동 임금이 일본보다 훨씬 높기 때문이었다. 나는 내가 생각한 문제점을 그에게 말했다. 그러자 일본의 활 제조업자들은 미국 제조업자들에 비해 소량의 활만 생산한다고 그가 말했다.

미국의 활 제조업자들이 활쏘기 연습용뿐 아니라 사냥용 활도 생산하는 데 반해 일본에서는 연습용 활만 생산한다는 것이었다. 게다가 일본에는 제조회사 수가 적어서 제품 값이 비싸다는 것이었다. 그는 내게 가격 경쟁력이 있는 믿을 만한 미국 내 활 제조업자를 찾을 수 있겠느냐고 물었다.

도쿄에서 집으로 돌아오는 여행은 조금도 지루하거나 피곤하지 않았다. 아무리 잠을 청해도 잠이 오지 않을 정도였다. 새로운 사업 전망에 흥분해 있었기 때문이다. 이번 출장 결과를 사장에게 어서 말해주고 싶어 안달이 날 지경이었다. 나는 그가 이 새로운 사업 아이디어에 대해 어떻게 생각할지 자못 궁금했다. 그는 매우 침착하고 계산적인 사람이다. 그는 그 어떤 일에도 좀처럼 흥분하지 않는 것 같다. 하지만 그는 재빠른 통찰력이 있는 사람이며 그의 판단은 늘 감탄할 만했다.

예상대로 그가 즉각적으로 보인 반응은 미적지근했다. 하지만 조심스럽게 나의 발표를 듣더니 내 아이디어를 실천에 옮겨보라고 말했다. 미국 내 유명 활 제조회사들을 찾아내는 것은 어렵지 않았다. 우리는 몇몇 괜찮은 회사들 중에서 워싱턴 왈라왈라 소재의 '마틴 아처리(Martin Archery)'라는 제조회사를 사업상대로 택했다. 사장의 비행기 조종술이 아주 유용했다. 우리는 반나절 만에 제조회사를 방문했다가 돌아올 수 있었다. 너무 편리하고 쉬워서 나중에 나도 비행기 조종술을 배워야겠다는 생각이 들 정도였다.

몇 달간의 협상, 샘플 테스트, 수없이 반복된 '마틴 아처리' 사의 방문 끝에 도쿄로부터 주문이 왔다. 20피트 컨테이너 한 대 분량의 '타깃용 활'이었다. 수익은 보잘것없었지만 사장과 나는 매우 기뻐했다. 우리는 미래를 내다보고 있었다. 사장과 나는 앞으로 주문이 늘어날 것이며 그에 따라 수익도 증가하고, 이 새로운 비즈니스가 탄탄대로를 걷게 되리라 예상했다.

약 3개월 후 우리는 같은 크기의 컨테이너 두 대 분량의 주문을 받았다. 그 물량은 우리가 첫 주문을 받았을 때 예상했던 분량에서 한참 벗어난 것이었다. 우리는 최소한 여섯 대 분량의 주문을 예상하고 있었다. 일본 측은 우선 가격을 탓한 다음, 활쏘기 연습장이 기대했던 것처럼 널리 퍼지지 않고 있다고 덧붙였다. 현존하는 스포츠 용품점들이 활쏘기 연습장을 마련할 만한 공간을 확보하지 못하고 있다는 현실이 그 원인이었다.

몇 번 더 오더가 찔끔찔끔 들어왔다. 하지만 애초에 이 새로운 사업에 대해 가졌던 열광은 상당 부분 줄어들었다. 우리가 다루고 있는 다른 사업들에 비해 이 사업은 하찮게 여겨질 수밖에 없었다. 사장은 더 이상 이 사업에 대해 흥미를 갖지 않게 되었고 모든 것을 내게 일임해버렸다.

빌 사장과 나는 성격이 완전히 딴판이다. 하지만 둘 다 참을성이 없는 면이 있었다. 게다가 물량도 얼마 되지 않는 이 사업에 제법 복잡한 품질 클레임 문제가 터지자 나는 거의 미칠 지경이었다. 우리 회사의 다른 사업들은 그야말로 잘나가고 있었다. 활엽수 통나무 수출 사업은 수익이 좋았고 물량도 상당히 증가하고 있었다. 이렇게 잘나가는 사업에 비춰보니 활 수출 사업은 마치 장난감 같았다. 강한 의혹이 마음속에 일었다.

'아마 내가 대상 품목을 잘못 택했는지도 모른다. 나는 애당초 시장에서 당장 매혹적으로 보이지 않는 품목, 시장의 변덕에 민감하지 않은 품목, 정기적인 주문을 계속 받을 수 있는 품목을 대상으로 한다는 플랜을 세우지 않았던가? 내가 한눈을 팔았던 것이다. 그러고는 활 수출 사업이 가져오리라고 지레 짐작한 거대한 물량에 혹했고, 그것을 확신했던 것이다.'

마음속에 일단 의혹이 생기자 도쿄의 사업 파트너에게 더 이상 주문을 재촉할 수 없었다. 나는 이 사업의 미래에 관한 한 모든 것을 일본 시장 상황에 맡겨버리기로 작정했다. 나는 즉석에서 이 사업을 팽개치고 싶은 마음이 굴뚝같았다. 하지만 그 동안 들인 시간과 에너지, 무엇보다도 돈이 아까워 서둘러 결정을 내릴 수 없었다.

13. 숨겨진 보물

어느 일요일 새벽 4시쯤이었다. 한국으로부터 온 전화를 한 통 받았다. 전에 내가 모시고 있던 '한국합판'의 고판남 사장으로부터 온 전화였다. 나는 그의 전화를 받고 놀랐다. 그의 목소리를 듣자 혹시 내게 즉시 한국으로 돌아와서 회사의 수출 업무를 도와달라는 명령을 내리지나 않을까 하는 두려움부터 느꼈다.

고 사장은 빈틈없는 사업가였다. 그는 쓸데없이 시간을 낭비할 필요가 없다는 듯 곧바로 요점을 말했다.

"최 군, 내 회사에 고지 공급처를 찾아볼 수 있겠나? 최근에 신문용지 생산공장을 인수했는데 신문용지를 만들려면 많은 양의 고지가 필요하다네"(나는 그 신문용지 제조 회사의 이름이 1940년에 설립된 '한국제지'라는 것을 나중에 알았다. 이어서 그는 회사 이름을 '세대제지'로 바꾸었다).

나는 그가 쓰레기를 요구하는 게 아니라 재활용 신문용지를 요구하고 있음을 즉각 알아차렸다. 그는 한시가 급한 일이며 한 달에 최소한 1,000톤 정도의 많은 물량을 가능한 한 빨리 수입하고 싶다고 말했다. 나는 즉각, 그를 도울 수 있도록 최선을 다하겠다고 대답했다.

고판남 사장의 전화는 내게는 자명종과도 같았다. 나는 오랫동안 그를 잊고 있었다. 하지만 직원인 나에게 그가 보여준 특별한 호의와 내가 한국을 떠날 때 재정적으로 베풀어준 너그러움은 결코 잊을 수 없는 것이었다. 나는 신세를 갚기 위해서라도 최선을 다하리라 생각했다.

그때까지도 나는 고지 같은 것이 1차 원료가 될 수 있다는 것, 그것을 신문용지, 크래프트 라이너 보드, 화장지, 기타 여러 가지 특수종이로 만들 수 있다는 사실을 모르고 있었다. 그렇기에 고지 사업이라는 것은 쓰레기 사업 비슷하다고 생각할 수밖에 없었으며 그 단어가 주는 느낌도 좋아할 수 없었다. 당시만해도 고지나 다른 물질들, 예컨대 플라스틱이나 금속을 재활용한다는 개념은 사람들에게 생소한 것이었다.

나는 고 사장이 제안한 새로운 사업의 가능성을 확신하고 있지 못했기에 나의 옛 상사와 나눈 대화 내용은 당분간 비밀로 간직한 채, 사장 빌에게는 즉각 전하지 않기로 했다. 대신 이 사업의 성격과 이 나라에 흩어져 있는 공급업자들을 미친 듯 열심히 조사했다. 내가 포틀랜드 상공회의소(Portland Chamber of Commerce) 도서관에서 '고지 원료'라는 카테고리에서 제일 먼저 찾아낸 것은 폐품 처리된 IBM 집계 카드(Tabulating Cards)가 한국에 50톤 수출되었다는 내용이었다. 나는 눈이 확 뜨였다. '뭐야! 폐품 IBM 집계 카드가 수출이 된다고!' 비록 도서관 자료에서 발견한 양은 미미했지만 나는 이 사업에 어마어마한 잠재력이 있음을 느꼈다.

이어서 계속 조사해보니 서부해안 극소수의 수출업자만이

신문고지(ONP)와 골판지 상자(OCC) 고지를 한국과 기타 아시아 국가들에 수출하고 있다는 것을 알게 되었다. 또한 나는 이 품목 수출업자들이 모든 재활용 종이를 컨테이너 화물선이 아니라 일반 정기 화물선으로 수출한다는 것을 알게 되었다. 컨테이너 배는 이제 막 세계 시장에 등장한 참이라서 당시 미국 서부 해안 항구에서는 그런 배를 이용할 수 없었던 것이다.

제지 산업에 대해 좀 더 자세히 조사해보니 이 재활용 사업이 어마어마한 잠재력을 지니고 있다는 나의 느낌이 틀리지 않았다는 것을 알 수 있었다. 우선 한국은 산림자원이 없어서 종이 생산을 거의 100퍼센트 수입산 화학(케미컬)펄프에 의존하고 있었다. 폐신문지에서 인쇄 잉크를 제거하는 탈묵(脫墨) 기술은 새로운 브랜드였지만 가공 기술은 급속도로 발전하고 있었다.

흥분으로 내 심장이 심하게 고동치기 시작했다. 언제부터, 구체적으로 무엇 때문에 심장이 뛰기 시작했는지 정확히 기억할 수는 없었지만 예기치 않게 멋진 아이디어가 떠올랐을 때마다 내 심장이 뛰기 시작한다는 것은 이미 알고 있었다. 하지만 일본에 활을 수출한다는 아이디어가 떠올랐을 때도 같은 반응이 있었다는 것을 상기해야 했다. 이번에는 좀 더 신중해야 하고, 지나치게 낙관적이 되는 것을 자제해야만 했다.

그렇지만 무엇보다 중요한 것은 바로 타이밍이었다. 내게는, 우리 회사가 고판남 사장에게 신문고지를 공급할 수 있는지 그에게 빨리 대답해야 할 의무가 있었다. 나는 더 이상 흥분을 억제할 수 없어 이 새로운 아이디어를 지체 없이 사장 빌과 나누기로 결심했다.

나는 다섯 페이지에 달하는 고지사업 플랜을 작성해서 월요일 아침 사장에게 제출했다. 새로운 사업 아이디어를 제시할 때면 늘 하던 일이었다. 이번에는 내가 아직 그의 사무실에 앉아 있는 동안 그가 보고서를 읽었다.

사업 제안서를 읽더니 그가 얼굴을 찌푸리며 내게 물었다.

"고지? 쓰레기 사업을 하자는 거요?"

그는 진담이냐고 묻는 듯 나를 빤히 쳐다보았다. 당시는 그가 나 자신과 나의 비즈니스 능력을 그 어느 때보다 신뢰하고 있던 때였다. 나는 고판남 사장과의 전화통화 내용에 대해 말해준 뒤, 그가 1,000톤의 신문 고지 공급을 요청했다고 말했다. 나의 비즈니스 플랜에는 이 산업이 지닌 잠재적 규모가 엄청나다는 내용과 여러 아시아 국가들로의 수출 길도 열릴 것이라는 내용이 상세하게 적혀 있었다.

사장은 이 새로운 사업 전망에 대해 조금도 열의를 보이거나 흥분하지 않았다. 별로 놀랄 일도 아니었고 어찌 보면 당연했다. 그가 내게 말했다.

"켄, 솔직하게 말하겠소. 사업 성격이 마치 쓰레기를 다루는 사업 같아서 마음에 들지 않는군. 하지만 계속해보시오. 어떻게 해야 할지 방법도 찾아보고…."

사장은 '성격'이라는 단어를 통해 자신이 이 사업을 마피아의 사업과 비슷한 것쯤으로 생각하고 있음을 은근히 드러내고 있었으며 나는 금세 그것을 눈치챘다. 하지만 이 산업은 고지를 재활용하는 친환경 사업이었다. 어쨌든 그가 이 사업을 거부하지 않아서 다행이었다. 하긴 지금까지 그가 내 아이디어를 거부해본 적은 한 번도 없었다.

남부 캘리포니아 지역에서 고지 공급자를 찾는 데는 그리 오랜 시간이 걸리지 않았다. 또한 나는 중간 규모의 고지 재활용 공장을 두 군데 포틀랜드에서 찾아낼 수 있었다. 그들은 고지들을 수집해서 신문지·골판지 등 온갖 종류의 종이들을 분리한 다음 단단한 철사 줄로 묶어 배에 선적할 수 있는 꾸러미로 만들고 있었다.

사전 준비가 끝나자 나는 한국의 고판남 사장에게 전화해서 최소한 500톤을 즉각 공급할 준비가 되어 있다고 말했다. 나는 1,000톤 공급이 가능하다고 말할 수도 있었지만 조심해서 천천히 시작하고 싶었다. 고 사장은 세부 사항 협의를 하라고 실무자를 바꿔주었다.

일은 급속도로 진행되었다. 우리는 견적 송장(인보이스)과 함께 정식 오퍼를 보냈고 상대방이 사인했다. 지불 기간은 우리에게 유리하도록 일람불 신용장(At Sight L/C) 방식을 택했고 신용장은 곧바로 개설되었다. 전에도 말했듯이 수출업자가 선하증권과 함께 선적서류 일체를 거래은행에 제시하면 대금이 지불되는 방식이었다.

그사이 나는 포틀랜드의 공급자들을 방문해서 즉각 500톤의 물량을 확보했다. 나는 아메리칸 프레지던트 라인(American President Line) 선박 회사와 다음 달 포틀랜드항 제2터미널로부터 한국의 인천항까지 500톤의 물품 운송 예약을 했다. '마크 토머스'는 이제부터 고지 수출 사업을 시작한 것이다! 우리의 수출 라인에 다른 품목을 덧붙일 수 있게 된 것이다!

나는 이 사업의 잠재력이 크다는 것을 잘 알고 있었다. 하지만 그 잠재력이 그토록 폭발적일 줄은 미처 상상하지 못했다. 이 사업이 그 분량 면으로나 수익 면으로나 그토록 빨리 큰 폭으로 증가할 줄은 예상하지 못했던 것이다. 우리 회사가 '세대제지'에 신문 고지를 공급한다는 소문은 삽시간에 한국에 퍼졌다.

본질적으로 우리는 소비자와 공급자 사이의 중개상이었다. 하지만 우리는 단순히 수수료를 받는 중개상이 아니라는 점이 남들과 달랐다. 우리는 실질적으로 출하 물품의 소유자였으며 그 물품들을 우리 회사 이름하에 선적했다. 신용장은 물품 구매자가 지불을 보증하는 형식이었음에도 불구하고 배가 출항할 때부터 물품이 선적되었다는 OBL(Original Bills of Lading)이 발급될 때까지 최소한 45일에서 60일까지는 상품을 구매할 자금 조달 능력이 있어야 했다. OBL이 발행된 뒤에야 우리는 선적 서류들을 은행에 제출하고, 은행은 모든 기한과 조건이 구매자가 발행한 신용장에 명시된 내용들과 일치하는지 살펴본 후 대금을 지불하는 것이다. 따라서 우리 회사는 최소 45일에서 때로는 더 긴 기간 동안 우리가 출하한 물품 대금으로 상당한 자금을 투자할 능력이 있어야 했다.

나의 옛 상사인 고판남 사장과의 첫 거래는 아무 문제없이 종결되었고 나는 기분이 좋을 수밖에 없었다. 곧이어 500톤의 주문이 이어졌고 우리는 세대 제지에 매월 최소한 1,000톤의 물량을 공급하기로 합의를 보았다. 서류상으로 이루어진 장기 계약이라기보다는 신사 대 신사 간의 협정 같은 것이었다. 나는 남부캘리포니아의 LA, 오렌지 카운티, 포노마 등지에서 몇몇 공급회사를 더 찾아냈다.

이 사업의 평균 수익률은 송장 가격의 15퍼센트 정도였다. 큰 수익은 아니었지만 미래에 발생할 잠재력을 생각할 때 결코 나쁘지 않았다. 나의 애초의 구상은 다양한 등급의 재활용 고지를 매달 1만 톤 정도 한국에 수출한다는 것이었다. 당시 한국의 제지공장들은 매달 대략 5만 톤의 물량을 수입하고 있었으며 수입량은 빠르게 증가하고 있었다. 우리 앞에 얼마나 큰 기회가 놓여 있는지, 정말 믿을 수 없을 정도였다.

사장은 고지사업에 대한 혐오감을 감추지 않고 드러냈다. 하지만 그도 결국 장래가 믿을 수 없을 만큼 밝은 새로운 수출 아이템을 찾아냈다는 사실을 인정하지 않을 수 없었다. 한국의 여러 제지회사들이 우리 회사에 밀어닥쳤다. 그들은 텔렉스를 통해 우리가 여러 다양한 등급의 고지들을 공급할 수 있는지 문

의해왔다. 나는 고지에 관한 이 새로운 사업에 대해 빨리 배워야 했다. 이 사업에 별로 복잡할 것은 없었지만 품질관리가 그 무엇보다 중요하다는 사실을 나는 깨우칠 수 있었다.

고지 패킹(생산) 공장을 소유하고 있는 대부분의 미국 전역의 공급업자들은 그 사업을 이런저런 형태의 쓰레기 수집으로부터 시작했다. 그들 대부분은 거칠었고 교양이 없었다. 그 회사들은 엄격한 품질관리의 중요성에 대한 이해도가 제로에 가까울 뿐 아니라 저 대양 너머의 고객 및 그들의 비스니스에 대해 파렴치했고 무관심했다. 특히 미 동부 해안 공급자들은 악명 높았으며 그들 중 몇몇은 마피아 혹은 또 다른 음성조직들과 연결되어 있다는 소문이 돌기도 했다.

우리에게는 경쟁자가 없었기에 우리 사업은 나날이 급(級)이 다르게 성장해갔으며 한 달 출하 물량도 평균 3,000톤 정도로 늘었다. 상품을 컨테이너 선박에 싣지 못하고 일반 정기화물선에 싣는 데 따른 물류 문제가 생기는 것이 당연했다. 약한 철사 줄로 묶은 꾸러미가 선적이나 하역할 때 풀어지면서 부두 방파제 위로 고지가 산더미처럼 쌓이는 일이 종종 발생해서 바이어에게서 물량부족에 대한 클레임이 자주 걸리는 것이 가장 골치 아픈 문제였다. 두세 달에 한 번씩의 한국 방문은 아예 의례적인 일이 되었다. 또한 나는 서부해안과 동부해안, 특히 LA, 뉴욕, 뉴저지들을 훑으며 새 공급자를 물색해야 했다.

사장 빌은 사업이 확장되면서 수익이 늘어나는 것을 기뻐했지만 새로운 공급자를 개척하기 위해 나와 함께 LA나 뉴욕 출장을 가지는 않았다. 그가 나와 함께 방문한 재활용 공장으로는 우리가 첫 주문을 받았을 때 방문했던 포틀랜드 소재의 한 공장이 유일했다.

나는 우리가 한국의 한 제조회사에서 품질에 대해 클레임을 걸어왔을 때 그가 보인 반응을 결코 잊지 못한다. 습도 클레임이었다. 종이제품의 평균 습도(함수율)는 8~10퍼센트다. 고객은 물품의 습도가 40퍼센트라고 클레임을 걸어왔다. 달리 말한다면 대금의 30퍼센트를 물값으로 지불한 셈이니 환불하라는 것이었다. 사장은 바이어의 클레임이 과장되었다고 생각하고는 환불을 단호히 거부했다. 나도 사장과 같은 생각이었지만 한편으로는 어떻게 해서든 협상을 해서 클레임 크기를 줄이고 다른 한편으로는 똑같은 클레임을 공급자에게 매기자고 그를 설득했다. 결국 우리는 고객과 공급자 양측과 우호적으로 사태를 수습할 수 있었다. 하지만 그 사건 이후 고지 사업에 대한 사장의 혐오감은 눈에 띄게 커졌으며 이후 회사 수익이 쌓여갔음에도 불구하고 그의 태도는 변하지 않았다.

이제 내 월급은 상당히 올랐고 사장은 크리스마스-연말 보너스를 모든 직원들에게 주었다. 어느 날, 공교롭게도 아내가 둘째 딸 혜진(크리스틴)을 임신했음을 알게 된 바로 그날, 사장이 내 사무실에 들어와 점심을 함께 하자고 했다. 그의 얼굴에 떠오른 미소를 보고 뭔가 좋은 일로 만나자는 것임을 알 수 있었다. 우

리는 함께 계단을 내려가 늘 즐겨 가던 '쇼 햄버거' 가게로 들어
갔다.

사장은 내가 이 회사에 들어온 이래 처음으로 내가 회사를
위해 이루어낸 업적에 대해 아낌없이 칭찬했다. 그는 회사 사업
이 번창하고 있으며 이제 수입과 수출의 균형이 잘 맞고 있음을
인정했다. 실제로 내가 개발한 수출 사업은 그 물량에서나 수익
에서나 수입 사업을 능가하고 있었다.

그런데 이어서 사장의 입에서 나온 말에 나는 놀랐다. 회사
주식의 일부를 액면 가격으로 나에게 팔 수 있는지 변호사와 상
의해보았다는 것이다. 그는 주식의 양에 대해서는 말이 없었지
만 당시 나는 그런 것에는 전혀 신경을 쓰지 않았다. 나는 그가
이제 나를 진정으로 신뢰하게 되었다는 사실, 이 회사의 소유권
을 나와 기꺼이 나누려고 한다는 사실이 놀라워 숨이 막힐 정도
였다.

내가 원했던 것이 바로 이것이었다. 내가 미국에 처음 왔을
때 나는 어느 비즈니스 잡지에 쓰인 조언을 읽고 눈이 번쩍 뜨
인 일이 있었다. 글의 내용은 비즈니스에서 성공하는 세 가지 길
을 소개하는 것이다.

그중 첫 번째는 부동산에 투자하는 길이었다. 역사적으로
부동산 가격은 언제나 상승했다. 부동산에 투자해서 돈을 잃었
다는 예는 거의 찾아보기 어렵다. 두 번째는 주식에 투자하는 길
이었다. 그리고 마지막 세 번째는 평생 회사원으로 종사하거나

자신의 사업을 시작하는 길이었다.

그런데 지금 사장은 내게 자기 회사의 소주주가 될 기회를 제공하고 있는 것이다! 이 얼마나 큰 기회란 말인가! 아무튼 나는 '마크 토머스'에 근무하는 첫날부터 마치 이 회사가 내 소유인 것처럼 열심히 일해왔다. 나는 내게 이 회사의 소유권이 있건 없건 이 회사에서 은퇴를 하리라고 오래전부터 마음먹고 있던 터였다.

나는 그에게 나를 믿어주어서 감사하다고, 내게 더 많은 자유를 주어 우리의 수출 사업 아이템을 소신껏 개발할 수 있게 해주어서 고맙다고 말했다.

14. 운명의 변화

빌 사장이 내게 회사의 주주 자격을 제안함으로써 회사 내에서의 내 앞날은 더욱 전도가 밝아 보였으며 마치 보증된 것과도 같았다. 당연히 아내 명기와 나는 날로 규모가 커지는 우리 집살림이 경제적으로 안정될 수 있었기에 기뻐했다. 서른두 살의 나이에 나는 이제 거의 첫돌이 다 된 맏딸 혜선의 당당한 아버지였으며, 아내와 나는 이제 곧 두 번째 딸을 갖는 축복을 누리게 되어 있었다.

우리 부부는 아이들을 좀 더 넓은 공간에서 키우기 위해 좀 더 큰 집으로 이사할 때가 되었다고 생각했다. 포틀랜드 남서부의 첫 번째 우리 집은 침실 셋에 욕실이 딸린 80제곱미터 정도의 집이었다. 우리는 2년 전에 2만 5,000달러를 주고 그 집을 샀다. 그사이 집값은 상당히 올라 있었다.

우리는 곧 오크힐 에어리어 안의 노스웨스트 비버튼에 있는 완벽한 집을 발견했다. 220제곱미터 정도의 집으로서 입구에는 아름다운 마당이 있었고 세 개의 침실과 두 개의 욕실이 있었고 집안 전체에 바닥 난방 시설이 되어 있었다.

우리는 1975년 8월 중순에 새집으로 이사했다. 그리고 10월 24일에 둘째 딸 혜진이가 태어났다. 아내는 임신으로 인한 부작용을 전혀 겪지 않았으며 출산도 세인트 빈센트 병원에서 30분 만에 쉽게 했다. 나는 아내 명기가 아무런 합병증 없이 두 아이를 출산하는 것을 보고 정말 깜짝 놀랐다. 아내는 장모님도 아이 여덟을 임신하고 출산하면서 별 고생을 하지 않았다고 말했다.

나의 격려에 따라 아내는 첫아이 혜선이를 가졌을 때 학교 교사직을 그만두었으며 내 사업에 부침이 있었지만 그럭저럭 생활을 해나갈 수 있었다. 어쨌든 정말 오랜만에 처음으로 나는 경제적 안정을 느꼈고 내게 가족을 부양할 능력이 있다는 사실에 마음의 평화를 찾았다.

그사이 우리의 수출 사업은 더욱 확장되었지만 일본으로 진출한 활 수출 사업은 정체된 채 전망도 흐렸다. 그러던 중 뜻밖에 새로운 아이디어가 번쩍 머리에 떠올랐다. 나는 활 제조는 대단히 노동집약적이며 높은 수준의 기술과 경험을 필요로 한다는 것을 알고 있었다. 공정이 간단한 것처럼 보이지만 실제로 양질의 활을 생산하려면 많은 시간이 필요했다. 미국은 사냥과 활쏘기 연습 면에서 세계에서 가장 큰 시장이었다. 내게는 '왜 지금까지 한국의 활을 미국에 수입하겠다는 생각을 하지 않았지?'라는 생각이 떠오른 것이다.

사실 그 아이디어는 이미 몇 주 전에 떠올랐었다. 내 가슴은 흥분해서 뛰었지만 나는 그 사안을 무시했었다. 수출입과 관련된 당장 급한 현안들 때문이었다. 당시에는 어떻게 하면 지금 수출하는 물품의 물량을 늘일 수 있는가 하는 생각에만 밤낮으로 몰두해 있었다.

처음에는 활을 수입한다는 이 새로운 아이디어를 우선 일본의 '마쓰시타목재회사'에 소개해볼까 생각했다. 나는 그들이 이 일을 잘해낼 것이라고 믿어 의심치 않았다. 하지만 나는 곧 마음을 바꾸었다. 그리고 한국에서 활 제조업자를 찾아보기로 작정했다.

내가 우선적으로 관심을 가진 것은 가격 경쟁력이 아니라 과연 한국 제조업자가 미국 바이어들이 요구하는 품질수준을 맞출 수 있는가 하는 문제였다. 게다가 한국인으로서의 DNA와 애국심이 이 훌륭한 아이디어를 일본이 아니라 한국에 주게끔 나를 이끌었다. 내가 알기로는 당시 한국의 활을 수입하는 무역업자는 미국에 아무도 없었다.

가격에 관한 한 당연히 일본보다는 한국이 경쟁력이 있을 것이라고 나는 생각했다. 게다가 한국의 활 제조기술도 일본에 못지않을 것이다. 한국의 궁사들이 올림픽과 세계선수권 대회에서 거의 모든 메달을 독식하고 있지 않은가? 어찌 한국이 세계 최고의 활을 제조하리라고 믿지 않을 수 있단 말인가?

실제로 나는 스스로의 억측에 의해 잘못된 판단을 내리고 있었다.

한국으로부터 목제 활을 수입한다는 아이디어가 훌륭하고 일리가 있어 보이더라도 나는 좀 더 신중해야 하며, 사장에게 이 아이디어를 제출하기 전에 시장 조사를 어느 정도 해야 한다고 생각했다.

다음번 한국 출장 때의 일이다. 나는 한국의 우리 사업 에이전트인 '한주무역'의 조영진 사장과 마주 앉았다. 그는 우리의 고지 수출 사업의 한국 측 독점 판매 에이전트로 일하면서 우리 대신 한국의 공장들에 수입오퍼 대행 일을 하고 있었다.

나는 그에게 한국의 활 제조 산업에 대해 은밀하게 조사를 해본 다음, 가능한 한 빨리 믿을 만한 제조회사를 한두 군데 소개해줄 수 있겠느냐고 물었다. 그는 매우 영리한 사람이었다. 그는 내가 '한국합판'을 떠날 때 내 후임을 추천해주었던 바로 그 친구다. 몇 주 지나지 않아 나는 그의 보고서를 손에 넣을 수 있었다. 그가 추천한 두 제조회사 중에 '화곡산업'이라는 곳이 보다 탄탄하고 믿을 만해 보였다. 그 회사는 해외 수출 경험이 없었지만 우리의 도움과 협력으로 기꺼이 활을 미국에 수출하고 싶어 했다.

이제 슬슬 나의 새로운 사업 아이디어를 사장에게 제출할 때가 무르익었다고 나는 생각했다. 나의 전형적인 다섯 쪽의 제안서는 곧 승인을 받았다. 사장도 나처럼 활 수입 산업에 큰 가능성이 있다고 보았다.

새로운 사업을 출범시킨 뒤, '마틴 아처리(Martin Archery)'사가 샘플 오더를 받겠다는 의사를 표할 때까지 얼마나 힘들여 그 회사를 설득해야 했는지, 얼마나 자주 서울의 '화곡산업'을 방문해서 활의 품질을 검사해야 했는지 상세히 늘어놓고 싶지는 않다. 정말 믿을 수 없을 정도로 힘든 출장이었으며 엄청난 노력을 해야 하는 일이었다. 솔직히 사장의 미적지근한 후원만을 등에 업고 그토록 짧은 기간 안에 오로지 혼자 그 일을 어떻게 해낼 수 있었는지 믿을 수 없을 정도다.

'마틴 아처리'사에게 처음 제시한 샘플이 승인을 받았음에도 불구하고 6제곱미터 컨테이너에 실려 온 최초의 샘플 오더 제품들은 결함투성이였다. 품질 문제가 재빨리 시정되고 두 번째 오더가 주문되었다. 하지만 품질 결함이 여전했다. 우리의 고객인 '마틴 아처리'는 더 이상 한국산 활을 수입하지 않겠다고 단호하게 선언했다. 미국에서 가장 큰 활 제조회사인 인디애나 주 에반스빌의 '베어 아처리(Bear Archery)'를 방문해서 한국산 활을 소개하겠다는 계획을 세우고 있는 중에 벌어진 일이다.

어느 날 나는 사장과 함께 점심을 들면서 더 이상 한국산 활의 품질 문제를 처리할 수 없다고 말했다. 나는 활에 신물이 났고 지쳐 있었으며 품질검사 등 여러 가지 일로 한국에 출장 가는 것이 정말 싫었다. 게다가 일본에 활을 수출하는 사업도 고전 중이었으며 아무런 진척이 없었다. 나는 사장에게 더 이상 새로운 고객을 찾아 '베어 아처리'를 방문할 기력이 없다고 말했다. 고맙게도 사장은 나를 이해하고 진심으로 내 말에 동의했다. 우리는 주저 없이 활 수출입 사업을 접기로 했다. 그것으로 그만이었다. 우리는 작은 회사였기에 의사결정 과정이 신속하고 과감했다.

우리가 활 수입 사업을 접었다는 소식을 들은 조영진과 화곡산업은 이만저만 실망한 게 아니었다. 그들은 품질관리 시스템에 문제가 있다는 것을 인정했지만 얼마나 실망했을지 나는 충분히 공감할 수 있었다. 그들에게는 결코 작은 문제가 아니라는 것도 잘 알고 있었다.

약 1년 후에 나는 조영진으로부터 자신이 직접 투자하여 새로운 활 제조공장을 세웠고 유럽으로 수출을 시작했다는 이야기를 들었다. 나는 그의 사업이 잘되기를 빌었다.

일단 활 사업을 포기하자 내 생활은 정상적인 궤도로 돌아왔다. 그동안에도 우리의 고지 수출 사업은 믿을 수 없을 정도로 팽창 일로에 있었다. 물론 품질에 대한 클레임은 여전히 늘어났지만 우리는 그것을 필요악으로 간주할 수밖에 없었고, 실제로 그 문제에서 완벽하게 벗어날 길은 없었다.

사장은 수출 사업에는 거의 관여하지 않았다. 따라서 그는 주문을 받는 일, 수출 물품을 확보하는 일, 여러 선박 회사들과 컨테이너를 예약하는 등의 물류 일, 컨테이너에 선적하기에 앞서 선적 물자들의 품질을 모니터링하는 일 등에 대해 아무런 책임도 지지 않았다. 그렇지만 이 모든 일을 하면서도 내가 정신줄을 놓는 일은 없었다. 비록 머리카락이 몽땅 빠지긴 했지만….

어느 날 사장과 대화를 나누면서 그가 얼마간의 회사 지분을 내게 양도하겠다고 말한 지 거의 1년이 지났다는 사실이 떠올랐다. 나는 시간이 그토록 빨리 흘렀다는 사실에 놀랐다.

그날 밤 나는 잠이 잘 오지 않았다. 나는 사장이 왜 그 이야기를 다시 꺼내지 않는 것인지 의아했다. 그 사실을 잊고 있는 것일까? 사장은 내가 얼마나 바쁜지 알고 있었다. 그는 사업 운영에 관한 세세한 일에 개입하기를 원하지 않아 실제로는 나 혼자 모든 것을 처리하도록 허락하고 있는 셈이었다. 사업이 확장되었어도 오전에 퇴근해서 다시는 사무실로 돌아오지 않는 그의 버릇은 여전했다. 그는 정말로 한가한 사람이었다. 아마도 내게 액면 가격에 회사 주식을 팔겠다는 제안을 잊었을 수도 있으리라. 그건 옳지 않은 일로 여겨져 나는 다음 날 아침 그와 대면해야겠다고 결심했다.

언제나 그렇듯 내가 제일 먼저 출근했다. 나는 커피를 타서 천천히 음미하면서 1년 전에 그가 먼저 꺼낸 회사 주식에 관한 이야기를 어떤 식으로 시작해야 할지 머릿속으로 궁리하고 있었다. 한 명씩 직원들이 시간에 맞춰 나타났다. 사장은 조금 늦게 출근했으며 나는 그가 사장실로 들어가 자리에 앉을 때까지 기다렸다. 심장이 두근거렸다. 사장에게 그가 다시 상기하고 싶지 않은 이야기를 꺼내는 것 같아 신경도 예민해졌다.

나는 지난 5년 동안 상여금을 올려달라고 그에게 요청해본 적이 없었다. 게다가 주식을 내게 제공하겠다는 이야기를 먼저 꺼낸 것도 그였다. 나는 그에게 그런 요청을 해본 적이 없다. 나는 침착하자고 다짐하며 사장실로 들어갔다.

"들어가도 좋겠습니까? 의논드릴 일이 좀 있습니다."

나는 곧바로 요점으로 들어갔다. 나는 그에게 그가 주식 분배 계획에 대해 변호사와 상의해보았느냐고, 내게 주식을 분배해줄 준비가 되었느냐고 물었다.

그는 그럴 계획이었지만 생각이 바뀌었다고 대답했다. 자신의 외아들인 마크를 입사시켜 언젠가 그에게 물려받게 할 계획이라는 것이었다. 나는 내 귀를 의심할 수밖에 없었다. 마크는 이제 열여덟 살의 고등학생이었다. 내가 아는 한 마크는 비즈니스 훈련을 해본 적이 없으며 다음 해에 오리건 주립대학에 들어갈 예정이었다. 사장도 그 대학 졸업생이었다. 사장은 그 결정이 주식을 언제까지고 내게 팔지 않겠다는 뜻은 아니라고 말했다. 다만 지금은 그럴 수 없으니 좀 더 기다려달라는 것이었다.

너무나 충격적인 선언이어서 나는 순간적으로 머리가 텅 비어버린 것 같았다. 나는 무슨 말을 해야 할지 알 수 없었다. 나는 그와 언쟁을 벌이고 싶지 않았다. 이 회사는 그의 회사이고 그가 주식을 팔려 하지 않는다. 그에 대해 무슨 할 말이 있겠는가?

나는 지난 5년간 회사를 위해 정말 열심히 일했다. 나는 회사의 성장을 위해 내 마음과 영혼을 다 쏟아부었으며 특히 그가 회사 주식을 내게 팔겠다고 말한 이후에는 더욱 열성적으로 일했다. 나는 잠시 아무 말 없이 그의 방에 앉아 있다가 몸을 일으켜 밖으로 나왔다.

나는 내 방으로 와서 사장이 한 말에 대해 곰곰 생각하며 앉아 있었다. 이렇게 손바닥 뒤집듯 자신의 말을 뒤집어도 좋단 말인가? 나는 평생을 통해 '남아 일언 중천금'이라고, 한 입으로 두 말 하면 안 된다고 배웠다. 누군가와 무엇인가를 약속하면 무슨 일이 있어도 그것을 지켜야 한다고 배웠다. 사장은 내 꿈을 산산조각 냈고 그에 대한 내 신뢰를 박살내버렸다. 나는 집중이 되지 않아 더 이상 내 방에 앉아 있을 수 없었다. 정말로 간절하게 신선한 공기를 호흡하고 싶었다.

나는 나의 비서인 지네트에게 오후 내내 외근하게 될 것이라고 말한 후 사무실에서 나왔다.

15. 대자연의 가르침

10월 중순이었다. 동쪽으로 더 댈스를 향해 뻗어 있는 인터스테이트 84번 고속도로를 따라 심긴 전나무들이 태양빛을 담뿍 머금은 채 풍요로움과 건강을 뽐내고 있었다. 도로에는 자동차가 별로 없었다. 고속도로 왼편의 거대한 컬럼비아강은 그날따라 고요했으며 마치 이 세상에 아무런 걱정거리도 없다는 듯 느릿느릿 흘러가고 있었다. 나는 질투심을 느꼈다. 내 속은 마치 주전자 속이나 난로 위의 물처럼 부글부글 끓고 있었다.

'왜 내 마음은 저 강처럼 될 수 없는 것일까?'라고 나는 생각했다. 나는 무슨 충동으로 내가 이곳 컬럼비아강까지 차를 몰고 오게 된 것인지조차 이해할 수 없었다. 나는 단지 어딘가 조용한 자연 속에서 머리를 식히고 싶었을 뿐이었다. 나는 언제나 산보다는 강이나 바다를 더 좋아했다. 강이나 바다는 언제나 따스하고 안락한 어머니 품 같았고, 마음과 영혼을 열고 나를 맞아주는 것 같았다.

청어 낚시 한창때가 지났음에도 보니빌 댐으로부터 흘러나온 강 하류에서 저 유명한 오리건 청어 낚시를 하고 있는 사람들이 꽤 보인다. 나는 낚시에 취미로써 빠져든 적은 없었지만 연어나 청어를 낚기 위해 이곳으로 차를 몰고 온 적은 몇 번 있다. 나는 강에 인접해 있는 작은 공원으로 차를 몰았다. 내게는 낚시

도구가 없었으므로 나는 낚시하는 사람들과 흘러가는 강, 파란 하늘 아래 솟아 있는 산마루를 바라볼 수 있는 벤치를 발견하고 그곳에 앉았다. 다운타운의 어느 식품점 앞에 잠시 멈춰 서서 내가 좋아하는 참치 샌드위치와 오렌지 주스를 점심으로 준비해 온 것이 다행이었다.

자연 속에서 자연과 함께 점심을 들고 있자니 내가 진짜 살아 있는 것 같다는 기분이 들었다. 나는 그 어떤 것에 대해서도, 심지어 내 가족에 대해서까지도 생각을 하지 않으려 했다. 나는 오로지 내게서 모든 생각을 비워내고 싶었다. 그러자 놀랍게도 내 마음은 부글부글 끓던 물에서 고요한 강물로 바뀌어 있었다.

나는 역지사지(易地思之)의 입장에서 사장을 이해해보겠다는 마음으로 그날 아침 사장과 나누었던 대화를 되새겨보았다. 수년 동안 사장의 행동을 지켜본 결과 그는 결코 이상적인 비즈니스맨은 아니었다. 그는 자기가 하는 일에 열정을 보인 적도 없었으며, 직원들에게도 고객이나 공급자에게도 별로 관심을 기울이지 않았다. 그는 매우 개인적인 사람이었다. 그가 가진 유일한 취미라야 비행기를 타고 멀리 낚시를 하러 가는 것뿐이었다. 하지만 그는 내가 개척한 수출 사업의 성공 덕분에 백만장자가 되었음이 틀림없었다. 그는 경제적으로 탄탄한 위치에 있어 언제고 그가 원할 때면 은퇴할 수 있었다.

모든 벤처 비즈니스에는 위험과 함정이 숨겨져 있다. 나는 우리 회사가 일본의 해운회사로부터 소송을 당했던 일을 상기해냈다. 많은 양의 미국산 침엽수 통나무 수출 일로 한국의 바이어와 협상하면서 나는 용선계약에 미리 사인을 했고, 그 용선계약이 취소되면서 벌어진 일이었다. 그 전말은 이렇다.

한국인 바이어는 이미 해운회사와 아주 좋은 가격에 운임 계약을 협상해놓았으니 우리가 신경 써야 할 일은 오리건주의 아스토리아 항구에서 선적할 양질의 침엽수들을 준비하는 것뿐이라고 단언했다. 이어서 운임에 관한 한국의 외환법과 기타 문제 등을 놓고 해운회사와 바이어 사이에 협상이 벌어졌다. 협상 결과 그들은 나에게 용선계약에 그들 대신 서명해줄 것을 요구했다. 바이어가 'C&F 베이시스'의 신용장을 개설하기로 했다는 내용이었다. 즉 판매 금액에 통나무 가격과 해운 운임이 포함되며 화주가 해운회사에 운임을 나중에 직접 지불하는 형식이었다.

한국 바이어와 이 일에 대해 협상하는 동안 나는 조선호텔에 묵고 있었다. 나는 한 해운회사의 중역으로 있는 친구에게 전화를 걸어 이 용선 계약에 사인할 때 벌어질 수 있는 리스크가 어떤 것인지 물었다. 그는 바이어가 약속한 대로 신용장을 개설하고 우리가 오리건에서 준비하고 있는 화물에 자신만 있다면 걱정할 일이 없다고 말해주었다. 나는 우리 회사의 모든 수출 업무를 전담하고 있었으므로 이 계약에 대해 사장의 동의를 얻을 이유는 전혀 없었다.

바이어는 다음 날 신용장을 개설하기로 약속이 되었으니 용선 계약에 서명을 해달라고 요구했다. 그는 용선 시장 가격의 변동이 심하고 해운회사에서 언제 운임을 올려달라고 할지 모르니 속히 일을 처리해야 한다고 덧붙였다. 나는 굴복하고 서명을 했다. 이 오더만 실행되면 우리 회사의 위상이 달라질 것이었고 우리는 미국의 활엽수뿐 아니라 침엽수(소프트우드, Softwood)에서도 메이저 수출 회사가 될 수 있는 기회였다. 하지만 나는 지나칠 정도로 멸사봉공 정신에 투철해 있었다. 나는 사장이나 회사를 위해 영웅 역할을 하고 싶었던 것이다.

　　불행히도 바이어는 약속대로 신용장을 개설하지 못했다. 그는 시장이 급속도로 변화되었기 때문이라고 핑계를 댔으며 우리 회사는 내게 전혀 낯설기만 한 용선계약에 덜미를 잡힌 꼴이 되었다. 나는 지체 없이 해운회사를 찾아가서 계약을 무효화시키려 애썼지만 그들은 꿈쩍도 하지 않았다. 심지어 나는 도쿄의 해운회사 본사를 찾아가 중역들에게 우리가 처한 곤경에 대해 호소했지만 아무 소용이 없었다.

　　이제 빌 사장에게 지금까지 벌어진 일을 보고하고, 내가 용선계약에 서명을 함으로써 저지른 끔찍한 실수를 고백하는 수밖에 없었다. 보고를 들은 사장은 제정신이 아니었다. 그는 전화상으로 내게 호통을 치더니 이어서 텔렉스를 통해 비난을 퍼부었다.

　　서울에서 포틀랜드로 돌아오는 길이 마치 지옥길 같았다.

마치 하룻밤 사이에 영웅에서 악당이 되어버린 것 같았다. 이런 법적인 문제는 사장이 직접 변호사와 처리했으며 내가 여기에 개입하는 것을 원치 않았다. 우리는 법정에 가지 않았다. 나는 그 일이 어떻게 마무리되었는지, 그 일로 인해 회사가 얼마나 손해를 입었는지 알 수 없었다. 다만 내가 저지른 실수가 아주 심각한 것이라고만 알 뿐이다. 이 거래로부터 배운 값진 교훈들은 내 안에 고스란히 남았다.

이 커다란 실패 외에, 해외 고객에게서 가끔 작은 클레임이 걸려오는 것 빼고는 우리 회사에 더 이상 아무 문제도 없었다. 그럼에도 불구하고 사장은 작은 문제들에도 매번 화를 내고 신경질을 냈다. 아마도 그가 결코 상세한 비즈니스 업무에 구체적으로 개입한 적이 없었기에 그런 걱정거리나 알려지지 않은 위험들이 실제보다 더 커 보였을 것이다.

나는 그가 은퇴하려 하는 것은 아닌가 하는 의구심이 들었다. 그렇다면 굳이 회사주식을 나나 다른 이에게 팔 이유가 없지 않은가? 어쨌든 회사를 아들 마크에게 물려주겠다는 변명은 순간적인 결정을 그냥 되는 대로 둘러댄 것처럼 내게는 보였다.

'오케이, 알겠어.'

나는 빌이 왜 그렇게 행동했는지 이제 완전히 알 수 있었다. 하지만 그에 대한 나의 신뢰를 저버린 데 대해서는 용서할 수 없었다. 그는 내게 정직하지도 않았고 내게 회사 주식을 팔 생각이 없다는 사실을 내게 알려줄 용기도 없었다. 그리고 내 앞에서

헛된 희망의 추를 흔들어 보였다.

그날 강변에 앉아 있으면서 내 마음은 점차 맑아지더니 완전히 환해졌다. 비록 사장을 향한 존경심은 사라졌지만 더 이상 그에게 화가 나지는 않았다. 이제 '마크 토머스'와의 미래는 없다. 그 누군가의 신뢰를 잃는다는 것은 가장 견디기 어려운 경험 중의 하나다. 누구든 그 사람과 더 이상 마주하기 싫어지고 가능한 한 멀어지고 싶어지기 마련이다.

16. 용기와 결심

놀랍게도 웅장한 컬럼비아 골짜기로부터 집으로 차를 몰아오면서 나는 유쾌한 기분이었고 완전히 원기를 되찾은 느낌이었다.

나는 곧장 사직할 것인지 아니면 좀 더 기다려야 할지 마음을 정하지는 못했다. 하지만 회사를 떠난다는 것만은 분명했다. 아내 명기는 두 딸을 돌보며 집에 있었다. 큰딸 혜선이는 두 살이었고 둘째 혜진이는 첫돌을 며칠 앞두고 있었다. 아내는 딸들을 키우면서 행복해했다. 아내는 아이들이 방긋 웃음으로 화답하거나 엄마가 얼러주는 데 따라 옹알옹알 뭐라고 응대하면 너무 즐거워했다.

저녁 식사 후 아이들이 잠자리에 들자 나는 그날 오전 회사에서 있었던 일에 대해 아내에게 이야기해주었다. 예상했던 대로 그녀의 반응은 전광석화였다. 그녀는 내게 회사를 당장 그만두라고, 자기였더라도 그렇게 했을 것이라고 말했다. 이어서 그녀는 사장의 성격에도 문제가 있다며 그가 냉혹한 사람이거나 믿을 수 없는 사람인 것 같다고 말했다. 그 말을 할 때까지만 해도 그녀는 내가 다른 회사에 쉽게 취직하리라고 생각하고 있었을 것이다. 나는 아내가 흥분한 가운데 빌 사장과 그의 성격에 대해 내리는 품평을 즐기고 있었다.

내가 회사를 그렇게 빨리 그만두리라는 생각은 전혀 하지 않고 있었기에 우리는 별로 돈을 저축하지 않았었다. 당분간 생활을 해나갈 만한 돈은 충분했지만 새로운 사업을 시작할 자금의 여유는 없었다. '마크 토머스' 같은 회사를 세우고 운영하는 데 얼마나 많은 비용이 들 것인지 잘 알고 있기에 회사를 출범시킨다는 것은 마치 불가능한 탐험에 나서는 것처럼 보였다. 게다가 나의 첫 회사인 '글로벌 인터내셔널'이 그토록 비참하게 실패했던 사실이 생각나서 겁이 나기도 했다.

어쨌든 일단 회사를 그만두기로 결정한 이상 당장 새 회사에 대한 생각은 접기로 했다. 나의 본능은 회사를 그만둘 것인가 말 것인가 문제로 더 이상 골머리를 앓을 필요 없이 곧바로 퇴직하라고 내게 속삭였다. 그리고 나는 곧 본래의 자신의 모습을 되찾았다.

나는 사장에게 한 달 기한을 주고 회사를 그만두겠다고 통고하기로 결심했다. 그 기간 해결하지 못한 클레임들을 처리하고 미해결 중인 오더들을 해결하고 공급자에게 미지급 대금을 지급할 것이며, 내가 회사를 떠나게 되었다는 사실을 해외 에이전트와 공급자들에게 통보한 뒤 내 후임으로서 사장을 보좌할 사람을 그 기간 동안 훈련시켜야겠다고 생각했다.

다음 날 아침 나는 사장실로 들어가 타이핑된 사직서가 들어 있는 봉투를 그의 책상 위에 놓았다. 그는 봉투를 흘깃 바라보기만 했을 뿐 열어보지도 않았고 내게 설명을 요구하지도 않았다. 대신 그는 현재 진행 중인 사업문제에 대해 몇 가지 질문을 던진 다음 평소처럼 외출한 뒤에 종일 돌아오지 않을 것이라고 말했다. 나는 조용히 사장실을 나왔다. 내심 그가 곧바로 돌아와 나의 사직 문제에 대해 의논하기를 기대하고 있었다. 하지만 그는 그러지 않았다. 돌이켜보건대 그는 내가 실제로 사직하리라고는 믿지 않았으며 내 마음이 바뀌기를 바라고 있었던 것이 틀림없다.

빠르게 한 달이 지나갔다. 나는 필요한 모든 일을 처리했다. 또한 오랫동안 이 회사에서 회계직과 오피스 매니저직을 맡아 일해온 해리엇 클로시어에게 내가 마무리를 짓지 못하고 제쳐두었던 일들의 리스트와 그 일들에 대한 처리 지침을 전해주었다. 그녀는 내가 사직하게 된 것이 정말 섭섭하다며 결정을 번복할 수는 없느냐고 물었다. 그녀는 사장에게 나를 만류하라고 말했다고 했다. 나는 그녀에게 미소를 지으면서 최종 결정이라고 말했다. 그녀는 나를 힘껏 포옹하면서 행운을 빌었다.

내가 사직한 지 일주일 정도 지난 어느 날, 빌의 부인 글로리아가 예고 없이 우리 집을 방문했다. 나와 아내는 그녀를 보고 놀라서 얼른 거실로 안내했다. 그녀는 남편이 보내서 온 것이 아니라고, 하지만 남편은 내 사직을 만류하지 않은 데 대해 후회하고 있는 것이 틀림없다고 말했다. 그녀는 사직을 재고해볼 여지는 없느냐고 내게 물었다. 나는 그녀에게 심사숙고 끝에 내린 결정이라고 말했다. 그 말을 하면서 이제 나의 사직은 기정사실로 굳어졌다는 것을 나는 확인했다.

내가 마지막으로 회사 사무실을 나서던 날은 비 내리는 11월 오후였다. 추수감사절이 코앞에 다가와 있었다. 오리건의 겨울 기후는 대개 예측 불가능하지만 그날은 무척 포근했던 것으로 기억난다. 나는 폭스바겐 다셔에 올라 안전벨트를 매고 시동을 걸었다.

이제 어디로 간다? 나는 내가 직장을 그만두었으며 이제 실직자가 되었다는 사실을 깜빡 잊었다. 실업수당을 신청한다는 생각은 아예 머리에 떠오르지도 않았다. 내게는 충분한 저축이 있었으며 내 앞에 놓여 있는 그 어떤 도전에도 맞설 자신이 있었다. 나는 더 이상 어떻게 해야 자신과 가족들을 부양할 수 있을지 몰라서 쩔쩔매는 대책 없는 사람이 아니었다.

나는 비버튼에 있는 '프로그레스 다운스 골프 코스(Progress Downs Golf Course)' 연습장으로 가서 공을 몇 개 치기로 마음 먹었다. 회사로부터 10분 거리였다. 나는 큰 박스의 공을 구입한 뒤 연습장에서 거의 한 시간을 보냈다. 그날 골프채를 휘두르면서 내게는 아무런 생각이 없었다. 단지 공을 계속 치면서 지난 5년 동안 쌓여 있던 온갖 스트레스와 좌절을 날려버렸을 뿐이다. 마지막 공을 때려낸 뒤 나는 골프연습장 안에 있는 커피숍으로 갔다.

빌 사장과 나 사이에는 늘 팽팽한 긴장이 존재했지만 나는 그가 영민한 비즈니스맨이라고 늘 생각해왔다. 그는 매우 철저한 사람이었으며 사업 전반에 걸쳐 매우 꼼꼼했다. 내가 그로부터 배운 것들 중에 결코 잊지 못할 게 두 가지 있다. 그중 하나는 그 어느 것도 어림짐작으로 그치지 않는다는 것이다. 그는 언제나 이중, 삼중으로 체크를 했다. 다른 하나는 꼼꼼하게 디테일을 살펴본다는 것이다. "디테일, 디테일!"이라는 그의 목소리가 지금도 여전히 내 귓전에 선하다.

내가 '마크 토머스'를 떠난 지 몇 해가 지난 뒤의 일이다. 어느 날 빌이 나의 새로운 회사 사무실로 찾아왔다. 그는 자기 회사가 문을 닫았다며 국제무역에 관한 자신의 지식과 경험을 필요로 하는 새 직장을 찾고 있다고 말했다. 나는 그를 다시 만난 것이 반가웠지만 그가 개의치 않고 내 회사와 나를 위해 일하기를 원한다는 사실에 충격을 받았다.

그런 일은 한국에서는 좀처럼 일어날 수 없다. 한국인이라면 자기가 전에 직원으로 고용하고 있던 사람을 찾아가 일자리를 부탁한다는 것은 너무 창피한 일이라고 생각할 것이다. 나는 빌의 솔직함과 그의 실용적인 마인드에 깊은 감명을 받았다. 나는 이런 것이 바로 미국의 실용주의(Pragmatism)가 아닐까 생각했다.

내가 빌에게 배운 것이 또 하나 있다. 그는 그 누구를 향해서도 개인적 비판을 하지 않았다. 그가 옳았다. 나는 한국인이었기에 한국인이면 누구나 그렇듯 체면치레를 매우 중요하게 여겼다. 그래서 내가 뭔가 잘못하고 있다는 생각 자체를 견디기 어려워했다. 나는 미숙한 일을 하면서도 내가 마치 그 일을 잘 알고 있는 것처럼 행동했다.

빌 사장은 나보다 열두 살이 위다. 그는 사업에서 내게 아주 좋은 교사였다. 내가 그의 회사를 떠나 새 출발한 사업에서 성공을 거두게 된 것은 그에게 힘입은 바가 매우 크다.

17. 새 회사 'K - C 인터내셔널'

나는 새 회사의 이름을 'K-C 인터내셔널(K-C International Ltd)'로 정했다. K와 C는 각각 내 이름과 성의 이니셜에서 따왔다. 나는 그 명칭이 사용가능한지 '오리건 비스니스 사무국'에서 체크한 뒤에 법인 등록을 했다.

일단 회사를 등록하고 나자 지체 없이 처리할 일들이 많았다. 사무실을 얻어야 했고 사무집기·전화를 갖추는 등등…. 나는 나의 공급자들과 고객들에게, 특히 한국의 세일즈 에이전트인 '한주무역'의 조영진과 '광명목재' 박영주 사장에게 내가 '마크 토머스'사를 퇴직해서 새 회사를 설립했음을 알려야 했다. 하지만 무엇보다 중요한 것은 우리 회사에 크레디트 라인을 개설해줄 은행을 찾는 일이었다.

이제 내 마음은 더없이 맑아졌다. 나는 새 사업을 시작할 자금이 충분하지 않다는 것을 잘 알고 있다. 하지만 지난 5년간 내가 쌓은 신용과 비즈니스 평판이 큰 자산이 되리라고 믿었다.

내가 택할 은행은 당연히 포틀랜드 다운타운 소재의 '캘리포니아 은행(Bank of California)'이었다. 그 은행은 '마크 토머스'의 주거래 은행으로서 그 회사가 벌이고 있는 사업에 대해 비교적 잘 알고 있었고 국제 업무에 능통한 스태프들도 있었다. 나는 지점장인 페리 홀랜드(Perry Holland)와 전화로 약속을 잡았다.

그는 '마크 토머스'의 L/C와 관련된 협상서류들을 맡아서 처리한 사람이었기에 전에 몇 번 만난 적이 있고 그가 나에 대해 호감을 가지고 있으리라 나름대로 생각했다.

그의 사무실에서 그를 만난 나는 나의 5개년 사업계획과 나의 재정 상태에 관한 자기소개서를 제출했다. 나는 나의 회사의 신용가치를 결정하기 위해 은행에서 어떤 것들을 요구하는지 미리 알고 있었다.

그는 우선 내가 왜 회사를 그만두게 되었는지 물었다. 나는 빌 사장과 나의 사업에 대한 비전이 다르다고 즉각 대답했다. 그는 빙그레 미소를 짓더니 자신은 빌을 잘 안다며 내가 그를 떠난 것이 별로 놀랄 일은 아니라고 말했다. 이어서 그는 앞으로 모든 협상 서류들은 '캘리포니아 은행'을 통해 처리된다는 조건으로 크레디트 라인을 개설해주겠다고 말했다. 나는 그의 제안에 놀랄 수밖에 없었다. 나의 소개서를 보면 내게 자산이 거의 없다는 것을 분명히 알았을 텐데 선뜻 크레디트 라인을 개설해주겠다고 말하다니 정말 뜻밖이었다.

그는 내게 손을 내밀며 말했다.

"켄 씨, 당신이 빌을 위해 새 사업들을 탄생시키고 성공적으로 이끈 것을 내가 잘 알고 있소. 나는 당신이 이 새로운 모험에서 성공하리라고 믿소." 이어서 그가 덧붙였다. "지금 내가 당신에게 제공할 수 있는 금액은 15만 달러뿐이오. 당신의 비즈니스 라인으로서 충분하지는 않을 것이오. 하지만 언제고 크레디트 라인을 재검토할 용의가 있으며 당신 회사가 성장하면 그 액수가 늘어날 수 있을 것이오."

나는 은행에서 크레디트 라인을 얻을 기회가 어느 정도 될지 모른다고 생각했었지만 솔직히 즉석에서 그토록 많은 금액을 제공받을 줄은 몰랐다. 내 삶에는 많은 천사들이 있다. 그리고 페리 홀란드는 분명히 하나님이 내게 보내신 천사였다. 그의 도움과 대담한 결정이 없었더라면 'K-C 인터내셔널'은 이륙하지도 못했을 것이다.

1976년 12월 'K-C 인터내셔널'은 오리건주에 공식적으로 등록이 되었다. 나는 217번 하이웨이와 선셋 프리웨이 교차점에서 완벽한 사무실을 찾아냈다. 주소는 SW 월셔 스트리트 9999번지였다. 나는 9999라는 숫자가 좋은 징조로 보였다. 월셔 프로페셔널 빌딩 2층의 사무실은 25제곱미터 정도밖에 안 되는 크기지만 두 개의 책상과 의자·텔렉스·복사기를 놓기에는 충분했다.

정말 보잘것없는 출발이지만 나는 내 회사가 자랑스러웠고 이 세상 전체를 내 품에 품을 준비가 되어 있었다. 비록 연건평 1,000제곱미터 빌딩의 작은 2층 임대 사무실이지만 언젠가 내가 이 건물의 소유주가 되리라고 속으로 다짐했다. 결국 훗날 나는 그 건물의 소유주가 되었다.

나는 우선 해외 에이전트들, 공급자들, 고객들에게 차례차례 전화를 걸기 시작했다. 모두 나를 축하하며 지원을 약속했다.

지난 몇 년 동안 거래를 해왔던 남부캘리포니아의 어느 큰 고지 공급자는 나를 도와주겠다며 대금 지불기한을 넉넉하게 잡아주겠다고 약속했다. 그 회사는 우리 회사의 자금 사정이 향상될 때까지 60일 지불 기한을 잡아주겠다고 했으며 우리 회사의 사정이 나아지면 30일로 조정하겠다고 했다. 일반적인 공급자들의 지불기한은 10일로써 송장(送狀, Invoice)이 발행된 날로부터 10일 안에 대금을 지불해야 했다. 그 공급자의 제안은 마치 은행으로부터 또 다른 크레디트 라인을 획득한 것과 같았다.

거래은행과 LA의 가장 큰 공급자로부터 충분한 크레디트 라인을 획득했으니 이제 가능한 한 빨리 새로운 사업을 출범시킬 순서였다. 나는 이미 비즈니스 플랜을 구상해놓았기에 모든 것이 내 머릿속에 착착 정리되어 있었다. 다행히 세계 경제는 기나긴 불황에서 벗어났고 고지에 대한 주문도 증가했다. 대부분의 한국 제지회사들은 풀가동되고 있으며 더 많은 원료를 필요로 하고 있었다. 지불기한은 엄격한 일람불 신용장으로 되어 있어서 우리가 선적 서류들을 은행에 제출하기만 하면 대금을 받을 수 있었다.

새해가 오기 전에 우리는 이미 많은 주문을 받았으며 모든 물품이 잇따라 확보되었고 대만 고객들로부터도 주문이 이어졌다. 우리의 첫해 수출 목표는 총 100만 달러였다. 나의 비즈니스 플랜에는 고지·활엽수 통나무·합판이 처음 몇 해 동안 우리가 주력해야 할 핵심 사업으로 명기되어 있었다. 나의 장기적 플

랜은 우리의 프로덕트 라인을 다양한 공업제품 수출입으로 다
변화해서 중견 규모의 '대우' 같은 무역회사로 키우는 것이었다.
'대우'는 성공적인 종합상사였다. 한국에서 전설이 된 대우의 소
유주 김우중은 나처럼 소박하게 회사를 시작했다. 당시 나의 단
기·중기·장기 사업목표는 매우 명확했다.

놀랍게도 나의 첫해 사업목표는 쉽게 달성되어 예상 수익을
초과하기까지 이르렀다. 나는 분명 과로했다. 하지만 사업 첫해
에 실패할 수도 있을 가능성을 비롯해 사업을 시작하면서 당연
히 가질 수 있는 염려나 불안 등을 털어낼 수 있다는 사실이 너
무 기뻤다. 미국 내 공급업자들이건 한국과 대만의 해외 고객들
은 더 이상 우리를 신규 업자로 취급하지 않았다. 해외 고객들로
부터 오는 모든 L/C들은 '캘리포니아 은행'을 통해 통지되었기
때문에 페리 홀란드와 은행 스태프들은 우리의 사업이 날로 번
창하고 있다는 것을 잘 알고 있었다. 홀란드는 당연히 기뻐했으
며 기꺼이 크레디트 라인 금액을 인상해주었다.

두 번째 해에는 우리의 수입은 세 배가 되었다. 그리고 3년
째에는 다시 두 배가 되었다.

'K-C 인터내셔널'이 일찍 성공한 데 힘입어 아내와 나는
우리가 꿈꿔왔던 새집을 지을 때가 되었다고 생각했다. 우리는
포틀랜드 사람들이 선망하는 하퉁 팜스(Hartung Farms) 인근에
2,000제곱미터의 대지를 마련해서 1978년에 집을 지었다. 시다

하퉁 팜스 새집에서 아내 명기가 노래를 좋아하는 시어머니(유태정)와 함께 피아노 앞에 앉았다. 왼쪽엔 동생 유니. 1980년대 초 사진이다.
1982년 부활주일에 포틀랜드 하퉁 팜스 집 앞에서 우리 부부와 세 딸, 온 가족이 기념촬영을 했다.

힐스(Cedar Hills)에 있는 나의 사무실과 가까운 곳이다.

우리의 새 보금자리의 크기는 약 340제곱미터이며 네 개의 침실 외에 서재 하나와 사우나 룸을 갖추었다. 아내와 나는 이 집이 우리가 평생 살 집이라고 생각했다. 당시 다섯 살과 네 살이었던 혜선과 혜진을 키우기에 안성맞춤인 집이다. 셋째 딸 혜조(디애나)는 1981년에 태어났다. 널찍한 거실은 내가 아내와 딸들을 위해 구입한 피아노를 놓기에 적격이었다. 음악은 우리 가족의 삶에서 아주 중요한 몫을 차지하고 있었다.

우리가 일단 하퉁 팜스에 자리를 잡자 이곳은 우리 일가친척이 정기적으로 모이는 장소가 되었다. 포틀랜드로 이민 온 처갓집 식구들과 나의 가족이 이 집에 모였으며 추수감사절이나 크리스마스 휴가 때면 우리 집은 아이들을 포함해 모두 50명 가까이 북적거렸다. 우리는 칠면조 구이와 햄을 비롯해 불고기·갈비·생선전 등의 한국음식을 내놓았다. 김치가 빠지지 않은 것은 물론이다.

어머니는 이 음식과 가족의 행복을 주신 데 대해 가장으로서 하나님께 감사 기도를 드리라고 내게 말씀하셨다. 디저트 후에는 아내가 피아노를 연주하고 우리는 모두 피아노 옆에서 노래와 음악을 즐겼다. 그런 후 어른들은 거실이나 부엌에서 이민 1세대로서의 우리 삶에 대해, 특히 이 기회의 땅에 자리 잡기 위해 우리가 겪었던 어려움과 좌절에 대해 이야기를 나누었다. 하지만 종국에는 미국에서 지내는 삶이 한국에서의 삶보다는 훨씬 낫다고 입을 맞추며 하나님께 감사했다.

어느 날 '마크 토마스'에서 오피스 매니저직을 맡고 있던 해리엇 클로시어가 내게 전화를 걸어 혹시 나의 회사에서 회계를 맡아볼 직원을 필요로 하지 않느냐고 물어왔다. 당시 우리 회사 직원들은 업무 과부하에 걸려 있었고, 빌딩 내에 사무실을 차리고 있는 공인 회계사 존 보프가 우리 회사 회계 일을 돕고 있었다. 또한 좀 더 넓은 사무실이 필요해서 50제곱미터 크기의 옆방도 빌려 사무실을 확장한 상태였다.

나는 조금도 망설이지 않고 해리엇을 회계 겸 오피스 매니저로 채용했다. 나는 무척 개방적이고 활달한 그녀의 성격이 우리 회사에 큰 자산이 될 수 있음을 알고 있었다. 보다 중요한 것은 그녀가 남들과 팀워크를 이루어 일을 잘해낸다는 사실이었다. 그녀가 오게 됨으로써 사무실 전체의 사기가 한결 높아졌으며 모두들 자기가 맡은 일을 즐겁게 수행하는 분위기가 되었다.

우리 사업은 급속도로 성장해갔으며 우리의 명성은 아시아 전역, 특히 한국·대만·인도네시아에서 높아졌다. 우리가 취급하는 상품군도 확대되었다. 애초 출발 때와 달리 공산품들도 다루었다. 예를 들어 한국의 발전소 부품들도 수출하게 되었던 것이다. 급속도로 팽창하는 사업을 다루기 위한 보다 많은 세일즈맨·세일즈 엔지니어 등과 함께 다른 지원 인력들을 고용했다.

진정한 무역회사가 되겠다는 나의 목표가 순탄하게 제 길을 걷는 것으로 보였다.

내가 원래 기획했던 장기 비즈니스 플랜에서 나는 우리가 초점을 맞추어 개발할 상품들을 세 그룹으로 분류해놓았다. 합판·활엽수와 침엽수 통나무·고지 등이 첫 번째 그룹이었고, 미국 공산품들의 해외 수출이 다음 그룹이었으며, 마지막은 농산물이었다. 경제에 기복이 있듯이 국제 시장 상황도 끊임없이 변화하고 진화했다. 우리의 합판 수입 사업이 시장 변동의 첫 번째 희생물이 되었다. 다른 수출 아이템들이 호황을 누리고 있었기에 우리는 주저 없이 합판 사업을 접었다.

1977년부터 1982년까지 지미 카터가 대통령으로 재임하는 동안 수많은 정치·경제 문제가 발생했다. 카터는 경제적인 측면에서 높은 인플레이션·높은 실업률·저성장이 동시에 나타나는 스태그플레이션과 싸워야 했다. 은행 우대 금리가 21퍼센트까지 치솟았다. 나는 은행 금리가 치솟고 모든 상품들의 사업이익이 감소했기에 신경이 예민해질 수밖에 없었다.

사업 환경이 악화되었음에도 불구하고 우리의 수출은 강한 성장세를 유지했다. 그리고 마침내 오리건주 당국의 인정을 받는 뛰어난 성과를 이룩했다. 1981년, 오리건주지사인 빅터 아티예(Victor Atiyeh)가 그해의 우수 국제 마케팅 업적 평가에서 우리 회사를 중개무역 분야 최우수 업체로 선정해 시상한 것이다. 이어서 1982년 한국의 산업자원부 장관은 우리 회사가 원료 공급을 통해 한국 제지 산업에 이바지한 공로로 우리에게 표창장을 수여했다.

이제 로널드 레이건 대통령이 카터로부터 조종석을 물려받았다. 하지만 국가 전체를 뒤흔든 스태그플레이션의 영향이 우리 회사에도 미치지 않을 수 없었다. 1976년 우리 회사가 출범한 이래 처음으로 우리는 매달 미친 듯 손실을 보기 시작했다.

사업을 올바로 경영한다는 것은 수도꼭지를 틀고 잠그는 것과는 다르다. 나는 나의 직원들을 높이 평가하고 있었으며, 가능한 한 감원을 늦추었다. 하지만 동시에 여러 마리의 토끼를 쫓을 수 없는 교차점에 마침내 이르게 되었다. 나는 고지 수출을 제외하고는 높은 숙련도를 지닌 세일즈 엔지니어를 필요로 하는 모든 수출 아이템들을 포기할 수밖에 없었다.

직원들을 때맞춰 감원한데다 수출 여건이 조금씩 향상됨에 따라 우리는 서서히 불황의 늪에서 헤쳐 나와 이윽고 우리가 위험 지역에서 벗어났음을 알려주는 지표를 확인할 수 있었다. 이 불황기간에 소중한 직원들을 내보낼 수밖에 없었던 일은 참기 어려울 정도로 고통스러운 경험이었으며 결코 잊을 수 없는 교훈으로 남았다.

18. 책임과 봉사

세월이 흘렀다. 'K-C 인터내셔널'이 출범한 지도 어언 8년이 흘렀다. 아직 작은 회사였지만 우리는 관련업계에서 인정을 받고 존중받고 있었다. 우리는 어느새 중견기업으로 성장해 있었던 것이다. 해외 고객들과 세일즈 에이전트들이 쉬지 않고 줄지어 우리 회사를 찾아왔다. 나는 가족과 휴가를 즐길 시간이 거의 없었다.

아내는 결코 바가지를 긁는 스타일이 아니다. 하지만 그녀는 내가 가족들과 함께 지내는 시간이 너무 없다며 슬슬 잔소리를 하기 시작했다. 잠시라도 일에서 벗어나, 딸들이 자라서 중학교에 갈 나이가 되기 전에 그 애들과 함께 지내는 시간이 있어야 하지 않느냐는 것이었다.

나는 아내의 생각이 옳다는 것을 알고 있다. 지금이 우리 딸들의 인생에서는 무엇보다 소중한 기간이다. 하지만 불행히도 우리 회사가 불황의 여파에서 회복되려면 아직 시간이 필요했다. 우리는 재건을 시작한 참이어서 더 많은 직원을 채용해야 했다. 따라서 한꺼번에 2~3일씩 사무실을 비울 수 없었다. 당시는 아직 모바일 폰이라는 호사품이 일반화되지 않았고 인터넷도 없었기에 휴가를 보내면서 업무를 처리하는 일은 불가능했다.

슈퍼맘 덕분에 혜선이와 혜진이는 훌륭하게 학교생활을 해

나가고 있고 막내 혜조도 거의 유치원에 갈 나이가 되었다. 우리는 혜선이가 바이올린에, 혜진이가 피아노에 소질이 있음을 알게 되었다. 아내는 포틀랜드에서 가장 훌륭한 교사를 찾아서 딸들에게 개인교습을 시켰다. 딸들이 악기 연습하는 소리가 하루 종일 집안을 채우고 있었다. 내 딸들이 그런 재능을 부여받았다는 사실에 나는 행복했다. 실은 같은 소절이 계속 반복되는 소리를 듣고 있자니 좀 짜증이 났다는 것도 고백해야겠다. 그 아이들이 한 곡 전체를 연주하는 일은 드물었기 때문이다.

나도 이제 40대 초반이 되었다. 비교적 이르게 나는 사업을 성장시키는 데 성공했고 가족들에게 안락한 생활을 제공하는 데 성공했다. 순간 갑자기 떠오르는 것이 있었다. 내가 단 한 번도 출구전략(Exit Plan)에 대해 생각해보지 않았다는 사실이다. 나의 경영에 빈틈이 있었던 것이다. 나는 소규모 기업가들이 은퇴 플랜을 충분히 준비하지 않았기에 마주하게 된 어려움에 대한 이야기를 들은 적이 있었다. 그냥 질질 끌기만 하다가 회사를 헐값에 팔아넘기게 된다는 것이다. 보다 심사숙고해서 나의 은퇴 플랜을 세우기로 결심한 것이 바로 그즈음이다.

한편 나는 나의 오랜 친구 윌 본이 한국에 고지 수출 사업을 시작했다는 사실을 알게 되었다. 기억하는 독자도 있겠지만 그는 내가 처음 포틀랜드에 왔을 때 '커널리 인터내셔널 세일즈'에 취업할 수 있게끔 도와준 친구다.

월 본은 빌 브룩스라는 젊고 영민한 친구를 고용했다. 빌 브룩스는 재활용품 사업에 매우 흥미를 느끼고 있는 청년이었다. 월의 회사가 내 회사의 경쟁상대가 되기에는 아직 멀었기에 크게 신경 쓸 일은 아니었지만 나는 빌이 그 회사를 위해 정말로 일을 잘하고 있다는 사실을 알게 되었다. 그런데 빌이 '본 앤 컴퍼니'에 들어간 지 1년도 되지 않아 그 회사를 그만두고 고지수출 회사를 차렸다는 소식이 들렸다. 나는 그를 재활용품 컨퍼런스에서 몇 번 만난 적이 있었고 함께 골프를 즐긴 적도 있었다. 빌은 골프를 잘 쳤을 뿐 아니라 강직하면서도 솔직한 사람이었다. 바로 내가 함께 일하고 싶은 그런 자질을 지닌 젊은이였던 것이다. 나는 언젠가 기회가 되면 그를 내 사업 파트너로 삼으면 좋겠다고 생각하고 있었다.

실제로 1985년에 빌은 나의 동업자가 되었다. 나는 두 회사를 합치자고 제안했고 그는 'K-C 인터내셔널'의 소주주가 되는 데 동의했다. 두 회사의 합병이 발휘한 시너지 효과는 엄청났다. 그는 공급자 개발에 뛰어난 역량이 있었으며, 특히 동부해안에 이미 상당수의 믿을 만한 대규모 공급자를 확보해놓고 있었다. 나는 서부해안에서 힘을 발휘했고 한국과 대만에 충실한 고객들을 확보하고 있었다. 우리의 실적이 증가했고 그에 따라 이익도 증가했으며 은행의 크레디트 라인도 늘어났다. 빌은 나보다 열두 살이 어렸지만 나처럼 딸이 셋 있었다. 나는 그를 동업자로서 우리 팀에 합류시키겠다는 나의 결정이 옳았음을 확신했다.

1985년, 빌이 나의 동업자가 된 지 얼마 지나지 않아서다. 1967년 설립된 오리건 한인회(Korean Society of Oregon, KSO)에서 내게 회장직을 맡아달라는 요청이 왔다. 나는 망설였다. 내 사업과 사생활이 겨우 균형을 맞추고 있는 중인데 동시에 내 어깨에 또 다른 짐을 얹는다는 것은 무리라고 생각했다.

당시 오리건주에는 포틀랜드·유진·코발리스·살렘과 기타 군소 도시 등에 학생을 포함해 대략 2만 명의 한국교민이 있었다. 오리건 교민 사회는 뉴욕이나 LA 등의 대도시에 비해 그 규모가 작지만 대신 아주 친밀한 관계로 맺어져 있다. 오리건주의 시민들이 그렇듯 한국교민들도 모두 친절하며 남에게 도움의 손길을 기꺼이 내밀 준비가 되어 있었다. 하지만 KSO는 모든 비영리 단체가 그렇듯 점점 더 큰 문제점들에 직면해가고 있었다. KSO의 목표는 "오리건주 내 한국교민들의 권리를 주장·확보하고, 우리의 역사와 문화적 유산과 가치를 보존하고 촉진하는 것"이다. KSO에는 또한 아내 명기가 교장으로 있는 '한글 학교'가 부속기관으로 있었다.

친구들은 나의 거부 의사에도 불구하고 내가 그 일에 가장 적합하다고 나를 설득했다. 교민회는 우리 교민사회 사람들이 나를 가장 성공한 사업가 중의 한 사람으로 간주하고 있으며, 또한 한인회장이라는 지위를 사욕을 위해 이용할 사람이 아니라며 나를 선출했다.

하지만 아이로니컬하게도 나와 우리 회사는 재정 형편이 좋지 않았다. 우리는 카터 행정부로부터 시작된 무서운 경제 불황의 여파에서 아직 빠져나오지 못한 실정이며 회사는 여전히 은행으로부터 빌린 돈에 대해 23퍼센트의 이자를 지불하고 있었다. 그런 이자율로는 사업 수익을 남길 수 있는 방법이 없었다. 회사는 매달 막대한 출혈을 감수해야만 했고 도무지 끝이 보이지 않았다.

수없이 기도를 드리고 심사숙고를 반복한 끝에, 또한 아내와 수없이 의논한 끝에 나는 오리건 한국교민회 회장직을 수락하기로 했다. 맡고 있던 교회 일도 그대로 병행하기로 한 것은 물론이다. 나는 지난 7년 동안 포틀랜드의 영락교회에서 장로직을 맡고 있었고, 동시에 교회 건축위원회 위원장직도 맡고 있었다. 그 일은 끝없이 자금조달 캠페인을 벌여야 하는 일이어서 많은 시간과 정력을 들여야만 했다.

분명 남을 위해 일하고 공동체를 위해 봉사하는 마음은 아내 명기나 나나 천성적으로 타고난 것이었다. 우리는 보다 큰 선(善)을 위한 일을 마다할 수는 없었으며 이를 위해 이기적인 동기 같은 것은 떨쳐버릴 수 있었다. 우리가 너무 순진한지는 몰랐어도 남을 돕지 않고는 배길 수 없는 체질이었다.

1985년에 한인회장직을 맡으면서도 나는 낙관적이었다. 나는 한인회 '상공위원회'의 위원장 및 총무직을 경험한 바 있어서 일이 어떻게 돌아가는지 잘 파악하고 있었다. 그렇다고 이 조직이 적재적소에 사람들이 잘 배치되어 윤활유를 친 기계처럼 잘 돌아가고 있다는 뜻은 아니다. 그래도 다행인 것은 데이브 김이 사무총장으로서 나를 보좌해주고 있다는 사실이었다.

데이브 김과 나는 궁합이 맞아서 그럭저럭 일을 잘 해나갈 수 있었다. 하지만 나의 임기가 시작되자마자 이민 구세대와 신세대 사이의 갈등으로 인해 KSO는 서서히 소용돌이에 휩싸이게 된다.

포틀랜드 다운타운에 있는 7층짜리 건물에 있는 KSO 사무실은 빌딩 소유주인 신정두 씨가 기꺼이 기증한 것이다. 그는 그 건물에서 미국 전역에 널리 알려진 '카메라 월드'를 시작한 사람이다.

어느 날 우리 사무실에 예기치 않던 사람이 찾아왔다. 존 림이라는 사람으로서 그는 훗날 여러 번에 걸쳐 오리건주 상원의원을 지내며 공화당 후보로 주지사에도 입후보한 사람이다.

나와 데이브가 그와 인사를 나누는 둥 마는 둥 했을 때였다. 그는 갑자기 벽에 걸려 있는 KSO 전임 회장들의 사진틀을 잡아내리더니 바닥에 내동댕이치기 시작했다. 데이브와 나는 존의 돌발행동에 소스라치게 놀랐다. 존이 무엇 때문에 그렇게 화가 났는지 영문을 모르는 나로서는 그가 진정되기를 기다리는 수밖에 없었다.

마침내 그는 소파에 털썩 앉더니 여전히 깨진 유리 더미와 흩어진 사진들을 향해 욕설을 퍼부었다. 데이브는 그가 왜 그렇게 난폭한 행동을 했는지 알아차린 것 같았지만 나는 여전히 영문을 몰랐다. 나는 포틀랜드의 이 작은 공동체 내의 사소한 내부 정치 문제에 대해서는 한 번도 개입한 적이 없었다.

　나는 그때까지도 우리 공동체 내에, 이른바 이민 구세대들이 공동체의 모든 일을 좌지우지한다며 이들에 대하여 악감정을 품고 있는 존 같은 사람들이 있다는 것을 모르고 있었다. 나는 그런 긴장이 존재하고 있다는 것조차 몰랐다. 실제로 존과 나는 말다툼조차 한 번도 해본 적이 없었기에 나는 그와 내가 친하다고 생각했다. 하지만 그가 나보다 일곱 살이나 위임에도 불구하고 그는 나를 구세대로 간주하고 있는 것이 분명했다. 그는 우리가 KSO를 운영하는 방식에 대해 그런 식으로 불만을 표시함으로써 자신의 입장을 분명히 밝힌 것이다.

　이 사건은 1980년대 말 길고도 복잡하게 이어진 KSO의 전환기를 알리는 서막이었다. 그해 말 존 림이 새로운 KSO 회장으로 선출된 일에 대해 나는 놀라지 않았다. 나는 지금까지도 존처럼 배경도 좋고 관록도 많은 신사가 어떻게 그런 비이성적인 행동을 할 수 있었는지 의아하기만 하다.

　오리건 커뮤니티의 성장을 위해 해야 할 일들은 어마어마하게 많았다. 데이브와 나에게는 아이디어가 많았다. 하지만 우리는 그것을 실행에 옮기지 못했다. 우리는 끊임없이 정관과 법규 문제에 대한 회의를 해야 했고, 3·1절 독립운동이나 8·15 광복절 같은 다양한 공식적 행사들에 불려나갔기 때문이다. 데이브와 나는 군건히 중도 자리를 지키고 구세대나 신세대 어느 편에도 서지 않기로 결심했다. 어쨌든 우리는 무사히 임기를 마쳤고 우리의 본래 일로 돌아가게 되어 기뻤다.

19. 재회

이번에는 이 책 앞부분에 나왔던 나의 이부(異父) 형 선식과 누이 운식에 대한 이야기를 해야 할 때가 되었다.

어느 날 어머니가 전화를 걸어서 어머니 집에서 저녁을 들자고 나를 초대했다. 어머니는 예순여섯 살이었고 아직 건강했다. 어머니는 우리 집으로부터 5분 정도 떨어진 거리에 있는, 차고가 딸려 있는 침실 둘의 작은 콘도에 살고 있었다. 어머니는 독립을 즐겼고 포틀랜드에 도착한 지 얼마 되지 않아 운전을 배워 면허증을 발급받았다. 어머니는 한 해 전에 '텍트로닉스' 회사에서 퇴직했고 나는 어머니가 원하는 대로 포틀랜드 다운타운의 한 빌딩 내에 작은 담배 가게를 열어드렸다. 수입은 대단치 않았지만 어머니는 매일 무언가 할 일이 있다는 사실에 행복해했다. 어머니는 그 일을 함으로써 딸들이나 아들에게 손을 벌리지 않고도 손주들의 선물을 마음껏 사줄 수 있었다.

그날 저녁 어머니 집에 도착해서 인사를 나누자마자 어머니는 내게 앉으라고 권했다. 어머니와 이렇게 단둘이 저녁을 하는 것은 드문 일이었기에 뭔가 나와 긴히 상의할 일이 있으리라고 나는 짐작했다. 평상시에는 나의 딸들이나 다른 손주들이 늘 자리를 함께 했던 것이다. 나는 어머니가 무슨 이야기를 하려는 것인지 자못 궁금했다.

"아범아, 20년 전에 네 형 선식을 서울에서 만났던 것 기억나지? 네가 아마 고등학교 2학년인가, 3학년 때였던 것 같은데…."

어머니는 나의 대답을 기다리는 듯 나를 쳐다보았다.

실제로 나는 그 일을 또렷이 기억하고 있었다. 나보다 여섯 살이 위인 이부 형 선식이 우리가 세 들어 살고 있는 안국동 집에 불쑥 찾아온 적이 있었다. 당시에는 전화가 없었던 시절이었다. 어머니는 그를 보자 화들짝 놀랐다. 당연히 나도 기절초풍했다. 어머니는 암과 탈장 수술 뒤 아직 회복 단계에 있었고 겨우 미국 대사관에서 다시 일을 시작한 참이었다.

"기억나고말고요. 왜, 형에게 무슨 일이라도 있어요?" 내가 어머니께 물었다.

"네 형과 형수 그리고 세 아들이 경제적으로 무척 어렵다는구나. 우리들 도움을 기다리고 있어."

어머니는 선식 형이 혼자 사업을 벌이다가 지금 거의 망할 지경이라고 덧붙였다. 어머니는 혹시 선식 형과 가족들을 모두 포틀랜드로 초청해서 그들이 새로운 삶을 살 수 있게 도와줄 수는 없는지 궁금해했다. 어머니는 분명 안절부절못하고 있었다. 이 일을 나와 상의하는 것보다 더 중요한 일은 없는 것 같았다.

나는 선식 형이 우리 집으로 찾아왔던 날을 회상해보았다. 어머니는 황급히 부엌으로 가서 형과 나의 점심을 준비했다. 어머니가 무슨 수를 썼는지 모르겠지만 작은 밥상 위에는 김치와 두 그릇의 소고기 뭇국 그리고 흰 쌀밥이 놓여 있었다. 밥을 먹기 전에 형 선식이 기름이 붙은 고기를 국에서 건져내는 것이 보였다. 형도 나처럼 기름을 싫어하는 모양이었다. 어머니가 그 행동을 보고 미묘하게 언짢은 표정을 짓는 것을 나는 알아차릴 수 있었다. 어머니는 우리가 음식에 대해 불평을 하면 늘 우리를 꾸짖었었다. 우리는 어떤 음식이건 군말 없이 싹싹 먹어치워야 했다.

나는 그의 건방진 태도와 어머니에 대한 그의 행동에 화가 났다. 기름이 붙어 있을까 말까 한 고기 건더기를 밖으로 건져내는 그의 행동이 어머니에 대한 무언의 항의의 표시라는 것을 나는 본능적으로 알 수 있었다. 나는 그가 국그릇에서 꺼내놓은 비계가 붙은 고기 덩어리들을 재빨리 내 입에 넣었다. 어머니가 미처 무슨 말을 꺼내기도 전이었다. 나의 이부 형이 그런 사소한 행동으로 감히 어머니를 실망시키는 것을 참아낼 수 없었던 것이다.

소고기는 당시 너무나 귀한 것이고 기름이 좀 붙어 있다고 버리는 것은 말도 안 되는 짓이었다. 나는 지금까지도 기름기 붙은 고기를 좋아하지 않는다. 어머니에게 마음의 상처를 주지 않으려고 형 대신 기름기 붙은 고기 건더기를 삼켜버린 그때 일 때문이라고 나는 믿고 있다.

"아범아, 어떻게 생각하니? 형과 형 가족들을 위해서 그렇게 할 수 있겠니?"

나는 이부 형을 향한 어렴풋한 반감이 내게 남아 있음을 인정할 수밖에 없었다. 하지만 이상하게도 이부 형을 향한 뭐라 묘사하기 힘든 친근감을 동시에 느꼈다. 그의 아버지가 세상을 떠난 뒤에 계모 밑에서 지내야만 했던 그의 어린 시절은 결코 평탄치 않았을 것이다. 나의 누이들과 나도 전쟁 중에 많은 일을 겪었지만 우리는 어머니의 사랑을 누릴 수 있었다.

나는 어머니에게 즉시 대답했다.

"물론이지요, 어머니. 좋은 생각이에요. 이민 문제 전문 변호사를 만나서 방법을 알아보겠어요."

형이 이곳으로 이민을 온다면 우리를 도울 수도 있을 것이라고 나는 생각했다. 어머니의 이런저런 건강 문제를 보살펴드리는 한편, 밤낮으로 바삐 사업 일에 몰두하느라 나는 극한에 몰려 있었고 심신 양면으로 지쳐 있었다. 어머니에게는 의지할 수 있는 나 외에 그 누군가가 필요했다.

물론 어머니는 당시 나의 회사가 어떤 재정적 곤경에 처해 있는지, 내가 어떤 압박을 받고 있는지 모르고 있었다. 내게 확실한 것은, 그녀의 전남편 및 그의 애인과 함께 베이징에 살자는 제안을 거부함으로써 어머니가 아들 선식과 딸 운식에게 빚을 지게 되었다고 생각하는 것이다. 숙명적인 빚, 그 빚을 갚을 일생일대의 기회가 왔다고 어머니가 생각하고 있다는 사실뿐이었다. 나는 어머니가 내내 마음 깊은 곳에 죄의식이라는 무거운 짐을 지고 있음을 무시할 수 없었다.

나는 나의 이부 형 선식이 어머니에게 자기 자식들을 버린 데 대해 불평하더라는 이야기를 어머니에게서 들은 적이 있음을 어렴풋이 기억하고 있었다. 나는 어머니의 성격을 잘 알고 있다. 어머니는 분명 당신 자신을 위해서가 아니라 두 자식의 행복을 위하여 그런 고통스러운 결정을 내렸음을 나는 잘 안다. 순간 내 마음은 어머니를 향한 연민으로 차올랐다. 나는 이리저리 재볼 것도 없다고 생각하고 당장 결정했다. 나는 내 안의 하나님이 지시하는 대로 따랐고 응당 그래야 했다.

"어머니, 아무 걱정 마세요. 가능한 한 빨리 이곳으로 올 수 있게 하겠어요."

나는 어머니를 '엄마'라고 불러본 적이 거의 없다. 어머니를 향한 애정이 부족해서가 아니다. 어머니는 내게 아버지와 어머니의 모습을 동시에 모두 갖춘 분이었기 때문이다. 어머니는 내가 바칠 수 있는 존경심을 모두 다 바칠 만한 분이다.

다음 날 나는 밥 도널드슨이라는 일류 이민 전문 변호사를 만났다. 그는 대한민국의 명예영사 직함도 갖고 있었다. 그는 어머니가 아들과 그 가족들을 미국으로 초청하는 것이 가능하다고 했다. 다만 그들이 미국 생활을 할 수 있다는 재정적 보증이 필요하다고 말했다. 즉 그들 가족 전체에 대한 나의 재정 보증서를 제출할 필요가 있다는 말이었다. 나는 주저 없이 받아들였다.

약 6개월 뒤에 선식 형 부부와 세 아들이 포틀랜드에 도착했다. 그들이 미처 거처를 정하기도 전에 어머니는 누이 운식 부부와 딸도 오리건에 오고 싶어한다고 내게 말했다. 그들 부부는 서울에서 식당을 경영하고 있었다. 식당 일이 시원치 않아 미국에서 새로운 삶을 시작하고 싶어하는 것이 분명했다. 밥 도널드슨은 내가 재정보증만 해주면 그들이 이민 오는 데도 아무 문제가 없다고 말했다. 6개월 뒤 누이 가족도 포틀랜드에 도착했다.

운식 누이 부부의 재정 형편은 선식 형보다는 훨씬 나았다. 누이 부부는 도착 즉시 사우스이스트 포틀랜드에 작은 잡화점을 구입했으며 은퇴할 때까지 성공적으로 경영했다. 선식 형은 나이키 회사에 취직해서 은퇴할 때까지 일했다. 형의 세 아들과 누이의 딸은 대학을 졸업한 뒤 성공적인 직장인과 사업가가 되었다.

슬픈 일이었지만 아들과 딸이 포틀랜드에 도착했을 때 맛본 어머니의 재회의 기쁨은 그다지 오래가지 못했다. 선식 형과 운식 누이는 나로서는 영문을 알 수 없는 이유로 끊임없이 서로 말다툼을 했다. 나는 그 누구건 나의 사랑하는 어머니의 가슴을 아프게 하는 행동을 두고 보지 못한다. 나는 둘 사이를 화해시키려 중간에서 무진 애를 썼지만 아무런 소용이 없었다. 몇 마디

현주와 명주, 어머니와 나. 이 사진은 1992년에 북한에 있는 가족에게 보내려고 찍은 것이다.

의례적인 고맙다는 말을 한 것을 빼놓고는 이들은 나에게 마음을 열지 않았다.

어머니는 결코 불평을 털어놓은 적도 없었고 아들 선식과 딸 운식에 대한 당신의 좌절감을 나와 나누려 하지 않았지만, 나는 어머니와 이들 사이에 무언가 긴장과 아픔이 숨어 있음을 눈치채고 있었다. 그들은 어머니가 이혼 이후에 무슨 일을 겪었는지, 그 참혹한 전쟁 중에 살아남기 위해 얼마나 힘들게 싸웠는지 모르는 게 분명했다.

내가 오해했는지도 모른다. 하지만 내가 보기에 이들은 자신들의 어머니를 향해 그 어떤 사랑과 존경과 동정을 보여주지 않았다. 내가 보기에, 이들의 행복을 위해 어머니가 어떤 희생을 치렀는지 아무런 이해의 노력도 않는 것 같았다. 나로서는 어머니의 소망을 풀어주기 위해, 또한 나의 이부 형과 누이가 아메리칸 드림을 실현할 수 있도록 인간적으로 내가 할 수 있는 최선을 다하는 것 외에는 할 수 있는 것이 없었다.

어쨌든 어머니가 심한 걱정과 고통 없이 여생을 즐길 수 있도록 도와드리는 것, 그것만이 어머니가 살아 계시는 동안 내가 온 힘을 다 기울여야 하는 일이라는 것만은 분명했다.

20. 문화 차이

경제는 조금씩 살아나고 있었다. 빌이 동업자로 참여하게 되면서 'K-C 인터내셔널'은 다시 쾌속 성장을 시작했고 1989년까지 호황은 지속되었다. 하지만 나는 과거 경험에 비추어 영원히 안정적인 경제 상황은 존재하지 않는다는 것을 잘 알고 있었다. 1990년에 미국 경제는 다시 불황에 접어들어 1992년까지 지속되었다. 그리고 그사이에 우리 회사에 큰 사건이 하나 벌어졌다. 특수 용지의 가장 큰 바이어였던 한국의 '풍원제지'가 파산을 선언한 것이다. 그 회사는 우리 회사에 100만 달러에 가까운 어마어마한 결제 대금을 남기고 있었다.

당시 빌과 그의 부인은 하와이 카우아이에서 휴가를 즐기고 있었다. 나는 빌이 휴가에서 돌아올 때까지 그 소식을 전하지 않았다. 내가 '풍원제지'의 파산 소식을 그에게 전했을 때 그의 얼굴은 문자 그대로 백짓장처럼 하얗게 질렸다. 그렇다면 우리가 그 회사에서 받을 돈을 모두 잃는 것을 뜻하느냐고 그가 내게 물었다. 나는 그렇지는 않을 거라며 곧바로 한국으로 가서 회사 관계자와 에이전트를 만나보겠다고 말했다.

이틀 후 나는 '풍원제지' 사장을 한국에서 만났다. 그런데 그는 '풍원'의 자금 사정은 우리가 생각한 것처럼 취약하지 않다고 말했다. 서둘러 시멘트 제조 공장을 지으려다보니 일시적인 자금 부족 현상이 발생해 파산을 선언할 수밖에 없었지만 시멘트 회사의 비즈니스 라인은 제지 회사의 비즈니스 라인과는 완전히 별개라는 것이 그의 말이었다. 당시 사장의 말을 믿어야 하는지 아닌지 확신할 수는 없었지만, 어쨌든 그는 만일 우리가 대금의 30퍼센트를 삭감해준다면 1년 내로 지불을 완료하겠다고 약속했다. 우리는 그 조건에 합의를 보았다.

포틀랜드로 돌아오자 빌은 내 이야기를 듣고 적이 안심하는 듯했지만 우리가 정말 약속한 대로 대금을 받을 수 있을지에 대해서는 반신반의하는 눈치였다.

6개월이 지났다. '풍원제지'는 조금씩 대금을 지불했고 우리는 약속대로 대금을 받을 수 있으리라는 희망을 가질 수 있었다. 실제로 '풍원제지'는 우리가 약속해준 삭감분을 제외하고 전액을 지불해주었다. 나나 빌은 '풍원제지'가 약속을 지켜 안도의 한숨을 내쉴 수 있었다. 그제야 나는 빌에게 나 역시 지옥에라도 간 것 같은 기분이었다고 말했다.

이런 식의 상환 결제 방식은 미국에서는 거의 존재할 수 없다. 일단 어느 회사가 파산을 선언하면 모든 대금 지불을 중지한다. 이 한국 회사가, 비록 어느 정도 삭감은 되었지만 그들의 의무를 이행하겠다고 약속하고 그 약속을 지킨 것은 우리에게는 정말 큰 행운이었다.

나는 이 경험을 통해 값진 교훈을 얻었다. 사업을 할 때 성급히 결정을 내리기보다는 그 무엇보다 인내가 필요하며 모든 각도에서 상황을 살펴보는 것이 중요하다. 나의 경우에서 볼 수 있듯이 성급히 소송을 걸기라도 했으면 사정이 더 악화되었을지도 모른다.

평양으로부터 초청장이 날아온 것은 바로 이즈음이었다. '풍원제지' 파산으로 인한 문제가 해결되자 나는 어머니와 평양으로의 여행 준비를 좀 더 차분하게 진행할 수 있었다. 그런데 어머니와 내가 출발을 이틀 앞두고 예기치 않던 일이 벌어졌다. 빌이 내 사무실로 찾아와 폭탄선언을 한 것이다.

빌은 즉각 회사를 그만두겠으니 자기 몫의 주식지분을 내게 구매하라고 했다. 그때까지 그는 회사를 떠나겠다는 기미를 조금도 보인 적이 없었기에 나는 아무런 준비도 없었다. 좀 더 때가 되기를 기다리거나 최소한 내가 북한 여행을 마치고 돌아올 때까지 기다릴 수도 있는 노릇 아닌가?

그는 우리의 은행 크레디트 라인에서 그가 보증하고 있는 액수가 감당할 수 없을 만큼 커서 때로는 잠도 못 이룰 정도라고 말했다. 나는 시장 상황이 나빠지는 조짐을 보이자마자 그가 나가려 하는 것임을 본능적으로 직감했다. 하지만 우리의 7년 동안의 파트너십을 어떻게 이런 식으로 저버릴 수 있단 말인가? 나는 그의 근시안에 정말 실망했고 배신감을 느꼈다. 그의 느닷없는 통고에 감정적으로 짓눌린 채 나는 북한 여행에서 돌아오는 대로 모든 것을 처리하겠다고 즉각 대답했다.

다음 날 아침 샌프란시스코 국제공항에서 나는 우리 회사

뉴저지사무소의 아주 유능한 세일즈맨 프랭크 크라울리(Frank Crowley)와 필 엡스틴(Phil Epstein)에게 전화를 걸었다. 나는 삼자 연결 통화를 통해 빌이 회사를 나가려 한다는 소식을 전했다. 나는 이들에게 만일 당신들도 빌과 함께 회사를 나가고 싶다면 딱 잘라 솔직하게 말하라고 했다. 그들은 주저 없이 그럴 생각 없으니 안심하고 북한 여행을 다녀오라고 말했다. 이들의 말을 듣고 나는 기분이 나아졌으며 빌과 장기 바이아웃 계약을 맺지 않고 즉각 내보내기로 한 것이 잘한 결정이라고 생각했다.

시장의 반락(反落)에 대한 빌의 예상은 정확히 들어맞았다. 미국 경기는 6개월 이상 하강 국면에 접어들고 있었다. 빌에게 회사를 떠나야 할 또 다른 이유가 있었는지 나는 모른다. 하지만 우리 회사는 꽤 탄력을 갖추어가는 중이며 당시에 만연하고 있던 불황의 여파를 별로 받고 있지 않았다. 재미있는 것은, 빌은 우리 회사의 주식을 전부 팔고 나가 단기 주식거래 전문투자자가 되었다. 그는 몇 년간 주식거래 일을 하다가 많은 돈을 잃고 그만두었으며 서부의 주(州)들에 특수 가구를 수입 판매하는 일에 종사했다.

되돌아보면 나의 옛 상사 빌 윕루드와 젊은 동업자 빌 브룩스 그리고 내게는 공통점이 있다는 것이 흥미롭다. 우리들은 각각 정확히 열두 살씩 나이 차이가 나며 한국식으로 말하자면 말띠 띠동갑이다. 두 명의 빌 모두 아주 머리가 좋고 대단히 가정적이다. 이들은 엄청나게 경쟁심이 강하고 사업에서나 삶에서 나 자신들의 개인 이익을 지키기 위해서라면 무슨 일이든 한다. 이들에게 사업관계에서의 신의라는 것은, 그것이 자신의 개인적 이익에 반하는 경우이거나 자신의 본모습을 지키는 데 방해가 된다면 지킬 필요가 없는 것에 불과하다. 내가 이들의 그런 관점을 이해하고 나와 문화적 차이를 인정하면서 옛 보스나 젊은 동업자에게 언짢은 기분을 느끼지 않게 되는 데는 오랜 시간이 걸렸다.

1960년대와 70~80년대를 통해, 큰 회사이건 작은 회사이건 일반적인 한국인의 비즈니스 마인드는, 그 회사 구성원은 개인의 이익보다는 회사의 이익을 우선해야 한다는 것이었다. 그 마인드는 다음과 같이 요약할 수 있을 것이다.

열심히 일하라. 회사의 발전을 위하여 헌신하라. 너의 개인 생활과 개인 이익을 희생하라. 그러면 회사가 직원들을 가족처럼 돌봐줄 것이다. 그리고 결정적인 손실을 끼치지만 않는다면 고용을 보장할 것이다.

한국에서만 볼 수 있는 이 독특한 심적 경향, 그 세대들이 치른 엄청난 희생 덕분에 한국은 독일이 1950년대에 이룩한 '라인강의 기적'에 비견할 만한 '한강의 기적'을 이룩할 수 있었고 신속한 경제 재건과 발전을 통해 개발도상국가에서 선진국으로 급속 이행할 수 있었다.

제3부
시련과 은총

1. 내 친구 폴

나와 어머니가 북한으로부터 포틀랜드로 무사히 돌아온 것은 1993년 4월 말이었다. 어머니와 함께 북한 땅을 여행할 수 있었다는 것에 우리는 감사하고 있었지만 다시 자유의 땅으로 돌아오니 비로소 안도감에 젖을 수 있었다. 오랜 여행으로 인해 지쳐 있었고 기분도 가라앉았지만 다음 날 회사로 전화를 해보니 기분 좋고 놀라운 소식이 기다리고 있었다. 우리 사업이 예상보다 빠르게 회복되기 시작했던 것이다. 프랭크와 필은 모든 물품들의 세일즈에서나 동부해안에서 고지를 확보하는 일에 경이로운 성과를 올리고 있었다. 국제 시장은 이제 정상으로 돌아왔고 주문 파일은 넘쳐났으며 회사는 흥분과 활기에 휩싸여 순항하고 있었다.

사업을 출범할 때부터 나의 장기 사업 플랜에서 세운 최종 목표는 회사를 공개하고 장차 우리 회사를 나스닥에 상장하는 것이다. 나스닥에 상장할 자격을 얻으려면 스스로 생산 시설을 갖추고, 우리가 어엿한 제조회사이면서 동시에 마케팅회사라는 것을 입증해야 한다고 은행에 다니는 친구가 내게 조언해주었다. 해외 고객들의 수요를 충족시키기 위해 여타 공급자들에게만 의존해서는 안 된다는 것이었다.

적립이익금이 충분히 쌓이고 은행 크레디트 라인도 탄탄해졌기에 우리는 뉴욕과 뉴저지 인근에서 우리가 사들일 만한 장래성 있는 고지생산 공장을 물색하기 시작했다. 우리는 뉴저지에서 후보를 하나 찾아냈지만 회사의 재무제표가 취약하고 경영도 불안정해 보여 잠시 유보하고 관망하기로 했다.

내가 북한으로부터 돌아온 지 1년 정도 되었을 때였다. 두 명의 FBI 요원이 포틀랜드의 나의 사무실로 예고 없이 불쑥 찾아왔다. 이들은 신분증을 보여주면서 지난해 나의 북한 방문에 대해 몇 가지 질문할 것이 있다고 정중하게 말했다.

FBI 요원들은, 무엇보다 북한의 테러리스트 활동에 대한 정보에 관심이 있다며 혹시 내가 비밀 테러 계획에 참가하라는 요청을 받은 적이 있는지 물었다. 나는 이들에게 테러 계획과 관련되어 나를 접촉한 사람은 없었다, 내가 북한을 방문한 것은 나의 아버지가 애국자로 추앙되어 뒤늦게 평양의 애국열사 묘지에 묻히기로 되었기 때문일 뿐이라고 설명했다. 그들은 친절하고 어조도 은밀했다. 하지만 나와 나의 어머니가 북한뿐 아니라 미국 당국의 '빅 브라더'에 의해 감시당하고 있음을 알고는 정말로 모골이 송연했으며, 결코 그때의 그 느낌을 잊을 수 없다.

그해 7월에 나는 남부캘리포니아 지역의 고지 공급자들을 방문하기 위해 LA로 출장을 가게 되었다. LA로 가는 김에 가장 친한 친구인 폴 김을 만나서 저녁을 함께할 계획이었다. 폴 김은 내가 1969년 미국으로 오기 전 나의 직장이었던 '한국합판'의 사장인 고병옥과 처남매부 사이다. 폴은 캘리포니아 포모나 소재 '선라이즈 엔터프라이즈(Sunrise Enterprise Inc.)'의 오너이자 사장이다.

당시 미국에는 재활용품 산업이 붐을 이루고 있었기에 그의 회사도 성공을 거두고 급속 성장 중이었다. 그의 주 사업은 재활용 고지·알루미늄·금속·플라스틱 등을 판매하는 것이다. 폴은 한국에서 이민 온 이래 15년 이상을 LA지역에서 살고 있다. 사업에서 상당한 성공을 거두었음에도 그는 나를 비롯한 많은 동포들과 마찬가지로 미국의 생활방식에 적응하기 위해 여전히 힘든 노력을 계속하고 있었다.

그리고 나와 마찬가지로 그의 영어 실력은 기껏해야 보통 수준이었다. 그는 영어로 진행되는 회합이나 파티에 가면 여전히 불편을 느낀다고 고백하곤 했다. 하지만 둘이 있을 때면 우리는 언제나 형제처럼 마음이 편했다. 우리는 삶에 대한 가치관과 믿음을 공유하고 있었기에 둘 사이의 우정을 소중하게 여겼다. 둘이 만나면 미국 내 한국인 교회의 역할과 임무에 대해 종종 의견을 나누었다.

폴은 한국인, 특히 미국에 처음 온 한국인을 돕는 것은 하나님이 자신에게 부여한 임무라고 생각하고 있다. 그는 기쁜 마음으로 교회에 십일조를 바친다. 그는 자신이 많은 것을 누리고 있다고 느끼며 그것을 되돌려주는 것이 하나님께 감사하는 길이라고 자주 말했다. 나도 감사의 마음으로, 또한 교민회에 봉사하는 마음으로 내가 다니는 포틀랜드의 교회에 기꺼이 헌금했다.

한국인 교회는 미국에 새로 온 사람들이 모여서 토속음식을 나누어 먹고 한국어로 이야기를 나누는 장소로서의 역할을 완벽히 소화하고 있었다. 이들은 교회에 모여 기도하고, 회개하며, 하나님을 찬양한다. 이들은 하나님의 은총을 갈구하며, 새롭게 자신을 받아들인 드림랜드, 하지만 아직 기회가 자신의 손으로부터 멀리 있는 것처럼만 여겨지는 그런 드림랜드에 살면서 필연적으로 사로잡힐 수밖에 없는 좌절감에서 잠시 벗어난다.

폴은 LA에 있는 커다란 장로교회 장로다. 그와 그의 가족들은 그 지역의 300개가 넘는 교회 중의 한 교회에 다니고 있다. 예배 의식은 일반적으로 한국어로 행해지지만 영어 설교 프로그램이 거의 모든 교회에 별도로 특별히 마련되어 있다. 폴과 그의 부인은 교회 운영에 관한 모임, 해외 선교 사업, 부흥회, 성가대, 주일 예배, 매주 성경공부, 특별 모금 행사, 자연 재난을 겪은 도시나 나라를 위한 기도회에 거의 모두 참여해서 활동한다. 그는 존경받는 교회 장로로서 결혼식과 장례식에 빠짐없이 참석한다. 이들 부부에게는 비(非)급여 풀타임 직업을 또 하나 갖고 있는 것과 마찬가지다. 교회는 이들의 삶에서 가장 중요한 것이고 이들 삶의 목표이기도 하다. 저러고도 자신의 가족과 사업을 위해 쓸 시간이 남아 있을지 의아하게 여겨질 정도다. 하지만 폴의 사업은 한국의 큰 제지회사 사장인 그의 매형 고병옥의 지원으로 날로 번창하고 있었다.

신앙에 대해 폴과 이야기를 나누게 되면 나는 그보다 좀 더 진보적인 성향을 드러냈지만 우리는 서로 기분 좋고 정직하게 상대방의 이야기를 경청하려 애썼다.

버트런드 러셀이 이런 말을 한 적이 있었다.

'이 세상이 안고 있는 모든 문제들은 바보들과 광신도들이 자기 자신을 확신하고 있다는 데서 온다. 하지만 현명한 사람들은 의혹에 가득 차 있다.'

폴과 나는 피차간에 이런 논의를 원치 않았다. 우리는 이 세상 사람들이 종교, 이념, 인종, 국경을 초월해서 하나님의 이름 아래 하나로 통합될 날이 가까웠다고 늘 믿고 있다.

폴은 특히 『구약』에 정통해서 성인반에서 성서교사 역할을 했다. 한번은 그를 놀려주려고 내가 말했다.

"자네는 이스라엘의 역사와 『성경』에 대해 아주 잘 알고 있어. 그런데 한국의 가장 중요한 세 개의 경전이 무엇인지는 알고 있나?"

그는 대답하지 못했다. 세 경전이란 『천부경(天符經)』『삼일신고(三一神誥)』, 『참전계경(參佺戒經)』을 말한다. 내가 폴에게 그 질문을 던진 이유는 많은 한국 기독교도들이 『성경』에 대한 맹목적인 믿음 때문에 『성경』만큼 심오한 지혜와 진리를 품고 있는 한국 경전에 대해서는 무지하기 때문이었다.

이 세상 대부분의 근본주의적인 유일신 종교들과 마찬가지로 기독교는 독선적인 신념을 갖고 자신들의 믿음만이 절대적

크리스마스 파티에 포틀랜드 하퉁 팜스 집에 이복 형제와 조카들이 다 모였다. 앞줄 왼쪽에서 두 번째가 아내 명기, 그 옆이 나다.

이라고 내세우는 경향이 있다. 많은 기독교 종사자들은 모든 인류가, 예수 그리스도를 알건 모르건, 특정 종교를 믿건 말건 모두 하나님의 자녀라는 사실을 잊고 있다. 하나님은 우리들 모두 안에 임해 있는 영(靈)이다. 이 진리를 깨닫는 순간 구원과 행복이 찾아온다. 예수 그리스도는 사랑과 연민과 겸손에 충만한 선각자(先覺者, Enlightened Man)였다. 예수 그리스도는 고통에서 해방되려면 예수 그리스도의 이름이나 이미지를 바라보기보다는 스스로를 성찰하라고 가르쳤다.

나는 나와 다른 사람들 안에 '살아 계신 하나님'이 존재한다는 것을 믿는다. 내 개인적으로는, 우리가 하나님에 대한 믿음을 간직하고 있는 한 하나님께 이르는 길이 아무리 다르고 다양하더라도 아무 문제가 되지 않는다고 생각한다. 나는 이 세상 모든 종교들이 타 종교에 대해 좀 더 관용을 가지고 종교 간에 소통과 대화의 길이 열리고 이들 간의 차이를 극복하여 화합의 장을 열기를 간절히 기도한다.

1994년 7월 8일, 비행기가 LA공항에 착륙하자마자 나는 폴을 만나기 위해 택시를 잡아타고 코리아타운으로 갔다. 미리 폴과 저녁 약속을 해놓았던 것이다. 그리고 그날 그와 마주 앉은 한 한국 식당에서 함께 저녁을 들면서 김일성 사망소식을 텔레비전을 통해 듣게 된 것이다.

이 책의 맨 앞부분에서 말했듯이 나는 김일성의 사망소식을 듣고 이틀로 예정되었던 스케줄의 반을 취소하고 다음 날 황급히 포틀랜드로 돌아오는 비행기에 올랐다. 그리고 1년 전 어머니와 함께했던 북한 방문에 대한 생각에 잠겼다. 바로 1년 전에 김일성을 직접 만났다는 것이 실감나지 않았으며, 건강해 보이던 그가 갑자기 죽었다는 사실도 믿기 어려웠다.

비행기 좌석에 앉아 나는 눈을 감고 생각에 잠겼다.

어머니와 북한을 방문했을 때, 김일성과 '당역사연구소'에서 나온 사람들은 어머니와 나에게 극도로 친절했으며 호의를 보였다. 하지만 나라 전체와 국민들 모두가 주체사상의 무게에 신음하고 있는 것처럼 보였으며, 그들과 다른 서방 세계의 관점들에 대해 유연성을 보이거나 수용의 여지를 전혀 보여주지 않았다.

우리 가족의 경우도 예외가 아니었다. 철주 형이나 동주 형은 이들의 마음을 내게 전혀 열지 않았다. 아니, 열 수 없었다는 표현이 더 정확할지 모른다. 그들과 우리 사이에 의미 있는 대화가 오간 적은 한 번도 없었다. 어머니와 나는 마치 거대한 콘크리트 벽을 마주하고 있다는 느낌을 받았다. 우리가 어떤 식으로도 이들을 도울 수 없다는 절망감에 젖어 우리는 사랑하는 가족으로서의 감정, 무력하기 짝이 없는 그 감정을 거두어들이는 수밖에 없었다.

그와 겹쳐서 내가 사랑하는 완고한 기독교 근본주의자 친구들, 한국의 아름다운 종교경전은 말할 것도 없이 이 세상 다른 종교적 관점과의 대화를 완강히 거부하는 그들의 모습이 떠올랐다. 나는 그들이 마치 북한처럼 그들의 엄격한 교리와 그들의 믿음만이 절대적으로 옳다는 환상으로 거대한 벽을 세우고 그 안에 갇혀 있는 것 같았다.

"음료수 좀 드릴까요?" 나는 스튜어디스의 말에 화들짝 놀랐다.

나는 오렌지 주스를 주문하고는 미국에서 지내는 내 삶이 얼마나 행운이었고 축복을 받았는지, 새삼 생각에 잠겼다. 아내는 쉰 살이고 나는 쉰둘이다. 대학에 다니는 두 딸, 중학생인 막내딸과 함께 우리는 아직 전성기를 누리고 있다. 18년 전에 시작한 사업은 이제 공고히 터전을 잡고 번창하고 있다. 폴과 마찬가지로 나는 하나님이 온갖 축복을 내게 주셨음을 느꼈다.

하지만 "그릇도 차면 넘친다" "달도 차면 기운다"는 속담이 있듯이 좋은 일이 많으면 반드시 불행이 뒤따르게 되어 있는 법인가보다. 나는 내 앞에 놓여 있는 무서운 시련에 전혀 대비가 되어 있지 않았다.

2. 악몽

그날 저녁 LA에서 돌아온 뒤에도 나는 김일성의 죽음이 가져온 충격에서 벗어나지 못해서 머리가 뒤죽박죽이었다. 작년에 어머니와 함께 주석궁에서 김일성을 만났을 때 그는 건강해 보였다. 심지어 나는 아버지 대신 어머니와 나를 친절하게 맞아주었던 그에 대해 약간의 호감을 느끼기도 했다. 내 마음 한구석에는 북한과 사업을 벌일 수도 있겠다는 생각이 자리 잡고 있었다. 북한에는 산림자원이 거의 없는 데다 미국 내에서 고지가 충분히 재활용되지 않고 있음을 보고 북한의 제지공장에 고지 원료를 수출하는 것이 환상적인 아이디어라고 생각했다. 게다가 위대한 지도자 김일성이 제 입으로 어머니가 원하는 것은 무엇이든 도와주겠다고 말하지 않았는가.

내가 집에 도착했을 때 아내는 집에 없고 큰딸 혜선 혼자 거실에서 텔레비전을 보고 있었다. 딸아이와 포옹하고 몇 마디 가벼운 농을 주고받은 뒤에 나는 2층으로 올라가 세면을 하고 편한 옷으로 갈아입었다. 아래층으로 내려온 나는 술잔에 얼음을 넣고 내가 좋아하는 조니 워커 블랙을 따른 뒤, 소파 위 딸 곁에 앉았다.

8시쯤 되어 돌아온 아내는 내가 벌써 집에 와 있는 것을 보고 놀랐다.

"아니, 여보, 언제 도착했어요? 밤늦게야 올 줄 알았는데… 아직 저녁 안 했지요?"

"응, 아직 안 했소. 하지만 배가 고프지 않은데…." 내가 대답했다.

"된장찌개랑 좀 들어요. 내가 얼른 끓여줄 테니까."

"된장찌개? 좋지! 역시 당신은 내 마음을 잘 안다니까."

그녀는 내가 된장찌개를 제일 좋아한다는 것을 알고 있어 나는 당연히 불만이 없었다. 그녀는 미처 내 대답을 듣기도 전에, 심지어 옷을 갈아입을 생각도 않은 채 냉장고에서 양념들을 꺼낸 뒤 감자, 양파, 두부를 썰어 뚝배기에 넣고 찌개를 끓이기 시작했다.

그녀가 요리하는 모습을 바라보며 나는 일은 잘 되어가느냐고 물었다. 그녀는 얼마 전부터 한 부동산 중개 회사에서 판매 사원으로 일하고 있었다. 초등학교 음악교사를 그만둔 뒤 그녀는 포틀랜드 주립대학에서 한글 강사로 일했었다. 그녀는 그 일을 하면서 그토록 낮은 보수로 일하는 데 지쳤다고 말했다. 그녀는 내가 그렇게 돈을 많이 버는 게 부럽다고 수차례 말하곤 했다. 그런 뒤 "남자라고 해서 여자보다 봉급을 더 받는 건 불공평해"라고 불평하곤 했다. 그리고는 진짜 사업에 뛰어들어 많은 돈을 벌고 싶다고 말했다.

나는 그럴 때마다 그녀의 말이 농담인지 진담인지 반신반의했다. 성공한 회사의 CEO이자 오너의 부인으로서 생계를 위해 그녀가 돈을 벌어올 필요가 없다는 것을 그녀는 잘 알고 있다. 그럼에도 그녀는 부동산 일에 종사하기로 결심했다. 그러기 위한 첫걸음은 공인중개사 자격시험을 치르는 일이었다. 꽤 오랫동안 책에 코를 처박고 열심히 공부하더니 시험에 통과했다. 부동산 공인중개사 자격을 획득한 그녀는 그 일을 해낸 자신에 대해 자랑스러워했다.

내 바람과는 달리 내가 저녁 식사를 끝내기도 전에 그녀는 다시 사무실로 가봐야 한다고 말했다. 미처 끝내지 못한 서류 작업이 있다는 것이었다. 나는 화가 났다. 나는 볼멘소리로 불평을 했다.

"아니, 정말로 이렇게 늦은 시각에 사무실로 다시 가겠다는 거요? 내가 긴 여행을 하고 돌아온 게 보이지도 않나? 함께 시간을 보내면서 집안일과 아이들에 대해 이야기를 나눠야 하는 거 아니오?"

실제로 가족들과 많은 시간을 보내지 못하는 죄는 내가 저지르고 있음을 잘 알고 있으면서도 나는 어떻게 해서라도 아내의 외출을 막아보려고 불쑥 말해버렸다.

아내는 내 말에 아무 대답도 하지 않았다. 내가 고개를 들자 그녀는 식탁에서 슬그머니 일어났다. 나는 그녀가 욕실로 가는 줄 알았다. 그런데 차고에서 시동 거는 소리가 들렸다. 나는 그녀를 저지하기 위해 밖으로 뛰쳐나갔다. 하지만 그녀는 이미 차고에서 후진으로 차를 빼내고 있었다. 그녀는 헤드라이트 불빛을 받으며 차고 안에 서 있는 내 모습을 보더니 길 한가운데 차를 세웠다. 어두워서 그녀의 얼굴이 보이지 않았지만 그녀는 손으로 금세 돌아올 것이라는 신호를 보냈다. 지친데다 어쩔 도리도 없어 나는 집으로 들어가 잔에 남아 있는 술을 마저 비웠다.

나는 아내가 지금 하고 있는 일이 그녀에게 얼마나 중요한가를 실감했다. 교사 일을 시작한 지 4년이 되었을 때 혜선이를 임신했고 곧이어 혜진이를 가졌다. 그녀는 아이들 양육을 위해 직장을 그만두고 집에 들어앉았다. 하지만 아이들이 학교에 입학하자마자 아내는 안절부절못했다. 그녀는 한글학교 교장직을 수락하고 포틀랜드 대학 한글학교에서 한국어를 가르치기 시작했다. 그러던 중 셋째 딸 혜조(디애나, 디디)가 태어났다. 그러면서도 아내는 딸들의 학교 활동과 음악 개인교습 등과 관련된 일을 조금도 소홀히 하지 않았다.

그녀는 정말로 믿을 수 없을 만큼 바빴다. 어머니와 내가 좀 페이스를 늦추고 최소한 자원봉사 일이라도 그만두라고 충고할 정도였다. 아내는 포틀랜드 영락교회의 집사로서 봉사 활동을 열심히 했다. 그녀는 남을 돕는 순수한 기쁨 때문에 그 일을 한다고 했다. 그녀는 마치 일종의 당직 응급실 의사처럼 한국에서 새로이 이곳에 온 사람들을 돕는 일에 열과 성을 다했다.

아내는 집에서는 '슈퍼맘'이었으며 많은 사람들의 삶에서 천사 역할을 했다. 그녀는 딸들이 학교에서 우수한 학생들인 것에 대해, 또한 음악에서 성공을 거둔 것에 대해 자랑스러워했다. 혜선이와 혜진이는 바이올린과 피아노 부문에서 각각 오리건주 대상(大賞)을 받았으며 둘 다 명문대학에 입학했다. 막내 혜조 역시 음악적 재능을 타고났다.

아내는 딸들이 한 걸음 한 걸음 앞으로 나아갈 때마다 격려하고 도움을 주었으며 딸들의 성공을 위해서라면 무슨 일이든 마다하지 않았다. 그녀는 좀 천천히 하라는 내 충고에는 전혀 귀를 기울이지 않았다. 그런 딸들 중 두 명이 대학에 들어가자마자 아내는 부동산 중개인이라는 새로운 일에 열정을 바치게 된 것이다.

나는 아내가 돌아오기를 기다리며 두 시간 동안 잠자리에 들지 않았다. 미처 마무리하지 못한 서류 작업이란 게 도대체 뭔지 궁금하기도 했다. 잠시 후 알코올 기운과 여독이 밀려왔다. 더 이상 참을 수 없을 만큼 고단해서 나는 11시쯤 잠자리에 들었고 이내 잠에 빠져들었다.

어디선가 아련하게 벨소리가 울리는 것 같았다. 또 한 번 울렸다. 반쯤 잠이 덜 깬 멍한 상태에서 나는 수화기를 더듬으며 자명종 시계를 바라보았다. 시계 바늘은 새벽 1시 25분을 가리키고 있다. 이상하게도 아내는 옆에 없었다. 여전히 멍한 채로, 하지만 약간 신경이 예민해진 상태에서 나는 조심스럽게 수화기를 들고 "여보세요"라고 말했다.

"여보세요, 한명기 씨 댁 맞습니까?" 수화기 저편에서 남자 목소리가 들렸다. 뭔가 불길했다.

"네, 제가 남편입니다. 누구신지요?" 나는 퉁명스럽게 대답했다.

"부인이 교통사고를 당했습니다. 위중한 상태입니다. 나는 포틀랜드 동부에 있는 엠마뉴엘 호스피탈의 간호사입니다. 성함과 주소 좀 일러주실 수 있겠습니까?"

나는 잠시 머뭇거렸다. 마치 번갯불에 감전이라도 된 것 같았다.

'왜 하필 내게?' 그러나 곧이어 '내가 아니란 법이 어디 있어?'라는 생각이 들었다. 나는 '위중한'이라는 말이 무슨 뜻인지 파악하려고 애썼다. 아내의 상태가 간호사가 말한 상태보다는 나을 것이라고 필사적으로 믿고 싶었다.

나는 혜선이를 깨웠다. 오버린 대학에 재학 중인 혜선이는 마침 여름방학을 맞아 집에 와 있었다. 우리는 함께 병원으로 달려갔다. 아내는 중환자실에 있었다. 얼굴에는 온통 상처투성이였으며 목에는 기관 절개 후 관이 꽂혀 있었고 왼팔은 붕대로 칭칭 감겨 있었다. 그녀의 왼쪽 눈은 완전히 감겨 있었지만 오른쪽 눈은 번쩍 뜨여 있었다. 하지만 그 눈은 커다랗게 팽창된 채 고정되어 있었다.

그녀는 마치 프랑켄슈타인이 만든 여자 괴물 같았다. 그녀의 몸에는 생체 활력 징후를 측정하기 위한 의료장치들이 관들에 연결되어 붙어 있었다. 가슴이 덜컥 아래로 내려앉는 것 같았다. 나는 얼어붙은 채 아무 말도 할 수 없었다. 완전히 정신이 멍해졌으며 마치 전투 중 폭탄이라도 맞아 기억을 상실한 상태에 빠진 것처럼 되어버렸다.

담당 수간호원이 내게 아내는 '외상성 뇌손상'을 입었으며 의식이 없고 위중한 상태라고 말했다. 나는 그제야 '위중한 상태'란 말의 의미를 분명히 깨달을 수 있었다. 그 말은 아내가 언제고 죽을 수 있다는 것을 뜻했다. 그녀가 위험할 정도로 죽음에 가까이 있다는 것을 뜻했다.

중환자실에서 나와 딸은 아무런 도움도 줄 것이 없었다. 간호사는 우리들에게 밖으로 나가 방문객 대기실에 앉아 있으라고 말했다. 아직 이른 새벽이고 대기실에는 사람들이 없었다. 상황의 심각성이 점차 현실적인 무게를 지니고 내게 엄습해오기 시작했다. 딸과 나는 긴 소파에 앉아 한동안 아무 말도 하지 못했다.

'이제 어떻게 하지?'라는 질문이 저절로 떠올랐다. '이제 우리 가족은 어떻게 되는 거지? 혜선이와 혜진과 혜조는? 내 회사와 30명의 직원들은?'

서서히 암흑 속에서 겨우 빠져나온 나는 딸애에게 괜찮으냐고 물었다.

"난 괜찮아요, 아빠… 아빠는 어떠세요?"

"나도 괜찮아. 얘야, 고맙다." 나는 눈물과 북받치는 감정을 억누르며 말했다.

나는 딸에게 몸을 기울이고 그 애를 껴안으며 말했다.

"혜선아, 정말 사랑한다. 너무 걱정 말아라. 엄마는 곧 회복될 거고, 우리가 모르는 사이, 집으로 올 거야. 엄마가 얼마나 강한지 너도 잘 알지?"

딸애는 아무 말이 없었다. 나는 내 위로의 말이 공허하게 들렸으리라는 것을 잘 알고 있었다. 딸애는 나만큼, 아니 어쩌면 나보다 더 망연자실해 있었다. 나는 그 애의 마음을 헤아릴 수조차 없었다.

혜선이는 엄마와 무척이나 가까웠다. 아내는 첫딸을 특히 극진히 돌보았고 그 애의 음악적 재능을 소중히 여겼다. 어찌 보면 혜선이는 유명한 음악가가 되고 싶다는 아내의 어린 시절 꿈을 대신 실현해준 것과 같았다. 스무 살의 혜선이는 이제 어엿하게 성숙한 딸이 되어 있었다.

'애야, 강해야 한다! 강해야 해!'

나는 그 말을 딸애에게 해주고 싶었다. 하지만 그 말은 내 마음속에 찰싹 달라붙어 있기라도 한 듯 입 밖으로 나오지 않았다. 마치 내 영혼이 나를 떠나버린 것 같았다. 아니, 정말로 그랬다. 내 영혼은 지금 연옥을 헤매고 있는 내 아내를 따르고 있었다.

경찰 조서에는 사고 경위가 소상히 나와 있었다. 아내가 집으로부터 겨우 15분 정도 거리에 있는 노스웨스트 코넬로(路)의 사무실을 나와 집으로 향했을 때는 거의 자정이 다 되어갈 무렵이었다. 그녀는 1986년형 백색 소형 메르세데스 190E를 몰고 하통 팜스의 우리 집을 향해 베타니가(街) 북쪽을 지나고 있었다. 그녀는 베타니가와 26번 하이웨이 도로 진입로 교차로에 빨간 교통신호를 받고 차를 세웠다. 그곳의 제한속도는 시속 70킬로미터였다. 아내의 차 외에 또 한 대의 차가 좌회전하기 위해 신호가 바뀌기를 기다리고 있었다. 신호등이 녹색으로 바뀌자 아내의 차는 출발했다.

바로 그때 오른쪽 도로에서 1980년형 검은색 포드 브론코가 그녀의 차를 향해 돌진했다. 열여섯 살 된 소년이 운전하고 있었으며 친구가 한 명 타고 있었다. 그 차는 26번 하이웨이에 진입하기 위해 서쪽 방향으로 달려오던 중이었다. 그들은 멀리서 신호등이 노란색으로 바뀌는 것을 보았지만 멈추지 않았던 것이다. 그 차 뒤로는 그들 친구들이 가득 타고 있는 다른 차가 바싹 뒤따르고 있었다. 멀리서 노란 신호등을 본 소년은 가속 페달을 밟았다. 차가 교차로에 이르렀을 때는 이미 붉은 신호등으로 바뀌었을 때였다. 교차로 한가운데서 아내의 차가 소년의 눈에 들어왔다. 하지만 그는 차를 멈출 수 없었다.

소년의 차는 아내 차의 오른쪽 앞면을 들이받았다. 교차로에서 아내 뒤에 서 있던 차를 몰던 사람이 그 광경을 똑똑히 목격했다. 그의 말에 따르면 검은색 포드는 최소한 시속 100킬로미터나 그 이상으로 달렸다는 것이었다. 하늘이 도왔는지 그는 12년간 구급대원으로 근무하고 있는 사람이었다.

믿을 수 없는 일이었지만 경찰 조서에 따르면 아내는 안전벨트를 매고 있지 않았다. 그녀는 조수석으로 튕겨나가 머리를 창문틀에 부딪쳤고 정신을 잃었다. 교차로에 서 있던 차에 타고 있던 비번 구급대원은 그 광경을 보자마자 재빨리 차에서 내려 아내의 차로 달려갔다. 그는 기도(氣道) 확보를 위해 아내의 머리를 똑바로 해준 다음 911에 전화했다. 놀랍게도 구급차가 7분도 되지 않아 도착했다. 아내를 응급처치해준 구급대원은 그녀의 눈을 바라보더니 동공이 고정된 채 확장되었다고 방금 도착한 구급대원에게 말하며 고개를 저었다.

"잘 모르겠어요. 상태가 안 좋은 것 같아요."

그들은 그녀의 몸이 호흡곤란으로 꿈틀대는 것을 볼 수 있었다.

앰블런스는 아내를 포틀랜드 북동부에 있는 엠마뉴엘 병원으로 실어갔다. 아내 같은 외상(Trauma)환자 치료 전문 병원으로 지정된 병원이었다.

응급실에서의 아내의 상태는 절망적이었다. 그녀가 병원에 실려 왔을 때, 환자의 의식 상태를 나타내는 글래스고 코마 스케일(GCS)은 4였다. 사고 현장에서는 그 수치가 3으로서 최하였다. 그 숫자는 아내가 완전히 무반응이며 의식이 없다는 것을 의미했다. 그녀는 사실상 사망한 것이었다.

의학용어 자체와 그것이 품고 있는 의미를 전혀 이해할 수 없었던 나는 그 어떤 의사도 아내가 곧 죽을 것이라고 선언하지 않는 것을 보고 안도했다. 아내가 위중한 상태에서 심각한 상태로 옮겨간 것이라고 나는 확신했다. 아내는 여전히 의식이 없었으며 이제 공식적으로 혼수상태에 빠져 있었다. 어쨌든 GCS는 4에서 9로 회복이 되었으며 흉부 마찰에 쉽사리 반응했다. 즉 몸이 반사적으로 꿈틀댄 것이다. 나의 희망도 조금 꿈틀거렸다.

딸아이를 병원 아내 곁에 남겨두고 나는 막내 혜조의 학교 인 델피안 스쿨로 차를 몰았다. 오리건주 세리던에 위치한 그 학 교는 포틀랜드로부터 남서쪽으로 80킬로미터 거리에 있다. 나 는 딸에게 엄마 사고 소식과 현재 상태를 어떻게 전해야 할지 막막하기만 했다. 혜조는 이제 열세 살로서 가장 섬세하고 상처 받기 쉬운 청소년기를 지나고 있다. 게다가 요즘 그 애가 엄마와 사이가 별로 좋지 않다는 것도 나는 알고 있다.

나를 보자 혜조는 반가워했다. 나는 학교 당국자에게 아내 의 사고 소식을 전하고 혜조를 즉각 조퇴시켜달라고 요청했다. 병원으로 가는 길에 나는 딸에게 엄마의 사고에 대해 좀 더 자 세하게 설명해주었다. 하지만 아내의 증세가 얼마나 나쁜지, 아 내의 지금 모습이 어떤지에 대해서는 말해주지 않았다.

병원에 도착하자마자 혜조와 나는 곧장 아내에게로 갔다. 혜조는, 왼쪽 눈은 감기고 오른쪽 눈은 커다랗게 확장되어 고정 된 채, 온갖 의료장치들을 몸에 붙이고 엄마가 침대에 누워 있는 모습을 보자 그 자리에 얼어붙은 듯 꼼짝도 하지 못했다. 혜조는 아무 말도 하지 않았으며 울지도 않았다. 그냥 그렇게 서 있었을 뿐이었다. 나는 혜조의 그런 반응을 보고 있는 것이 고통스러웠 다. 나는 혜조에게 아무 걱정 말라고, 엄마는 곧 회복되어 집으 로 돌아올 것이라고 말했다. 혜조가 엄마를 향해 아무런 감정도 내보이지 않는 것이 이상해 보였다. 혜조는 엄마와 전혀 모르는 사람인 듯한 반응을 보였다. 하지만 혜조는 충격을 받은 것이었다. 어찌 그러지 않을 수 있었겠는가?

딸아이의 마음에 도대체 무슨 일이 일어나고 있는지 알 수 없어 내 가슴은 고통으로 갈기갈기 찢어지는 것 같았다. 혜조는 막내딸로서 언제나 나로부터 가장 큰 보살핌과 사랑을 받았다. 언니들도 그 애를 무척 사랑했다. 아내와 나는 딸을 위해서라면 가능한 한 모든 것을 해주고 싶었다. 가장 좋은 교육을 받게 하기 위해서, 안락한 삶을 누릴 수 있게 하기 위해서 우리는 돈을 아끼지 않았다. 나는 내가 한국에서 자라면서 겪은 고생 같은 것을 딸들이 겪지 않기를 바랐다. 하지만 그 애들이 지금 한 가족으로서 겪고 있는 이 고통에서 벗어나게 해줄 수 있는 방법은 아무 것도 없었다.

의사들은 아내가 언제쯤 혼수상태에서 벗어날 수 있을지 아무런 예상도 하지 못했다. 아내가 과연 혼수상태에서 깨어날 수나 있는 것인지 말해줄 수 있는 사람도 없었다. 우리들이 반복해서 들은 말이라고는 "하나님만 아실 것입니다"라는 말뿐이었다.

3. 오로지 하나님만이

아내는 2주 동안 엠마뉴엘 호스피탈의 응급실에 누워 있다가 요양원으로 옮겼다. 나는 내 생활도, 내 사업도 온통 뒤죽박죽이 된 것만 같았다. 이제부터 내 삶이 어떤 식으로 바뀌어버릴 것인 지 도저히 갈피를 잡을 수 없을 지경이었다.

뉴저지의 재활용품 생산공장 구매 계획을 비롯해 현재 진 행 중인 모든 프로젝트들이 기약도 없이 유보될 수밖에 없었다. 나는 이제 우리 회사의 소주주가 된 프랭크와 필에게 전화를 걸 어 세일즈에 관한 모든 일들을 책임지고 수행해달라고 부탁했 다. 포틀랜드 본사의 CFO이자 재정 및 업무 총괄 상무로 있는 수 리튼에게도 사업을 차질 없이 진행하고 매출매입 채권과 채 무를 확실하게 파악하라고 요청했다. 17년째 우리 회사에서 일 하고 있는 수는 꼼꼼하고 엄격한 관리자였기에 더 이상 긴 말이 필요 없었다. 게다가 그녀는 나의 처형이어서 나의 집에 무슨 일 이 일어났는지 잘 알고 있었다.

사고가 일어나고 보름이 지난 7월 27일까지 아내는 중환자 실에 있었다. 바로 그날 우리는 마틴 존슨 박사로부터 '신경외과 진단 의견서'를 받았다. 의견서에는 '심각한 두부 손상으로 인한 복합적 상해'라고 적혀 있었다. 루빈 모리스 박사가 이전에 내린 진단도 비슷했다. 그는 '심각한 외상성 뇌손상으로 인한 미만성 축삭(軸索, 신경돌기) 손상'이라고 썼다. 뇌가 손상되어 그 영향이 축삭 부위로 널리 퍼졌다는 뜻이었다.

존슨 박사는 다음과 같은 부가 설명과 예후를 덧붙였다.

신경 외과적으로 환자는 상해 이전 상태로 회복되지 못할 것임. 12~18개월 후에 지팡이나 보행기에 의존해 몸을 움직일 가능성도 있으나 불완전 마비 증세와 아테토시스(뇌의 장애로 일어나는 불수의 운동)성 운동기능 장애가 수반될 것임. 뇌간 대뇌 기저핵 손상 정도에 따라 그에 수반되는 구음장애가 필히 있을 것임. 일상생활에 도움을 받아야 하므로 자택에 머무는 것이 좋으리라 간주됨. 이 문제에 대해 남편과 상의할 필요가 있음.

간략히 말한다면 아내는 살아날 것이지만 심각한 장애를 겪을 것이며 그녀의 몸, 특히 좌측 부위는 마치 벌레처럼 꿈틀거릴 수밖에 없다는 말이다. 또한 신경 손상으로 인해 언어 장애가 생겨 더듬거릴 수밖에 없다는 것이다. 게다가 그 예후들은 모두 아내가 가까운 시일 내에 혼수상태에서 깨어난다는 것을 전제조건으로 내려진 것들이었다.

그렇다. 감사하게도 아내는 목숨을 건졌다. 하지만 날이 갈수록 아내가 혼수상태에서 깨어나지 못하리라는 전망은 점점 더 현실이 되고 있었다. 의료보험업체인 카이저 퍼마넌트(Kaiser Permanent)의 사회복지사는 아내가 혼수상태에서 깨어나지 못한다면 더 이상 엠마뉴엘 병원에 입원해 있을 수 없다고 미리 말했었다. 아내를 포틀랜드 내 다른 요양병원으로 옮겨야 한다는 것이다.

슬픈 일이었지만 정해진 날짜 이전에 아내가 혼수상태에서 깨어날 수 있으리라는 희망은 산산조각이 나버린 상태였다.

나와 아내는 오래전에 오리건주 클라카마스 소재 카이저 퍼마넌트에 가입했다. 우리는 아직 비교적 젊고 건강했기에 주치의 지정을 게을리 했다. 우리는 병원에 자주 가지도 않았을 뿐만 아니라 매년 행하는 건강검진도 여러 번 걸렀다. 나는 사랑하는 사람이 나의 아내처럼 뜻하지 않은 사고로 큰 부상을 입게 되었을 때 충고와 조언과 지도를 해줄 주치의를 미리 정해놓는 것이 얼마나 중요한지 뒤늦게야 깨달았다. 나의 아내에게 무슨 일이 일어날지, 그녀가 어떤 치료를 받게 될 것인지 아무것도 모르고 있다는 것은 마치 악몽과도 같았다.

8월 2일 카이저 퍼마넌트의 사회복지사 메그 멍거의 친절한 안내와 지시 덕분에 아내는 포틀랜드 남동부에 있는 요양시설로 옮길 수 있었다. 카이저 퍼마넌트에서는 아내가 그 요양시설에 세 달 동안 머물 수 있게 해주었다. 그사이 그녀가 혼수상태에서 깨어나게 된다면 규정에 따라 물리치료와 작업치료와 언어치료를 받을 수 있을 것이다. 그 모든 것은 카이저 소속 사회복지사의 평가 결과에 달려 있었다. 그러기 위해서는 치료사와 간호사들의 치료를 견뎌낼 수 있는 의지력을 아내가 보여주어야만 했다. 그래야만 오리건 재활원(RIO)에 입소할 재활 대상 후보 자격을 얻을 수 있다. RIO는 그때나 지금이나 아내와 비슷한 환자들의 재활을 돕는 미국 내 최상급 시설이다.

아내가 혼수상태에서 벗어나지 못하거나 시험에 통과하지

못하면 우리는 아내를 집으로 데려오거나 혼수상태의 환자들만 관리하고 있는 요양원으로 보내는 수밖에 없었다.

이제 시계가 재깍재깍 소리를 내기 시작했고 시간과 싸우는 일만 남은 셈이었다. 가족 중 누구도 아내가 요양원으로 가는 것을 원치 않았다. 딸들은 물론이고 가족들 모두가 얼마나 참담한 기분에 빠질 것인지는 불을 보듯 뻔했다.

그사이 나는 아내가 다른 환자들과 함께 요양원 침대에 누워 있는 꿈을 자주 꾸었다. 나는 악몽에서 벗어나려 애쓰다가 한밤중에 잠에서 깨어나곤 했다. 그럴 때면 온몸이 땀에 젖어 있었다. 아내가 잠을 자고 있어야 할 침대 옆 자리는 비어 있었다. 나는 다시 잠을 이루지 못했다. 그리고 나도 모르는 새, 날이 밝아 있었다.

나는 매일 기도를 드리고 묵상을 했다. 아내를 위해서 내가 할 수 있는 일은 그것뿐이었다. 포틀랜드 영락교회 목사들과 교우들이 병원으로 찾아와 우리들을 위해 기도해주었다. 나는 나의 뒤늦은 근면함이 어떤 식으로건 하나님께 전해져 우리 가족을 고통에서 벗어나게 해주시옵기를 바라는 간절한 마음으로 매주 일요예배에 참석했다.

어느 날이었다. 그날 엠마뉴엘 병원의 간호사로부터 전화를 받았을 때 내가 보였던 반응이 갑자기 생각났다. 내게 제일 먼저 떠오른 생각은 '왜 하필 내게?'였다. 이어서 '내가 아니란 법이 어디 있어?'라는 생각이 떠올랐었다. 내가 불행이라고는 찾아오지 않을 특별한 사람이란 법이 대체 어디 있단 말인가? 나도 남들과 하등 다를 것이 없다. 내가 1969년 한국을 떠나 포틀랜드에 도착한 이래 이렇게 아내가 사고를 당하기까지 25년 동안 나는 은총을 받아 축복의 길을 걸어왔다. 내가 미국 땅에 처음 발을 디뎠을 때 내 주머니에는 250달러밖에 없었으며, 3개월 한시 상업비자 도장이 찍힌 여권밖에는 없었다.

나는 스스로에게 속삭였다.

'그래, 너 자신과 지금 호강하고 있는 가족들을 보아라. 이런 일은 누구에게나 일어날 수 있다. 우는 소리 당장 집어치우고 용감하게 시련에 맞서라.'

이어서 나의 내면의 목소리는 내게 이렇게 명령했다.

'너는 이 상황에 얼마든지 능동적으로 대처할 수 있어!'

그렇다! 나는 내가 이 상황에 능동적으로 대처해야 한다는 것을 깨달았다!

갑자기 내가 대처해야만 하는 이 무서운 상황이 더 이상 '있을 수 없는 일'처럼 보이지 않았다.

'이 모두 삶의 일부분이다. 우리는 살면서 누구나 부침(浮沈)을 겪으며 그 누구도 예외 없이 시련과 직면하게 되어 있다. 나는 하나님이 끊임없이 우리를 지켜보시며 우리가 맞닥뜨린 일에 잘 대처할 수 있도록 우리를 도와주신다는 것을 알고 있다'고 생각했다.

나는 이제 더 이상 아내가 언제 혼수상태에서 벗어날 수 있을지 노심초사하지 않기로 했다.

'그것은 하나님에게 달린 일이지 나의 일이 아니다. 하나님의 일은 하나님께 맡기자. 나는 인간 능력 범위 안에 있는 일이라면 뭐든 해볼 것이며, 최선을 다하리라.'

나는 갑자기 새로운 인간이 된 것 같은 느낌에 젖었다. 내 앞에 놓인 모든 도전과 어려운 과업을 모두 내가 쉽게 처리할 수 있으리라는 환상에 일시적으로 사로잡힌 것이다. 나는 한참이 지나서야 이미 무서운 우울증이 내 내면으로 침범해 들어와 내게 파멸의 위협을 가하고 있음을 깨달을 수 있었다.

4. 옛 아내, 새 아내

아내에게서 긍정적인 결과를 찾아보려고 계속 애를 썼지만 그녀의 상태는 결코 희망적인 징후를 보여주지 않았다. 그녀가 병원 응급실로부터 요양시설로 옮기기까지 우리는 각기 다른 세 명의 신경과 의사로부터 세 번에 걸쳐 진단 소견을 들었다.

그중 한 명은 혜선과 나를 앞에 두고 이렇게 말했다.

"잘해야, 이 환자는 식물이나 벌레처럼 될 겁니다."

비록 표현은 달랐지만 이미 모리스 박사로부터 비슷한 예후를 진단받은 바 있었기에 나는 별로 놀라지 않았다. 우리는 대부분의 의사들이 별로 외교적인 언사를 사용하지 않고 보다 직설적이라는 것을 알고 있었다. 그렇더라도 이 의사는 다소 잔인하다고 나는 생각했다. 나는 참담한 기분에 젖을 수밖에 없었다. 또한 딸 혜선이가 받고 있을 심리적 고통을 어떻게 덜어줄 수 있을지 갈피를 잡을 수 없었다.

나는 딸과 함께 병원 밖으로 나섰다. 병원은 윌라메트강 동쪽 강변에 위치해 있었다. 우리는 의사로부터 방금 들은 무서운 말을 소화시키려 애쓰며 강변을 따라 걸었다. 역설적이게도 아침 하늘은 구름 한 점 없이 청명했다. 마치 우리에게 "모두 다 잘될 거야"라는 메시지를 전해주는 것 같았다. 7월 말이었다. 나는 포틀랜드의 여름 날씨가 얼마나 좋은지도 잊고 있었다.

다른 의사가 전해준 최선의 예후는 다음과 같았다.

"보행기에 의지해 보행을 할 수는 있겠지만 정신적으로는 일곱 살짜리 소녀의 상태일 것입니다."

아내에 대한 예후가 어떤 것이었건 그것들에는 공통점이 있었다. 이전의 아내를 돌려받지는 못할 것이라는 사실이었다. 그녀라는 존재 자체가 바뀌어 다른 사람이 되리라는 것이었다.

모리스 박사의 예후를 포함해 세 명의 의사들의 예후는 내게 별 영향을 주지 않았다. 어쨌든 그들은 아무도 아내의 죽음이 임박해 있다는 말은 하지 않았다. 그녀는 살아가게 될 것이다. 나는 그 사실만은 분명히 확신했다. 하지만 그 어느 의사도, 또한 간호사도 아내가 가까운 시일 내에 혼수상태에서 빠져나올 수 있을 것 같다는 말은 하지 않았다.

나의 세 딸이 힘껏 나를 돕고 있었다. 나는 또한 어머니의 사랑과 기도를 받고 있다. 장모님은 위암으로 병원에 입원해 있는 장인을 돌보느라 바빴다. 나의 두 누이동생 유니와 현주가 나의 한 걸음 한 걸음마다 도움을 주었다. 이제 더 이상 아무것도 겁날 것이 없었다. 나의 에너지 레벨 역시 향상된 것 같았다.

내가 어려울 때마다 내게 큰 도움을 주었던 하퉁 팜스의 이웃들도 아내가 사고를 당하자마자 역시 놀라운 이웃 간의 정을 보여주었다. 하퉁 팜스에서 이웃해 사는 이들은 대개 비슷한 세대, 비슷한 연배였다. 아이들은 서로 어울려 자랐기에 서로 가까웠다. 이웃들은 사랑과 기도와 염려를 우리와 공유했으며 나와 딸들을 위해 음식을 갖다주기도 했다.

이렇게 도와주는 사람들이 많았지만 아내 곁에서 아내를 간호하면서 나는 당혹스러웠던 적이 많았다. 주치의 없는 상태에서 여러 의사들이 아내의 치료에 나서다보니 나는 일이 어떻게 진전되고 있는지 상황을 알 수가 없었다. 아내를 간호하면서 이리저리 뛰어다니며 궁금한 것을 물어보자니 정신이 없었던 것이다.

내가 여러 번 청원하고 항의한 결과 병원 당국은 해럴드 네비스 박사를 아내의 주치의로 지정해주었다. 이제 나는 직접 네비스 박사를 찾아가 앞으로 아내를 어떻게 치료할 것인지 등등,

내가 궁금한 점을 물을 수 있게 되었으니 정말 잘된 일이었다.

내가 아내를 간호하면서 지낸 이 위기의 기간에 내가 깨친 중요한 사실이 하나 있다. 나의 경우로 보자면, 나나 나의 가족들이 환자인 아내에 대해 모든 것을 다 파악하고 있어야 한다는 사실이다. 물론 의사나 간호사들은 그들의 직업 능력 내에서 최선을 다한다. 하지만 그것 외에 환자에게 어떤 작은 돌봄이나 배려가 덧붙여지느냐에 따라 환자의 생사를 가르는 결정적인 차이가 생긴다. 특히 스스로를 통제하거나 결정을 내릴 힘도 없이 모든 것을 의료진에게 맡겨버릴 수밖에 없는, 혼수상태에 빠진 환자의 경우는 더욱 그러하다.

사고가 있은 지 36일 째인 8월 17일 아침, 아내의 오빠이자 나의 고교 동창인 성기의 전화를 받았다. 장인어른이 위암으로 그날 새벽 세상을 떠났다는 것이었다. 나는 병실로 아내를 보러 갔다. 나는 그녀의 병상 옆에 앉아 그녀의 오른손을 잡고 기도를 드렸다. 기도 후 나는 아내에게 장인어른, 즉 그녀의 아버지가 세상을 떠나셨다고 말해주었다.

나는 몇 주에 걸쳐 그녀에게 끊임없이 말을 걸었고 라디오와 CD로 성가를 들려주었다. 그러면서 내내 그녀가 내 말과 노래를 듣고 혼수상태에서 깨어나기를 간절히 빌었다.

바로 그날 나는 새로운 시도를 해보기로 결심했다. 만일 내 말을 알아들었으면 내 손을 한 번 꼭 쥐라고 그녀에게 말한 것이다. 그런데 즉각 내 손에 감각이 왔다. 나는 다시 한 번 내 손을 꼭 쥐어보라고 그녀에게 말했다. 그녀는 가볍게 내 손을 쥐었다. 응답이 온 것이다! 나는 완전히 정신이 나갔다. 나는 아내의 의식과 영혼을 살려주신 데 대해 하나님에게, 그리고 장인어른에게 감사했다. 내 생애 가장 아름다운 순간이었다. 나는 나의 진짜 아내를 되찾은 것이다. 하나님이 그녀의 정신과 영혼을 내게 되돌려주신 것이다. 그래, 이제 정신이 돌아온 거야! 나는 그 사실을 조금도 믿어 의심치 않았다.

기쁨과 흥분에 휩싸여 나는 간호실로 달려가서 당직 의사를 보자고 했다. 나는 의사에게 방금 있었던 일을 설명한 후 그녀가 내 요구에 반응했다고 말했다. 의사는 반신반의하는 눈치였지만 검사를 해보기 위해 나를 따라 아내가 누워 있는 병실로 왔다. 그가 아내의 손을 잡고 몇 마디 말을 했다. 아무런 응답이 없었다. 그는 다시 시도해보았다. 하지만 여전히 무응답이었다. 몇 번 더 시도해 보았지만 결과는 마찬가지였다. 나는 낙담했고, 좀 전의 열광은 날아가버렸다.

의사는 아내가 보였던 반응이 혼수상태에 빠진 환자가 흔히 보이는 전형적 무의지 반응이라고 내게 설명하면서 나를 위안해주려 애썼다. 결국 그녀는 혼수상태에서 빠져나온 것이 아니라는 것이다. 의사는 내게 가능한 한 그녀와 대화를 계속하고 음악도 계속 들려주라고 충고했다. 이어서 그는 혼수상태 환자만 다루는 다른 전문요양원을 찾아봐야 할 것이라고 내게 말했다.

카이저 사회복지사의 친절한 조언에 따라 나는 실사를 해보았고 이미 그런 기관 한 곳을 방문했었다. 요양원에서는 내게 영양 공급 튜브를 부착한 혼수상태 환자들이 다섯 명 누워 있는 방을 보여주었다. 가장 나이 든 환자는 그곳에 벌써 5년째 있었고 다른 이들은 1년에서 3년 정도 되었다고 했다. 내게는 그들이 모두 외계인처럼 보였다. 그들은 분명히 살아 있고 잠을 자고 있었지만 내게 그들은 영혼과 정신을 빼앗긴 좀비처럼 보였다.

'안 돼! 안 돼! 안 돼!' 내 내면의 목소리가 큰 소리로 외쳤다. 내 아내가 저 좀비들과 같은 방에 누워 있다는 생각을 참아낼 수 없었다. 이제 내 마음이 결정되었다.

'만일 아내가 정해진 기한 내로 깨어나지 못한다면 집으로 데려가리라. 내 아내를 이런 시설에 맡긴다는 건 있을 수 없는 일이다.'

몇 주가 빠르게 흘러갔다. 아내에게서는 아무런 긍정적인 반응도 없었다. 이제 그녀가 이곳에서 퇴원해야 할 날이 한 달 정도밖에 남지 않았다. 그녀가 혼수상태에서 빠져나올 가능성은 점점 더 희박해져갔다. 아내에게 물리치료를 할 수도 없었다. 그녀가 혼수상태에서 벗어나 치료사의 지시를 따를 만큼 의식이 명료해야만 물리치료가 가능하기 때문이다.

이제 사고가 발생한 지 거의 두 달이 된다. 나는 마음이 산란했고 신경이 예민해졌으며 심적 고통이 내 몸에 나쁜 영향을 미치기 시작했다. 몸이 나빠지는 징후가 나타나기 시작한 것이다. 변비가 일상화되었다. 음식을 제대로 소화하지 못하고 위산 역류가 잦아졌다. 의사는 내게 위장병 전문의를 찾아가보라고 했다. 소화기 내시경 검사 결과 위궤양 증세가 있고 결장 내시경을 하면서 많은 폴립을 제거했다. 의사는 금주(禁酒)를 당장 실행하고 매운 음식과 스트레스를 피하라고 했다. 그는 몸에 남아 있는 폴립이 암으로 발전할 수도 있다고 경고했다. 의사는 넥시움과 제산제를 처방해주면서 꽤 오랫동안 꾸준히 복용해야 한다고 말했다.

매운 음식을 피하는 것과 금주는 가능할지 모른다. 하지만 일과, 가족과, 아내의 회복에 대한 책임으로부터 오는 스트레스는 어떻게 피할 수 있단 말인가?

5. 아내, 깨어나다

빠르게 가을이 다가오고 있었다. 아침저녁으로는 제법 날씨가 쌀쌀했다. 나는 시다 힐스의 내 회사 사무실에 잠깐 들렀다. 해외 에이전트와 고객에게서 온 팩스를 확인하고 수표 몇 장에 사인을 하기 위해서다. CFO 수 리튼과 회사의 전반적인 상황에 대해 의논한 뒤에 나는 뉴저지주 뉴어크의 프랭크와 필에게 전화를 걸었다. 내가 이런 상황에 처하고 보니 7년 동안 파트너로 일하다 작년에 그만둔 빌 브룩스가 새삼 아쉬웠다. 그는 정말 정직하고 믿을 만한 사업가였다.

사무실에서 나와 차를 몰고 요양병원으로 가는 도중이었다. 갑자기 7월 11일 아내가 사고를 당했던 그날의 일이 머리에 떠올랐다. 좌회전을 하려고 멈춰서 있던 비번 응급대원이 아내의 목숨을 살렸다. 그가 재빨리 차에서 내려 아내의 머리를 똑바로 해주어 기도(氣道)와 척추를 보호해주지 않았다면 아내는 그 자리에서 사망할 수도 있었다. 그는 지체 없이 911에 전화를 했고 경찰 조서에 따르면 7분 만에 응급차가 도착했다. 그는 내 생애 또 한 번 내 앞에 나타난 천사였다.

나는 아내가 아직 죽을 운명이 아니었다고 생각했다. 하나님께서 그런 무서운 사고를 겪고도 그녀가 살아남을 수 있게 해주셨다면 그녀를 혼수상태에서 벗어나게 해주시는 것이 당연하지 않겠는가? 별로 이치에 맞지 않는 생각임을 알고 있었지만 그래도 기분이 조금 나아졌다. 통계치로 본다면 그녀는 이미 이 세상 사람이 아닐 확률이 높았다. 하지만 그녀는 여전히 살아 있다. 그녀가 3개월이나 살아 있다는 바로 그 사실이 내게 다시 희망을 주었다.

"여보, 내가 왔어." 내가 아내에게 말했다. "오늘은 기분이 좀 어때?"

나는 늘 그렇듯, 마치 아내가 정상인인 것처럼 한국어로 말했다. 의사와 간호사들은 비록 그녀가 아무런 반응을 보이지 않더라도 우리가 그녀에게 해주는 말을 듣고 이해할지도 모른다고 말했었다. 딸들을 비롯해서 친척들과 친구들 모두 그 말을 들었기에 그들 또한 병문안을 올 때마다 그녀가 깨어나서 정상적인 상태인 것처럼 그녀에게 말을 걸었다.

나는 라디오를 끄고 그녀 침대 옆에 앉았다. 나는 그녀의 오른손을 잡고 평소처럼 기도를 시작했다. 기도를 끝내면서 나는 그녀에게 내 말을 이해하지 못했으면 내 오른손 검지를 두 번 꼭 누르고 무슨 말인지 알겠으면 한 번 누르라고 말했다. 물론 별 기대나 희망이 있었던 것은 아니다. 나는 이번에는 질문 내용을 바꾸어보았다. 약간 복잡해진 반응에 아내가 반응한다면 아내의 의식이 돌아왔음이 한결 확실할 수 있다는 생각에서다.

"여보, 내 말 들려? 내가 무슨 말을 했는지 알겠어? 그렇다면 두 번 꼭 눌러. 알았지?"

그녀가 희미하게 내 손가락을 두 번 눌렀다. 나는 화들짝 놀랐다. 사정없이 두근거리는 마음으로 나는 조심스럽게 같은 말을 반복했다. 그녀는 내 손가락을 두 번 눌렀다. 분명히 반응을 보인 것이다!

이어서 나는 물었다.

"여보, 배고프지 않아?"

그녀는 내 손가락을 한 번 눌렀다. 부정의 표시였다. 나는 몇 번 다른 질문들을 했다. 예컨대 나는 우리 딸들의 이름을 확인해보았다. 아내는 정확히 대답했다. 나는 그녀가 오른쪽 눈으로 마치 내가 누구인지 안다는 듯 나를 바라보고 있음을 알아차렸다. 그녀의 오른쪽 눈은 사고 당시부터 지금까지 동공이 확대된 채 고정되어 있었고 우리는 그녀가 그 무언가를 볼 수 있는지 아닌지 알 수 없었다. 그런데 그녀가 사고 후 내내 감고 있던 왼쪽 눈을 처음으로 떴다.

"내가 누구인지 알겠어?"

그녀가 다시 내 손가락을 두 번 눌렀다. 심지어 나를 향해 가볍게 미소까지 지었다. 아내가 내가 누구인지 분명히 알아본 것이다!

'오, 하나님! 그녀가 돌아왔습니다!'

하나님이 그녀의 영혼과 정신을 내 가족과 나에게 되돌려주신 것이다! 나는 그녀를 부둥켜안고 행복에 겨워 소리치고, 소리치고, 또 소리쳤다.

나는 나의 새 아내를 찾아낸 것이다. 나의 옛 아내는 뼈가 부러지고 온 몸과 얼굴에 상처를 입은 채 온갖 신체적 장애를 입고 있다. 나의 옛 아내는 고집도 세고 결점도 많았다. 또한 그녀의 겉모습은 흉할지도 모른다. 하지만 그런 건 아무 문제도 되지 않는다. 내게 그녀는 온 세상에서 가장 아름다운 나의 아내이다. 천부적인 순수한 영혼과 정신이 그녀의 몸으로 되돌아왔는데 그녀의 외모나 이전의 그녀의 마음 같은 것은 아무 문제가 될 수 없었다.

'왜 나는 나의 진정한 아내는 누구인가에 대한 이 진실을 전에는 알 수 없었던 것일까?'라고 나는 자문했다. 내가 그토록 완벽한 남편이었단 말인가? 내게도 그녀만큼 많은, 아니 어찌 보면 더 많은 결점이 있지 않은가? 결국 나도 내 안에 내 아내와 똑같은 영혼과 정신을 지니고 있지 않은가? 영혼에 무슨 피부색이 있고 성이 있는가? 절대 그렇지 않다. 그렇다면 우리는 모두 영혼 속에서 하나라는 뜻이 아닌가? 예수 그리스도가 전 생애에 걸쳐 사람들에게 가르치려 했던 것, 제자들의 마음속에 확실하게 심어주고 싶었던 것은 바로 이 진리가 아닌가? 우리는 하나님의 영 안에서 모두 하나인 것이다.

하나님이 내게 아내를 돌려보내주셨다. 동시에 나는 내 생애 가장 큰 선물을 하나님으로부터 받았다. 마치 내 눈을 가리고 있던 두꺼운 비늘이 벗겨진 것 같았다. 기독교와 다른 종교들에 대해 내 속에서 들끓고 있던 질문과 의혹이 깨끗이 사라져버렸다. 내게는 진정한 각성의 순간, 깨어남의 순간이었다. 이 경험은 내가 아무리 잊으려 해도 잊을 수 없는 그런 경험이 되었다. 수영이나 자전거 타는 법을 일단 익히고 나면 한 번쯤 실수하거나 넘어질 수는 있지만 결코 그 방법을 잊지 않는 것과 마찬가지다.

나는 내가 다시 한 번 자유로운 인간이 된 듯 느꼈다. 하나님의 영이 이제 내 안에 살고 있다. 이제 그 어느 것도 두려워하거나 걱정해야 할 필요가 없다. 내가 아내와 가족을 위해서 하는 일들은 모두 나 자신과 하나님을 위한 것이다. 내가 우리의 부모님들, 자식들, 내 가족들 그리고 남들을 위해 무슨 일을 하건, 나는 나 자신과 하나님을 위해 그 일을 하고 있는 것이다.

6. 우리의 세 딸들

몇 주가 지났지만 나는 아내가 깨어나던 그날, 내 손가락을 꼭 쥐었던 그녀의 손의 감각을 잊을 수 없다. 그 감각이 너무 생생해서 하나님이 내 아내의 생명을 살려주셨다는 신념이 내 가슴과 영혼에 깊이 새겨졌던 것이다. 의사와 간호사들이 아내가 혼수상태에서 깨어났음을 정식으로 선언하자, 마치 모든 것이 기적처럼 여겨졌다. 하지만 그 선언이 그녀의 모든 상처가 완쾌되어 정상으로 돌아왔다는 뜻은 아니었다.

　꽤 시일이 지난 뒤의 일이지만 아내는 영양 공급 튜브를 떼어내고 오트밀 죽과 부드러운 음식을 먹을 수 있게 되었다. 하지만 그녀는 말을 할 수도 그 어떤 행동도 할 수 없었다. 그저 시키는 행동을 겨우 따라할 뿐이었다. 게다가 그녀는 감정폭발을 시작했다. 자기가 좋아하지 않는 사람이 곁에 보이면 그녀는 자제력을 잃었다. 아내는 소리를 지르고 발길질을 했으며 팔을 마구 휘둘렀다. 그 모습을 보고 있는 가족들로서는 매우 실망스러운 모습이었다. 나 역시 그녀가 감정을 폭발시키는 모습을 보고 있자니 고통스러웠다. 하지만 감정 폭발 시간은 별로 길지 않았으며 그녀는 이내 아무 일도 없었다는 듯 잠잠해졌다.

그사이, 석 달 내내 아내를 간호하며 나를 도와주던 큰딸 혜선이가 가을 학기를 마치기 위해 학교로 돌아갔다. 혜선이는 어머니와 나를 돌보기 위해 다음 학기를 휴학하겠다는 의사를 표명했었다. 그 애는 맏딸로서 언제나 남을 배려했으며 신중했고 특히 어머니와 동생들에게 그러했다. 나는 학교를 도중에 쉬지 말고 계속하라고 그 애를 격려했다. 클래식 바이올리니스트가 되기 위해 공부 중인 그 애의 커리어가 어머니의 사고로 인해 영향을 받지 않기를 나는 바랐다. 아내가 상황을 이해할 만한 입장에 있다면 그녀도 분명 나와 같은 의견일 거라고 나는 확신했다.

혜선의 음악적 재능은 아주 뛰어났다. 그 애는 열여섯 살일 때 포틀랜드 유스 필하모닉에서 솔로 바이올리니스트로 데뷔했다. 이어서 오리건 심포니, 밴쿠버 심포니, 올림피아 심포니 등, 여러 심포니에 초대받아 협연과 독주를 했다. 비록 천재라고까지 할 수는 없을지 몰라도 혜선이는 음악에 천부적 재능을 타고 났다. 게다가 그 애는 쉽게 지치거나 포기하지 않는 뛰어난 자질을 타고 났다.

혜선이는 열 살에 바이올린을 시작했다. 바이올린 거장들의 세계에서 보자면 늦은 나이였다. 그 애는 곧장 바이올린에 달라붙듯 몰입해서 절대로 포기를 몰랐다. 그 애는 미국 내 유명 바이올린 선생들에게 교습을 받았으며 오벌린 칼리지와 줄리어드 음대 대학원 등 다니던 학교를 순조롭게 마칠 수 있었으며 뉴욕 및 미국 전역의 많은 경연 대회에서 여러 번 수상했다.

둘째 딸 혜진이는 일리노이주 에반스턴에 있는 노스웨스턴 유니버시티에 2학년 재학 중이었다. 2학년 두 번째 학기를 지나고 있던 그 애에게 가족들 중 누군가 전화를 걸어 집으로 와서 나와 어머니를 도와달라고 요청했다. 나로서는 전혀 예상 밖의 일이었고 생각조차 못한 일이었다. 하지만 가족들 모두 내게 그 애의 도움이 필요하다고, 모든 일을 나 혼자 하려 하면 안 된다고 나를 설득했다.

실은 나도 우리의 삶에서 가장 어려운 시기를 겪고 있는 지금 잠시 학교를 떠나 어머니와 아버지를 돕는 것이 그 애의 인생을 변화시킬 중요한 경험일 수도 있음을 알고 있었다.

잠시도 지체하지 않고 혜진이가 집으로 왔다. 어느 날 오후, 혜진이가 병원으로 들어오는 것을 보고 나는 마치 든든한 원군을 보는 것 같았다. 둘째 딸은 내게 늘 아들 같았다. 그 애에게는 언제나 신뢰가 갔으며 워낙 머리 회전이 빠르고 영리해서 그 애에 관한 한 그 어떤 것도 걱정할 필요가 없었다. 그 애는 자신의 긍정적인 태도로 누구나 격려할 줄 알았고 특히 한창 예민한 사춘기를 지나고 있는 동생 혜조에게 더욱 그러했다.

혜진이는 이미 숙련된 클래식 피아니스트였다. 언니 혜선과 마찬가지로 혜진은 오리건 음악교사협회상을 받고 오리건주 경연 대회에서 대상을 받았다. 그해 가을 노스웨스턴 대학으로 떠나기 전에 오리건의 로그 밸리 심포니와 함께 베토벤 피아노 협주곡 2번을 협연했다. 아내와 나는 그 애의 연주를 들으며 너무 즐거웠다.

어머니처럼 개방적인 성격을 지닌 그 애는 어릴 때부터 멀리 떨어진 곳에서 대학을 다니게 된 지금까지 우리에게 어떤 걱정도 끼치지 않는 편한 아이였다. 또한 그 애는 자기 엄마처럼 운동 신경도 뛰어났다. 고등학교 때는 학교 배구 대표선수였고 온갖 종류의 스포츠를 좋아했다.

나는 그 애가 뭔가 불평하는 소리를 들어본 적이 없다. 하지만 그 애가 언니나 동생, 혹은 나와 자기의 속마음을 나누지 않고 속으로만 간직하고 있는 것이나 아닌지 아버지로서 걱정이 되기도 했다. 도대체 불안이나 걱정거리 없는 사람이 이 세상에 어디 있단 말인가?

막내 혜조는 아마 나의 세 딸 중에서 제일 똑똑할 것이다. 그 애는 언니 둘과는 달랐다. 혜선이와 혜진이가 엄마의 훈계에 쉽게 설득당하는 데 반해서 혜조는 고집이 세서 좀처럼 굽히지 않았다. 하지만 나는 그 애를 제일 귀여워했다. 나는 내가 위의 두 딸에게 베풀지 못한 아버지로서의 의무를 혜조에게는 다 해주고 싶었다. 아내는 혜조를 조금 엄하게 다루었다. 다만 음악과 노래에 관한 한 예외였다. 음악과 노래는 둘이 공유하고 있는 공통관심사였다.

혜조는 엄마와는 내내 사이가 좋지 않았지만 할머니는 무척이나 좋아했다. 아주 어릴 때부터 혜조는 할머니를 따랐고 할머니를 좋아했다. 그 애는 할머니가 편찮으시거나 어디 다치기라도 하면 가족들 그 누구보다 더 걱정을 많이 했다.

어느 해 여름, 혜조가 세 살 때 일이다. 우리는 오리건 해변에서 휴가를 즐기고 있었다. 점심 요리를 하면서 어머니가 끓는 물을 엎지르는 바람에 손을 데었다. 별로 심각해 보이지는 않았지만 어머니는 안에 머물겠다며 밖으로 나오지 않았다.

모두들 햇볕을 맞으며 해변에서 즐기고 있었는데 갑자기 혜조의 모습이 보이지 않았다. 내가 호텔 방으로 들어가보니 혜조는 할머니 곁에 앉아 있었다. 어머니는 자신의 상처에 무심한 나를 꾸짖었다.

"도대체 무슨 아들이 그러냐?"

이어서 어머니는 손녀를 포옹하며 말했다.

"어휴, 귀여운 것! 이 집안에서 내 걱정을 해주는 건 너밖에 없구나. 혜조야, 난 네가 정말 좋단다."

혜조는 제 생각을 잘 드러내지 않는다. 하지만 나는 그때 그 애가 보여준 남을 배려하는 마음씨가 바뀌지 않았음을 잘 안다. 그 마음씨는 하나님으로부터 부여받은 것이기 때문이다. 혜조도 두 언니처럼 포기하지 않는 불굴의 정신을 타고났으며 결국에는 그 보상이 뒤따랐다. 그 애는 맏언니 혜선과 마찬가지로 오벌린 칼리지에서 1년을 수학한 후 보스턴의 버클리 음악 칼리지를 최우등으로 졸업했다.

이 시련기에 나는 딸들을 도와주지 못하고 더 큰 관심을 기울이지 못한 데 대해 후회한다. 나는 아내가 회복되는 동안 그 애들이 겪었을 정신적 상처에 대해 보다 마음을 터놓고 그 애들과 대화를 나누어야 했다. 나는 내 시야가 너무 좁았음을 안다. 오로지 아내의 회복에만 집중해 있던 까닭에 아이들을 배려하고 사랑하는 아버지로서의 모습을 별로 보여주지 못했다. 나는 당장 구체적인 행동으로 내가 만들어낸 내 딸들과의 틈을 좁혀야 한다고 다짐하곤 한다. 아아, 그러나 내 아름다운 새들은 곧 둥지를 떠날 것이다!

7. 비상

아내는 혼수상태에서 벗어나긴 했지만 어느 면으로 보나 정상인과는 거리가 멀었다. 뭔가 언짢은 기분이 들기만 하면 그녀는 발길질을 했고 오른팔을 거칠게 흔들었으며 때로는 영양공급을 위해 꽂아놓은 J-튜브를 빼버리기도 했다. 튜브가 빠지면 그녀를 응급실로 옮기고 의사들이 다시 제자리에 꽂아야 했다. 나와 내 가족들은 그럴 때마다 당황할 수밖에 없었고 충격을 받았다. 외과 시술 후의 감염이나 다른 합병증이 걱정되었기 때문이다. 간호사들은 내가 곁에 없는 동안 그녀의 팔을 침대 난간에 묶어서 미연의 사고를 예방해야 했다.

일단 혼수상태에서 벗어났으니 빠르게 회복되리라는 내 기대와 달리 아내의 회복 속도는 고통스러울 정도로 더디기만 했다. 그녀는 이제 가족들을 다 알아볼 수 있다. 하지만 스스로 자신의 의사를 표현하지는 못했다. 다만 우리들의 질문에 대해 오른손 손가락 동작으로 단순한 가부 표현만 할 수 있을 뿐이다. 또한 감정폭발과 비명은 시도 때도 없이 터져 나왔으며 특히 내가 간호사와 가족의 도움으로 샤워를 시켜줄 때면 어김없이 소리를 질렀다.

어떤 혼수상태 환자들은 마치 오랫동안의 기분 좋은 잠에서 깨어나듯 혼수에서 벗어나 즉시 가족이나 의사와 대화를 한다. 우리는 영화에서 그런 모습들을 자주 보았기에 실제 삶에서도 그런 일이 벌어지는 것으로 알고 있다. 하지만 그런 장밋빛 그림은 우리들 경우에는 완전히 환상에 불과했다. 아내의 회복이 느린 것은 머리에 심한 충격을 받아 그녀의 뇌 내부에 전단효과(Shearing Effect)를 주었기 때문이다. 하긴 아내는 기껏해야 벌레나 식물처럼 될 수도 있다고 경고한 의사도 있지 않았는가? 당시 내게 유일한 위안거리란 그녀가 벌레나 식물보다는 훨씬 보기 좋았다는 것 밖에 없었다.

어느 날 주치의인 네비스 박사가 드디어 J-튜브를 제거해도 된다고 지시했다. 아내는 부드러운 음식을 먹을 수 있게 되었다. 그녀는 나의 어머니가 정성스럽게 끓여준 여러 가지 영양가 있는 죽을 별 어려움 없이 먹을 수 있었다. 아주 고무적인 신호였고 아내는 눈에 띄게 기력을 회복했다.

이어서 물리치료와 작업치료가 시작되었다. 아내는 아직 치료사의 지시를 따를 만큼 체력도 의지력도 충분치 않았다. 이제 아내가 퇴원하지 않고 이 병원에서 계속 치료를 받을 수 있는 기간은 한 달밖에 남지 않았다. 그사이 아내는 육체적으로 정신적으로 '오리건 재활기관(RIO)'에서 받아들여질 수 있을 만큼 회복되었음을 보여주어야만 했다. 카이저 퍼마넌트의 사회복지사로 있는 맥 멍거가, 아내가 RIO에 들어갈 자격이 있는지 없는지 최종 판단을 하게 되어 있었다.

10월 초, 혜진과 혜조는 엄마를 간호하는 나를 돕기 위해 여전히 집에 머물러 있었다. 나는 아내가 혼수상태에서 벗어나기 위한 첫 번째 주요 장애물을 뛰어넘은 것에 안도하고 있었다. 우리는 모두 아내의 체력 회복에 온 힘을 다 기울였다.

하지만 그러는 사이 나는 나의 건강이 빠르게 나빠지고 있음을 느꼈다. 만성 피로에 끊임없는 위산 역류 증상이 나타났다. 나는 얼마 전에 건강검진을 받았기에 나의 건강 상태에 대해 알고 있었다. 하지만 이번에는 내 안의 그 무언가가 적신호를 보내고 있었다. 나는 딸들의 건강과 행복에 대해서도 더 많은 관심과

주의를 기울여야 함을 알고 있었다. 나는 혜진과 혜조에게 이웃에 있는 '블랙 벨트 아카데미'라는 태권도 도장에 다니면서 태권도 수련을 받자고 했다. 딸들이 내 의견에 찬성해서 우리는 다음 날부터 태권도 도장에 다녔다.

딸들은 몇 달 동안의 수련 끝에 노란 띠를 땄다. 나는 초급 검은 띠를 딸 때까지 수련을 계속했다. 태권도 수련과 연습 덕분에 얻은 효과는 엄청났다. 위산 역류가 사라졌을 뿐 아니라 여타 사소한 건강 문제가 사라진 것이다. 하지만 그렇다고 우울한 기분마저 말끔하게 사라진 것은 아니다.

전력을 다 쏟아부어 마련한 아내의 식단, 여러 가지 치료요법, 아내의 가족과 나의 알뜰한 간호 덕분에 아내는 RIO에서 치료를 받을 만한 체력과 의지력을 거의 갖추게 되었다. 나는 맥멍거 여사가 아내에 대해 최종 판정을 내릴 때의 그 가슴 저리던 순간을 평생 잊지 못할 것이다. 그 만남에서 그녀는 부적격 대신 적격 판정을 내렸다. 나는 아내가 부적격 판정을 받을 줄 알고 있었다. 아내의 요양병원 퇴원 날짜가 11월 9일로 정해졌고 그녀는 11월 20일에 RIO에 들어가기로 결정되었다. 아내가 거둔 또 하나의 승리였고 우리 가족 전체에게 가장 기쁜 순간이기도 했다.

11월 9일, 나와 혜진 그리고 혜조는 요양병원으로 가서 퇴원 수속을 마치고 아내를 집으로 데려왔다. 1994년 7월 11일, 아내가 사고를 당한 지 정확하게 4개월 만에 그녀가 처음으로 집으

1994년 12월 '오리건 재활기관(RIO)' 퇴원기념 모자를 쓴 아내 명기. 아직은 휠체어에 의지하지만 나는 아내가 완전히 회복하리라는 확신을 가졌다.

로 돌아온 것이다. 내게는 마치 4년 이상으로 길게 여겨지는 기간이다.

나는 아내가 이 상황을 어느 정도 정확히 이해하고 있을지 자신할 수 없었다. 하지만 요양병원에서 우리들의 모습을 본 아내는 우리들에게 밝고 환한 미소를 지어 보였다. 속에 쌓여 있던 슬픔과 기쁨과 감사의 감정이 북받쳐 올라 나는 눈물을 억제할 수 없었다. 눈물이 뺨 위로 흘러내렸다. 혜진과 혜조도 내 곁에서 눈물을 흘리고 있었다. 기쁨과 행복의 눈물이었다. 우리는 서로 포옹하며 아내와 우리 가족에게 베풀어주신 모든 것에 대해 하나님께 감사했다.

아내가 집으로 돌아왔다는 사실은 우리 모두의 사기를 진작시키는 일종의 촉진제였다. 나는 고장 난 날개 하나를 고쳐서 다시 어깨에 단 기분이었다. 이제 더 이상 땅바닥에서 푸드득거릴 필요가 없었다. 아직 날 수는 없지만 나는 곧 날 수 있음을 안다.

아내가 내 옆에 누워 있는 모습을 보자니 나는 다시 한 번 온전한 인간이 된 것처럼 느껴졌다. 내 영혼의 한 부분을 4개월 동안 잃었다가 그 영혼이 본래 속했던 곳으로 되돌아온 것이다.

열하루 뒤 아내는 포틀랜드 다운타운에 있는 RIO에 들어갔다. 그녀는 그곳에 머물면서 미국 전역에서 유명한 재활전문 의사 다니엘 어브 박사로부터 집중 물리치료와 작업치료, 언어치료를 받게 될 것이다. RIO는 전에 아내가 입원해 있던 요양시설과는 완전히 달랐다. RIO는 환자와 가족들의 만남을 100퍼센트 허용해준다. 돌봄 환경 속에서 의료와 재활 서비스가 24시간 연속으로 주어지며 치료와 상담이 한곳에서 모두 이루어진다. 어브 박사는 나와 가족들과의 대화에서 자상하고 훌륭한 인품을 보여주었다.

아내는 RIO에서 40일 재활치료를 받고 1994년 12월 30일 휠체어를 타고 퇴원했다. 사고가 난 지 5개월 19일 만에 정식으로 집으로 돌아온 것이다. 의사들과 간호사들과 치료사들이 그토록 노력했음에도 불구하고 아내는 아직 자신의 두 다리로 걷지 못했다. 그녀가 체력이 회복된 모습을 보였을 때 나와 내 가족들은 몇 달 후에 그녀가 걸을 수 있으리라고 믿어 의심치 않았지만….

가족들은 모두 아내의 퇴원을 축하해주었다. 그녀는 훌륭한 의사, 간호사, 치료사로부터 최선의 돌봄과 치료를 받았다. 이제 그들이 아내를 위하여 해줄 수 있는 것은 더 이상 없었다. 그녀가 혼자 생활할 수 있게 되느냐 아니면 영원히 간병인에 의존할 수밖에 없느냐는 오로지 아내 자신의 의지력과 결단력에 달려 있었다.

1994년 아내 명기와 세 딸. 아내가 교통사고가 난 지 다섯 달 만에 집에 돌아와 온 가족이
기뻐했다.

8. 시련의 연속

집으로 돌아와 자리를 잡게 되자 아내가 화장실에 가거나 샤워를 할 때, 식탁에 앉거나 소파에 앉아 텔레비전을 볼 때 전적으로 내 도움이 필요했다. 밤이면 그녀 혼자 침대에서 내려가 화장실까지 제 힘으로 기어가려 했지만 그때마다 내가 일어나 그녀를 안전하게 화장실로 데려가고 침대로 데려와야 했다.

날이면 날마다 이런 일을 반복한다는 것은 정말로 힘든 일이다. 나는 끊임없이 수면부족에 시달렸으며 그녀가 침대에서 떨어져 다치지나 않을까 하는 두려움에 거의 신경쇠약 일보 직전까지 이르렀다. 만일 아내가 침대에서 떨어져 엉덩이를 다치거나 그 어떤 다른 부상을 입게 되면 우리가 또 어떤 좌절을 맛보게 될 것인지 상상조차 할 수 없는 지경이었다.

나는 이런 식으로 오래갈 수는 없고 전문가의 도움을 받아야만 한다는 것을 곧 깨달았다. 나는 즉시 낮 동안 내내 아내를 돌볼 수 있는 간병인을 고용했다. 덕분에 약간 숨을 돌릴 수는 있었지만 야밤의 간병인 역할은 여전히 내 몫이었다. 불행히도 첫 번째 고용한 간병인은 일을 제대로 못 했고 나는 곧 그녀를 내보내야 했다.

내가 다른 간병인을 구하는 사이 나의 막내 누이동생 현주가 전화를 해서 자신이 낮 동안 올케의 간병인 역할을 기꺼이 맡아주겠다고 말했다. 그녀는 작은 치과 기공소를 소유하고 경영하고 있었다. 누이와 아내는 아주 친한 사이여서 비록 누이가 간병인으로서의 전문 기술을 지니고 있지는 못하더라도 일을 잘해낼 것이라고 믿었다. 나는 그녀가 집안 살림에도 엄청난 도움을 주리라는 것을 알고 있었다. 그녀는 하나님이 보내주신 천사임이 금세 드러났다. 그녀는 아내의 뛰어난 간병인이었을 뿐 아니라 집안 청소, 혜조와 나를 위한 요리 등 모든 일을 다 떠맡았다. 그녀가 집에 오고 나서 낮 동안에는 걱정할 일이 하나도 없었다.

이제 내게는 아내가 가능한 한 빠른 시일 내에 아무 도움 없이 혼자 걸을 수 있게 해주는 것이 초미의 관심사가 되었다. 나는 어떻게 하면 빨리 아내가 도움 없이도 걷게 해줄 수 있는가를 배우기 위해 지역 물리치료 전문가들에게 조언과 의견을 구했다. 아내에게 하나의 물체가 둘로 겹쳐 보이는 더블 비전의 문제가 심각해지자 나는 퍼시픽 유니버시티의 검안사인 브래드 코피 박사의 특별 자문을 구했다. 또한 그녀의 신체균형 문제와 어지럼증이 개선될 수 있는지 알아보기 위해 신경과 전문의인 오웬 블랙 박사의 테스트를 받게 하기도 했다. 전국적으로 명성이 높은 이 의사들은 내게 매우 유익한 충고를 많이 해주었다.

우리는 여러 타입의 지팡이를 그녀의 걸음걸이 보조 용구로 사용해보았다. 하지만 그 어느 것도 소용이 없었다. 하지만 언젠가는 아내가 홀로 걸을 수 있으리라는 희망의 끈을 그 누구도 놓지 않았다. RIO에서 그녀를 담당했던 어브 박사는 보행기는 마지막 수단으로 사용하라고 조언했다. 그녀는 아내가 일단 보행기를 사용하게 되면 그것에 너무 의존하게 되어 결코 보행기를 떼어놓으려 하지 않으리라고 경고했다. 천만다행으로 큰 상처는 입지 않았지만 아내는 벌써 집 안에서 몇 번이고 넘어졌다. 우리는 아내에게 보행기를 마련해주는 시기를 가능한 한 늦추기로 결심했다.

이어서 나는 아내를 집안 환경에 익숙해져서 정상적인 엄마이자 정상적인 아내가 될 수 있도록 도와주는 도전에 임했다. 사건이 있기 전 그녀는 교민사회에서 가장 활동적인 여성 중의 하나였다. 하지만 그녀는 외출해서 부모님이나 형제자매들, 친구들을 보고 싶은 욕망이나 흥미를 조금도 보이지 않았다. 기본적으로 그녀는 상해로 인해 뇌의 실행 기능을 상실한 것이다. 그녀의 손상되지 않은 뇌 부분이 손상된 세포의 역할을 떠맡아서 모든 것을 새롭게 배울 수 있게 되기를 바라는 것, 그것만이 나의 유일한 희망이었다. 그리고 그녀의 건강이 나의 그 희망에 일조를 할 수 있기를 나는 간절히 바랐다.

'우선 중요한 일부터 시작하자.'

나는 우선 그녀를 데리고 집 밖으로 외출하는 것부터 시작했다. 그리고 지난 7개월 동안 사랑과 배려로 우리를 도와주었던 가족들을 방문하기로 했다. 그리고 나는 딸들에게 가능한 한 자주 집에 와서 어머니를 만나라고 요구했다. 아내는 아직 신체적 핸디캡 때문에 허약한 상태였지만 나는 우리의 삶을 가치 있는 것으로 만들기 위해 그녀를 데리고 갈 수 있는 곳이라면 어디든 데리고 다녔다. 그녀는 너무 연약한 상태였기에 나는 그녀의 움직임 하나하나를 놓치지 않고 살펴보아야만 했다.

얼마 되지 않아 우리는 배튼 루즈에 있는 루이지애나 주립대학까지 제법 긴 여행을 했다. 혜선이 연주하는 콘서트에 참관하기 위해서였다. 어느 곳에 가든 휠체어를 갖고 아내와 함께 비행기 여행을 한다는 것은 내게는 육체적으로나 정신적으로나 힘든 일이었다. 하지만 그런 건 하등 중요하지 않았다. 루이지애나 주립대학 뮤직홀 맨 앞줄 아내 옆에 앉아 우리의 자랑스러운 딸 혜선이의 바이올린 연주를 듣는 일은 하나님께서 나와 아내에게 내려주신 선물이었다.

1995년 6월, 딸들이 여름 방학을 맞아 집으로 오자 우리 식구들은 하와이 코나로 일주일간 바캉스 여행을 떠났다. 딸들은 물론이고 아내도 황홀해했다. 나는 이 우주 속에서 영적인 존재로서의 내가 누구인가를 되새기며 조용히 내적인 기쁨과 행복에 젖어 있었다. 가족들의 천진한 웃음소리와 미소가 나를 부끄러움에 젖게 했다.

'인생 대부분을 물질적 행복을 추구해왔으니 내 마음과 몸은 그 얼마나 더럽혀져 있을 것인가?'

나는 처음으로 그보다 훨씬 소중하고 의미 있는 것을 배운 것 같았다. 이 배움의 선물을 받기까지 나는 믿을 수 없을 정도로, 아니 이해가 불가능할 정도로 큰 값을 치렀다. 하지만 내가 누구인가에 대한 그런 깊은 깨달음은 그런 값을 치른 결과 온 것이 아니라 우연히 온 것만 같았다. 사업 차질과 그 과정에서 입은 물질적 손실들은 더 이상 중요해 보이지 않았다. 나는 아내와 나의 관계가 이제 새로운 길에 접어들고 있으며 그녀를 향한 나의 사랑과 헌신은 절대 흔들리지 않으리라는 것을 안다는 사실만으로 행복했다. 우리의 귀여운 딸도 엄마와 나를 위해 이렇게 돌아와 있지 않은가!

두 해가 빠르게 흘러갔다. 카이저 퍼마넌트의 재활치료 전문 의사 진 와일스는 나와 의료 상담을 하면서 아내가 신체적으로는 회복될 만큼 회복이 되었다고 무뚝뚝하게 말했다. 그는 아내의 정신적 능력은 점차 향상되겠지만 우리가 알고 있던 사고 이전의 정상적인 상태로 돌아갈 가능성은 없다고 잘라 말했다. 그러자 이미 전에 다른 의사로부터 비슷한 예후를 진단받은 바 있던 것이 기억났다. 그런데도 나는 의사들이 말한 것을 믿고 싶지 않아 했던 것이다. 아내가 완전히 회복될 수 있으리라는 희망을 포기한다는 생각은 절대로 하지 않았다.

1996년 여름, 나는 가족들과 함께 캐나다 앨버타에 있는 밴프 국립공원으로 바캉스를 떠났다. 포틀랜드로부터 1,000킬로미터에 이르는 긴 여정이었지만 아내는 자동차 여행 내내 조금도 피곤해하지 않았으며 딸들과 함께 있어 즐거워했다. 밴프로

가는 도중에 우리는 온천 시설이 갖추어진 호텔에 차를 세웠다. 아내가 뜨거운 광천수에 몸을 담그면 손상된 몸을 회복하는 데 도움이 되리라는 생각에서였다.

그런데 아내와 딸들이 온천욕을 하고 나왔을 때였다. 막내딸 혜조가 엄마 왼쪽 가슴에 뭔가 혹 같은 것이 있다고 내게 말했다. 틀림없이 우연히 발견했을 것이다. 우리는 모두 모여 의논을 했다. 하지만 이미 호텔 스위트룸을 예약하고 대금을 지불했으므로 예정대로 바캉스 여행을 계속하기로 했다. 다음 주 포틀랜드로 돌아올 때까지 아내 가슴의 혹에 대한 생각이 나의 뇌리를 떠나지 않았지만 어쨌든 우리는 매우 즐거운 시간을 보냈다.

포틀랜드로 돌아오자마자 나는 아내를 카이저 퍼마넌트로 데려갔다. 아내를 진찰하고 나온 암전문의가 생체조직 검사 결과 왼쪽 가슴에서 암을 발견했다고 말했다. 종양의 크기가 제법 크기 때문에 즉각 종양절제술이나 유방절제술을 받아야 한다는 것이었다. 의사는 아내의 증세가 심각한데다 그녀의 나이를 고려해볼 때 후자를 권한다고 주저 없이 말하고는 간호사에게 아내를 즉각 수술실로 옮기라고 지시했다.

바로 그날로 행해진 수술은 성공적이었다. 의사는 8주간의 화학요법과 5년간의 내분비요법을 처방해주었다. 한 가지 다행이었던 것은 아내가 병원에서 퇴원하는 날까지 자기 몸에 무슨 일이 일어났는지 모르고 있는 것 같다는 사실이었다. 그녀의 체중은 겨우 36킬로그램에 불과했다. 우리들은 모두 사고를 당한

암 수술 후 화학요법 치료 중인 아내 명기와 온 가족들. 아내는 순조롭게 회복하고 있어 가족들은 희망과 행복감을 느꼈다. 1994년 오리건 포틀랜드.

아내의 몸을 어떻게 하면 회복시킬 수 있는가에 몰두해 있었기에 암세포가 그토록 빠르게 아내의 몸을 잠식해 들어가리라고는 전혀 생각조차 하지 못했다.

아내의 암수술은 나와 우리 가족 모두가 맛본 또 하나의 커다란 좌절이었다. 나는 지난 2년간 아내의 회복을 위해 쏟았던 모든 노력이 물거품이 된 것 같은 낭패감에 젖었다.

유방절제술은 성공적이었지만 의사들은 아내의 예후에 대해 신중한 판단을 했다. 수술을 통해 제거하지 못한 암세포가 신체 다른 부위로 퍼질 수도 있다는 것이었다. 이제 내 주요 관심사는 아내의 신체적 능력 회복으로부터 암 수술 후의 아내의 생존 여부로 옮아갔다. 나는 아내가 이제 사형선고를 받은 것이며 1년이나 2년 내에 ─ 그것도 운이 좋은 경우 ─ 죽을 것이라고 생각할 수밖에 없었다. 솔직히 교통사고로 허약해질 대로 허약해진 그녀의 몸이 암세포의 공격을 이겨내리라고는 믿을 수 없었던 것이다. 게다가 아내의 유방암은 3기에 접어들고 있었고 이미 암이 전이되었을 확률이 50퍼센트가 넘는다는 것이 의사의 말이었으니….

아내가 암을 극복한 지금 나는 다시 한 번 하나님을 믿지 않을 수 없다. 우리들에게 그토록 자비로우신 그분, 아내에게 은총을 베풀어주시어 이 무서운 병으로부터 그녀의 목숨을 구해주신 하나님께….

9. 내 삶에서 최우선 순위

아내가 수술을 받고 몇 주가 지났을 때다. 어느 날 나는 자리에서 일어나며 마치 꿈에서라도 깨어난 듯, 내게는 아직 내가 운영해야 할 회사가 있음을 홀연 깨달았다. 아내가 사고를 당한 이래로 나는 내가 18년 전에 출범시킨 회사의 사장으로서의 기능을 전혀 발휘하지 못하고 있었던 것이다. 솔직히 말한다면 아내 교통사고 이후 나는 사업에 대해 별 흥미가 없었다. 경황이 없어 잊고 있었던 것이 아니라 아예 관심이 없어진 것이다. 이치에 맞는 태도가 아님을 알고 있었지만 어쩔 도리가 없었다.

다행히 세계 경제는 빠르게 회복 중이었고 우리의 사업은 내가 매일매일 개입하지 않아도 번창하고 있었다. 나의 파트너들과 회사 직원들이 완벽하게 나를 도와서 내가 아내의 간호에 전념할 수 있게 해준 것이다. 우리는 아시아를 중심으로 해서 12개국이 넘는 국가에 수출을 하고 있다. 우리는 뉴어크·뉴저지·LA·사웅 파울로에 지사를 열었고 아시아에 많은 에이전트들을 두고 있다. 이 사업을 일구기까지 나는 1년에 두세 달은 해외 출장을 다니며 정말 열심히 일했다.

돌이켜보니 아내가 그동안 세 딸 뒷바라지를 하면서 하통 팜스의 큰 집을 혼자 관리하느라 그 얼마나 힘이 들었을까, 새삼 실감이 났다. 나는 우리 삶의 그 위기의 순간에 내가 사업에 대한 의무를 내려놓고 아내가 겪고 있는 시련과 건강 문제를 돌보는 일을 우선으로 삼을 수 있게 된 것에 대해 한없이 감사한다. 아내와 딸에 대한 나의 헌신을 통해 우리들은 보다 가까워졌으며 우리 가족의 힐링에 도움이 되었다. 그리고 고맙게도 내가 없는 동안에도 나의 사업은 전혀 어려움을 겪지 않았다.

1997년 4월 초 어느 맑은 날 아침, 뉴저지 지사에 근무하는 나의 젊은 사업 파트너 필 엡스틴이 내게 전화를 걸어왔다.

"사장님, 우리 회사 매입에 관심을 갖고 있는 회사가 있습니다. 혹시 그럴 의향이 있습니까?"

사실 그때까지 우리는 여전히 우리가 매입할 만한 회사를 찾고 있었다. 그런 다음에 주식회사로의 길을 모색할 작정이었다. 그런데 뉴저지에 있는 'KTI Inc.'라는 규모도 거대하고 조직도 탄탄한 재활용품 생산 업체가 우리 회사 매입에 관심을 갖고 있다는 소식을 듣게 된 것이다. 'KTI'는 이미 나스닥에 상장해서 주식이 시장에서 거래되고 있는 회사다. 그 회사가 지닌 유일한 결함은 그 회사 제품들을 판매할 유능한 마케팅 시스템을 갖추지 못한 것이다.

내가 특히 그 회사에 주목하게 된 것은 그 회사가 매달 생산하는 재활용 섬유의 거대한 물량 때문이었다. 그 회사는 매달 15만 톤에 이르는 각종 등급의 고지를 생산하고 있었다. 당시 우리 회사는 매달 평균 3만 톤 정도의 물품들을 수출하고 있었고, 우리가 필요로 하는 물량을 제공해줄 공급자를 목마르게 찾고 있었다.

갑자기 나의 심장이 두근거렸다. 'K-C 인터내셔널'이 미국 내 제일의 고지 수출 회사가 되는 것이 나의 꿈이었다. 'KTI'에서 제공하는 물품 전량을 내가 소화할 수 있음은 의심의 여지가 없었다. 그렇다면 이 업계의 선두주자가 된다는 내 꿈은 이루어지는 셈이다. 이 시점에서 우리 회사 구입대금으로 'KTI'가 얼마를 내놓을 것인가에 대해서 나는 아무런 생각도 없었으며, 판매가 결정되었을 때 어느 정도를 요구해야 하는지도 모르고 있었다.

'KTI'의 최고 경영자인 로스 피라스테 박사가 1997년 7월 출장을 와서 우리 회사를 방문했다. 그가 그 무엇보다 우리 회사가 완전 자동화를 실현하고 있다는 사실에 깊은 인상을 받았음을 나는 알아차렸다. 우리 회사는 최신 컴퓨터 시스템을 통해 상품 재고, 물류뿐 아니라 모든 자료들을 컨트롤하고 있었다. 당시 우리와 동종 업계에서는 손가락으로 꼽을 수 있는 정도의 회사들만이 컴퓨터 시스템을 도입해서 마케팅에 활용하고 있을 뿐이었다.

우리 회사 직원들은 컴퓨터에 숙달되어 있었기에 훨씬 효율적으로 일을 처리할 수 있었다. 다른 회사보다 소수의 인원으로 훨씬 많은 일을 해낼 수 있었다. 피라스테 박사는 우리를 만나러 포틀랜드로 오기 전에 지난 5년간의 우리 회사의 감사재무제표를 미리 살펴보았고 매우 만족한 상태였다. 그는 자신의 회사가 훨씬 큰 것은 사실이지만 그들의 컴퓨터 시스템은 우리처럼 정교하지 못해서 그들의 제품들은 오로지 국내 공장에만 판매되고 있을 뿐이라고 고백했다.

피라스테 박사와 나는 포틀랜드 다운타운의 한 이탈리아 식당에 마주 앉아 이야기를 나누었다. 나는 그가 한때 이란의 재무 장관으로 근무했다는 사실을 알게 되었다. 팔레비가 통치하던 샤 왕조가 붕괴하자 그는 미국으로 망명했다. 그는 남북으로 갈라져 있는 한국의 정치적 현실에 대해 특히 나의 아버지에 대한 이야기와 내가 북한을 방문했던 이야기를 해주자 깊은 동정을 보였다.

나는 비록 가능성이 희박할지 몰라도 북한에 신문용지 제조 공장을 세우게 해서 그들이 필요로 하는 원료를 공급할 수도 있을 것이라고 말했다. 나는 'KTI'와 'K-C 인터내셔널'이 합친다면 북한의 한두 개 공장에는 충분히 원료 공급을 할 수 있을 것이라고 덧붙였다. 내가 비록 조심스럽게나마 그 이야기를 꺼낸 것은 당시 남북한과 미국 간의 정치·외교·경제 관계가 낙관적 전망을 보였기 때문이다.

1994년 10월 미국과 북한은 북한 내 비밀 핵무기 프로그램의 일부로 의심되는 원자로 가동 및 건설을 동결하도록 평양에 요구한다는 기본 합의서에 서명했다. 그 대가로 미국은 북한에 2개의 발전 원자로 건설에 필요한 연료를 공급하기로 합의했다. 그리고 이 합의의 실행을 위해 '한반도에너지개발기구(KEDO)'

라는 국제 컨소시엄이 구성되었다. 미국과 북한 간에 서명한 기본 합의서에는 미국과 북한은 양국 간의 투자 장벽을 낮추어 정치·경제적 관계를 정상화하고 상호 연락사무소 개설, 궁극적으로는 대사급 교류를 향해 나아갈 것이라는 내용이 포함되어 있었다. 미국과 북한의 관계가 정상화되리라는 전망은 그 어느 때보다 밝아 보였다.

'KTI'와 'K-C 인터내셔널' 간의 양해 각서 사인이 있은 뒤에 우리 회사의 회계기록에 대한 실사가 빠르게 이어졌다. 'KTI'가 우리 회사를 매수하겠다는 뜻을 구체적으로 분명히 밝힌 셈이다. 나는 어마어마한 양의 국제 마케팅용 고지를 확보할 수 있게 되었다는 생각에 흥분을 감출 수 없었다.

또한 나스닥에 등록된 주식회사의 일부가 된다는 내 꿈이 이루어질 기회가 왔다는 생각에 기뻤다. 나는 계속 일을 추진하기로 결심하고 회사 매각 일을 진행했다. 이어 'KTI'와 협상이 계속되었고 드디어 회사 매각에 대한 합의가 이루어졌다. 합의 결과 나는 피라스테 박사의 요청대로 향후 5년간 'K-C 인터내셔널'의 최고 경영자로 남게 되었다.

그때가 1997년 9월이었다. 나는 실제로 아무것도 가진 것 없는 몸으로 1976년 회사를 출범시켰다. 내가 미국에 온 지 6년 만이었다. 이제 나는 마치 나의 아메리칸 드림을 이룬 것만 같았다. 우리 회사가 받은 매각 대금이 많지는 않았지만 나는 협상을 질질 끌고 싶지 않았다. 오로지 'KTI'가 제공하는 거대한 양의 재활용 섬유를 수출할 수 있다는 전망에 한껏 고양되었기 때문이다. 동시에 내게는 하룻밤에 수백만 장자가 된 몇몇 회사 소유주처럼 대부호가 될 수 없음을 나는 잘 알고 있었다. 어쨌든 회사를 매각하기 전에 이미 내가 쌓아놓은 개인 저축만으로도 우리가 분별력을 가지고 검소하게 생활을 이어간다면 아내와 나는 계속 안락한 생활을 해나갈 수 있었다.

회사를 매각한 지 겨우 두 달이 지난 1997년 11월 아시아의 금융위기가 세계 경제를 흔들었다. 금융위기는 태국을 시작으로──태국 내에서는 똠양꿍 위기라고 불렀다──인도네시아, 한국으로 이어졌다. 금융위기의 여파로 그 나라들의 우리 고객들은 큰 타격을 입었다. 원자재 가격은 급속히 폭락했으며 주문 물량도 엄청나게 감소했다.

하지만 회사를 'KTI'에 매각한 후라서 'K-C 인터내셔널'은 아시아 금융위기의 영향을 별로 받지 않았을 뿐 아니라 같은 양의 수출 물량을 이어갈 수 있었다. 우리의 시장을 인도, 브라질, 중국 등지로 이미 다변화해놓은 덕분이었다.

어느 늦은 봄 일요일 저녁, 나는 아내를 집 뒤의 덱으로 데리고 나왔다. 나는 집 뒤에 비단잉어 연못을 파놓았고 샤워시설을 갖춘 아름다운 맞춤 디자인 정자를 세웠다. 나는 아내를 즐겁게 하기 위해 십여 마리의 비단잉어를 연못에 길렀다. 2,000제곱미터에 이르는 집 뒤 마당에는 많은 나무와 꽃들이 심겨 있다. 아름다운 노란 개나리꽃은 지고 대신 분홍색 진달래꽃이 활짝 피어 있다. 향긋한 봄 향기가 대기 중에 감돌고 나는 마음속으로 커다란 평화를 느꼈다. 따뜻한 옷을 입고 담요에 둘러싸인 채 아내도 행복하고 만족스러워 보였다. 재활과 싸우고 암 치료를 받는 동안에도 아내는 외향적인 성격과 아름다운 미소를 결코 잃지 않았다. 체중도 거의 회복한 그녀는 참으로 오랜만에 정상인처럼 보였다.

그녀가 교통사고를 당한 지 5년이 지났다는 사실을 믿기 어려웠다. 그곳에 앉아 있자니 새삼 아내가 사고에 대해 그 무언가 조금이라도 기억하고 있는지 궁금했다. 머리에 심각한 부상을 입은 사람들은 대부분 사고에 대해 기억하지 못한다는 사실을 나는 알고 있었다. 하지만 어쨌든 몇 마디 그녀에게 물어보기로 작정했다. 예상대로 그녀는 사고에 대해서도, 유방절제 수술에 대해서도 아무것도 기억하지 못했다. 그녀의 단기 기억은 심각하게 손상되어 영원히 돌아오지 않을 것이다.

하지만 놀랍게도 옛일에 대한 기억은 거의 다 간직하고 있으며 가족들의 생일, 고등학교 동창들의 이름을 기억하는 데도 아무런 문제가 없었다.

어브 박사가 경고했듯 전두엽이 손상되었기에 아내는 아주 기본적인 신체적 요구, 예컨대 욕실에 가고 싶다거나 하는 등의 요구 외에는 일상생활에서 주도적으로 그 어떤 행동도 할 수 없을 것이다. 심지어 그녀는 배가 고프다는 표현도 할 수 없으며 몸이 아프거나 불편해도 그것을 호소하지 못했다. 나는 그녀의 감각을 컨트롤하는 신경계가 끊긴 것이 아닌지 알아보기 위해 가끔 그녀를 꼬집어 반응을 시험해보았다. 내가 그녀의 팔을 가볍게 꼬집자 그녀가 몸을 움찔했다. 나는 가만히 안도의 한숨을 내쉬었다.

아내가 데크의 안락의자에 앉아 있는 동안 나는 천천히 현실을 자각했다. 내 아내는 육체적으로 살아 있고 잘 지낸다. 하지만 그녀의 마음은 어디론가 갔으며 그녀는 앞으로 영원히 그 옛날의 아내로 돌아갈 수 없을 것이다. 그녀의 영혼과 정신은 그녀 안에 있지만 정상적인 의미에서의 마음은 존재하지 않는다. 그녀는 자극이나 간단한 질문에는 정확히 반응한다. 하지만 그녀는 결코 먼저 질문을 던지는 적이 없으며 그 어느 것도 주도적으로 행하지 못한다.

나는 그녀가 딸들에게 관심을 갖고 있음을 알고 있다. 하지만 그녀는 딸들을 결코 걱정하는 것 같지 않았으며 별로 딸들 생각을 하는 것 같지도 않았다. 그녀는 과거나 미래에 대해 생각할 수 있는 능력 없이 철저히 현재 속에서 살고 있다.

차츰차츰 아내 친구들의 전화가 줄어들었다. 그녀의 형제자매와 가족까지도 그녀가 완전히 회복되리라는 희망을 버리고 아내와 나에 대한 관심을 점점 덜 기울이는 것 같았다. 내 앞에 놓여 있는 새로운 삶에 과감하게 맞서는 것 외에 내게는 선택의 여지가 없다. 이제부터 나는 그녀를 대신해서 생각하고 행동하

리라. 그녀가 온전한 모습으로 내 앞에 있는 것은 아니더라도 그
녀의 영혼과 정신은 바로 여기 나와 함께 있다. 그런 의미에서
우리는 하나다. 게다가 경제적으로는 우리에게 아무런 걱정거
리도 없다는 것은 커다란 위안이었다. 회사를 매각함으로써 재
정적인 의미에서의 우리 미래는 안정되었다. 나는 사업에서 꿈
꾸었던 아메리칸 드림을 실현한 것이다.

10. 주고 나누고 돌보기

콩알 한쪽이라도 이웃과 나누어라

—— 한국 격언

2002년, 나는 공식적으로 'K-C 인터내셔널'에서 은퇴했다. 뉴
저지에 본사를 두고 있는 'KTI'는 포틀랜드, LA, 뉴어크 지사의
'K-C 인터내셔널' 직원들을 계속 고용하기로 결정했다. 또한
'KTI'가 'K-C 인터내셔널'이라는 명칭을 그대로 사용하면서 그
명칭으로 물품들을 판매하기로 해서 나는 무척이나 기뻤다. 내
사업은 이제 새 생명을 얻은 것이다.
　　1969년에 거의 무일푼으로 미국에 온 나는 무에서 유를 창

조하듯 그 무언가 가치 있는 것을 만들어냈다. 이어서 몇 년 후 국제무역에서 더없이 귀한 경험들을 쌓은 뒤 나의 회사를 설립했다. 'K-C 인터내셔널'은 미국과 해외에서 수백 명의 사람들에게 취업 기회를 제공했다. 돌이켜보자면 내가 성공을 거둘 수 있었던 것은 학사학위가 있어서도 아니고 누군가 내게 회사를 어떻게 경영해야 하는지 비법을 알려주어서도 아니다. 내가 기댈 수 있는 것은 나의 젊음, 나의 건강, 건전한 마음가짐뿐이었고, 도중에 만난 몇 명의 훌륭한 선생들뿐이었다.

나는 직원들을 100퍼센트 신뢰하고 그들에게 힘을 실어주는 것을 내 경영 신조로 삼았다. 우리 회사의 임원들과 간부들은 완전한 자유를 부여받아 자신의 소신대로 판단하고 실행할 수 있었다. 그와 동시에 나는 CEO로서 판매·회계·마케팅 등 회사의 일이 투명하고 정직하게, 또한 통합적으로 돌아가고 있는지 모든 것을 소상히 파악하려고 노력했다. 나는 내가 회계 분야에 취약하다는 것을 알고 있었기에 CPA 자격증을 갖춘 일류 회계사들을 고용해서 은행과 고객과 공급자와의 재정문제들을 감독하게 했다.

또한 나는 우리 회사 간부직으로는 일류 대학을 졸업한 우수 인력을 채용했다. 나는 회사를 경영하고 운영하는 사람의 질에 따라 그 회사의 질도 결정된다고 지금도 믿는다. 우리 회사모든 직원들은 그들의 기술과 경험 수준에 따라 적절하게 보상을 받았다. 이들의 경험과 이들이 보여주는 생산성에 따라 최고의 봉급을 지불한 것이다. 나는 주저하지 않고 회사의 이익을 몇몇 주요 간부들인 수 리튼, 프랭크 크라울리, 필 엡스틴들과 나누었고 나중에 프랭크와 필은 나의 젊은 동업자가 되었다.

수년 동안에 걸쳐 내가 배운 중요한 교훈 중의 하나는 당신이 그 누구에겐가 주고 나누면 수십 배의 보상이 따라온다는 사실이다. 그러한 원칙이 나의 개인적인 삶에서도 그대로 적용되었음은 물론이다.

2003년, 추수 감사절 휴가가 끝난 지 며칠이 지났을 때다. 비가 내리던 어느 날 수년 동안 친구로 지내던 피터 전(전홍국)이 포틀랜드 다운타운에서 함께 점심을 하자고 나를 초대했다. 그는 오리건주의 한국인 교민들을 돕는 비영리기구 '오리건한국재단(Oregon Korea Foundation, OKF)'의 이사장직을 맡고 있다. 또한 그와 나는 오리건한인회 회장직을 맡은 적이 있었으며 현재 둘 다 한인회 이사다. 그가 한국 교민사회에 크게 이바지하고 있다는 것은 널리 알려진 사실이었으며 그는 모든 사람들에게서 사랑과 존경을 받고 있다.

식당에 자리를 잡자마자 피터가 음식이 나오기도 전에 내게 물었다.

"최 형, OKF에 대해 어떻게 생각하세요? OKF가 한국교민사회를 위해 맡고 있는 역할이 어떻다고 생각하세요?"

나는 그의 갑작스런 질문에 약간 당황했다. 다만 그가 OKF의 미래와 그 기부 프로그램의 활성화에 대해 심각하게 고민하고 있다는 것만 눈치챘을 뿐이다.

애초에 OKF가 발족한 것은 1985년 한인회가 취득한 공공건물의 관리를 위해서였다. 건물 취득 당시 나는 오리건 한인회 회장직을 맡고 있었고 신윤식 씨가 건축위원회 위원장이었다. 그 건물은 한글학교로 사용되었고(아내는 그 학교에서 몇 년간 한국어 교사로서 일했다.), 기타 교민공동체와 관련된 다양한 용도로도 사용되었다.

얼마 후 교민공동체의 리더들이 특별히 이 건물 관리를 맡게 될 별도기구를 만들자는 강한 의사를 표출했다. 이들은 이 건물이 틀림없이 후세들에게 소중한 자산과 유산이 될 것이라고 내다보았다. 건물 취득 후 10년이 지난 1995년 '오리건한인회관'을 유지, 향상시키기 위한 목적으로 OKF가 설립되었다. 2002년 한인사회의 복지를 위한 기부 개념이 도입됨으로써 임무와 비전은 보다 명확히 규정되었고 그 토대가 탄탄해졌다. 이어서 OKF는 뜻 있는 사람들의 기부금을 바탕으로 '영구기증펀드' 사업을 벌여 8만 5,000달러의 기금을 모으는 데 성공했다. 나도 일부를 기부했다. 내가 알기로 미국 내 교민사회에서 '영구기증 펀드'가 있는 곳은 오리건 한인회가 유일하다.

피터는 OKF 위원회의 제3대 이사장이었다. 그는 내게 이사회의 인준을 받으면, 임기가 2004년 3월부터 2007년 3월까지 3년인 제4대 이사장직을 맡을 의향이 있느냐고 물었다.

나는 피터가 대단히 지적이고 사려가 깊다는 것을 잘 알고 있었다. 나는 피터를 비롯해 그가 지명한 위원회 멤버들이 누구를 차기 이사장으로 지명할 것인지 심사숙고했음을 확신했다. 그들은 이 아름다운 유산을 중단 없이 이어갈 사람을 물색해야 했을 것이다. 나는 나를 차기 이사장으로 초빙해준 것에 대해 무한히 감사했지만 내가 떠맡아야 할 어마어마한 의무에 대해 무심할 수 없었다.

나는 피터에게 생각해볼 시간을 달라고 했다. 피터는 나의 아내가 교통사고로부터 회복 중이라는 사실과 유방암 수술 후 살아남았다는 사실을 알고 있었다. 또한 그는 내가 회사를 매각하고 2002년에 공식 은퇴했다는 사실도 알고 있었다.

은퇴한 후 나는 아내와 함께 여행을 하고 더 자주 골프를 치면서 은퇴 후의 삶을 정말로 즐기리라 마음먹고 있었다. 하지만 뭔지 모를 공허감을 느끼기 시작했다는 사실, 내 삶에서 뭔가 놓치고 있다는 것을 마음속으로 느끼고 있다는 사실은 부인할 수 없다. 물론 다시는 사업을 하지 못하리라는 사실 때문에 오는 공허감과는 다른, 그 너머에 존재하는 공허감이다. 나는 하나님이 내게 새로운 메시지를 전해주는 것이라고 생각했다.

OKF 이사장직을 맡느냐 맡지 않느냐의 문제를 앞에 두고 나는 내 가슴에 그 어떤 충동이 치솟는 것을 느꼈으며 그와 동시에 마음속에 번쩍 어떤 생각 하나가 번득였다.

'그래, 하나님께서 내게 교민사회에 봉사할 수 있는 또 다른 기회를 주시려는 것이다. 내가 오리건 한인회(KSO) 회장직을 수

행하면서 보잘것없는 업적을 남긴 데 대해 스스로 벌충할 수 있는 기회를 주시려는 것이다.'

나는 이제 곧 예순두 살이 될 것이다. 나는 새로운 형태의 사업에 대한 생각을 시작해본 적이 있긴 했지만 무슨 이유에서인지 좋은 생각이라며 무릎을 탁 치는 일은 생기지 않았다. 나는 기도하고 명상하면서 내 인생의 다음 장(章)에서 무엇을 해야 할 것인지 확실한 지침이 나타나길 바랐다. 그러던 어느 날 저녁, 평소보다 약간 긴 명상에 잠겨 있을 때였다. 더없이 환희에 찬 느낌이 내 마음 깊은 곳에서 일었다. 나는 스스로에게 물었다.

'아내와 다른 가족들을 돌보면서 잠시라도 스트레스를 느껴보지 않은 적이 언제였던가? 남을 위해 그 무언가를 하면서 진정으로 행복에 젖었던 것이 언제였던가?'

그 느낌은 9년 전 그날, 내 아내가 영적인 존재로 보이던 그날, 그리고 나도 영적인 존재임을 알고 우리가 하나님 안에서 하나임을 깨달았던 바로 그날의 각성 경험과 똑같은 것이었다.

그날 이후 나는 아내를 돌본다는 의무를 힘들게 여기지 않았다. 아내를 위하여 그 무언가를 한다는 것은 나를 위해 그 무언가를 하는 것과 같다고 느꼈다. 그리고 내 가족과 친척을 비롯해 그 누구와도 심적인 갈등을 겪지 않았다. 그때 나는 진정으로 새로운 사람으로 태어난 것처럼 느꼈다. 반드시 기독교적인 의미에서가 아니다.

중국의 철학자가 이런 말을 했다.

'남을 위하여 선을 행하면 그대 삶에 지상의 행복을 갖다줄 것이다.'

전적으로 옳은 말이다. 그렇다! 바로 이것이 답이다! 내 생애 남은 과제는 남을 도움으로써 행복해질 수 있는 그 무언가를 찾는 일이다.

내가 결정을 내렸을 때는 거의 자정이 다 된 무렵이었다. 나는 당장이라도 수화기를 들어 피터에게 전화를 걸고 싶은 충동을 억지로 참았다. 기꺼이 OKF의 차기 이사장직을 받아들이겠다고 한시라도 빨리 그에게 전하고 싶었다.

11. 오리건 코리아재단

남을 위해 더 많은 것을 행할수록 더 행복해진다.

남에게 더 많은 것을 줄수록 더 부자가 된다.

— 노자, 『도덕경』

다음 날 피터와 나는 포틀랜드 펄 디스트릭트에 있는 신주라는 이름의 일식당에서 만났다. 나는 기꺼이 지명을 받아들이겠다고, 2004년부터 시작되는 3년간의 임기를 떠맡겠다고 말했다. 나는 다소 임기가 길다고 생각했다. 하지만 속으로 계산해보니 새로운 이사회 멤버를 구성하고 조직을 재정비하는 데도 상당한 기간이 걸릴 것 같았다. 피터가 기뻐했음은 물론이다. 나는 이사회의 승인을 받아 제4대 이사장에 취임했다.

나는 2004년 3월 15일에 첫 번째 이사회를 소집했다. 첫 이사회에서 내가 제일 먼저 제안한 것은 앞으로 이사회에서 회의를 영어로 진행하자는 것이었다. 그 이유는 간단했다. 이른바 구세대인 나를 포함해 이사회 멤버들은 우리의 모국어인 한국어를 쓰는 데 익숙해져 있었다. 그 때문에 한국말을 할 줄 모르는 유능한 사람들은 젊은이건 나이 든 사람이건 OKF에 들어오고 싶어도 그러지 못했다. 나는 이사회에서 영어를 사용함으로써 멤버들 간의 소통, 특히 젊은 세대와의 소통이 원활해질 수 있으며, 우리 교민사회의 긴급 현안인, 새로운 변모를 촉진시킬 수 있으리라 확신했다.

내가 두 번째 내놓은 제안은 1년 안에 기부금을 100만 달러 확보하고 장기적으로는 10년 안에 1,000만 달러를 확보하자는 것이었다. 이사회 멤버들은 모두 이 대담한 목표에 숨이 막힐 정도로 놀랐다. 그들은 말도 안 된다는 듯 서로를 쳐다보았다. 나는 내가 회장으로 지명된 1월과 2월에 이미 추가로 15만 5,000달러의 기부금을 확보했다고 의기양양하게 발표했다. 나와 절친한 크리스 강(강철)과 스테파니 부부, 피터(전홍국)와 헬렌 전 부부, 데이비드(전성식)와 캔디스 부부, 김 승리 부부 덕분에 가능한 일이었다.

구두로 언약한 두 가족의 기부금을 포함하면 이제 24만 달러가 확보된 셈이었다. 나는 어머니 유태정 여사의 이름으로 5만 달러를 기부했다. 이어서 나는 어머니 유태정 여사의 영구기금에서 발생하는 이익금을 탈북난민이나 한반도 통일에 관련된 비용에 사용해줄 것을 요청했다. 이사회 멤버들은 모두 놀랐다. 그리고 내가 단지 두 달 만에 끌어올린 기부금 액수에 감탄했다.

나는 우리 공동체의 양식 있고 열정적인 친지들의 도움을 받으면 1년 안에 목표액을 달성하는 데 문제가 없으리라 예상했다. 하지만 불행하게도 내 예상은 빗나갔고 우리는 목표를 달성하지 못했다. 같은 생각을 가진 사람을 찾는다는 것은 내가 상상했던 것처럼 쉬운 일이 아니었던 것이다.

내가 구상했던 세 번째 아이템은 OKF에 전문 상임이사를 두자는 것이었다. 이사회 멤버들은 모두 직업을 갖고 있었기에 OKF의 일을 만족스럽게 수행하기를 바라기는 불가능에 가까웠다. 그는 이사회 멤버들이 미처 채우지 못한 공백을 메울 것이며 자신의 전문지식으로 우리 재단을 향상시키고 발전시킬 것이라고 나는 말했다. 나는 이사회 멤버들을 설득할 수 있었고, 곧이어 빌 페일링이라는 유능한 미국 사람을 초대 상임이사로 고용했다. 그는 지식도 풍부하고 한국교민사회에도 관심이 많은 뛰어난 자질의 인사였다. 그와 함께 긴밀하게 일하면서 그와 나는

OKF의 위상을 높은 수준으로 올려놓을 수 있었고, 그 결과 우리 교민사회 사람들은 우리 조직을 지원하고 키우는 데 자부심을 갖게 되었다.

나의 마지막 제안은 우리 OKF의 모토를 정하자는 것이었다. 나는 '열정을 가지고 봉사하자!'라는 모토를 제안했다. 그 간결한 표현에는 우리의 OKF를 한국교민에게만 도움을 베푸는 것이 아니라 다른 나라 공동체에게도 도움의 손길을 뻗치는 가장 아름다운 비영리재단으로 재탄생시키자는 나의 희망이 들어 있었다.

이 모든 것의 뒤에는 우리 공동체의 모든 한국계 미국인들이 '돌봄-줌-나눔'을 실천하게 만들어 궁극적으로 모두가 진정한 행복을 느끼게 하고 싶다는 어젠다가 숨겨져 있다. 일상생활에서 줌과 나눔을 실천함으로써 우리 공동체 일원들은 행복해지고 번영할 것이며 실제로 이 위대한 나라의 아름다운 시민이 될 수 있을 것이다.

이제 OKF는 50만 달러가 넘는 영구기금과 수백만 달러에 달하는 토지와 빌딩 등의 부동산을 소유한 기반이 탄탄한 기구가 되었다.

OKF의 강령은 다음과 같다.

OKF는 한국의 문화유산을 홍보, 보전, 공유하며 오리건주와 워싱턴주의 남서지역에 있는 교민들의 삶의 질을 향상시키는 것을 그 목적으로 한다. 아울러 모금운동을 통하여 유관기관에 기부금을 기증한다.

그 사명에 맞추어 OKF는 오리건 한인회(KSO), 노인회복지기금(Senior Welfare Fund), 한글학교, 포틀랜드 예술박물관 등 수많은 유관기관에 기부금을 기증했다.

나는 내가 3년 동안 우리 공동체에 봉사할 기회를 갖게 된데 대해 참으로 영광스럽게 생각한다. 나는 그 일을 하면서 정말로 즐겁고 행복했다. 일은 힘이 들었지만 밤에 잠이 부족해도, 기부할 가능성이 있는 사람에게 일방적으로 전화를 할 때도, OKF처럼 뜻있는 기구 이사회 참석을 꺼리는 이사를 독려할 때도 전혀 망설임이 없이 일할 수 있었다.

그리고 내가 우리 공동체 사람들을 위하여 내 시간과 에너지를 모두 OKF에 쏟아붓는 동안 나의 아내와 가족들이 별 탈없이 지낼 수 있도록 하나님께서 보살펴주셨다.

12. 갈림길

2006년 3월, 3년 동안의 OKF 회장의 임무가 막을 내렸을 때 나는 행복했다. 아내가 교통사고를 당한 지 12년이 되었을 때다. 혜진과 혜조는 이미 행복한 결혼을 했고 우리의 만딸 혜선은 그해 말에 약혼자인 브루노 델 아마와 스페인에서 결혼식을 거행할 예정이었다.

이제 아내와 나의 삶에 대해 다시 한 번 진지하게 질문할 때가 되었다. 나는 우리의 현재 상황을 면밀히 검토하고 최선을 다해 우리의 미래를 설계하고 싶었다. 아내는 10년 전에 유방 절제 수술을 받은 후 병이 재발하지 않았다. 아내는 여전히 단기 기억상실증 증세를 보이고 있고 뇌의 실행 기능이 제대로 작동하지 않고 있지만 집 주위를 산책할 때 보행기에 의존해야 한다는 사실만 빼놓으면 신체적으로 건강했다. 하지만 기본적으로는 여전히 집에 틀어박혀 지내는 셈이었으며 온종일 누군가가 돌보아야 했다.

나는 아내의 회복 문제와 관련해서 앞으로 어떤 길을 선택해야 할지, 또한 앞으로 어떤 식의 생활방식을 택해야 할지 결정해야만 하는 갈림길에 있는 셈이다. 끝도 보이지 않는 것 같은 아내의 회복을 위해 계속 시간과 돈과 에너지를 쓰고, 삶에서 나 자신의 흥미와 목표를 희생해야만 하는가? 어브 박사와 와일즈 박사는 아내가 이미 육체적으로 회복할 수 있을 만큼 회복되었다고 말하지 않았는가? 더 이상의 개선이 있더라도 미미한 것에 불과할 뿐이라고 말하지 않았는가? 또한 어브 박사는 우리에게 가능한 한 정상적인 생활을 누리라고 충고했다. 또한 이미 보행기에 익숙해질 대로 익숙해진 아내에게서 보행기를 떼어내는 것은 지극히 어려울 것이라고 말했다.

나는 아내가 홀로 걸을 수 있게 하려고 계속 애를 써왔지만 이제는 나 자신의 건강에도 더 많은 주의를 기울여야 할 때가 되었음을 깨달았다. 그리고 우리의 다소간 우울한 생활패턴을 풍요롭게 만들 방법을 모색해야겠다고 결심했다.

2006년 4월이었다. 캘리포니아의 라킨타(La Quinta)에 별장을 소유하고 있는 두 부부가 우리 부부를 그들 별장으로 초대했다. 오리건에서 아주 가깝게 지내는 사이였다. 그들 두 부부는 PGA 웨스트 골프 리조트 안에 아름다운 별장들을 갖고 있었다. 리조트에 도착하자마자 나는 그곳의 쾌적한 분위기와 세계적으로 유명한 여섯 개의 골프 코스에 매료되었다. 기후는 건조하고 쾌적했다. 아내와 나는 비록 그곳의 여름 날씨가 지독하게 무덥다는 것을 알고 있지만 그곳에 별장을 하나 구입하기로 즉석에서 결정했다. 여름에 그곳에 오지 않으면 될 것이니 문제될 것이 없다. 다만, 여전히 우리들에게 사랑과 관심을 쏟고 있는 가족들과 멀리 떨어져 지낼 수밖에 없게 된다는 것만이 문제라면 문제였다.

6월에 우리는 PGA 웨스트 골프 리조트 내에 있는 스패니시 베이에 300제곱미터의 집을 구매했다. 잭 니콜라우스 토너먼트 골프코스의 11번 홀이 내려다보이는 곳이다. 세 딸 부부와 미래의 손주들이 바캉스를 함께 지내기에 충분한 장소를 마련하고 싶어 비교적 넓은 집을 구했다, 우리는 포틀랜드 하퉁 팜스의 집을 팔고 어머니 집 근처, 투 룸 콘도미니엄으로 이사했다. 내게는 내가 꿈꿔오던 이상적인 은퇴 후의 생활양식을 비로소 마련한 것처럼 보였다.

2006년 10월, 맏딸 혜선이가 브루노 델 아마와 마드리드에서 결혼식을 올렸다. 둘은 브루노가 유명 금융회사에서 간부로 근무하고 있을 때 만났다. 당시 혜선이는 줄리어드 음대 대학원 졸업 후 세계적인 바이올리니스트가 되겠다는 꿈을 이루기 위해 계속 정진하고 있었다.

우리 부부와 세 딸, 누이 유니와 현주, 처형 수 리튼 부부, 처남 찬기 부부 등 대가족의 마드리드 여행은 보통 일이 아니었다. 하지만 그 여행은 우리 모두에게 재미있고 의미 있는 경험이었으며 그토록 긴 여행을 할 만한 값어치가 있었다.

결혼식은 마드리드 대성당에서 거행되었다. 300여 명이 참석한 스페인 전통 혼례의식이었다. 나의 아름다운 딸과 잘생긴 사위는 마치 은막의 스타 같았다. 아내와 나는 바깥사돈 카를로스 박사와 안사돈 마리사 델 아마와 함께 사위의 가족들을 아주 반갑게 만났다. 모두 인정이 많고 마음이 따뜻한 사람들이었다.

포틀랜드로 돌아온 후 나는 아내와 함께 매년 행하는 장거리 여행을 했다. 우리는 겨울을 남부캘리포니아의 별장에서 지내면서 매년 3,500킬로미터에 달하는 여행을 했다. 장거리 여행에 내 몸은 피로했지만 아내는 여행을 즐거워했다. 우리는 이곳 저곳에 멈추어 다양한 레스토랑에서 식사를 했으며 운전을 하는 도중에는 듀엣으로 노래를 부르며 흥을 돋우었다. 라킨타에서 아내의 치료에 신경을 쓰면서도 나는 가능한 한 많은 시간을 내서 골프를 즐겼다. 오리건의 내 친구들이 자주 저녁 식사에 우리를 초대해 맛있는 음식을 대접해주는 등, 우리 부부에게 많은 도움을 주었다.

다음 해인 2007년 10월, 나는 아내와 막내 혜조와 함께 서울을 방문했다. 나는 아내가 몸이 회복되어 한국으로의 긴 여행을 할 수 있게 되리라고는 꿈도 꾸지 못했었다. 그녀의 옛 고등학교 동창들과 가족들이 무척이나 그녀를 직접 만나고 싶어했다. 그들은 몇 년 전부터 서로 연락을 주고받고 있었다. 아내의 교통사고 이후 그녀의 첫 고국 방문길이었다.

막내 혜조에게는 부모의 고국에 첫 방문길이었으며 전에는 별로 관심을 기울이지 않았던 한국을 처음으로 가는 기회였다. 당시 혜조는 뉴욕에 살면서 앞으로 어떤 일을 할 것인가 갈등을 겪고 있는 중이었다. 혜조는 회계분야에서 일을 할 것인지, 아니면 가수가 되어 브로드웨이 무대에 서겠다는 꿈을 계속 추구할지 망설이고 있었다.

13. 다른 세상으로

> 지상에서 가장 바람직한 것은 죽음으로 여기십시오. 자기에게
> 는 죽고 그리스도와의 교통이 이루어질 것입니다. 세상에서 온전
> 히 해방되는 일이 어렵게 여겨집니까? 세상에서 떠남으로 하나님
> 과 그 사람이 연합되리이다. 세상에서 구별됨으로 매일 하나님과
> 동거하며 동행하게 될 것입니다.
>
> ── 유태정, 1986년 9월 22일 일기 중에서

세월이 흘러갔다. 아내와 나는 계속 겨울은 라킨타에서 지내고
여름과 가을은 포틀랜드에서 지냈다. 혜조는 보스턴의 버클리
음대에 입학해서 성악을 전공하고 있다. 혜선은 유명한 실내음
악가가 되어 여러 그룹들과 함께 현대 음악을 연주했다. 혜진은
노스웨스턴 대학에서 커뮤니케이션 학사학위를 받은 뒤, 몇 년
간 '시스코 시스템(CISCO system)'의 마케팅 분야에서 일하다가
이제는 부동산 중개업 일을 하고 있다. 그 애의 명랑하고 외향적
인 성격 덕분에 그 애는 그 분야에서 꽃을 피우고 있다. 나의 딸
들은 모두 전망이 밝은 삶을 살고 있다.

그사이 어머니는 눈에 띄게 나이가 들어 전처럼 삶을 즐기
고 있지 못하는 것 같았다. 의사와 만나는 일이 잦아졌고 고혈
압과 의사(擬似) 폐렴 증세 때문에 자주 응급실로 모셔가야만 했

다. 어머니의 활동이라야 우리 부부와 함께 일요일에 교회에 가는 것, 가끔 식당에서 외식을 하는 것이 고작이었다.

어머니는 서서히 쇠약해져 갔으며 깨어 있으면서도 마치 꿈을 꾸는 것 같은 상태가 잦아졌다. 어머니는 내게 그녀의 의붓자식인 석주 형과 영주 누이의 유령을 만났다는 이상한 이야기를 자주 했다. 누군가 "어머니!"라고 부르며 문을 두드리는 소리가 들렸다는 것이다. 어머니는 그 목소리가 분명 석주 형과 영주 누이의 목소리가 틀림없다고 말했다.

영혼 세계에 대한 그런 이야기를 하신 지 얼마 되지 않아 어머니는 성 빈센트 병원 응급실로 실려 갔다. 어머니에게 최초로 내려진 진단은 급성 폐렴이었다. 하지만 좀 더 정밀 검사를 해 본 결과 간암이 깊이 진전되었다는 것이 밝혀졌다. 의사는 이제까지 그토록 급속히 진행된 암은 본 적이 없다고 말했다. 그렇게 어머니의 건강은 마치 일종의 돌발 사고처럼 극적으로 기울어졌다. 2주도 지나지 않아 의사는 어머니를 집에서 돌보라는 처방을 내리고 호스피스 간호사를 보내주었다.

어머니는 의식이 오락가락했으며 무서운 간암으로 인한 육체적 고통으로 괴로워했다. 우리는 어머니의 통증을 줄여드리기 위해 모르핀을 놓아주었다. 한 달 후, 어머니의 간호를 돕던 호스피스 간호사가 우리 가족에게 어머니의 목숨이 일주일 정도밖에 남지 않았다고 선언했다.

어머니의 병상 곁에서 나는 이부 누이 운식에게 어머니가 세상을 뜨시기 전에 제발 오빠 부부와 화해하라고 간청했다. 어머니는 내 앞에서 절대로 선식 형과 운식 누이에 대해 불평하지 않았고 그들에 대한 좌절감을 보여주지 않았지만 나는 어머니와 그들 사이에는 끊임없이 긴장이 존재하고 있음을 잘 알고 있었다. 그들은 마음 깊은 곳에서 어머니가 자신들을 버렸다고 생각하고 어머니를 향해 나쁜 감정을 숨기고 있음이 틀림없었다. 하지만 운식 누이나 선식 형 부부는 끝끝내 어머니와 화해하려는 노력을 하지 않았다. 그런 모습을 보면서 어머니가 언젠가 해준 말이 떠올랐다.

"자식들이란 어머니가 다른 세상으로 가기 전까지는 어머니가 자식들을 얼마나 깊이 사랑하고 얼마나 애틋하게 생각하는지 깨닫지 못하는 법이란다."

어머니는 2009년 1월 9일 세상을 떠나셨다. 어머니가 눈을 감으시자 나는 마치 나의 에너지원(源)이 빠져 나간 것처럼 느껴졌다. 마치 내 정신이 내 육체를 떠난 것 같았다. 이제 내게서 그 세월 동안 버팀목이 되었던 지주를 잃은 것이다. 어머니는 지난 15년 동안 당신의 몸이 쇠약해졌음에도 불구하고 나의 아내와 가족들을 돕기 위해 최선을 다하셨다. 그럼에도 불구하고, 내 전 생애 동안 내가 지고 있던 짐, 어머니를 돌보아야 한다는 그 무거운 짐을 이제 놓을 수 있게 되었다는 사실에 내가 안도감을 느끼기도 했음을, 비록 고통스러운 일이지만 고백해야 한다. 동시에 이제 어머니가 더 이상 육체적 고통으로 괴로워하지 않게

되었다는 사실, 자식들 때문에 겪게 된 심적인 번민에서 벗어날
수 있게 되었다는 사실로 인해 나는 기쁨을 느끼기도 했다.

　장의사가 어머니의 시신을 옮겨간 뒤에도 나는 사흘 밤을
어머니의 방에서 잠을 잤다. 나의 형과 누이들은 아무도 나와 함
께 밤을 지내려 하지 않았다. 무섭다는 것이었다. 한국의 장례
풍습에 따르면 장례는 대개 3일장이나 5일장으로 치러진다. 나
는 가능한 한 오래 어머니의 정신과 영혼에 매달려 있고 싶었
다. 나는 어머니의 영혼을 위로하고 '위대한 어머니'이자 '훌륭
한 인간'이셨던 어머니에게 마지막 찬사를 드리고 싶었다.

14. 예언

음울한 계절이 지나자 다시 아름다운 봄이 오고 갔다. 어머니의
장례식을 치르고 이부 형과 누이의 다툼에 신경을 쓰고, 아내를
여전히 돌봐야 하는 일 등에서 받은 스트레스로 인하여 나는 극
도로 피곤해 있었다. 나는 포틀랜드에서 사는 데 싫증이 났다.
춥고 음산한 겨울은 특히 견디기 어려웠다. 게다가 나는 다시 우
울증에 빠질 것 같은 느낌을 받았다. 나는 훌륭한 내과 전문의인
킬로 박사의 자문을 구했다. 그는 내 상황을 완벽하게 이해하고

는 기꺼이 적절한 항(抗)우울제 처방을 내려주었다. 하지만 항우울제의 부작용까지 감수할 생각은 없었다. 나는 우리 부부의 삶이 기본적으로 변화할 때가 되었다고 느꼈다.

2009년 6월, 어머니가 작고하신 지 6개월 정도 지났을 무렵 아내와 나는 아예 라킨타로 거처를 옮기기로 결정했다. 나는 예순일곱 살이고 아내는 예순다섯 살이니 아직 비교적 젊었다. 하지만 매년 아내를 계속 주의 깊게 보살피면서 아내와 함께 포틀랜드와 라킨타를 오간다는 것은 정말 힘든 일이었다. 사막의 여름 더위가 지독하다는 것을 알고 있었지만 나는 우리의 인내력과 회복력을 시험해보고 싶었다.

우리가 포틀랜드로부터 라킨타로 이사한 지 3개월이 지났다. 우리는 더 이상 더위를 견딜 수 없었다. 이웃들은 우리의 혈액이 곧 묽어져서 더위를 견딜 수 있게 되리라고 말했지만 나는 그곳에서 1년 내내 지낸다는 것에 회의적일 수밖에 없었다. 그러던 어느 날 밤이었다. 꿈속에서 내 귀에 이상한 경고의 말이 들려왔다.

"아범아, 아범아! 어서 일어나라! 이 집에서는 더 이상 살 수 없다. 빨리 다른 곳으로 옮겨라."

어머니의 목소리였다. 꿈에서 깨어보니 자명종 시계가 새벽 4시를 막 넘기고 있었다. 나는 땀을 흘리고 있었다. 자동 온도조절 장치를 섭씨 26도로 조절해놓았는데도 실내 온도가 35도가 넘는 것 같았다.

나는 기온이 급속도로 하강하기 시작하는 11월까지 아내와 내가 참고 견딜 수 있으리라 마음먹고 있었다. 이제 겨우 9월이었다. 꿈속의 어머니 목소리가 너무 생생해서 나는 잠에서 완전히 깨어난 채 침대 가에 얼마 동안 똑바로 앉아 있었다.

'이곳 라킨타로 영구히 이사 온 게 잘못이었나?' 나는 자문했다. '내가 너무 서둘렀던 것일까?'

나는 아마도 우리가 어머니의 무덤으로부터 너무 멀리 떨어져 살게 된 데 대해 어머니가 화가 난 것이라고, 우리의 이사에 대해 동의하지 않으시는 것이라고 생각했다.

아내는 아직 깊이 잠들어 있었다. 하지만 나는 그녀를 깨우기로 결정했다. 그녀는 금세 잠에서 깨어나며 왜 이렇게 일찍 일어났느냐고 내게 물었다. 나는 어머니가 꿈속에 나타나 속히 이사하라고 말씀하셨다고 말했다. 아내는 주저 없이 어머니 말씀에 동의한다며 속히 이사하자고 말했다. 나는 그녀가 어떻게 그렇게 빨리 반응을 할 수 있었는지 믿을 수 없을 정도였다. 그녀는 자기는 이곳으로 이사 오는 게 싫었지만 내가 얼마나 골프를 좋아하는지 알고 있었기에 내 의견을 따랐다고 덧붙였다.

나는 아연할 수밖에 없었다. 하통 팜스의 집을 팔고 포틀랜드의 콘도미니엄을 사들이고, 라킨타에 새로운 집을 사서 이사하는 이 모든 일들이 다 벌어진 다음에 이제 와서 이 사막으로 이사 온다는 생각이 마음에 들지 않았었다고? 만일 그녀가 정상이었다면 나는 그녀에게 소리라도 질렀을 것이다. 하지만 나는 그녀가 순진하다는 것, 그래서 자신의 진심을 말하고 있음을 알고 있었다.

이제 기온이 38도에서 45도 사이를 오가는 무더운 날이 다가오고 있었다. 그날 아침 10시경 나는 노련한 부동산 중개인인 샌디 필립스에게 전화를 걸었다. 4년 전 내 집을 구입할 때 도움을 주었던 여자였다. 그녀는 가능한 한 빨리 집을 팔고 싶다는 내 말을 듣고 놀랐지만 금세 상황을 이해했다. 2006년에 이 집을 구입한 이후 부동산 경기가 침체 중이었으며 또한 경기가 곧 회복되리라는 조짐도 없었다. 나는 그 누구이든 진짜로 집을 구입할 마음이 있는 사람만 있다면 그 어떤 제안도 받아들이겠다고 말했다. 나는 상당한 손실이 있으리라는 것을 예상했다. 하지만 그런 건 아무래도 좋았다.

다행스럽게도 집을 내놓자마자 마음이 가라앉으면서 평온해졌다. 구매자를 기다리는 동안 나는 사라토가에 있는 혜진에게 전화를 걸었다. 그 아이는 벌써 몇 년 전부터 매우 성공적인 부동산 중개인 일을 하고 있었다. 그 애는 내 결정에 대해 놀라더니, 염두에 둔 곳은 있느냐고 물었다. 그리고 포틀랜드로 돌아가기보다는 새너제이로 이사해서 자기와 가까이 지내자고 제안했다. 나는 그 애의 제안이 너무 반가워서 침실 둘에 욕실이 둘인 1층 콘도미니엄이 있는지 알아보라고 말했다.

혜진과 전화를 끊은 후 나는 샤도네 포도주를 한 컵 따라서 뒤쪽 베란다에 앉았다. 앞에서 말했듯 우리 집은 잭 니콜라우스

토너먼트 코스의 11번 홀을 내려다보고 있었다. 아직 무더웠지만 상쾌한 여름 미풍이 불어와 더위를 견딜 만하게 해주고 있었다. 태양이 산타로자의 산마루에 자리를 잡고 있었으며 주변 풍광은 이 세상 그 어느 곳보다 눈이 부셨다.

순간 내게 한 달 전 I-60 포노마 프리웨이에서 차를 몰고 가던 중에 겪었던 무서운 경험이 생각났다. 전에 사업 파트너였던 프랭크 크라울리가 내게 전화를 해서 헌팅턴 비치의 호텔에서 다음 날 점심 식사를 함께 할 수 있겠느냐고 물었다. 그는 그곳에서 며칠간 있게 될 비즈니스 컨퍼런스에 참석 중이었다. 그의 목소리를 들으니 너무 반가워서 나는 그를 보러 가겠다고 지체 없이 말했다.

다음날 아침 10시경 나는 라킨타를 출발했다. 내 집으로부터 헌팅턴 비치까지는 대략 200킬로미터 정도로 두 시간 정도 걸리는 거리였다. 내가 절반 정도 차를 달려 헌팅턴 비치로 이어지는 포노마 프리웨이를 지날 때였다. 갑자기 머리가 어지러웠다. 나는 탈수 현상인가 싶어 물을 마셨다. 하지만 어지럼증은 사라지지 않았고 눈까지 침침해졌다. 호흡에 이상은 없었음에도 불구하고 나는 혹시 심부전증의 전조는 아닌지 걱정이 되었다. 지금까지 한 번도 이런 증상을 느껴본 적이 없었다. 나는 공포에 사로잡혔다. 즉각적으로 나는 다음 출구에서 프리웨이 밖으로 빠져 나왔다.

다행히 프리웨이 인근에 호텔 '라마다 인'이 있었다. 나는 주차장에 차를 세우고 어지럼증이 사라지기를 기대하며 잠시 휴식을 취하려 했다. 하지만 기대와는 달리 상태는 더욱 나빠졌다. 이제 숨까지 가빠오기 시작한 것이다. 나는 즉각 911에 전화를 해야 한다고 생각했지만 전화를 하는 도중에 차 안에서 혼절하거나 죽어버리는 일을 겪고 싶지 않았다. 나는 어떻게든 호텔 안으로 들어가서 호텔 종업원에게 응급전화를 해달라고 요청하기로 했다. 그렇게 되면 최소한 내가 호텔로 가는 도중 기절하더라도 누군가 나를 발견할 수는 있으리라. 다행히 나는 비틀거리며 호텔 로비까지 갈 수 있었고, 호텔 프론트 직원이 911에 전화를 걸어주었다.

구급차를 기다리는 동안 나는 프랭크에게 전화를 걸어 그날 약속을 지킬 수 없게 되었다고 말했다. 놀란 그는 당장에 이곳으로 달려와 나를 돌보겠다고 했다. 나는 이미 911에 전화를 했으니 염려 말라고 말했다. 얼마 되지 않아 응급차가 경적소리와 함께 도착해서 나를 애너하임 시립메디컬 센터로 데려갔다. 병원에서는 두 시간에 걸쳐 온갖 검사를 했다. 심전도를 비롯해 다른 검사 결과는 음성이었다. 나는 검사 결과에 안도했고, 마음 편하게 정상으로 돌아왔음을 느꼈다.

벌써 자정이 지나 있었다. 나는 병원을 떠나 곧장 집으로 가려 했다. 그런데 그사이 아내에게 전화를 하지 않았다는 사실이 생각났다. 핸드폰을 들여다보니 아내로부터 전화가 없었다. 이 시각이면 아마 잠자리에 들었을 것이다. 아마 그녀는 남편이 곁에 없다는 것이 무엇을 의미하는지 생각할 능력이 없으리라. 그녀를 향한 동정심과 사랑으로 가슴이 저려왔다. 나는 그녀에게 전화를 걸었다. 꽤 오랫동안 벨이 울린 끝에 그녀가 전화를 받았다. 나는 그녀가 무사히 잠자리에 들었음을 알고 마음이 놓였다.

"여보, 어디 있어요? 왜 아직 안 오는 거예요?"

그녀는 내가 프랭크와 헌팅턴 비치에서 점심을 들기 위해 그날 아침 집을 나섰다는 사실을 기억하지 못하고 있었다. 나는 그녀에게 그동안 있었던 일을 설명한 후, 내게는 아무 일도 없으며 곧 집으로 돌아가겠다고, 어서 먼저 잠자리에 들라고 말했다.

응급실 의사가 밤새 나를 지켜보겠다며 머물기를 원했다. 나는 아내를 160킬로미터 가까이 떨어진 집에 홀로 내버려둔 채 한가롭게 응급실에 누워 있는 호사를 누릴 생각이 없었다. 그녀는 단기 기억 상실증 때문에 내게서 전화가 왔던 사실조차 기억하지 못하리라.

이런저런 생각 끝에 나는 오렌지 카운티의 친구 폴 김에게 전화하기로 마음을 정했다. 곧바로 도착한 그는 나를 그날 밤으로 라킨타의 나의 집으로 데려다주겠다고 했다. 그런 그에게 나는 24시간 영업하는 한국식당이 근처에 없느냐고 물었다. 점심 저녁을 모두 거른 상태여서 몹시 시장했다. 식사를 하면서 조심스럽게 내 몸 상태를 체크해보고 운전이 불편할 것 같으면 폴에게 집에 데려다달라고 부탁할 심산이었다.

우리는 곧 한국식당을 발견했고 나는 김치 등 몇 가지 반찬과 함께 갈비탕 한 그릇을 뚝딱 해치웠다. 몸이 개운한 것 같았고, 내가 직접 집까지 차를 몰 수 있을 것 같았다.

포노마 프리웨이를 지나 나는 그 길과 합류하는 I -10 샌베르나디노 프리웨이로 들어섰다. 길에는 차가 거의 없었다. 나의 머리는 맑았다. 나는 라킨타가 많은 사람들에게는 지상의 천국처럼 여겨질 수 있겠지만 우리에게는 아님을 깨달았다. 아내와 나는 우리 가족과 가까이 있어야 했다. 가까운 곳에 가족 한 명 없이 사막 한가운데 산다는 것에 대한 강한 의문이 내 마음속에 일었다. 그날 밤 집에 도착했을 때 나는 우리 집을 팔겠다는 나의 결정이 옳음을 재차 확인했다.

경기 불황과 부동산 시장 침체로 우리 집을 사겠다는 사람은 쉽게 나서지 않았다. 그러던 12월 어느 날이었다. 부동산 중개업자 샌디로부터 샌프란시스코에 살고 있는 사람이 작자로 나섰다는 전화가 걸려왔다. 우리가 시장 가격보다 싼값에 집을 내놓았기에 원매자와 나 사이의 가격 협상과 거래는 쉽게 끝날 수 있었다. 최종 잔금 거래 일자가 2월 말로 정해졌다. 우리가 3월 1일에 이사를 마치고 집 열쇠를 구입자에게 전해줘야 한다는 뜻이었다. 우리가 집을 내놓은 지 다섯 달 만에 거래가 성사된 것이다.

우리는 임시로 사라토가에 있는 혜진의 집에 머물면서 새너제이에 새로운 집을 물색하기로 했다. 혜진은 베이 지역에서 가장 성공한 젊은 부동산 중개인이었기에 얼마 되지 않아 적당한 집을 구할 수 있었다. 새너제이 남동부의 빌리지 골프 앤 컨트리 클럽 내에 있는 140제곱미터 크기의 침실 두 개 콘도였다. 18홀의 골프 코스가 있고 집 뒤로는 아름다운 하이킹 코스가 있는 시니어 거주 지역이었다. 아내와 나는 더할 나위 없이 기뻤다.

어머니가 내 꿈속에 나타나 라킨타를 떠나라고 재촉한 지 정확히 6개월이 지났을 때였다. 새너제이의 기온은 라킨타의 사막 열기와는 비교도 안 될 정도로 좋았다. 새너제이의 날씨는 1년 내내 온화하고 쾌적하다. 우리는 10월에 우리가 구입한 콘도를 새롭게 리모델링을 끝낸 다음 그곳으로 입주할 수 있었다. 라킨타의 저택과 비교하면 작았지만 안락했다. 우리는 천천히 가구들을 정리했고 빠르게 새로운 환경에 적응했다.

아내와 나는 곧바로 카이저 퍼머넌트에 가입해서 각각 훌륭한 주치의를 정했다. 주치의의 권유에 따라 아내는 매주 물리치료를 받았다. 나는 트레이너를 고용해 일주일에 한 번씩 집으로 오게 했다. 아내의 균형 운동과 근력 운동을 도와주기 위해서다. 나는 골프 클럽에 등록하고 전보다 더 자주 골프를 즐겼다. 또한 매일 아침 최소한 45분 이상의 걷기 운동을 규칙적으로 했다.

2011년 8월 어느 날 오후였다. 나는 갑자기 등과 오른쪽 복부에 날카로운 통증을 느꼈다. 나는 무거운 책 상자를 들어 올려서 그런 것이려니 생각했다. 나는 진통제를 먹고 잠자리에 들었다. 하지만 밤새도록 통증은 가라앉지 않았다. 가라앉기는커녕 점점 더 상태가 나빠지더니 거의 움직일 수 없는 지경이 되었다. 나는 주치의에게 전화를 건 뒤에 아내의 간병인인 리타에게 나를 새너제이의 카이저 퍼마넌트로 데려가달라고 했다.

병원으로 가자 의사는 맹장염인지 모른다며 즉시 CT촬영을 하게 했다. CT촬영 결과 맹장염 증상은 발견되지 않았다. 하지만 의사는 나의 복부 깊은 곳에서 작지만 림프절이 부은 것으로 의심되는 곳을 발견했다. 에이브럼스 박사는 즉각 나를 종양전문의인 야보르콥스키 박사에게 보냈고 그는 조직검사를 의뢰했다.

길고 커다란 바늘이 내 등을 찔렀고 내 복부 림프절에서 떼어낸 작은 조직이 곧 검사실로 보내졌다. 검사 결과는 양성이었고 방사선과 전문의는 낮은 등급의 '비-호지킨 림프종(Non-Hodgkins Lymphoma)'이 의심된다고 진단했다. 야보르콥스키 박사도 방사선과 의사의 의견에 동의했다. 그는 내 몸 림프계에 혈액암의 일종인 저등급의 비활동성 '비-호지킨 림프종'이 생겼다고 말했다. 그리고 위암이나 폐암, 혹은 간암과 달리 이 암은 치료가 불가능하다는 것이 문제라고 말했다. 화학 요법을 사용하더라도 혈관 속의 모든 암세포를 죽일 수 있는 방법은 없다는 것이었다.

아무리 좋게 말하려 해도 참담한 기분이 들었다고 말할 수밖에 없다. 우리가 라킨타로부터 새너제이로 거처를 옮기고 새로운 삶을 즐기기 시작한 것이 이제 겨우 10개월 밖에 안 된 상황이었다. 오, 하나님, 이 무슨 끔찍한 일이란 말입니까? 나는 당혹감에 빠질 수밖에 없었다.

나는 힘이 닿는 한 남을 도우려고 애쓰며 살아왔다. 나는 어머니가 세상을 떠나기 전까지 어머니를 돌보았다. 나는 지난 17년 동안 아내의 간병인 역할을 해왔으며 딸들이 대학을 마치고 결혼할 때까지 경제적인 면을 비롯해서 온갖 뒷바라지를 해왔다. 그런데 결국 이런 일이? 대체 왜? 게다가 나는 사업에서 은퇴한 뒤에 한국교민 사회를 위해 기꺼이 3년 동안 봉사해왔다. 대체 내가 무엇을 잘못했기에 인생의 마지막 무대에서 이런 무서운 암에 걸린단 말인가? 이건 너무 불공평하다.

Y 박사가 병실을 나가자마자 나도 모르게 눈물이 고이는 것을 어쩌지 못했다. 그날 나와 동행했던 혜진이 아무 말 없이 나를 포옹했다.

'비-호지킨 림프종'이라 불리는 암에 걸렸다는 게 대체 무엇을 의미하는 것인지 제대로 짐작조차 할 수 없었기에 나는 내가 살아남을 수 있는 날이 손꼽을 수 있을 정도로 되어버린 것이 아닌지 두려웠다. 아마도 나는 몇 년 내로 죽게 될지도 모른다. Y 박사가 해준 말 중 유일한 위안은 이 암이 더디게 진행된다는 사실이다. 그는 암세포가 공격적인 모습을 띠거나 내게서 림프선(腺)의 확장, 식은 땀, 가려움증 혹은 급격한 체중 감소의 징후가 나타나면 치료를 시작하겠다고 말했다.

예후에 대한 Y 박사의 말을 들으니 두려움이 약간 가라앉았다. 하지만 하나님이 내게 또 한 번 강타를 내리치신 것이라는 생각을 떨쳐낼 수 없었으며 그 생각은 나를 완전히 흔들고 뒤집어 놓았다. 나는 당혹할 수밖에 없었다.

'이제 어찌하란 말인가?'

순간, 꿈속에서 어서 사막으로부터 벗어나라고 재촉하시던 어머니의 경고가 생각났다.

나는 Y 박사에게 물었다.

"혹시 몹시 무더운 곳에서 지냈기 때문에 이 병에 걸린 걸까요?"

나는 내가 계속 그곳에 머물렀다면 내 암이 더 깊어졌을 수도 있으리라는 생각을 하고 있었다. 하지만 Y 박사는 내가 이 병에 걸린 원인은 알 수 없다고 말했다. 나는 박사에게 암세포의 증식을 막거나 진행을 더디게 해줄 처방은 없느냐고 물었다. 그는 없다고 잘라 말했다.

"그렇다면 내게 앞으로 어떻게 해야 할지 충고해줄 말이 아무것도 없단 말인가요?"

그에게 그렇게 물으면서 나는 그가 식이요법이나 운동 같은 것을 권하리라 기대했다. 그는 이 특이한 암이 음식이나 운동과 그 어떤 연관이 있다는 증거는 밝혀진 것이 없다고 말했다.

"그냥 평소처럼 정상적으로 생활하세요. 먹고 마시고 열심히 운동하세요. 될 수 있는 한 스트레스를 줄이시고요."

그가 한 말은 이것이 전부였다. 그의 처방은 "그냥 두고 봅시다"였다.

15. 소울 메이트

여전히 아내의 건강과 행복이 내 마음속에서 최우선 순위를 차지하고 있지만 이제 거기에 나의 건강 문제가 덧붙여진 셈이다. 나는 내 암이 발병하기 전부터 이미 어떻게 하면 우리 모두에게 즐거움을 줄 수 있는 일상생활, 건강에 도움을 줄 수 있는 생활을 할 수 있을까 고심해온 터였다. 라킨타에 살 때부터 나는 아내가 개인 트레이너의 도움으로 물리치료와 운동을 끝내고 나면 가능한 한 자주 골프코스로 그녀를 데리고 나갔다.

물론 아내는 골프를 칠 수 없었다. 하지만 아내는 나와 함께 골프코스에 나가는 것을 즐거워했으며 내가 미스 샷을 날릴 때면 가끔 내가 뭘 잘못했는지 지적해주기도 했다. 아내는 예전에 골프를 아주 잘 쳤던 것이다. 나는 다른 골퍼들이 필드에 없을 때면 평평한 곳에서 그녀가 직접 카트를 몰게 하기도 했다. 처음에는 무서워했지만 아내는 차츰차츰 그 일을 즐거워하기 시작했다.

나는 아내에게 의자 앞에 작은 자전거가 부착된 운동기구를 구해주었다. 안전하고 편안한 자세로 앉아 전신운동을 할 수 있는 기구였다. 그녀는 하루에 최소한 30분씩 이 기구를 진지하게 사용했다. 또한 나는 그녀에게 의자에 앉아서 하는 시니어 요가

아내는 나와 함께 골프장에 나가는 것을 즐거워했다. 평지에서는 그녀가 직접 카트를 몰았다. 2007년 캘리포니아 라킨타, PGA 웨스트 리조트 골프코스에서.

프로그램을 매일 연습하게 했다. 그녀는 DVD 영상을 보며 강사의 지시에 따라 요가를 연습했다.

이런 물리적 트레이닝이 끝나면 그녀는 종종 피아노를 연주했다. 나는 그녀가 피아노 치는 법과 이론적 지식들을 잊지 않고 있다는 사실이 놀라웠다. 물론 전처럼 훌륭한 연주를 들려줄 수 없는 것은 당연하지만 말이다. 그녀가 얼마나 많은 지식을 잃었거나 간직하고 있는지 알 수 없었지만 그녀가 다시 피아노를 치기 시작한다는 것은 우리 가족들에게는 마치 기적과도 같았다.

아내는 우리가 새너제이로 이사 오면서 그랜드 피아노를 처분하고 새로 장만한 전자 오르간을 더 즐겼다. 아내의 연주에 맞춰 우리는 함께 노래를 부르기도 했는데 대개 성가였다. 사고 이후 아내의 목소리, 특히 고음은 완전히 변했지만 멋진 알토 목소리는 여전히 간직하고 있었다. 나는 테너였기에 둘이 함께 노래하면 멋진 듀엣이 되었다.

아내는 우리가 아름다운 하모니를 이루면 울음을 터뜨리기도 했다. 너무나 감동적이어서 우리는 그럴 때마다 하나님이 우리의 건강을 위하여, 우리의 사랑하는 딸들을 위하여 내려주신 은총과 축복에 감사했으며, 내 가족들, 특히 내 누이 현주와 하늘나라에 계신 어머니를 돌봐주신 데 대해 감사했다.

나의 즐거움과 건강을 위하여, 또한 아내를 기쁘게 해주기 위하여 나는 슈베르트와 구노의 「아베마리아(Ave Maria)」, 영어와 스페인어 가사의 「주기도문」「생명의 양식(Panis Angelicus)」,

「남몰래 흐르는 눈물(Una Furtiva Lagrima)」「무정한 마음(Core 'Ngrato)」「물망초(Nonti Scordar Dimi)」, 베토벤의 「그대를 사랑해(Ich liebe dich)」 등 고전 가곡과 한국 가곡을 암기하고 노래했다. 노래가 끝나면 아내는 어김없이 앙코르와 브라보를 외치며 박수를 쳤다. 그러면 나는 "파바로티와 안드레아 보첼리가 부러워하겠어!"라고 소리쳤다. 아내는 내가 노래를 할 때나 딸들이 연주를 할 때마다 대단한 응원단장이었다.

몇 년이 지나자 아내의 전반적인 건강이 눈에 띄게 향상되었을 뿐 아니라 기억력도 전보다 많이 좋아진 것처럼 보였다. 단기 기억상실증은 여전히 문제였지만 그녀는 거의 정상인처럼 행동했고 그녀의 명랑한 성격 덕분에 나는 아예 우울할 틈도 없었다고 말할 정도였다.

아내에게는 적절한 자기만의 취미가 없었기에 나는 그녀에게 블랙잭을 가르쳐주기로 했다. 그녀의 두뇌 활동에 자극을 주어 기억력을 높이기 위해서다. 겨울을 캘리포니아 사막에서 지내는 동안 저녁에는 텔레비전을 시청하는 일 외에는 우리 부부가 할 수 있는 일은 아무것도 없었다. 기껏해야 카지노에 가서 쇼나 영화를 보는 일이 가끔 있을 뿐이었다. 그런데 카지노에 갈 때마다 아내의 태도가 바뀐다는 것을 나는 금세 눈치챘다. 카지노 룸을 가로질러 갈 때 그녀는 이상스러울 정도로 흥분한 모습을 보였다. 걸음걸이도 훨씬 자신에 차 있었으며(물론 보행기를 사용했지만), 넓은 카지노 홀을 지나가면서도 조금도 힘들거나 귀찮아하지 않았다. 그녀는 다른 곳, 예컨대 길거리를 걸을 때면 조금만 거리가 멀어도 더 이상 걷고 싶어하지 않았다.

어느 날 나는 아내에게 『블랙잭 플레이 입문』이란 책을 사주었다. 그녀는 책을 읽기 시작했다. 하지만 그녀는 책의 내용을 제대로 따라갈 수 없었다. 나는 이 게임을 내가 직접 가르치기로 작정했다.

나는 아내가 그토록 쉽게 게임을 익히는 것을 보고 놀랐다. 집에서 며칠 더 연습한 뒤에 나는 직접 카지노로 함께 가서 아내가 익힌 기술을 테스트해보기로 했다. 카지노에서는 결국 돈을 잃을 수밖에 없다는 것을 잘 알고 있었지만 초보자에게 찾아오곤 하는 행운이 아내에게도 오기를 내심 바랐다.

우리는 최소 5달러 이상 베팅할 수 있는 블랙잭 테이블에 앉았다. 나는 아내를 테이블 의자에 앉힌 다음 100달러짜리 지폐를 꺼내어 아내에게 5달러짜리 칩을 스무 개 사주었다. 그녀는 한 판에 5달러씩 걸었다. 나는 그녀가 하는 대로 내버려두었다. 그녀는 처음에는 카드를 더 받을지 그만둘지 망설이는 듯 했고, 나와 함께 배운 것이 잘 생각나지 않아 힘들어하는 것 같기도 했다.

하지만 그녀는 순식간에 게임의 기본 원칙을 다 깨우친 것 같았다. 그런데 아내에게는 특이한 점이 있었다. 누구나 베팅 액수를 올려야 할지 내려야 할지 결정해야 할 순간이 있는 법이고 돈을 땄을 때는 어떻게 해야 하는지 결정해야 하는 순간이 있는 법이다. 아내는 그런 것에는 전혀 관심 없이 계속 5달러씩만 베팅하는 것 같았다. 그녀는 심지어 계속 게임에 져서 칩이 얼마 남지 않아도 아무런 느낌도 없는 것 같았다. 나는 칩이 그녀 앞에 수북이 쌓여 있거나 이미 50퍼센트 이상 땄을 때만 그녀가 베팅 액수를 늘린다는 것을 알아차렸다. 그녀는 타고난 갬블러였다.

몇 년이 지나도록 그녀의 플레이 습관은 변하지 않았고 거의 본전을 잃지 않았다. 물론 그녀가 그런 성공을 거두게 된 것은 내가 늘 어깨너머로 지켜보면서 그녀가 돈을 땄을 때, 혹은 그녀가 마지막 5달러 칩마저 잃기 전에 그녀를 테이블로부터 물러나오게 한 덕분이기도 하다. 역설적이게도 나는 감정 컨트롤에 실패하거나 자제력을 잃고 카지노에서 큰돈을 날린 적이 가끔 있었다. 이후로 나는 오락이 아닌 도박은 졸업했다. 아내가 카지노를 떠나면서 그날 자기가 얼마를 땄는지 혹은 잃었는지 기억 못한다는 것은 축복이다. 그녀는 단지 내가 그녀 곁에 있으면서 게임을 할 수 있었다는 사실만을 즐거워했을 뿐이다.

내가 아내에게 블랙잭을 가르친 것은 두뇌 훈련을 위한 것이며 나와 함께 여기저기 돌아다니며 즐길 기회를 마련하기 위해서다. 나는 그녀와 함께한 명소 여행, 다양한 식당에서의 식사, 쇼와 콘서트 관람들이 그녀의 전반적인 건강과 행복에 도움을 주었다고 진심으로 믿는다. 내가 아내를 위해 쓴 돈이 모두 그럴 만한 가치가 있다는 것은 조금도 의심의 여지가 없다. 남의 도움이 절대적으로 필요한 아내였기에 내게 육체적으로나 정신적으로나 짐이 된 것은 틀림없지만 나는 영원히, 사랑으로 아내와 밀착되어 있음을, 마치 우리의 삶 속에서 하나로 결합된 쌍둥이처럼 그렇게 붙어 있음을 깨닫게 되었다.

16. 겨울 나무

> 가끔 우리의 운명은 겨울 과수(果樹)와 닮았다.
> 우리가 희망하지 않고 그러리라는 것을 알지 못한다면
> 그 가지가 다시 푸르게 되어 그곳에 꽃이 피리라는 생각을 그
> 누가 할 수 있겠는가?
>
> ―― 괴테

내가 암 진단을 받은 지 7년이 지났다. 이후에 받은 PET(단층촬영)에서 이상 징후는 나타나지 않았고 매년 받는 정기 검진에서도 정상으로 판명이 났다. 1년에 두 번 나를 진찰했던 Y 박사는 이제 1년에 한 번만 오라고 했다. 비록 내 암이 완치되었다고 선언하지는 않았지만 그는 내가 잘해내고 있다고 말했다. 내 일상생활에 한 가지 덧붙여진 것이 있다면 친구들과 일주일에 두 번

씩 두 시간 하이킹을 하는 것이었다. 가파르고 격렬한 10킬로미터 왕복 코스다.

온화한 기후, 상당량의 운동, 절제된 식사와 음주가 암세포가 공격적으로 변하는 것을 막아준 최고의 의사 역할을 한 것 같았다. 나는 꿈속에서 어머니의 경고를 받아들여 재빨리 덥고 거친 사막 기후로부터 새너제이의 안락하고 온화한 곳으로 이사 오게 된 것을 천만다행이라고 생각했다.

새너제이에서의 삶은 즐거웠다. 나의 한국인 포섬 게임 멤버들은 골프 코스에 모일 때마다 우리가 이런 건강을 선물로 받은 것이, 원하면 언제고 골프를 칠 수 있는 곳에 살고 있는 것이 정말 행운이라고 말하곤 했다.

아내와 내가 60줄에 접어든 이래 우리는 시속 60마일(97킬로미터)의 속도로 언덕을 내려가고 있음을 깨달았다. 이제 우리 나이 일흔다섯과 일흔일곱이니 우리는 평균 시속 76마일(122킬로미터)의 속도로 언덕을 내려가고 있는 중이며 곧 80마일(129킬로미터)에 이르게 되리라. 미국 내 모든 프리웨이에서의 제한 속도를 넘어설 만큼 빠른 속도다. 돌이켜보면 아내와 내가 어떻게 이런 삶을 누릴 수 있게 되었는지, 나의 아름다운 세 딸들이 성장해서 어떻게 저렇게 행복한 결혼을 하고 자기가 택한 인생행로에서 성공을 거둘 수 있었는지 믿을 수 없을 정도다. 나나 내 가족에게 정말 길고 험난한 행로였음이 틀림없다.

아마도 내 인생에서 가장 큰 좌절은 아내를 육체적으로 자립할 수 있게 해주지 못한 것, 보행기나 휠체어 없이도 걸을 수 있게 해주지 못한 것이리라. 그리고 그것은 바로 20년 전에 나 자신이 내릴 수밖에 없던 결정에 따른 것이다. 나는 당시 아내가 영원히 보행기에 의존하는 삶을 살 수밖에 없게 될지 모른다는 것을 잘 알면서도 아내에게 보행기를 마련해 주었다. 당시 내게 는 그 결정이 너무나 당연해 보였다. 선택은 둘 중 하나였다. 아 내가 자유롭게 걸을 수 있게 되리라는 아무 보장도 없이 반복해 서 앞으로 몇 년 동안 치료사와 의사에게 왔다 갔다 해야 하는 가? 아니면 끊임없이 아내의 움직임을 보살피고 감독해야 하는 짐을 지더라도 삶에서 그 뭔가 즐거운 일을 찾아야 하는가?

그 갈림길에서 내가 황급히 결정을 내리게 된 것은 아내가 육체적인 독립의지를 전혀 보이지 않았기 때문이다. 나는 그때 아내가 다시 걸을 수 있게 하기 위하여 트릭과 강압을 비롯해 모든 가능한 방법을 다 써보았다.

그 결과 나는 어디든 나와 함께하고, 잠도 한 침대에서 자면 서 진정으로 나와 삶을 공유하는 행복한 아내를 얻게 되었다. 딸 들도 아내와 더 많은 시간을 보내며 화상 통화를 통해 어머니와 더 자주 소통하게 되었다.

정말로 우리는 단순하고 정상적인 좋은 삶을 누리고 있다. 나는 내 딸들이 한창 자라나고 성숙할 결정적인 시기에 그들에 게 지혜를 주었고 인도자가 되었던 어머니를 그리워한다는 것 을 너무나 잘 알고 있다. 하지만 솔직히 말해보자. 자신의 삶에 아무런 시련도 없었으며 모든 것이 공평하고 완벽했다고 말할 수 있는 사람이 어디 있는가? 우리가 한 가족으로서 겪어야 했던 많은 호된 시련을 통해 나의 딸들은 학교에서는 결코 배울 수 없는 값진 인생의 교훈들을 얻었으리라고 나는 확신한다. 동시에 나는 우리 세 딸이 장래 예기치 않게 닥쳐올지도 모를 시련들에 맞설 준비가 되어 있으리라고 확신한다.

내 친구 중 한 명이 내게 이런 취지의 질문을 한 적이 있다.

'왜 더 많은 물리치료사들을 고용해서 아내가 그들과 많은 시간을 보낼 수 있게 하지 않는가? 혹은 왜 아내를 장기재활센터 같은 곳에 보내지 않는가? 그러면 당신에게 보다 많은 자유시간이 주어져 다른 사업을 시작하거나 다른 흥밋거리를 찾을 수 있을 것 아닌가?'

그런 것을 충분히 감당할 수 있는 나의 재정형편을 알고 한 말이었기에 그의 질문은 꽤나 타당했다.

하지만 당시 나는 아내가 교통사고를 당한 지 겨우 두 해 만에 유방절제 수술을 받게 되자 그녀가 몇 년 밖에 못 살지도 모른다고 심각하게 고민했다. 그 후 7년 동안 나는 아내의 회복을 위해 내 온갖 마음과 영혼을 쏟아부었기에, 아내나 딸들을 위해서 내가 최선을 다하지 못했다고 후회하는 일은 없다. 또한 나는 내가 곁에서 그녀를 돌보면서 심리적 안정감을 주는 것이, 아내의 정서회복과 감정회복에 중요하다는 걸 충분히 느끼고 있다.

부부간에 배우자를 향한 무조건적인 사랑과 돌봄 외에 배우자를 위해 마련해줄 수 있는 더 좋은 의사나 요법은 없으며, 특히 뇌에 손상을 입은 정신적 외상 환자의 경우에는 더욱 그러하다. 나는 내가 아내나 가족을 위해 옳은 일을 했다고 자신 있게 말할 수 있으며 내가 그동안에 내린 결정에 대해 조금도 후회하지 않는다. 내가 다시 같은 상황에 처하게 된다면 나는 주저 없이 같은 일을 반복할 것이다.

한국의 선조들로부터 전해져 오는 슬기로운 가르침이 있다. 네가 너의 온 힘과 성심을 다해 네 삶에 다가간다면 그 안에서 믿음이 생기고 이어서 사랑이 뒤따르게 될 것이며, 그로 인해 네가 사랑하는 사람과 주변 사람들을 돌보고 그들과 사랑을 자유롭게 나눌 수 있게 될 것이라는 가르침이다. 나는 내 삶 속에서 이 지혜를 실천해왔다고 믿는다. 내 생애 동안 하나님은 그분이 누구인지, 또한 나 자신이 누구인지 알 수 있도록 나를 도와주셨다. 우리가 살아가는 동안 우리는 궁극적 진리에 도달할 수 없을지도 모른다. 하지만 하나님에 대해서, 또한 지금 현재의 당신에 대해서 마음의 평화를 가지려고 애쓰는 것이, 당신의 삶을 동굴에서 사원에서, 혹은 교회에서 회개를 수도 없이 반복하고, 깨우침과 구원을 찾으려 허비하는 것보다는 나을 것이다.

어두컴컴한 터널을 지나면서 가끔 그 시련이 끝이 보이지 않을 때 내가 할 수 있는 유일한 일은 그 도전을 불평 없이 받아들이는 것, 내가 가진 모든 것을 사랑하는 마음으로 나누어 주는 것, 그리고 결코 희망을 버리지 않는 것, 그것뿐이었다.

17. 화해

2018년 1월 9일, 우리는 어머니의 9주기를 기념하기 위해 어머니가 묻혀 있는 포틀랜드의 '스카이라인 메모리얼'에서 가족 모임을 가졌다. 청명하고 아름다운 날씨지만 호되게 추웠고 땅에는 눈이 쌓여 있었다. 포틀랜드 영락교회 장로에서 은퇴한, 이제 여든두 살의 선식 형이 예배를 주도했다. 그날 우리 가족들은 모두 건강하고 행복해 보였다. 심지어 운식 누이와 선식 형 부부도 사이가 나빠 보이지 않았다.

운식 누이가 웃으며 내게 다가왔다.

"아범, 둘이 이야기 좀 나눌 수 있을까?"

운식 누이는 나를 어머니처럼 '아범'이라고 불렀다. 너무나 정겨운 말이어서 그 말을 들을 때마다 어머니가 생각난다.

누이가 내게 말했다.

"있잖아, 혹시 어머니가 묻히신 곳 옆에 두 자리 여분이 있니? 이제 아흔을 넘은 네 매형과 나도 죽으면 어머니 곁에 묻히고 싶어."

나는 우리 가족묘 자리로 몇 년 전에 여덟 구획을 구입해놓았었다. 그리고 누구든 어머니 곁에 묻히고 싶다면 그곳을 무상으로 제공하겠다고 가족에게 말해놓았다. 어머니와 유니의 오랜 남자 친구가 그곳에 묻히고도 아직 여섯 자리가 비어 있었다.

나는 한순간 누이의 말을 잘못 들었는가 싶었다. 어머니께서 분명 누이와 나의 대화를 듣고 있는 것만 같았다. 나는 무척 기뻤다. 어머니는 당신의 자식들이 언젠가는 자신의 따뜻하고 사랑스러운 품으로 돌아올 것을 알고 이 순간을 기다리고 있었으리라고 나는 확신했다.

"누님, 물론이지요. 얼마든지 우리들과 같은 곳에 묻힐 수 있어요. 아무 부담 없이요."

"아냐, 이 묘짓값은 내가 낼 거야." 누이가 주장했다.

그러면서 누이는 세계적으로 유명한 운동화 제조 회사의 간부로 일하고 있는 딸 영신이 부모들의 묘지 비용을 대기로 했다고 말했다.

"좋아요. 그럼, 한 가지 제안이 있어요. 그 비용을 어머니 이름으로 '오리건한국재단'에 기증할 생각은 없어요?"

우리는 기꺼이 합의를 보았다. 내가 누이에게 한 마디 더 물었다.

"그런데 누님, 요즘 누님과 형님 사이는 어떠세요? 잘 지내세요?"

"아주 좋아. 모두 잘 지내고 있으니까 이제 우리들 걱정은 하지 마."

18. 귀향

손바닥으로 하늘 가리기

—— 한국 속담

어머니의 9주기 추도식이 끝난 후 몇 년 동안 읽기를 미뤄왔던 어머니의 회고록을 다시 읽어보고 싶다는 생각이 마치 영감처럼 떠올랐다. 어머니의 회고록을 읽으면서 딸들이 내게 자신들과 자기들 자식들을 위해 회고록을 쓰라고 나를 계속 독려해왔다는 사실이 겹쳐 생각났다.

딸들은 한국에서의 나의 성장기가 어땠는지, 어떻게 내가 미국에서 자리를 잡게 되었는지 자주 내게 질문을 했었다. 나도 나의 아버지의 비극적 죽음과 아버지와 김일성과의 관계를 둘러싼 미스터리를 풀기 위해 한국에서의 나의 삶에 대해 자세히 살펴보고 성찰하고 싶었다. 나는 그 모든 진실을 밝히고 부모님을 정당하게 기리는 것이 내가 부모님께 진 큰 빚을 갚는 길이라고 마음 깊이 느꼈다. 이 모든 계기가 복합적으로 작용해서 나는 회고록 집필에 몰두했다.

1년 뒤 나는 내 회고록 초고를 끝냈다. 나는 원고를 미국 내 한 편집자이자 출판인에게 보냈다. 그녀에게 평가를 받기 위해서였다. 그녀의 격려에 힘입어 나는 '이건창호' 박영주 회장이 추천한 한국의 한 출판사에도 원고를 보냈다. 그 출판사로부터도 긍정적인 답을 듣고 나는 서울을 방문하기로 결심했다.

　나의 아버지가 쓴 『해외조선혁명운동소사(海外朝鮮革命運動小史)』 원본을 도서관에서 찾아보고 1993년 북한에서 준 부분적 복사본과 대조해서 진실을 밝혀보고 싶었던 것이다. 서울을 방문하면서 나는 한국 출판인과 만날 약속을 잡았으며 나의 아버지와 김일성에 대한 기사를 쓴 적이 있는 한국 신문편집인과도 만나기로 했다.

　2018년 10월 11일 나는 둘째 딸 혜진과 함께 샌프란시스코 공항에서 인천행 KAL 항공기에 몸을 실었다. 내게 뚜렷한 임무가 있었기에, 게다가 혜진과 동행하고 있었기에 이번 서울 여행은 내게 아주 의미가 깊었다. 혜진은 여러 차례에 걸쳐 나와 함께 한국에 가보고 싶다고 말했으며 드디어 그 기회를 잡은 것이다. 나는 서울이라는 역동적인 도시를 경험하고 그 애가 좋아하리라는 것을, 또한 여기저기 관광을 하고 부모님 고향의 맛있는 음식들을 맛보면서 즐거워하리라는 것을 잘 알고 있었다.

　우리는 보잉 777기를 타고 열세 시간의 안락한 여행 끝에 다음 날 새벽 5시 30분경 인천공항에 도착했다. 곧이어 우리는 며칠 머물 예정으로 광화문에 있는 '신라스테이'에 여장을 풀었다. 나와 딸은 설렁탕으로 배를 채운 후 곧장 국립중앙도서관을 방문했다.

아버지 최형우(일천)의 저서 『해외조선혁명운동소사』. 1945, 1946년 두 권으로 저술했다.

도서관 사서가 희귀본 코너에서 나의 아버지의 첫 번째 저술을 들고 프론트 데스크로 돌아오는 모습을 보며 우리는 감격했다. 하지만 슬프게도 책의 상태는 끔찍할 정도로 형편없었다. 책 가장자리는 곧 부서져 가루가 될 것 같았으며 노랗게 변한 속 페이지의 글은 거의 읽을 수 없을 지경이었다. 그렇지만 나는 나의 아버지를 68년 만에 처음 만나는 것 같은 기분을 느꼈다. 아버지가 손수 쓴 낡은 책을 잡고 있자니 두 손이 부들부들 떨려왔다.

도서관 사서는 책을 다룰 때 손상을 막기 위한 특수 장갑을 우리에게 내주었고 나는 딸의 도움으로 책 전부를 휴대폰으로 사진 찍어 파일로 저장했다. 불행히도 국립중앙도서관에는 제2권이 없었다. 나는 낙담했지만 그래도 아버지의 저술을 두 손에 들 수 있었다는 사실에 감사했다.

다음 주에 나는 딸과 함께 나의 모교인 고려대학교 도서관을 방문했다. 보다 상태가 좋은 아버지의 저술을 찾을 수 있으리라는 기대에서였고 근거가 있었다. 1985년 사업 출장으로 한국에 왔을 때 나는 아버지의 저술을 찾을 수 있을까 해서 고려대 도서관을 방문한 적이 있다. 도서관 사서는 아버지 저술 목록을 찾아냈다. 하지만 놀랍게도 일반인 열람금지 도서목록에 포함되어 있었다. 당시 한국은 여전히 군부 독재 시절이어서 북한을 조금이라도 찬양하는 내용이 들어 있는 신문이나 책을 읽는 것은 금지했다. 고려대학교를 찾아가며 지난주에 국립중앙도서관에서 쉽게 아버지 책을 열람할 수 있었으니 별문제가 없으리라 생각되었지만 그래도 조금은 걱정이 되었다.

고려대 도서관에서 아버지의 저술 두 권을 모두 볼 수 있었다. 그것도 국립중앙도서관에 있는 것보다 상태가 훨씬 좋아 우리는 너무나 기뻤다. 나는 많은 시간을 들여 그 책들을 처음부터 끝까지 면밀히 검토했으며 후에 다시 복사 제본할 요량으로 전부 복사했다. 틀림없이 검열관들은 아버지의 책을 자세히 읽지 않은 채 성급하게 금서 딱지를 붙였을 것이고, 그 결과 한국 근현대사에 중요한 기여를 할 수 있는 이 책이 30년 동안 묻혀 있었던 것이다.

이 책의 「서문」에서 나의 아버지 최형우는 이렇게 쓰고 있다.

1945년 8월 15일 이날 일본제국주의의 철쇄(鐵鎖)는 끊어지고 해방 조선의 우렁찬 종소리는 3천 리 전역에 덮이었다. 경술 이래 36년 동안 우리는 이날이 있기 위하여 모든 고통과 압박을 참아가며 피와 눈물로써 항쟁을 계속해왔던 것이다.

기미운동과 경신토벌에 수만의 동포가 무고한 희생을 당한 것은 우리의 기억에 아직도 새롭거니와 강도 일본은 이것도 부족하여 모든 사상운동을 극력 탄압하는 일면 혁명운동자의 모해와 조선민족의 거세정책을 실시하였던 것이다.

이와 같이 악인(惡因)을 뿌린 일본제국주의는 마침내 사의 독배를 마시면서 떨어져가는 일장기와 같이 이 지구상에서 형해를 감추고 4천여 년의 찬연한 문화를 내포(內包)로 한 억센 조선의 참된 건설은 날을 따라 새로이 될 것으로 민족만년의 완전한 독립은 성립되는 것이다.

이제 오인(吾人)은 이 세기적 광영 하에서 전개되는 역사의 새로운 페이지를 옮길 때, 기다(幾多) 혁명동지의 영웅적 투쟁에 의한 열혈의 산물과 평화의 사자—연합제국의 우리에게 기여하는 바 사실이 무엇인가를 깊이 인식하여 금후 오인(吾人)의 추향(趨向)을 명확히 하지 않으면 안 되며 이 기회에 이 동지들의 전력(戰歷)을 소개하는 것도 결코 무의미한 일이 아닐 줄 믿는다.

아버지는 제1권 제8장 「요하 농촌과 농우회」 말미인 28쪽에서 이 독립운동의 정신과 목표가 민족주의, 공산주의, 무정부주의를 넘어서 보다 널리 인간 세상에 도움을 주고 인류의 복지에 기여하는 것이라고 대담하게 진술하고 있다. 그리고 그 정신은 이미 단군이 4,000여 년 전에 천명한 것이라고 쓰고 있다. 또한 아버지는 한국의 독립이 미국과 연합군 덕분에 이루어졌다는 사실을 잊지 말아야 한다고 분명히 지적하고 있다. 아버지는 한국인들이 분발해서 이 세상에서 가장 고도의 문화를 지닌 국가를 이룩하기 위한 노력을 경주해야 한다고 촉구하고 있다. 바로 나의 아버지가 쓴 이 감동적인 글을 읽으면서 나는 깊이 감명받았다.

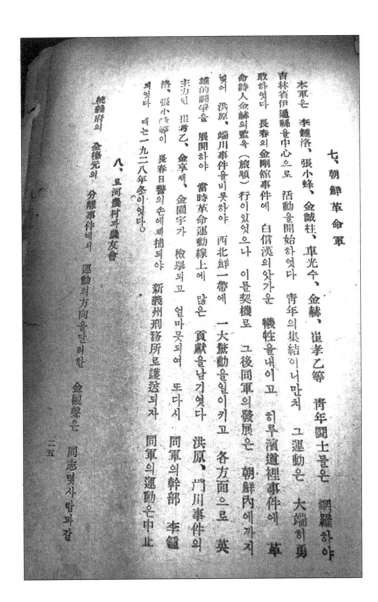

七、朝鮮革命軍

本軍은 李鍾洛、張小蜂、金鐵桂、車光수、金赫、崔孝乙等 靑年團士들은 網羅하야 靑林省伊通縣을 中心으로 活動을 開始하엿다 靑年의 集結이니만치 그 運動은 大端히 勇敢하엿다 長春의 金剛宿事件에 白信漢의 앗가운 犧牲을 내이고 히루濱道裡事件에命詩人金赫의 監獄 (旅順) 行이 잇엇스나 이를 契機로 그後同軍의 發展은 朝鮮內에까지 밋어 洪原、端川事件을 비롯하야 西北鮮一帶에 一大驚動을 일이키고 各方面으로 英雄的鬪爭을 展開하야 當時革命運動線上에 많은 貢獻을 남기엿다 洪原、門川事件의 李鍾主力인 世考乙、金章섹、金圖宇가 檢擧되고 얼마못되여 또다시 同軍의 幹部의洛、張小峰等이 長春日警의 손에 逮捕되야 新義州刑務所로 護送되자 同軍의 運動은 中止되엿다 때는 一九二八年冬이엿다。

八、豆河農村과議友會

新義府의 金德元의 分離事件에서 運動의 方向을 달리한 金觀燮은 同志멧사람과 갈

二五

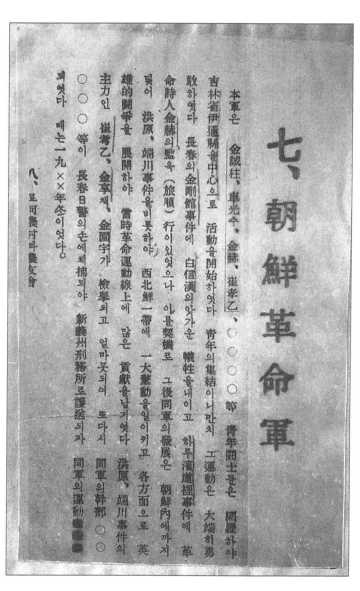

七、朝鮮革命軍

本軍은 金誠桂、車光수、金赫、崔孝乙、○○○○ 等 青年鬪士들은 網羅하야 吉林省伊通縣을中心으로 活動을開始하엿다 青年의集結이니만치 그運動은 大端히勇敢하엿다 長春의金剛館事件에 白信漢의앗가운 犧牲을내이고 하루演邊埋事件에 革命詩人金赫의監옥 (旅順) 行이있엇으나 이물契機로 그後同軍의發展은 朝鮮內에까지 밋어 洪原、端川事件을비롯하야 西北鮮一帶에 一大驚動을일이키고 各方面으로 英雄的鬪爭을 展開하야 當時革命運動線上에 많은 貢獻을남기엇다 洪原、端川事件의 主力인 崔考乙、金享제、金園宇가 檢擧되고 얼마못되여 同軍의幹部 ○○○○ 等이 長春日警의손에체포되야 新義州刑務所로護送되자 同軍의運動■■퇴엿다 때는一九××年冬이엇다。

八、로可襲朴마艶反會

진은 고려대 도서관에 소장된 원본을 찍은 것이다.

이제 마침내 아버지의 원본을 1993년 내가 김일성과 주석궁에서 점심을 들면서 그들로부터 건네받은 10페이지의 발췌본과 면밀히 대조·검토할 때가 온 셈이다.

나는 우선 북한에서 준 자료에 '조선 혁명군'의 주도적 명단에서 리더인 이종락과 장소봉의 이름과 1928년도라는 연도가 누락되어 있는 것을 보고 놀랐다. 대신 일군의 빈 동그라미들이 그것들을 대신하고 있었다.

나는 왜 이런 조작이 있게 되었는지 이미 짐작되는 바가 있었다. 서울로 오기 전에 나는 김일성의 『세기와 더불어』를 읽었다. 이 역사적인 이름들과 그 날짜들의 의미를 정확히 이해하기 위해서였다. 나의 아버지는 독립운동사에서 김일성이 '조선혁명군 길강 지휘부'를 창설하고 지휘한 이종락 휘하에서 활동했다고 적고 있다. 그런데 김일성은 자신이 쓴 『세기와 더불어』에서 이종락이 자기 휘하에 있었다고 썼다. 또한 그는 '타도제국주의동맹(打倒帝國主義同盟)' 혹은 'ㅌ.ㄷ'를 자신이 화성의숙을 중퇴한 직후인 1926년 10월 17일 14세에 만주 화전현에서 창설했다고 쓰고 있다.

흥미롭게도 나의 아버지가 쓴 『해외조선혁명운동소사』 제1권에는 '타도제국주의동맹'의 결성에 대해 오해의 소지가 존재한다. 「'ㅌ.ㄷ'와 김일성」이라는 제목의 제9장은 '1926년이다'라는 글로 시작되고 있다. 그리고 김일성 개인에 대한 칭찬의 글이 이어지고 있다. 그 부분을 자의적으로 해석하면 마치 김일성이 1926년에 '타도제국주의동맹'을 창설하고 주도한 것으로 곡해할 여지가 충분히 있다.

하지만 '1926년이다'라는 진술은 '타도제국주의동맹'이 1926년에 창설되었다고 못 박고 있는 것이 아니다. 1926년도의 김일성의 모습을 그리기 위한 서두일 뿐이다. 게다가 이어지는 내용을 읽어보면 '타도제국주의동맹'은 김일성이 19세가 되던 해, 즉 1931년에 결성된 것으로 볼 수밖에 없다. 과연 '타도제국주의동맹'은 1926년에 창설되었는가, 아니면 1931년에 창설되었는가? 이종락과 장소봉이 1928년에 일본군에 체포되었으니——김일성은 1926년이라고 썼다——'타도제국주의동맹'이 김일성에 의해 1930년에 결성되었다고 하는 것이 훨씬 그럴듯해 보인다.

이제 나는 왜 북한의 학자들이 1928년이라는 연도와 이종락, 장소봉 등의 '조선혁명군' 지도자들의 이름을 아버지의 저술에서 모호하게 처리해버렸는지 그 이유를 분명히 알 수 있게 된 셈이다. 특히 김일성이 몇 년 후 일본에 투항하고 배신한, 이전의 상관이자 동료였던 이종락의 처형을 직접 명령했다는 것도 중요한 이유 중의 하나였을 것이다.

김일성과 그의 회고록 집필을 보좌했던 학자나 편집자에게 '타도제국주의동맹'의 설립 날짜가 무엇보다 중요한 이유가 있다. 김일성이 『세기와 더불어』에서 선언하고 있듯이 '타도제국주의동맹'은 당(黨) 역사의 뿌리이며 그 설립날짜가 바로 '공산당 혁명 운동'의 시작이기 때문이다. 당연히 자신에게 최고의 지도자로서 명성을 씌우려면 일본 제국주의를 타도하고 조선의 독립을 쟁취하기 위해 투쟁한 혁명 조직을 자신이 설립한 것처럼 만들어야 했다. 그리고 그가 택한 날짜가 바로 1926년 10월 17일이었다.

한편, 「한국의 모든 것」이라는 온라인 뉴스페이퍼에서 조영환은, '타도제국주의동맹'이 1930년도에 결성되었다는 사실이 1992년 중국에서 발간된 『조선 북동지역의 혁명운동』이라는 책에 적시되어 있다고 쓰고 있다. 또한 이 글에서 조영환은 김일성이 '조선혁명군 길강 지휘부'를 1930년에 '타도제국주의동맹'으로 개명했다고 지적하고 있다.

다시 말하면 '타도제국주의동맹'은 새로 창설한 것이 아니라 이미 존재하던 '조선혁명군 길강 지휘부'를 이름만 바꾸어 이어받은 셈이 된다. 그렇다면 서재진이 「김일성 항일무장투쟁의 신화화 연구」에서 밝혔듯 '타도제국주의동맹'도 김일성이 창설한 것이 아니라 이종락이 창설한 것이라는 말이 된다. 김일성은 『세기와 더불어』에서 '타도제국주의동맹'의 창설 연도뿐 아니라 주도자의 이름도 왜곡 찬탈한 셈이라고 말할 수밖에 없다.

또 한 가지 아버지의 책과 김일성의 『세기와 더불어』의 내용에 상치되는 것이 있다. 아버지는 '타도제국주의동맹'이 결성된 것이 만주의 회덕이라고 썼고 김일성은 화전이라고 썼다. 과연 어느 것이 정확한가? '타도제국주의동맹'은 1926년에 결성된 것인가, 아니면 1930년에 결성된 것인가? 그것이 결성된 곳은 회덕인가, 화전인가?

이 수수께끼를 풀기 위해서는 더 많은 조사가 필요할 것이며, 그런 조사 이전에 내가 확답을 내릴 수는 없다. 게다가 나의 아버지는 책 「서문」에서 이 책의 정보에 오류도 있을 수 있으니 역사가들이 나중에 검증해주기를 바란다고 썼다.

그러나 천견박식(淺見薄識)의 필자로서 이 귀중한 사실(史實)을 쓰기에는 너무나 참월(僭越)한 일이며 자료의 불충분함을 못내 두려워하는 바이다. 후일 보첨정정과 아울러 대가의 교도를 받고저 하거니와 내외 혁명동지와 일반 독자는 양해하기 바란다.

두 권의 책을 비교하면서 어느 것이 더 사실에 부합하는가의 문제는 제쳐두고라도 김일성이 회고록에서 선언한 것들은 의혹의 여지가 너무나 많다. 만일 아버지의 책에서 의도적으로 빼놓은 부분이 없었다면 나는 김일성의 회고록에서 사실과 부합되지 않는 부분을 단순한 실수로 생각할 수도 있었을 것이다.

하지만 북한에서 한국의 역사를 왜곡 날조한다는 사실은 널리 잘 알려져 있다. 북한 정부는 김일성을 정당화하기 위해서, 또한 그가 절대 권력을 하늘로부터 물려받았다는 것을 정당화하기 위해서라면 무슨 짓이든 저지를 것이다. 나는 이제 왜 아버지가 쓴 책의 몇몇 페이지들이 왜곡된 채 확대되어 평양의 '조선혁명박물관'에 전시되어 있는지 그 이유를 알 수 있게 되었다. 그것은 날조였고 일종의 쇼였다. 내가 지금 시점에서 분명히 말할 수 있는 것은 '조선혁명군'도 '타도제국주의동맹'도 김일성이 열네 살 때인 1926년에 창설한 것은 아니라는 사실이다.

내가 서울에서, 저명한 언론인이며 북한역사 전문가인 최영재 씨를 만났을 때 그는 김일성의 회고록에는 나의 아버지의 저술에 관한 것을 포함해 많은 조작이 있다고 말했다. 「아시아 투데이」에 실린 한 기사에서 그는 1946년부터 1968년도까지 나온 김일성에 대한 그 어떤 책에서도 '타도제국주의동맹'의 창설 연도가 1926년도라는 글은 나오지 않는다고 썼다. 1973년이 되어서야 평양에서 발간된 『정치학 사전』에 '타도제국주의동맹'이 1926년 10월 17일에 설립되었다는 글이 나왔다는 것이다. 그리고 그런 날조를 위해 그들은 아버지가 쓴 책을 자신들에게 유리하게 이용했을 것이다.

나는 아버지가 서울에서 북한 인민군에게 1950년 9월 21일에 체포된 후 같은 해 11월 5일 반역자라는 죄명으로 북한군에 의해 처형되었다고 오늘날까지 믿고 있다. 그런데 1970년이 되어서야 평양의 '당역사연구소'가 아버지의 책에서 김일성을 최고 영도자로 만들 수 있는 증거를 발견하고는(김일성의 선언대로 그가 '타도제국주의동맹'을 만들었다는 사실), 아버지를 새로운 눈으로, 배반자가 아니라 애국자로, 위대한 수령의 친구로 보게 되었을 것이다.

아버지가 쓴 책에 나오는 독립운동사는 매우 소중한 자료다. 조선의 독립과 자유를 위해 싸운 정직한 저널리스트이자 행동가가 쓴 책이기 때문이다. 거짓을 밝혀내어 역사의 빈 페이지를 복원하고, 애국자이자 역사가이자 언론인이었던 나의 아버지 최형우, 평생 친일 협력과는 거리를 둔 채 끝까지 조선의 독립을 진실로 원했던 그분의 명예를 정당하게 되찾는 것, 그것이 바로 내 의무라고 나는 느꼈다.

혜진의 도움을 받아 내 여행의 주 목적은 달성한 셈이다. 부모님을 대신해서 내 힘으로 여러 진실을 밝혀낼 수 있었다는 사실에 나는 안도가 되었으며 한편으로는 나 스스로 자랑스럽기도 했다. 이제 자유로운 기분으로 서울의 명소들을 둘러볼 수 있게 된 셈이다.

혜진은 벌써 서울의 편리하고 훌륭한 지하철 이용방법을 다 익혀놓았다. 하지만 우리는 서울 관광에 나서기 전에 우선 우리 가족이 전에 살던 집이 있는 곳에 가보기로 했다. 우리는 옛날 살던 동네 근처에 가보았다. 내가 어린 시절 지냈던 약수동 집은 당연히 사라지고 없으며 현대식 콘크리트 상가 건물이 그 자리를 차지하고 있었다. 하지만 주요 도로와 친근한 골목길은 그대로 있었다. 딸아이와 함께 길을 걸으면서 나는 내 어린 시절의 추억 ── 좋았던 일과 나빴던 일, 슬픈 일, 때로는 우리를 절망에 빠뜨렸던 일 ── 에 대한 회상에 젖었다.

딸 혜진(크리스틴)과 함께 2018년 DMZ를 방문했다.

우리 집이 있었던 충현동을 향해 언덕을 올라가다보니 바로 그 언덕에서 벌어졌던 인민군과 국군 사이의 치열한 전투 장면이 떠올랐다. 그곳에서 수백 명의 사상자가 발생했다. 내가 전투 장면을 직접 목격한 것은 아니지만 귀를 찢는 듯한 따발총 소리는 지금도 고통스럽게 내 기억에 남아 있다.

우리는 DMZ를 방문하기로 하고, 개인 가이드를 고용했다. 그가 모는 차를 타고 DMZ에 도착하니 가시철책 너머로 북한 땅과 작은 산들이 보였다. 눈앞에 보이는 광경은 아름답고 평온했지만 DMZ를 지키는 국군이 저곳에 수백만 개의 지뢰가 묻혀 있다는 사실을 우리에게 상기시켜주었다. 한반도에 평화가 찾아오더라도 그 지뢰들을 제거하는 데 몇 년이 걸리리라.

이어서 우리는 저 유명한 땅굴을 방문했다. 휴전선 밑에 북한군이 뚫어놓은 그 땅굴은 판문점까지 이어져 있었으며 수천 명의 북한 군대가 지하를 통해 남한으로 재빠르게 침입하기 위해 파놓은 것이다. 지금은 비록 관광 코스로 이용되고 있지만 나는 배에 잔뜩 긴장감을 느끼지 않을 수 없었다. 1953년 휴전협정 이래, 한국전쟁은 공식적으로 종료되지 않았으며 미국과 북한 사이에 만남이 있은 뒤에 어떤 일이 벌어질 것인지 세계가 주목하고 있다.

서울에 있는 동안 우리는 경복궁, 국립현대미술관 등을 방문했다. 또한 밤에는 동대문의 광장시장 등 재미있는 곳을 방문했으며 맛있는 거리음식을 맛보았다. 그리고 나는 딸아이를 인천 차이나타운의 가장 오래된 중국집 공화춘으로 데리고 갔다. 한국인들이 가장 좋아하는 중국 음식 중의 하나인 짜장면은 바로 1908년에 문을 연 이 음식점에서 개발했다고 한다. 우리는 극장도 찾아가 〈안시성〉이라는 블록버스터 영화도 감상했다.

아버지의 책을 찾아낸 것 다음으로 서울에 머무는 중 손꼽을 만한 하이라이트는 박영주 회장이 부암동의 고색창연한 저택으로 우리를 초대한 일이다. 그날 그는 세계적으로 유명한 기타리스트인 밀로쉬 카라다글리치와 그의 앙상블을 위한 리셉션을 그곳에서 베풀었다. 밀로쉬 카라다글리치는 박영주 회장의 '이건그룹' 후원으로 여러 번에 걸쳐 일반대중을 위한 무료 공연을 했다. 박영주 회장은 비전이 뛰어난, 한국과 한국 국민을 사랑하고 진정으로 아끼는 훌륭한 사업가다.

우리가 한국을 떠나기로 예정된 날, 박 회장과 그의 부인 박인자 여사가 '품'이라는 한식 음식점에서 우리에게 점심을 대접했다. 「미슐랭 가이드」에 나와 있는 유명 식당이다. 딸아이는 음식은 물론 박 회장 부부의 친절하고 분에 넘치는 대접에 감명을 받았다. 나는 내 딸을 한국에서 가장 존경받는 성공한 사업가 중의 한 분과 직접 대면할 수 있게 해주었다는 사실이 자랑스러웠다.

돌아오는 대한항공 비행기 안에서 딸아이가 나를 보고 이렇게 말했다.

"아빠, 아빠의 모국인 한국에서 정말 너무 좋은 시간을 보냈어요. 감사해요."

"천만에. 나는 네가 나와 함께 여행을 해주어서 고맙단다."

집으로 돌아오니 아내가 그녀의 간병인인 리타의 훌륭한 보살핌으로 건강하게 지내는 모습을 보고 너무 기뻤다. 바로 그날 저녁 맏딸 혜선이 텍사스 A&M 대학으로 가는 도중에 집에 들렀다. 그 애는 바이올린 연주와 대학원생 강의를 하러 그곳으로 가는 중이었다.

막내 딸 혜조가 뉴욕에서 전화를 해 와, 〈왕과 나〉 브로드웨이 뮤지컬 준비가 잘 되어가고 있다고 말했다. 그 애는 그 뮤지컬에서 레이디 티앙 역을 맡고 있다. 개막 공연은 노스캐롤라이나주 윌밍턴에 있는 윌슨센터에서 11월 9일에 있을 예정이며 시즌 마지막 공연은 2019년 5월 코네티컷주의 뉴 헤이븐에서 가질 예정이다.

아내와 나는 1월에 포틀랜드의 켈러 오디토리움에서 열리게 될 공연에서 혜조가 출연하는 작품을 관람할 계획이었다. 혜조에게나 멤버들 모두에게 길고도 힘든 여행이 될 것이었다. 하지만 우리는 혜조가 자신의 평생의 꿈을 성취했음에 흥분해 있음을 잘 알고 있었다. 그 애는 아마도 자기가 이 세상에서 가장 행복한 사람이라고 생각하고 있으리라.

그 많은 시련과 고난으로 점철된 부모님의 생애와 비교해볼 때 나는 내 생애 동안 많은 것을 누리고 살았다. 물론 내게도 악몽 같은 일들과 고난들이 있었다. 하지만 하나님은 내가 가는 길에 도전과 시련이 있을 때마다 그에 맞설 수 있는 용기를 내려주셨다. 아마도 나의 부모님과 조상들이 천국에 쌓아놓은 덕행 덕분이었을 것이다. 내 생애 내가 하나님으로부터 받은 가장 위대한 선물은 내가 하나님을 엿볼 수 있게 해주셨다는 것 그리고 그와 동시에 내 영혼은 영원히 하나님 안에 거(居)하고 있다는 신념을 내게 심어주셨다는 것이다. 이 진리를 깨우치면서, 이 진리가 나의 생애 내내 나를 지탱해왔다고 생각한다.

상식을 찾아서

내가 1969년 미국에 온 지 6년이 지났을 때 미국 시민권자가 될 기회가 왔다. 나는 주저 없이, 그리고 당당하게 미국 시민권을 획득했고 미국을 나의 본국으로 받아들였다. 하지만 미국 시민권을 획득한 다른 많은 외국 출신들과 마찬가지로 나는 가끔 나의 그 결정에 대해 곰곰 생각해보는 시간을 갖곤 한다.

미국 시민이 된다는 것은 한국 시민권을 포기하는 것을 의미한다. 그럼에도 나는 나의 모국을 버렸다는 느낌을 가져본 적이 없다. 내가 어렸을 때 나를 키워주었고, 나를 교육시킨 그 나라는 여전히 내 안에 존재할 것이다. 아니, 오히려 한국과 거리를 두게 되면서 내게 북한과 대한민국에 살고 있는 나의 가족을 비롯한 모든 사람들을 향한 더욱 애틋한 연민을 갖게 해주었다고 하는 것이 옳다. 나는 한국과 북한의 모든 동포들이 내가 지금 미국에서 누리고 있는 자유를 누리길 원한다.

이 세상에 완벽한 국가는 존재하지 않는다. 미국에도 국내외적으로 많은 문제점이 존재한다. 그럼에도 불구하고 미국은 이 지상에서 가장 살기 좋은 국가임이 틀림없다. 이 나라를 위대하게 만든 것은 이 세상 많은 나라 국민들이 누리지 못하고 있는 자유를 국민들에게 허용하는 민주주의 정부체제다. 그 나라 법에 의해 개인의 인권이 보호될 수 있을 때, 그 국민의 정신은 국경이나 제한을 넘어설 수 있는 힘을 가질 수 있다.

내가 미국 시민이 된다는 것은 정치적인 관점에서 내 삶의 중요한 첫걸음을 내딛는 것이었다. 그것은 또한 국제무역을 하겠다는 열망을 지닌 한 젊은이에게는 그 열망을 펼칠 기회가 주어진다는 것을 의미했고, 그런 의미에서 현실적인 결정이기도 했다. 나는 세계 전체를 내 본국으로 여기고 있으며 모든 인류는 자신이 택한 곳에서 살 수 있는 권리를 하나님으로부터 부여받았다고 믿는다. 한반도가 둘로 나뉘어 나의 가족들이 찢어질 수밖에 없는 인위적 장벽이 나의 모국에 존재하고 있었기에, 내가 믿고 있는 이 권리를 실행할 수 있는 자유를 획득한다는 것은 내게 특히 중요했다.

인종·종교·정치 등 그 어떤 이유에 의해서건 국민을 한 나라 안에 제한적으로 묶어둔다는 것은 그들의 인권을 침해하는 것이다. 정말 터무니없고 미친 짓이다. 북한 주민은 DPRK 안에서만 살아야 하고 유대인과 아랍인은 팔레스타인이나 가자지구에서만 살아야 한다고 말할 수 있는 절대 권력을 대체 누가 갖고 있단 말인가? 모든 인류는 이 지상 어디에서건 자기가 원하는 곳에서 살 수 있는 권리를 하나님으로부터 부여받았다.

김일성은 애초 공산당 당의장으로 출발했다. 하지만 그는 차츰차츰 '위대한 수령'으로 변해갔다. 공산당원들은 그를 신격화했으며 그 덕분에 그는 아무런 거리낌 없이 절대 권력을 지니고 휘두를 수 있었다. 김일성과 그의 후계자인 김정일, 손자인 김정은이, 자기들이 국민들에게 어떤 덕행을 베풀었다고 떠들든 간에 북한의 주체사상은 공허하고 완고하기 그지없으며, 자기네 체제가 성공했다는 선전과는 거리가 멀 뿐 아니라 아예 정반대의 결과를 낳고 있다.

한반도는 DMZ를 경계로 대한민국과 북한, 둘로 나뉘어 있는 것만이 아니다. 북한 자체가 둘로 갈라져 있다. 그곳은 평양에 사는 엘리트 사회와 나머지 사람들, 즉 나의 형들과 이들의 가족 같은 나머지 사람들의 사회로 나뉘어 있다. 북한은 국민들을 세뇌시켜 만들어놓은 사교(邪敎)체계임이 분명하며 그 체제를 유지하기 위해 바깥세상에 대해 대량살상무기를 내세우고 있다. 그곳 국민에게는 그 어떤 자유도 없으며 국민에게 그 어떤 외부의 영향도 스며들지 못하도록 국가가 밀착 감시한다. 국가와 국민은 서서히 피폐되어가고 있다. 한국인의 피를 가진 사람으로서 나는 북한 정치체제 아래에서 벌어지고 있는 그 이상하고 무시무시한 현상을 참고 바라보기 힘들다. 도무지 상식에서 벗어날 뿐 아니라 이해할 수조차 없다.

남쪽의 대한민국 정부도 인권 남용의 혐의로부터 자유롭지 못하다. 남한에서도 오랫동안 국가 안보의 이름으로 인권을 탄압해온 역사가 있다. 그리고 최근까지 정치와 비즈니스에 온갖 종류의 부패가 만연해왔다. 하지만 대한민국은 국민에게 상당량의 자유를 허용하는 쪽으로 정치체계가 꾸준히 발전해 왔다. 그리고 '한강의 기적'은 5천만 국민의 나라에 경제적 번영을 가져다주었다. 한국의 경제체계는 미국과 마찬가지로 흠이 많지만 효과적으로 작동하고 있으며 국민들은 그것을 알고 있다. 그리고 무엇보다도 국민에게 자유가 있기에 국가의 생산성과 창의성이 촉진되고 있다.

자유가 없는 곳에서는 국민들이 행복추구를 위해 그 권리를 행사하지 못한다. 행복추구를 위해 자유를 행사할 권리가 없을 때 그 국민이나 국가는 발전하지 못한다. 한 마디로 자유가 없으면 번영이 없다. 나는 한 국가에는 그 국민들을 한데 묶을 수 있는 이념이 존재할 필요가 있으며 그 이념이 중요하다고도 믿는다. 하지만 국민에게 기본적인 권리를 보장해주지 않은 채 이념만을 강요하는 것은 마치 타이어에 공기를 넣지 않고 차를 몰아보라고 하는 것과 같다. 그 차는 절대로 멀리 가지 못한다. 역사상 그러한 예는 얼마든지 많다.

이상하게 들릴지 모르겠지만 종교의 이름으로 행해지는 행태에서도 비슷한 예를 찾아볼 수 있다. 내가 보기에 한국이나 다른 나라에서 종종 보이듯 유일신 종교가 배타적인 근본주의로 지나치게 기울어질 때, 그 종교는 공산주의나 독재정치와 별로 다를 것이 없다. 그들이 종교의 이름으로 이 세상에 존재하는 다른 종교적 관점을 받아들이기를 금할 때, 또한 그 신자들이 자신들의 믿음을 그러한 교단이나 제도로 국한시켜 그 편협함을 믿음이라 착각할 때, 그들은 그들 자신이 바로 그 종교의 이름으로 가르치고 배우는 핵심 내용, 사랑과 연민이라는 그 핵심 가르침을 스스로 배반하는 셈이 되어버린다. 당신이 다른 사람들 안에 내재해 있는 신성함을 보지 못하고 느끼지 못한다면 당신은 어떻게 당신 안에 성령이 있음을 알고 있다고 선언할 수 있는가?

맹목적 충성을 통해 교회 신도들을 한데 묶어놓는 것 그리고 그들에게 그들의 종교가 유일한 구원의 길이라고 말하는 것은 근본적으로 공산당의 선전선동과 마찬가지다. 그것은 종교적 믿음이 넓어지고 깊어져서 다른 종교적 신앙을 향해 보다 관용적이 될 수 있게끔 하는 길을 차단한다. 그리고 그 믿음이 더 높은 도약을 이루지 못하게 한다. 믿음의 도약은 교단에 대한 충성을 통해 오는 것이 아니라 상식을 실천함으로써, 마음을 열어놓음으로써 온다.

우리가 모든 종교적 신조나 정치적 독트린 너머에서 찾고 있는 진리는 바로 우리들 안에 임(臨)하고 있는 진리다. 상식을 실천하는 것, 그것이 우리에게 깨우침과 구원을 가져다주지, 교회나 절, 혹은 어떤 성전(聖殿)에서 어느 순간 받은 갑작스런 성령의 충격에서 종교적 깨우침이 오는 것이 아니다. 하나님의 은총에 의해 받은 구원과 깨우침은 영원해야 한다. 그것이 만일 바람처럼 밖에서 왔다 갔다 하는 것이라면, 그 깨우침이 자신의 내부에서 솟아나, 자신의 내부에서 맛볼 수 있는 것이 아니라면 그

것은 진정한 깨우침이 아니다.

가톨릭교회에서 가장 위대한 대들보 중의 한 분인 베드로 자신도 자기의 생명이 위험에 처했을 때 주 예수 그리스도를 세 번이나 부정했다. 그때 그는 자신이 누구인지, 주 예수 그리스도가 누구인지 깨닫지 못했다. 맹목적 신앙은 깨지기 쉽고 위험하다. 상식에 기초한 앎은 그 반대이며, 그것이 우리를 보다 진리에 가깝게 해주리라고 나는 믿어 의심치 않는다.

내 삶을 되돌아보며 내가 거둔 성공에 대해 생각해보면 나는 겸손해지지 않을 도리가 없다. 나는 뛰어난 재능이나 머리를 지니고 태어나지 않았다. 나는 그저 평범한 아이에 불과했다. 하지만 나는 자기 희생의 의미, 노력의 의미, 하나님에 대한 믿음의 의미를 보여준 위대한 부모님을 갖는 복을 누렸다. 부모님 덕분에 나는 내 꿈을 추구할 용기를 가질 수 있었다. 또한 내가 청하지도 않았는데 내 인생길에 많은 천사들이 내 앞에 나타나 내가 누구인지, 하나님이 누구인지 알도록 도움을 주었다.

내 삶에서의 기적은 하나님에 대한 나의 상식을 내가 믿었기에 가능했다. 나는 노력하는 삶을 살면서 하나님의 정신, 즉 성령을 보는 법을 배웠다. 나는 내 몫으로 주어진 기도를 했고 섬겼으며 하나님의 권능을 믿는다. 그리고 성령이 내 안에 있음을 발견했다. 나는 내세에 구원을 받으려면 수없이 많이 기도하고 선행을 베풀라는 교회의 요구에 따라 기도한 것이 아니라 내 마음의 깊은 곳에서 우러나오는 대로 기도했다.

하나님은 인류 모두에게 이 상식이라는 귀중한 선물을 내려 주었다. 우리가 비즈니스에 대한 이야기를 나눌 때나, 종교나 정치에 관한 이야기를 할 때 혹은 개인적인 관계에 대한 이야기를 할 때, 만일 우리 안의 상식이 그 무언가가 옳지 않다고 말하거나 우리 마음으로 납득이 되지 않는다면 그것은 진리가 될 수 없다.

우리는 무엇이 옳고 그른가를 판단하기 위해 교회나 정부의 높은 권위를 올려다볼 필요가 없다. 우리의 상식을 신뢰하고 개인 사생활에서건 다른 사람들과 지낼 때건 자기 자신에게 완벽히 정직해지는 것, 그것이 우리에게 평화와 행복, 더 나아가 많은 기적을 가져올 수 있다고 나는 믿는다.

삶은 고통과 사랑 사이로 흘러간다

펴낸날	초판 1쇄 2019년 11월 25일

지은이	최국주
펴낸이	심만수
펴낸곳	(주)살림출판사
출판등록	1989년 11월 1일 제9-210호

주소	경기도 파주시 광인사길 30
전화	031-955-1350 팩스 031-624-1356
홈페이지	http://www.sallimbooks.com
이메일	book@sallimbooks.com

ISBN	978-89-522-4167-2 03810

※ 값은 뒤표지에 있습니다.
※ 잘못 만들어진 책은 구입하신 서점에서 바꾸어 드립니다.

이 도서의 국립중앙도서관 출판시도서목록(CIP)은 서지정보유통지원시스템 홈페이지
(http://seoji.nl.go.kr)와 국가자료공동목록시스템(http://www.nl.go.kr/kolisnet)에서
이용하실 수 있습니다.(CIP제어번호: CIP2019045652)

책임편집 · 교정교열 **박규민**